HEYNE <

HORST ECKERT

DAS JAHR DER GIER

THRILLER

WILHELM HEYNE VERLAG
MÜNCHEN

MIX
Papier aus verantwortungsvollen Quellen
FSC® C083411

Penguin Random House Verlagsgruppe FSC® N001967

Originalausgabe 03/2022

Redaktion: Lars Zwickies
Printed in Germany
Umschlaggestaltung: Designomicon, Anke Koopmann,
unter Verwendung von Motiven von © Shutterstock.com
(Cara-Foto, aarrows, ThirdUnit)
Satz: KCFG – Medienagentur, Neuss
Druck und Bindung: CPI books GmbH, Leck
ISBN: 978-3-453-42637-5

www.heyne.de

»I still can't remember when
Or how I lost my way.«

Neil Young, »Cortez the Killer«

DIE HANDELNDEN PERSONEN

DÜSSELDORF

Melia Adan, Kriminalrätin, Leiterin der Kriminalinspektion 1: Gewaltverbrechen

Zeinab Adan, Geschäftsfrau, Mutter von Melia Adan

Klaus Wachtendonk, KHK, Dienstgruppenleiter in der Altstadtwache

Vincent Veih, KHK, Leiter des Kriminalkommissariats 11: Tötungsdelikte

Brigitte Veih, einstige RAF-Terroristin, heute Fotokünstlerin, Mutter von Vincent Veih

Antonia Tobler, Nachbarin von Vincent Veih

Anna Winkler, KHKin, Leiterin der Mordkommission Knittkuhl

Hamid Belhanda, KOK im KK 11

Dominik Roth, KOK im KK 11

Dr. Gretel Schwab, Ärztin des rechtsmedizinischen Instituts der Universität Düsseldorf

Fabri, KHK, Leiter des Kriminalkommissariats 43: Kriminaltechnik

Michael Nolde, Zeuge im Fall Ravani

Nobert Kilian, Oberstaatsanwalt

Markus Braun, PHK, Pressesprecher der Polizei Düsseldorf

Naomi Meyer-Krell, Opfer eines Gewaltverbrechens

Guido Meyer-Krell, Leiter der Agentur Brand Harbour, Vater von Naomi Meyer-Krell

Linus Fehrbellin, Programmierer, Ex-Freund von Naomi Meyer-Krell

Martin Fehrbellin, Wirtschaftsprüfer bei Graff & La Motte, Vater von Linus Fehrbellin

Hubertus Graff, Seniorpartner bei Graff & La Motte und Parteifreund von Andreas Götz

Jens Zöllner, Verdächtiger

Gerhard Zöllner, Vater von Jens Zöllner

Karin Petrosjan, Ärztin

Artur Petrosjan, ehemaliger Polizeibeamter, Sohn von Karin Petrosjan

Gudrun Preiß, Besitzerin eines Pferdehofs, Freundin von Artur Petrosjan

Reinhard Zacharias, Mitarbeiter beim Landesamt für Verfassungsschutz

LONDON

Bashir Adan, Unternehmer aus London, Onkel von Melia Adan

Yasin Ravani, Freund von Bashir, Vater von Oscar Ravani

Oscar Ravani, Journalist

Eve, Kollegin von Oscar Ravani

SINGAPUR

Robin Chan, Jurist bei Worldcard Singapore

Rahul Kumar, Compliance-Beauftragter bei Worldcard Asia

Pratama Setjawan, Finanzchef bei Worldcard Asia
Priscilla Chan, Geschäftsfrau, Mutter von Robin Chan

MÜNCHEN, MOOSBRUCK UND LENGGRIES

Georg Seidl, Polizist
Karlheinz Walberer, Polizist
Marek Weiß, Unternehmer, COO von Worldcard
Paulina Jovic, Leiterin der Rechtsabteilung bei Worldcard
Sebastian Pagel, ehemaliger Zielfahnder, arbeitet als Bergführer
Dr. Gerald Böhm, bayerischer Landespolizeipräsident a. D.
Daniela, Cousine von Sebastian Pagel
Tareq Al-Maryami, libyscher Geschäftsmann
Hassan Amiri, Hisbollah-Funktionär, leider tot
Frederik zu Hohenstein, Bundesminister a. D.
Dmitri, Chef eines Sicherheitsunternehmens
Artjom, seine rechte Hand

BERLIN

Andreas Götz, ehem. Vorsitzender der Unionsfraktion im Bundestag, Vater von Melia Adan
Tristan Bovert, Staatssekretär und Geheimdienstbeauftragter der Bundesregierung
Ute Frings-Fassbinder, Bundeskanzlerin
Frank Meiring, Mitarbeiter im Kanzleramt

PROLOG

MOOSBRUCK BEI MÜNCHEN

ALS IHR EINSATZ SIE AM BÜROKOMPLEX des Worldcard-Konzerns vorbeiführte, fiel Georg Seidl ein, dass die älteste Tochter seines Kollegen dort arbeitete. Karlheinz Walberer erwähnte das gelegentlich voller Stolz. Kein anderes deutsches Unternehmen expandierte so rasant.

Hatte die Commerzbank aus dem DAX verdrängt. Plante angeblich, die Deutsche Bank zu kaufen. Galt als Deutschlands Vorzeigekonzern schlechthin.

Finanztechnologie – der aktuelle heiße Scheiß.

Neben den fünf Bürotürmen drehten sich die Baukräne, um den sechsten zu errichten. Auch ringsum florierte die Wirtschaft, und in Moosbruck war das Wohnen schon fast so teuer wie im Münchner Zentrum.

»Hat sich deine Tochter entschieden?«, fragte Georg.

»Hm-ja«, antwortete Kalle.

»Dubai, super. Und du freust dich nicht?«

»Viereinhalbtausend Kilometer entfernt.«

»Es gibt Direktflüge. Ihr könnt Weihnachten am Traumstrand feiern. Und sicher wird sie nicht schlecht verdienen.«

»Für sie freut's mich ja auch. Ihr Chef ist jetzt fürs Geschäft im Mittleren Osten zuständig und wollte sie unbedingt dabeihaben. Wer sagt da schon Nein.«

Kalle steuerte den BMW in eine langgestreckte Kurve. Sie passierten die neu erbaute Feuerwache und die Tennisplätze des TSV.

Jenseits der Autobahnunterführung reckten sich zu beiden Seiten nur noch die Kiefern des Moosbrucker Forsts in den diesigen Novemberhimmel.

Sie erreichten den Parkplatz für Wanderer. An sonnigen Wochenenden war hier der Teufel los. Heute, an einem Montag, herrschte gähnende Leere.

»Der Anrufer hat natürlich nicht gewartet«, stellte Kalle fest.

Die Reifen knirschten über die Schotterfläche. Georg deutete auf den breiten Forstweg, der gegenüber in den Platz mündete. Nach der Beschreibung des Radfahrers ging es dort hinein.

»Womöglich hat er uns bloß verarscht.«

»Jetzt sind wir schon mal hier«, sagte Georg. »Also schauen wir auch nach.«

Der Weg durchschnitt den Wald zunächst schnurgerade. Ein Stapel frisch gefällter Stämme und ein Picknickplatz mit grob gezimmerten Bänken waren alles, was auffiel. Schon bald erreichten sie eine Gabelung.

»Links oder rechts?«, fragte Kalle.

Von dem Zeugen war auch hier nichts zu sehen.

Georg versuchte zu entziffern, was er in sein Notizbuch gekritzelt hatte.

Kalle wartete nicht. Er wählte die Richtung, die weiter von der Autobahn wegführte. Es wurde kurvig, der Weg folgte einem Bach.

Dann trat Kalle abrupt auf die Bremse.

Der Anrufer hatte sie doch nicht verarscht.

Sie ließen ihre Mützen auf der Rückbank liegen. Kalle hakte die Daumen in den Gürtel und ging voraus. Georg nahm das Funkgerät mit.

Ein so gründlich ausgebranntes Autowrack hatte er noch nie gesehen. Die ursprüngliche Farbe war nicht mehr zu erkennen, der Lack vollständig abgefackelt. Das Blech der Karosserie lag blank, es schimmerte hell und zeigte Spuren von Oxidation – Flecken in allen Schattierungen.

Ein mittelgroßer Viertürer mit Schrägheck. Die Motorhaube nach oben gewölbt. Sämtliche Fenster ohne Glas. Im Näherkommen sah Georg, dass selbst von den Reifen nichts mehr übrig war. Die Räder mit den Leichtmetallfelgen standen krumm, als hätte ein Riese Hand angelegt.

Unter dem Wrack war der Forstweg schwarz verkohlt. Zum Glück hatte das Feuer nicht auf die Umgebung übergegriffen. Einen Moment lang stellte sich Georg vor, was ein solcher Brand an einem trockenen Sommertag auslösen konnte. In diesem Wald, der seit Jahren unter Trockenheit litt.

Unzählige kleine Glasbrocken bedeckten den Boden. Splitter der Securit-Verglasung der Seitenscheiben. Georg fand sie noch zwanzig Meter vom Wagen entfernt auf dem toten Laub des Waldrands. Die Splitter glitzerten sauber, als seien sie nie mit Feuer und Rauch in Berührung gekommen. Was Georg seltsam erschien.

»Ach du Scheiße!«, entfuhr es Kalle.

Er hatte den Wagen bereits umrundet und stand nun vor dem Motorraum.

»Schorsch, schau mal!«

Sie blickten durch das Loch, das die weggeschmolzene Windschutzscheibe hinterlassen hatte. Das verkohlte Innere verströmte einen scharfen Geruch. Von der Rückbank war nur die Blechverkleidung zum Kofferraum geblieben. Die Vordersitze waren bis auf das Metallgestell abgebrannt.

Georg hielt unwillkürlich die Luft an, als er sah, was sein Kollege meinte. Davon hatte der Radfahrer, der das Wrack entdeckt und den Notruf gewählt hatte, nichts erzählt. Georg nahm sein Handy aus der Jackentasche und begann zu fotografieren.

Ein schwarzer Klumpen lag auf dem, was vom Fahrersitz übrig war.

Weiße Knochen lugten hervor. Ein Schulterblatt samt Gelenk.

Obenauf ein Schädel.

Er lag halb zur Seite geneigt. Georg dachte an ein Kind in gruseliger Kostümierung, das sich an einem Ort versteckte, an dem es nichts zu suchen hatte, und eingenickt war.

Aber das war kein Kind.

Kein Halloween-Scherz.

Und sicher war hier niemand friedlich eingeschlafen.

NEUN MONATE SPÄTER

SONNTAG

01

DÜSSELDORF

SIE SPAZIERTEN ZU DRITT die Uferpromenade entlang. Melia Adan spielte den Touristenguide. Berichtete von der Legende, dass einst der Teufel im Wutanfall das Turmdach der Lambertuskirche verdreht hätte. Zählte bedeutende Künstler auf, die an der Akademie lehrten oder gelehrt hatten. Die meisten waren Bashir Adan ein Begriff, nicht nur Beuys. Dass ihr Onkel ein Kunstkenner war, hatte Melia nicht gewusst.

Bashir Adan war wegen des Geburtstags seiner Schwester aus London zu Besuch gekommen. Düsseldorf muss ihm klein und provinziell erscheinen, dachte Melia. Wenigstens konnte es der Rhein mit der Themse aufnehmen.

Sie schossen Selfies vor dem Schlossturm.

»Und jetzt ein Altbier bei Uerige«, schlug Melia vor. Dem Onkel zuliebe sprachen sie Englisch.

Ihre Mutter verzog das Gesicht. »Alkohol?«

»So früh am Tag?«, fragte Bashir.

»Das ist hier üblich«, behauptete Melia. »Oder wollt ihr einen Happen essen? Wonach steht euch der Sinn?«

Ihr Onkel fasste sich an den stattlichen Bauch. »Bin noch satt vom Frühstück. Was Zeinab alles aufgefahren hat!«

»Du hast abgenommen seit dem letzten Mal«, warf Melias Mutter ein. »Du solltest wieder heiraten.«

Bashir winkte lachend ab, und Melia wurde bewusst, wie verschieden die beiden Geschwister waren. Zeinab war schlank und hatte kaum ein weißes Haar auf dem Kopf. Wer es nicht besser wusste, würde Bashir für den Älteren halten. Dabei war er zwei Jahre jünger als Zeinab, die morgen sechzig wurde.

»Hat Brigitte Veih nicht heute ihre Vernissage?«, fiel Zeinab ein. »Die Galerie ist nicht weit von hier. Sicher ist auch Vincent da!«

Bloß nicht, dachte Melia. Deine Versuche, mich zu verkuppeln, sind hochgradig peinlich.

Und die Situation ist kompliziert.

Sie bemerkte den fragenden Blick ihres Onkels.

»Vincent ist einer meiner Kommissariatsleiter«, erklärte sie. »Seine Mutter macht Fotokunst, Druckgrafik, Kollagen und so. Seit diesem Jahr lehrt sie auch an der Düsseldorfer Kunstakademie.«

»Klingt interessant.«

»Sehr politisch. Linksradikal. Nichts für einen notorischen Tory-Wähler und Brexiteer wie dich, Onkel Bashir.«

»Für den Brexit war ich nie so richtig«, beteuerte er.

»Trotzdem. Ihre Kunst würde dir nicht gefallen.«

Bashir war in den Achtzigern seiner Schwester zum Studium nach London gefolgt und dort geblieben. Zeinab hatte hingegen nach dem Sturz des Diktators Siad Barre beschlossen, zurück nach Somalia zu gehen. Doch das neue Regime ließ sie inhaftieren und foltern, nur weil die Adans dem gleichen Clan angehörten wie der verhasste Tyrann. Zeinab ging erneut ins Ausland. Es verschlug sie nach Bonn, wo sie sich in einen Nachwuchspolitiker der CDU verliebte – Melias Vater, der sie beide verließ, als sie noch ein Kind war.

Bashir war von solchen Turbulenzen verschont geblieben und hatte sich in der IT-Branche selbstständig gemacht. Seine Firma lief blendend. Ein Schwarzer der Upper Class.

Er ließ seine Anzüge in der Savile Row schneidern. Besuchte die Konzerte des London Symphony Orchestras in der Barbican Hall. Er schwor auf die Segnungen eines möglichst ungezügelten Kapitalismus', hatte dabei aber Charme, Herz und Humor.

Melia fragte sich, wie Vincents Mutter auf ihn reagieren würde.

Ein hektischer Klingelton – Bashir holte sein Handy hervor und blickte auf das Display.

»Please excuse me.«

Er nahm das Gespräch an. Sein Blick verdüsterte sich. Sein Englisch wurde einsilbig. Melia spürte seine Sorge.

»Was ist?«, fragte sie, als er fertig war.

»Das war mein Freund Yasin aus London. Yasin Ravani. Zeinab, du kennst ihn. Sein Sohn ist hier in Düsseldorf und musste ins Krankenhaus. Er hat mich gebeten, nach Oscar zu sehen.«

»Welches Krankenhaus?«

»EVK, sagt Yasin. Kennst du das?«

Die Abkürzung stand für das Evangelische Krankenhaus an der Kirchfeldstraße.

»Ich fahre euch hin«, antwortete Melia.

Sie gingen auf die Tiefgarage zu, in der Melia ihren Wagen geparkt hatte. Nicht nur ihre Mutter kannte Yasin. Auch Melia erinnerte sich an ihn – vor etwa sechzehn Jahren hatten sie die Ravanis im Rahmen eines Englandurlaubs mal besucht. Melia war damals gerade mit der Schule fertig. Yasins Sohn Oscar hatte sie am nächsten Tag zu einer Party aufs Land mitgenommen, und eine Zeit lang war sie mächtig verliebt gewesen in den hübschen Kerl mit langen Haaren, der mit seiner Gitarre am Pool saß und mit klarer Stimme romantische Lieder sang.

»Was fehlt ihm konkret?«, fragte sie.

»Jemand hat den Jungen letzte Nacht überfallen. Irgendwo in der Altstadt, sagt Yasin. Er ist von deinen Kollegen verständigt worden, Melia. Mehr weiß er selbst noch nicht.«

Sie nickte. »Ich kümmere mich darum.«

02

MELIA ZEIGTE DEM BEAMTEN am Tresen der Altstadtwache ihren Dienstausweis. Hinter ihm konnte sie durch mehrere Glaswände ins Innere der Wache blicken. Rechner, Möbel aus hellem Holz. Die meisten Räume leer.

»Ist der Dienstgruppenleiter zu sprechen?«

Kurz darauf stand ein großer, stämmiger Kollege vor ihr. Die Sterne auf den Schultern des blauen Pullovers wiesen ihn als Ersten Hauptkommissar aus. Er stellte sich als Klaus Wachtendonk vor.

Sie hielt auch ihm ihr Kärtchen hin. »Ich habe eine Nachfrage zum Überfall auf Oscar Ravani in der letzten Nacht.«

»Der britische Staatsbürger?«

»Richtig.«

»Kaffee?«

»Nicht nötig.«

»Dann gehen wir am besten in mein Büro.«

Es war das hinterste Zimmer im Erdgeschoss der Wache. Die untere Hälfte der Scheibe nach nebenan bedeckte ein Streifen Fototapete. Palmen, Strand und Meer. Gegenüber an der gesamten Wand graue Schränke. Ein Kalender neben dem Fenster zur Straße. Zwei Monitore auf einem langen, leer geräumten Tisch. Wachtendonk zeigte auf die beiden Stühle an dessen rundem Ende.

»Ihr Name ist mir ein Begriff«, sagte er.

»Meiner?«

»Man hört so einiges. Dass Sie vom Verfassungsschutz zu uns gekommen sind. Dass Ihr Vater ein hohes Tier in der Politik ist.«

»War«, korrigierte Melia.

»Ich hätte ihn mir als Bundeskanzler gewünscht. Lieber als Frau Frings-Fassbinder. Das können Sie mir glauben.«

Melia sprach mit Kollegen nicht gern über ihren Vater. Andreas Götz, langjähriger Chef der Unionsfraktion im Bundestag – alle Welt nahm an, sie habe ihren Posten als Kriminalrätin und Leiterin der Kriminalinspektion 1 nur seinem Einfluss zu verdanken. Dabei war Andreas lange Zeit ein Fremder für sie gewesen. Er war vor einem Vierteljahrhundert aus ihrem Leben und dem ihrer Mutter verschwunden und hatte in Berlin eine neue Familie gegründet. Erst in den letzten Jahren hatten sie wieder Kontakt zueinander aufgenommen. Gelegentlich trafen sie sich, wenn Andreas in Düsseldorf zu tun hatte. Aber ihre Arbeit war dabei nie ein Thema.

Meine Karriere beruht keineswegs auf Vitamin B, dachte Melia.

Und sie war stolz darauf.

»Die Messerstecherei«, sagte sie.

Wachtendonk nickte und fuhr endlich den Rechner hoch.

»Mein Onkel ist mit dem Vater des Opfers befreundet«, erklärte sie. »Wir machen uns Sorgen.«

»Wollen Sie den Bericht sehen?«

»Wenn ich darf.«

»Ihr KK11 bekommt die Sache ohnehin am Montag auf den Tisch.«

Vincent Veihs Dienststelle. Das Kommissariat für Tötungsdelikte. Vollendete und versuchte.

Der große Uniformierte drehte den Monitor zu Melia hin. Sie überflog das, was der Dienstgruppenleiter der Nachtschicht notiert hatte. Kurz vor 23 Uhr war die Polizei alarmiert worden. Vier Minuten später trafen die Beamten ein, verständigten die Kriminalwache, sperrten den Tatort ab und begannen mit der Befragung der Zeugen, während ein Rettungswagen den Verletzten in die Klinik brachte.

Die Kollegen der Kriminalwache hatten ein Team der Spurensicherung angefordert. Melia las den nächsten Bericht. Wachtendonk verließ das Büro und kam mit zwei Kaffeebechern und einer Tüte Milch zurück.

Der Tatortbefund. Die Schneider-Wibbel-Gasse. Passanten waren Oscar Ravani zu Hilfe geeilt und hatten den oder die Angreifer in die Flucht geschlagen. Ein Zeuge gab an, ein Täter habe das Opfer beschimpft. Rassistische Ausdrücke.

Die Adressen aller Befragten waren vermerkt. Einer davon wohnte in Hamburg und war momentan im Düsseldorfer Interconti erreichbar. Die Handynummer hatte man notiert.

Erleichtert stellte Melia fest, dass der Sohn von Onkel Bashirs Freund nicht lebensgefährlich verletzt worden war. Drei Stichwunden in Arm und Oberkörper. Zur Beobachtung würde man den jungen Mann noch zwei, drei Tage im Krankenhaus behalten.

Melia blickte Wachtendonk an. »Passiert so etwas öfter?«

»An Wochenenden ist in der Altstadt immer etwas los. Vor allem für die Late Show. Bei warmem Wetter mangelt es nicht an krawallbereiter Kundschaft. Eigentlich war es letzte Nacht sogar noch ruhig.«

»Wie steht es mit Videoüberwachung?«

»Wir haben die Altstadt mit neun Kameras an neuralgischen Punkten fast lückenlos im Blick. Gestochen scharfe Bilder. Der zuständige Kollege kann sie von seinem Platz aus schwenken und zoomen. Wenn ein Pärchen sich küsst, kann er Ihnen sogar sagen, ob es mit Zunge war.«

»Aber?«

»Ausgerechnet in der betreffenden Gasse haben wir keine Kamera.«

Melia fragte sich, ob der Täter das gewusst hatte.

»Haben Sie auf der Wache eine Durchschrift des Berichts?«

»Der Ordner steht nebenan. Ich kann Ihnen eine Kopie mitgeben, wenn Sie möchten.«

Wieder ließ Wachtendonk sie allein. Das Fenster zur Straße war gekippt und nur in der unteren Hälfte opak. Melia sah blauen Himmel. Hörte Autogeräusche, keine Stimmen.

Dann stand Wachtendonk wieder vor ihr und reichte ihr einen Stapel bedruckter Blätter. Ein offenes Gesicht, freundliches Lächeln. Eigentlich hätte ich ihm das Du anbieten können, dachte Melia.

»Seit wann sagt ihr hier ›Late Show‹ zur Nachtschicht?«, fragte sie.

Wachtendonk zuckte mit den Schultern. »Warum sagt ihr ›Festung‹ zum Präsidium? Der Mensch improvisiert. Das macht den Alltag erträglicher.«

Melia gab ihm die Hand.

Als sie wieder auf der Straße stand, wählte sie die Nummer ihrer Mutter.

»Ich bin's«, meldete sie sich. »Wie sieht's bei euch aus?«

»Oscar liegt auf der Normalstation. Außer Gefahr, meint die Ärztin.«

»Ich bin in zwanzig Minuten bei euch.«

03

MELIA TRAF ZEINAB UND BASHIR in der Cafeteria der Klinik. Sie holte sich an der Theke einen Salat, bezahlte und setzte sich zu ihnen.

»Ab morgen kümmern sich meine Leute darum«, sagte sie. »Ich werde Vincent darauf ansetzen.«

»Yasin konnte ich beruhigen«, sagte Bashir Adan. »Oscar hat großes Glück gehabt.«

»Tut mir leid.«

»Du kannst nichts für die Arschlöcher, die ihn verletzt haben. Das hätte ihm auch in London passieren können.«

Melia wusste das. Aber sie empfand es als peinlich, dass ihr Onkel ausgerechnet bei einem seiner seltenen Besuche mit einem Verbrechen an einem Landsmann konfrontiert wurde. Sie fühlte sich, als sei sie verantwortlich für die Sicherheit in dieser Stadt.

Nachdem Melia das letzte Stück Rohkost aus der Plastikschale gegabelt hatte, verabschiedeten sich Zeinab und Bashir von ihr. Sie wollten sich tatsächlich Brigitte Veihs Ausstellung ansehen.

»Du hast mich neugierig gemacht«, sagte Melias Onkel. »Die Mutter deines Freundes scheint eine Mischung aus Beuys und Banksy zu sein.«

»Die Mutter meines Mitarbeiters«, korrigierte sie und warf Zeinab einen strengen Blick zu. Doch die war schon aufgestanden, schlüpfte in ihre Jacke und tat so, als hätte sie nicht zugehört.

»Wir sehen uns heute Abend«, sagte Melia. »Ich hole euch ab.«

Als sie das Krankenzimmer betrat, glaubte sie zunächst, sich in der Tür geirrt zu haben. Entweder spielte ihr die Erinnerung an eine Poolparty in den Nullerjahren einen Streich, oder der Sohn von Onkel Bashirs Freund hatte sich deutlich verändert.

Der Mann im Bett trug weder eine Rockstarmähne noch hatte er glatte, engelhafte Wangen. Stattdessen einen gepflegten Vollbart. Erste weiße Haare an den Schläfen.

Auch ich bin älter geworden, rief sich Melia ins Bewusstsein.

»Oscar Ravani?«, fragte sie.

Er legte die Wochenendausgabe der *Düsseldorfer Morgenpost* beiseite. Ein misstrauischer Blick. Keine Antwort, kein Zeichen des Wiedererkennens.

In seinem Unterarm steckte eine Kanüle, die momentan nicht benutzt wurde. Ein zweiter Zugang am Hals, auch er verschlossen. Melia nahm an, dass man ihm per Tropf Schmerzmittel und Antibiotika verabreicht hatte. Aber nichts, was nachhaltig sedierte.

Der Mann war hellwach.

Sie zeigte ihren Dienstausweis und stellte sich als Leiterin der Kriminalinspektion 1 vor, zuständig für Gewaltkriminalität in dieser Stadt. Dann deutete sie auf die *Morgenpost*.

»Sie verstehen Deutsch?«

»Ein bisschen.« Oscar Ravani sprach fast akzentfrei.

War das tatsächlich der Junge, mit dem sie auf der Party stundenlang geknutscht hatte? Und mit dem sie sicher auch gevögelt hätte, wenn sie nicht gestört worden wären, als sie im Haus ein ruhiges Plätzchen suchten.

»Wenn Sie mögen, können wir uns auch auf Englisch unterhalten«, schlug Melia vor.

Ravani ging nicht darauf ein. »Ich kenne die Leute nicht, die mich angegriffen haben«, erwiderte er mit barschem Ton. »Das habe ich Ihren Kollegen schon gesagt.«

»Und der Grund des Angriffs?«

»Keine Ahnung. Ich habe keine Gesichter gesehen und kann niemanden beschreiben. Sie können also wieder gehen.«

»Ich möchte Sie trotzdem bitten, mir alles noch einmal zu erzählen.«

Er blickte zur Seite.

»Was haben Sie gestern Abend in der Altstadt gemacht?«

»Ich war … spazieren.«

Melia hatte das Zögern in Ravanis Antwort bemerkt. Er wirkte nicht ehrlich und benahm sich feindselig. Vielleicht ist er auch nur verstört, eine Folge des Traumas, das er gestern Abend erlitten hat, überlegte Melia.

»Ich habe in einem Restaurant in der City gegessen«, fügte er hinzu. »Mein Hotel liegt in der Nähe des Rheins. Die Nacht war warm, und ich dachte, es sei eine gute Idee, zu Fuß zu gehen.«

»Und dann?«

»Es waren Gruppen von jungen Leuten unterwegs, laut und betrunken. Denen wollte ich nicht begegnen. Ich wollte lieber allein sein. Deshalb habe ich mir Nebenstraßen ausgesucht. Aber vielleicht war gerade das ein Fehler.«

»Wie ist es passiert?«

»Ich hörte Schritte von hinten, und schon packte mich jemand am Hals.«

Um es vorzuführen, machte Oscar eine Bewegung mit dem Arm. Dabei verzog er sein Gesicht – die Wunden schmerzten.

»Ich habe versucht, mich loszureißen. Plötzlich fuhr mir ein Stich in die Brust. Zum Glück hat er mich nicht richtig getroffen.«

Er berührte die Stelle. Vom Verband war nichts zu sehen, weil er darüber einen dieser Krankenhauskittel trug, die den Hintern entblößten, wenn man aufstand und nicht aufpasste. Offenbar befanden sich Ravanis Sachen noch im Hotel.

»Ich schrie und versuchte, die Kerle abzuschütteln. Ich bekam noch etwas am Arm ab, aber dann sind sie auch schon weg, weil plötzlich Leute da waren.«

»Sie sagen ›die Kerle‹? Also mehr als einer?«

»Zwei, glaube ich. Die Schritte hinter mir – das war nicht nur eine Person. Und die haben etwas geflüstert, bevor mich der eine Typ gepackt hat. Aber vielleicht ...«

»Ja?«

»Vielleicht täusche ich mich auch.« Oscar hob beschwichtigend die Hände und fiel wieder in seinen abweisenden Ton zurück. »Es ging alles sehr schnell. Ich war im Schock und erst im Krankenwagen wieder voll da. Wie gesagt, keine Beschreibung. Sie verschwenden Ihre Zeit.«

»Sie hatten Glück, dass im richtigen Moment Leute zu Hilfe kamen.«

»Allerdings.«

»Sind Sie beruflich in Düsseldorf oder als Tourist?«

Er zögerte sekundenlang. »Beruflich.«

»Was arbeiten Sie?«

»Journalist.«

»Für welche Zeitung?«, fragte Melia, der das Gespräch viel zu schleppend verlief.

»Verschiedene Medien. Freelancer.«

Ravani blieb einsilbig.

Melia wusste, dass Oscars Vorfahren aus Indien oder Pakistan stammten. Yasin, der Name seines Vaters, war islamischen Ursprungs. Vielleicht hatte Oscar mal in Deutschland gelebt und beherrschte deshalb die Sprache.

»Waren der oder die Angreifer Männer?«, fragte sie.

»Ja, das nehme ich an.«

»Wurden Sie beschimpft?«

Ravani schüttelte den Kopf.

»Keine rassistischen Ausdrücke?«

»Nein.«

Das war seltsam. In der Akte stand etwas anderes.

»Sicher?«, fragte Melia nach.

»Daran würde ich mich erinnern.«

Sie nickte und versuchte, ihre Gedanken zu ordnen. Ihr Blick fiel auf die Zeitung. Der Wirtschaftsteil war aufgeschlagen.

»Sie halten sich also wegen einer Recherche in der Stadt auf.«

»Habe ich das gesagt?«

»Haben Sie gestern Abend allein gegessen oder einen Informanten getroffen?«

»Ich war allein.«

»Verraten Sie mir den Namen des Restaurants?«

»Twelve Monkeys. Das wissen Sie doch ganz genau. Warum stellen Sie mir solche Fragen?«

Wusste Melia nicht. Aber von dem Lokal hatte sie schon mal gehört. Teuer und schick.

»Gute Küche?«, fragte sie.

»Sehr gut«, antwortete Ravani und lächelte knapp.

Er war es. Melia wusste es jetzt. Der Junge, der zur Gitarre so zärtlich gewesen war. Und zu ihr auf andere Weise auch. Aber sie zögerte, das anzusprechen. Etwas stimmte mit Oscar nicht.

»Wollen Sie mir verraten, was Sie wirklich vorhatten, Herr Ravani?«

»Ich bin müde. Gehen Sie jetzt.«

»Was ist los?«

»Diese Leute haben gewonnen. Sagen Sie ihnen das. Ich will nur meine Ruhe.«

»Welche Leute?«

»Sie wissen genau, wen ich meine, Frau Kriminalrätin. Momentan vertraue ich hier nur dem Personal auf dieser Station. Und wenn sie jetzt nicht endlich gehen, drücke ich die Klingel und lasse Sie hinauswerfen.«

04

ZUR VERABREDETEN ZEIT KLINGELTE MELIA am Hauseingang ihrer Mutter. Sie musste nicht lange warten. Zeinab und ihr Besuch traten in bester Feierlaune auf die Straße. Sie hatten sich schick gemacht. Melia hielt ihrer Mutter die Beifahrertür auf und verteilte Komplimente.

»Kleine Planänderung«, sagte sie beim Losfahren. »Ich habe umgebucht.«

»Wo geht es hin?«, fragte Zeinab.

»Überraschung. Heute übernehme ich die Rechnung.«

Ihre Mutter wollte widersprechen, doch Melia winkte ab. »Keine Widerrede. Das ist Teil des Geburtstagsgeschenks.«

Von hinten meldete sich Bashir: »Aber ich wollte doch …«

»Kommt ebenfalls nicht infrage.«

Doch Melia fürchtete, dass diese Diskussion noch nicht beendet war.

Zwischen Schauspielhaus und Hofgarten erhob sich das sogenannte Dreischeibenhochhaus, ein elegantes Symbol des Wirtschaftswunders der späten Fünfzigerjahre.

Im Erdgeschoss befand sich das Twelve Monkeys.

Eine Kellnerin führte Melia, Zeinab und Bashir an einen

Tisch am Fenster. Der Blick ging auf den Park sowie einen auffälligen Einkaufskomplex, den der US-Stararchitekt Daniel Libeskind vor wenigen Jahren entworfen hatte. In ihrem Zentrum stellte die Stadt ihren Reichtum zur Schau. Die einen hatten daran teil, die anderen durften ihn bestaunen.

Melia blickte sich im Inneren des Restaurants um, das zu den jüngeren Adressen der gehobenen Gourmetszene zählte. Goldbraune Holzlamellen an den Wänden, Säulen im Petrolton, schwarzer Marmor auf dem Boden. Großer Abstand zwischen den Tischen sorgte für Diskretion. Was am Nachbartisch gesprochen wurde, bekam man nicht mit.

Der ideale Ort, um einen Informanten zu treffen, dachte Melia.

Vorausgesetzt, der Auftraggeber geizte nicht bei den Spesen.

Melia stellte sich Oscar Ravani als Reporter vor, der für den Wirtschaftsteil einer angesehenen Londoner Zeitung arbeitete. Ein großes, internationales Thema, das auch in Deutschland mächtige Interessen berührte.

Diese Leute haben gewonnen.

Oscars Verhalten gab ihr Rätsel auf. Sie ermahnte sich, nicht auf seine Paranoia hereinzufallen. Wahrscheinlich handelte es sich bei der Messerattacke um eine rassistische Gewalttat. Oder um einen missglückten Raubüberfall. Möglich auch, dass Oscar in seiner arrogant wirkenden Art betrunkene Jugendliche beleidigt hatte. Vielleicht eine Mischung aus alldem.

Sie studierten die Karte und gaben ihre Bestellung auf. Bashir lobte Brigitte Veihs Ausstellung in höchsten Tönen. Er hatte sogar etwas erworben. Ein kleinformatiges Werk, das in den Koffer passte, sowie einen Koloss von Katalog, den er von der Künstlerin hatte signieren lassen – als Geburtstagsgeschenk für Zeinab.

Danach hatte er sich weiter um den Sohn seines Freundes gekümmert. War zu dessen Hotel gefahren, hatte das Zimmer geräumt und ihm die wichtigsten Sachen ins Krankenhaus gebracht.

»Weißt du, für welche Zeitung Oscar aktuell unterwegs ist?«, fragte Melia. »Mir gegenüber macht er ein Geheimnis daraus.«

»Wenn dir das wichtig ist, kann ich Yasin fragen. Ich sehe ihn morgen, wenn ich wieder in London bin.«

»Das wäre fein.«

»Wie war das Wiedersehen mit Oscar?«

»Wie meinst du das?«

Bashir zwinkerte. »Tu nicht so, Melia. Wie alt warst du, als ihr zuletzt bei mir wart? Achtzehn, neunzehn? Jedenfalls warst du ganz schön verknallt in Yasins Sohn. Und Zeinab, du in Yasin, stimmt's?«

»Jetzt hör bloß auf«, empörte sich Melias Mutter.

»Jedenfalls wird es höchste Zeit, dass ihr mal wieder nach England kommt.«

Nach dem Hauptgang nahm Melia die Kellnerin zur Seite und befragte sie zu dem vorigen Abend. Sie beschrieb den Journalisten. Die Angestellte konnte sich nicht erinnern.

Sie gingen an das Pult beim Eingang, auf dem das Reservierungsbuch lag. Die Bedienung blätterte einen Tag zurück und fuhr mit dem Finger die Seite entlang.

»Hier: Ravani, 20 Uhr, zwei Personen. Er bekam den Tisch Nummer fünf. Das ist nicht mein Sektor.«

»Wer kann mir mehr erzählen?«

Sie winkte den Sommelier herbei.

Der bestätigte, dass Oscar hier gewesen war.

Ein südländisch wirkender Herr, auf den die Beschreibung passte, hatte am Ecktisch Nummer fünf gesessen. Der Sommelier konnte sogar den Namen des Chablis nennen, den der Gast zu seinem Steinbutt getrunken hatte.

Zunächst hatte er nur Wasser bestellt. Wartete geschätzte dreißig Minuten lang. Erst dann begann er, in der Karte zu blättern. Behielt auch während des Essens den Eingangsbereich im Blick, aber niemand gesellte sich im Lauf des Abends zu ihm.

Seine Verabredung hat ihn versetzt, schlussfolgerte Melia.

Um Mitternacht saß sie mit Zeinab und Onkel Bashir in der Küche ihrer Mutter. Sie öffneten eine Flasche Winzersekt von der Nahe und stießen auf Zeinabs Sechzigsten an. Melia küsste sie auf beide Wangen und gab ihr einen Umschlag, der einen Hotelprospekt enthielt – die Einladung für einen gemeinsamen Wellnessaufenthalt in der Eifel.

Bashir überreichte den schweren Katalog mit Hochglanzabbildungen der wichtigsten Werke Brigitte Veihs aus den letzten zehn Jahren. Zeinab freute sich über die persönliche Widmung der Künstlerin. Melia sah ihr an, dass sie ratlos war, wo sie das großformatige Buch aufbewahren sollte. Voller Stolz zeigte Bashir ihnen im Katalog die Collage, die er erworben hatte.

Sie zeigte eine Frau, die aus einem Haus sprang. Ein sehr düsteres Motiv. Melia erinnerte sich, dass es im letzten Jahr an zahlreichen Orten der Stadt plakatiert worden war. Die Aktion hatte für Aufsehen gesorgt und die Auseinandersetzung um Mietwucher und Wohnungsnot angeheizt. Bashir musste ein kleines Vermögen für das Bild bezahlt haben.

Melia blieb nicht lange. Von ihrem Onkel verabschiedete

sie sich mit einer innigen Umarmung. Wer wusste schon, wann sie sich wiedersehen würden.

Auf dem Heimweg grübelte Melia über Oscar Ravani nach. So verschlossen und misstrauisch – womit hielt er hinter dem Berg?

Zu Hause nahm sie sich die Berichte vor, die ihr der Dienstgruppenleiter der Altstadtwache kopiert hatte. Melia verglich sie mit dem Protokoll, das sie selbst nach ihrem Gespräch in der Klinik angefertigt hatte. Oft setzten sich erst mehrere Aussagen zu einem klaren Bild zusammen. Aber hier verhielt es sich umgekehrt.

Der Geschäftsmann aus Hamburg, der das Interconti als seine Düsseldorfer Adresse angegeben hatte, war sicher gewesen, eine rassistische Beschimpfung gehört zu haben. Doch das hatte Oscar verneint.

Warum?

Die vier übrigen Zeugen waren auf den Verletzten gestoßen, als sie gemeinsam ein Steakhaus verließen. Zwei junge Pärchen, zum Teil Arbeitskollegen bei der Rheinbahn. Übereinstimmend sprachen sie von nur einem Unbekannten, der davongelaufen war.

Was ebenfalls Oscars Aussage widersprach.

Es gab keine brauchbare Täterbeschreibung.

Vielleicht haben meine Kollegen auch nur schlampig gearbeitet, dachte Melia. Hatten dem Fall keine Erfolgsaussichten eingeräumt und nicht mehr als das Allernötigste getan.

Kein Grund, eine Verschwörung zu wittern, nur weil Oscar das tat.

Aber ich werde den Überfall weiter untersuchen lassen.

Und beim nächsten Besuch werde ich den Journalisten an unsere gemeinsame Vergangenheit erinnern.

MONTAG

05

SINGAPUR

NACHDEM SICH DIE BÜROTÜR hinter seiner Kollegin Angelina geschlossen hatte und er wieder allein war, atmete Robin Chan tief durch und trat an die Fensterfront. Sein Blick ging aus dem vierzehnten Stockwerk auf das Fragrance Empire Building und die Bucht bis hinüber zu Sentosa Island. Das Hochhaus, in dem er sich befand, gehörte zu dem Komplex Mapleleaf Business City II, der erst vor wenigen Jahren fertiggestellt worden war. Eine feine Adresse für Worldcard Singapore Pte Ltd.

Robin erinnerte sich daran, wie stolz er sich gefühlt hatte, als ihn vor einem halben Jahr ein Headhunter ansprach und er bei dem deutschen Finanzkonzern als Jurist anheuerte. Zu dem Zeitpunkt fand er, dass er perfekt in ein Unternehmen aus dem Land des Fleißes, des Pflichtbewusstseins und der korrekten Organisation passte – Eigenschaften, die auch Robin sich zuschrieb.

An die Aussicht von hier oben gewöhnte man sich. Das Gehalt war ordentlich, aber er hatte auch eine Familie zu ernähren. Und was die Arbeit anbelangte, war sein Vertrauen in die Eigenschaften des deutschen Arbeitgebers in den letzten Minuten gedämpft worden.

Robin kopierte die Daten des USB-Sticks, den Angelina ihm dagelassen hatte, auf seine Festplatte. Dann griff er zum Telefon und rief Rahul an. Es war Zeit fürs Mittagessen. Und dafür, einen Rat einzuholen.

Rahul Kumar war Jurist wie er, ehemaliger Staatsanwalt und bei der Schwestergesellschaft Worldcard Asia für Compliance zuständig, also die Einhaltung der Gesetze und der guten Sitten.

Rahul meldete sich sofort.

»Mittagessen?«, fragte Robin.

»Gern.«

»Kaisen Ichi?«

»Perfekt.«

Das japanische Restaurant lag im benachbarten Businesskomplex. Robin erinnerte sich, dass sich an dieser Stelle einmal ein riesiges Einkaufszentrum erstreckt hatte. Die Betonfläche hatte man aufgebrochen und zwischen die neuen Häuser eine tropische Gartenanlage gesetzt. Robin liebte das Grün vor der Glasfassade, aber heute beruhigte es ihn nicht.

Er stocherte ohne großen Appetit in seinem Essen herum, einer Bowl mit Sashimi von verschiedenen Fischen mit Lachskaviar auf Sushi-Reis.

»Was hältst du von Pratama Setjawan?«, fragte er Rahul, der seine Udon-Nudeln schlürfte.

»Er stammt aus Indonesien und ist schon ewig lange bei uns. Als Finanzchef von Worldcard Asia ist er die rechte Hand von Marek Weiß, zumindest was unseren Kontinent anbelangt. Warum fragst du?«

»Eine Mitarbeiterin von ihm hat sich mir anvertraut. Pratama hat mehrfach Rechnungen umdatiert. Und er manipuliert die Umsätze. Da werden Firmen erfunden und Geldströme, die es gar nicht gibt.«

»Glaubst du ihr?«

Robin blickte sich um, dann schob er den Stick zu Rahul hinüber. »Schau dir das an, dann glaubst du ihr auch.«

»Das sind sehr schwerwiegende Vorwürfe.«

»Warum tut Pratama so etwas?«

»Je besser seine Zahlen, desto mehr Lob und Provision fährt er ein.«

»Und wenn große Beträge bei einer Firma verschwinden, die es nicht gibt?«

»Willst du damit sagen, unser Finanzchef veruntreut Gelder?«

Robin zuckte mit den Schultern. »Was soll ich bloß tun? Ich bin hier nur ein kleines Rad. Pratama macht mich fertig, wenn ich ihn zur Rede stelle. Er wird eine Ausrede erfinden und mich als Lügner darstellen.«

»Kennst du das CAD?«

»Natürlich.«

Robin hatte befürchtet, dass das Gespräch auf das Commercial Affairs Department kommen würde. Dabei handelte es sich um eine der mächtigsten Abteilungen der Singapurer Polizei, und sie kannte kein Pardon. In einem Staat, der Sauberkeit ganz groß schrieb und seinen Bürgern bereits hohe Geldstrafen auferlegte, wenn sie auf einer öffentlichen Toilette vergaßen, die Wasserspülung zu betätigen, wurden Wirtschaftsdelikte besonders drastisch geahndet.

»Wenn es stimmt, was du sagst, Robin, dann macht sich nicht nur Pratama strafbar. Sondern auch jeder, der davon weiß.«

»Soll ich Pratama Setjawan anzeigen?«

»Nein. Wir müssen verhindern, dass uns das CAD die Büros auf den Kopf stellt. Aber wir sollten der Zentrale in Deutschland Bescheid geben. Kennst du Paulina Jovic?«

Robin nickte. Er hatte sie getroffen, als er in Moosbruck gewesen war. Seines Wissens war Paulina die stellvertretende Leiterin der dortigen Rechtsabteilung.

»Wir prüfen die Daten gemeinsam mit ihr«, schlug Rahul vor und widmete sich wieder seinen Nudeln.

06

DÜSSELDORF

VINCENT LIEBTE ES, SICH ZUM Wochenstart ein frisch gebackenes Roggenbrot zu kaufen. Der kleine Laden unweit seiner Haustür bezog es von einer der besten Bäckereien der Stadt. Dunkle Kruste, im Inneren fast saftig – seine momentane Lieblingssorte.

»Und eine *Morgenpost*, bitte.«

Sein Smartphone tutete kurz.

Vincent legte einen Geldschein auf den Tresen. Während die Verkäuferin die Zeitung und das Kleingeld herausgab, blickte er aufs Display.

Melia, seine unmittelbare Vorgesetzte.

Sie hatte ihm per WhatsApp getextet. In ihrem typischen Stil. Bloß kein Wort zu viel.

Gefährliche Körperverletzung an einem Briten Oscar Ravani. Bitte Bericht bis zum Nachmittag.

Das Brot war fast ofenwarm. Vincent steckte die Münzen in die Hosentasche. Noch nicht mal sieben Uhr. Zeit genug, um rasch noch den Sportteil durchzublättern, bevor er in die Festung fuhr.

Was es mit dem Typen von der Insel auf sich hatte, würde Vincent noch früh genug herausfinden.

Als er den Treppenabsatz vor seiner Wohnungstür erreichte, fiel sein Blick auf die neue Nachbarin, die zwei Meter weiter auf ihrer Fußmatte kniete und hektisch auf ihrem Handy tippte.

»Haben Sie sich ausgesperrt?«

Die Frau sah auf. »Morgen, Herr Veih.« Hochroter Kopf, strähniges Haar, Sportklamotten. Vincent schätzte sie auf Anfang dreißig.

»Wen rufen Sie an?«, fragte er.

»Na, den Schlüsseldienst!«

»Welchen?«

Sie hob ihr Handy hoch und schien sich über seine Frage zu wundern. »Den ersten, den ich im Netz finden konnte.«

»Der Name beginnt mit AAA, der Mechaniker kommt vom Ende der Stadt, und allein für die Anfahrt werden fünfhundert Euro fällig.«

»Sind diese Leute echt so schlimm?«

»Haben Sie drinnen einen Ersatzschlüssel?«

Sie nickte.

Vincent fiel auf, dass ihre Tür über drei Schlösser verfügte. Neben dem normalen gab es nicht bloß einen Querriegel, wie es in diesem Haus üblich war, sondern noch einen zweiten auf Brusthöhe.

»Wie sieht es auf der anderen Seite aus? Steht dort vielleicht etwas offen? Fenster, Terrassentür?«

Sie schlug die Hand vor den Mund. »Ich hab gelüftet. Womöglich hab ich vergessen …«

»Das passt doch. Dann kommen Sie mal rein, Frau …«

Er öffnete seine Tür und hielt sie auf.

Ihm fiel der Name ein. Hier oben hatte sie kein Schild angebracht, aber unten an der Klingel stand *A. Tobler*. Sie war schlank und groß, wenn auch einen Kopf kleiner als er.

Enganliegende Funktionskleidung in Violett und Grau. Auf ihrer Stirn ein Film aus Schweiß.

»Waren Sie laufen, Frau Tobler?«, fragte er.

»Mhm.«

»Muss ich auch mal wieder machen.«

In seinem Wohnzimmer blieb die Nachbarin vor dem großen gerahmten Schwarz-Weiß-Foto stehen, das die Wand über dem Sofa dominierte. Vincent liebte es aus mehreren Gründen. Es zeigte das Gesicht einer Frau, mittelalt, breite Wangenknochen, unfrisiert und ungeschminkt. Lebenslänglich wegen Mordes inhaftiert, wie Vincent wusste. Im harten Licht der Fotografin zeichnete sich jede einzelne Falte ab.

Der Blick der Frau schlug jeden Betrachter in seinen Bann.

»Wow!«, sagte die Nachbarin. »Wie viel ist das wert?«

»Keine Ahnung.«

»Ich habe drüben ein Buch über die Künstlerin. Darin wird genau dieses Bild besprochen. Die Serie war ihr Durchbruch, stimmt's?«

Sieh an, eine Kennerin, dachte Vincent.

Mit großen Augen fragte sie: »Ist Brigitte Veih etwa …«

Er nickte. »Meine Mutter.«

Frau Tobler runzelte die Stirn. »Und Sie arbeiten tatsächlich bei der Polizei?«

So reagierten alle, mit denen er über seine Mutter sprach.

Er öffnete die Terrassentür. Die Nachbarin folgte ihm hinaus. Er wies auf die dünne Trennwand, hinter der ihr Teil der Dachterrasse lag. Sie trat an die Brüstung und blickte vier Stockwerke tief nach unten.

»Da passiert nichts«, sagte Vincent.

Sie hielt sich an der Abtrennung fest und stieg auf die

breite Brüstung. Er wollte sie stützen, doch sie war bereits einen Schritt weiter und ließ sich auf ihrer Seite hinab.

Von dort aus lugte sie noch einmal um die Trennwand und streckte die Hand aus. »Antonia.«

Er ergriff sie. »Vincent.«

»Hab vielen Dank, Vincent.«

»War mir ein Vergnügen, Antonia. Schöner Name.«

»Kaffee?«

»An sich gern, aber ich muss jetzt zum Dienst. Ein andermal gern.«

Sie fuhr sich durchs Haar.

»Alles klar?«, fragte Vincent. »Kommst du in deine Wohnung?«

Sie nickte.

Er begriff. »Soll ich für dich nachsehen, ob alles safe ist?«

»Nicht nötig.« Sie lächelte, wirkte aber dennoch angespannt. »Sorry, dass ich so ein Nervenbündel bin. Die neue Nachbarin macht sicher einen fürchterlichen Eindruck auf dich.«

»Ganz und gar nicht.«

Sie verzog das Gesicht, als glaube sie ihm nicht.

Er ging in seine Wohnung zurück und griff nach Jacke und Tasche. Höchste Zeit, zum Dienst aufzubrechen. Der Sportteil der Zeitung musste bis zum Abend warten.

Als Vincent seine Tür zuzog, klirrte nebenan die Kette einer zusätzlichen Absicherung, die man von außen nicht sah. Offenbar vertraute Antonia Tobler den beiden Querriegeln nicht allein. Und sicher hatte sie rasch auch alle Fenster geschlossen.

Auf dem Weg nach unten spielte Vincents Handy den Klingelton, *Gimme Shelter* von den Stones.

Anna Winkler, seine Stellvertreterin.

»Morgen, Vinnie«, grüßte sie. »Die Kollegen der Polizeiinspektion Nord melden gerade eine Leiche. Weiblich, Spuren von Gewaltanwendung, teilweise entkleidet, heißt es.«

»Kannst du das übernehmen?«

Neben Anna fungierte auch Bruno Wegmann als MK-Leiter, doch der war diese Woche auf einer Fortbildung.

»Yep«, antwortete sie.

»Wo liegt die Tote?«

Anna gab die Adresse durch und fügte hinzu: »Das dachte ich mir schon, dass du dir den Anblick nicht entgehen lassen willst.«

»Wir treffen uns vor Ort«, erwiderte Vincent und stieg in seinen Wagen.

07

NUR HUNDERT METER WEITER, dachte Vincent, und wir hätten mit dem Fall nichts zu schaffen. Spätestens am Fuß des Hügels, jenseits des Bachlaufs, wäre er Sache der Kreispolizei Mettmann.

Vincent hatte den Stadtteil Knittkuhl im Nordosten Düsseldorfs durchquert. Eine Wohnsiedlung aus den Sechzigern und ein paar Höfe, umgeben von Feldern und Wald in den Ausläufern des Bergischen Landes. Die schmale Straße, die Anna ihm genannt hatte, führte direkt hinaus in die Pampa.

Schon von Weitem erkannte Vincent einen Streifenwagen sowie den Transporter der Spurensicherung bei einer Gruppe von Bäumen. Anna war noch nicht da.

Um Platz für weitere Fahrzeuge zu lassen, die noch kommen würden, steuerte Vincent seinen Wagen ins Gras und ging zu Fuß weiter. Gleich dahinter ging das Sträßchen in einen Feldweg über. Hier wachte ein Uniformierter, den Vincent nicht kannte.

Er zeigte ihm die Marke.

Der Mann nickte und brummte einen Gruß.

Dann zweigte im spitzen Winkel ein weiterer Weg ab, beschrieb eine Kurve und führte in das Bachtal hinab. Irgendwo dort kreuzte er die Stadtgrenze zu Ratingen. Die Gabelung rahmte ein kleines Wäldchen ein – mehr als nur ein paar Bäume, erkannte Vincent jetzt. Ein Stückchen Wildnis. Hohes Gras, dornige Ranken, dichtes Gestrüpp.

Drei Kollegen in weißen Overalls waren weiter drinnen beschäftigt. Ein Generator sprang an. Ein Scheinwerfer flammte auf.

Ein zweiter Uniformierter, Bauch und Vollbart, näherte sich.

Vincent stellte sich zum zweiten Mal vor.

»Ihr wart die ersten hier?«, fragte er.

Der Bärtige nickte. »Schreckliche Sache, ein junges Ding.«

»Wann kam der Anruf?«

»Knappe Stunde.«

»Wen habt ihr als Zeugen?«

»Nur den Tünnes, der sie gefunden hat. War hier mit seinen Hunden unterwegs. Wir haben ihn nach Hause geschickt.« Er deutete zur Siedlung hinüber. »Hat versprochen, sich bereitzuhalten.«

Ein Auto rumpelte heran, und Vincent dachte an Anna. Doch es war nicht ihr Wagen, sondern ein Golf, älteres Baujahr, fast schon historisch. Gretel Schwab stieg aus, eine Ärztin des rechtsmedizinischen Instituts der Uni Düsseldorf. Vincent ging ihr entgegen und begrüßte sie mit Handschlag.

Aus dem Transporter holte er Overalls für sich und Dr. Schwab. Dann sprach er einen der Weißkittel an.

»Wie kommen wir zur Leiche, ohne allzu viel kaputtzumachen?«

»Am liebsten gar nicht.«

Der Mann legte Flatterband aus, um einen Pfad zu

markieren. Ihn zu verlassen war ab jetzt tabu für jeden, der nicht zur Spurensicherung gehörte. Auch Vincent hielt sich daran. Die Ärztin folgte ihm. Nach rund zwanzig Metern standen sie im Lichtkreis des Scheinwerfers.

Die Tote lag bäuchlings auf Moos, Gras und Steinen. Die Hose hatte man ihr bis über die Knie herabgezogen. Ihr blasser Po leuchtete.

Das Gesicht lag in einer schwarzen Lache, die längst getrocknet war. Vincent fiel immer mehr Blut auf. Es färbte den Boden dunkel und war bis in die Farne gespritzt, die etliche Meter entfernt im Schatten der Bäume wuchsen. Vincent näherte sich vorsichtig dem Leichnam und ging in die Hocke.

Er sah einen tiefen Schnitt durch ihre Kehle – die Ursache des Blutbads.

Maden, Käfer und dicke, grüne Fliegen.

Eine Kollegin der Kriminaltechnik suchte mit einer kleinen Bürste das Haar der Toten nach Spuren ab. Hautschuppen, die vielleicht nicht ihre waren, fremde Haare. Ein zweiter Techniker klebte die Kleidung mit Folienstreifen ab. Auch Gretel Schwab stellte ihren Koffer dazu und machte sich an die Arbeit.

Vincent wandte sich ab. Er hatte genug gesehen und würde nur stören. Ein weiterer Weißkittel sprach ihn an, und Vincent erkannte Fabri, was ihn mit Trost erfüllte. Es tat gut, den Chef der Kriminaltechnik an diesem Ort zu wissen.

»Es ist hier geschehen«, sagte Vincent.

Fabri nickte.

»Siehst du die abgeknickten Zweige dort drüben?«, fuhr Vincent fort. »Den zerkratzten Untergrund? Der Täter hat die Frau durch die Büsche bis an diese Stelle geschleift.

Habt ihr schon den Feldweg auf der anderen Seite wegen möglicher Fahrspuren gecheckt?«

»Wir sind auch erst seit ein paar Minuten da, Vincent. Sag mal, seit wann machst du diesen Job?«

Er wusste, was kommen würde. Trotzdem antwortete er: »Als Sachbearbeiter Mord fast zwanzig Jahre. Als Dienststellenleiter sind es acht.«

»Aber ungeduldig wie am ersten Tag. Ich fürchte, du änderst dich nie.«

Endlich traf Anna ein. Mit ihr stieg auch Hamid Belhanda aus. Die beiden hatten sich bei der Fahrbereitschaft einen zivil lackierten BMW besorgt.

»Wen haben wir noch im Team?«, fragte Vincent zur Begrüßung.

»Dominik und Kim«, antwortete seine Stellvertreterin. »Felix übernimmt wie immer die Aktenführung. Erhan und Gisa können den Kram auf Eis legen, an dem sie gerade arbeiten, also sind wir sieben. Der Rest ist aufgabenmäßig gebunden, in Urlaub oder auf Fortbildung.«

Vincent nahm sich vor, Melia um Verstärkung zu bitten.

»Wie sieht's aus?«, fragte Anna.

»Es handelt sich um eine junge Frau zwischen zwanzig und dreißig Jahren. Identität bislang unbekannt, sie hat weder ein Handy noch Papiere bei sich. Ihr Hals ist durchtrennt worden. Möglicherweise ein Sexualdelikt. Mehr wird uns hoffentlich die Rechtsmedizinerin sagen.«

»Da kommt sie.«

Gretel Schwab kämpfte sich mit ihrem Koffer aus dem Gestrüpp. Ein Dornenzweig zerrte an ihrem Hosenbein. Sie riss sich los.

»Und?«, fragte Vincent.

Die Ärztin atmete tief durch. »Die Leichenstarre beginnt sich allmählich zu lösen. Die Temperatur hat sich bereits der Umgebung angeglichen. Ich muss noch ein paar Berechnungen anstellen. Vielleicht gibt auch der Madenbefall genaueren Aufschluss über den Todeszeitpunkt.«

»So ungefähr?«

»Ich schätze mal, sie starb im Lauf des Samstags. Allerspätestens Sonntagfrüh.«

»Spuren von Missbrauch?«

»Wenn ich die Leiche auf meinem Tisch habe, sehen wir weiter.«

»Du hast da eine Made auf deinem Ärmel.«

Dr. Schwab wischte das Würmchen weg.

08

BEVOR ER SEINEN WAGEN STARTETE, informierte Vincent den zuständigen Staatsanwalt. Danach rief er Melia an. Dabei erinnerte er sich an ihren Auftrag. Gefährliche Körperverletzung. Ein Brite.

Seine Vorgesetzte meldete sich nach dem ersten Klingeln.

»Mit welcher Entschuldigung schwänzt du die K-Leiter-Sitzung?«, fragte sie.

Sie meinte das Routinetreffen der Chefs aller Kripokommissariate, das zur Stunde stattfand. Er konnte sich nicht vorstellen, dass er viel verpasste.

»Ein Tötungsdelikt mit unbekanntem Täter draußen in Knittkuhl«, antwortete er und schilderte in knappen Worten, worum es ging.

»Brauchst du Verstärkung?«, fragte sie.

»Timo Czerny vom Rauschgift und Lennart Bauer von den Vermissten wären toll. Aber wenn du mir zwei alte Hasen aus unserer Inspektion beschaffen kannst, bin ich ebenfalls happy.«

»Mal sehen, was ich machen kann. Hast du dir Oscar Ravani schon angeschaut?«

»Ist das der Brite?«

»Richtig. Gefährliche Körperverletzung. Altstadt, Nacht zum Sonntag. Der Vorgang müsste inzwischen auch bei euch liegen.«

»Was ist das Besondere daran?«

»Lies es dir bitte mal durch. Da gibt es Ungereimtheiten. Und sprich bitte noch einmal mit den Zeugen. Ich fände es peinlich und fatal, wenn der Täter davonkommt.«

Vincent versprach, sich darum zu kümmern.

Immerhin hatte sie bitte gesagt. Zweimal sogar.

Was ungewöhnlich war.

Obwohl der Strom der Berufspendler bereits nachließ, benötigte Vincent ganze vierzig Minuten vom Tatort am Stadtrand bis zum Polizeipräsidium im Süden des Zentrums. Eine Zugabe von fünf weiteren, bis er eine Parklücke gefunden und seinen Wagen zwischen zwei Streifenwagen gequetscht hatte.

Er eilte auf den Eingang der Festung zu. Niemand wusste mehr, wann das Gebäude diesen Spitznamen erhalten hatte. Vor allem der auffällig hohe, mit Naturstein verkleidete Sockel verlieh ihm einen abweisenden Charakter. Darüber erhob sich ein vierstöckiger Kasten aus braunen Ziegelmauern. Die meisten Betrachter tippten auf Naziarchitektur, doch geplant worden war der Komplex schon vor 1933.

Vincent grüßte den Kollegen an der Pforte, durchschritt das denkmalgeschützte Foyer und stieg in den Paternoster. Im zweiten Stock steuerte er den Seitenflügel an, tippte den Code in das Kästchen neben der Glastür und drückte sie beim Summton auf.

Wie jeden Morgen führte ihn sein Weg zuerst ins Geschäftszimmer seines Kommissariats, wo er Nora grüßte, die Schreibkraft.

»Die K-Wache hat uns etwas ins Fach gelegt«, sagte die Angestellte gut gelaunt und schob ihm eine dünne Akte über den Tisch.

Er schlug den Deckel auf.

Der Fall Oscar Ravani.

Vincent nahm die Akte mit in sein Büro. Er überflog die Strafanzeige der Schutzpolizei und den Bericht der Kriminalwache. Messerangriff aus scheinbar heiterem Himmel. Ein Team der Altstadtwache hatte den Tatort gesichert, die Zeugen befragt und die Kriminalwache verständigt, die an den Wochenenden für die eigentlich zuständigen Sachbearbeiter einsprang und die ersten Schritte unternahm.

Vincent registrierte, dass das Opfer rassistisch beleidigt worden war. Den Staatsschutz hatten die Kollegen aber nicht eingeschaltet. Also hatte man die Beleidigung nicht für gravierend gehalten.

Wer nun für die Sache zuständig war, hatte Vincent zu entscheiden. Normalerweise verwies er solche Sachen an die Kripokollegen des Kommissariats vor Ort, also der Altstadtwache. Denn es lag weder eine klare Tötungsabsicht vor, noch war das Opfer lebensgefährlich verletzt worden.

Außerdem war sein eigenes Team zur Genüge beschäftigt.

Andererseits hatte Melia ihn auf Ravani angesetzt.

Vincent schaltete seinen Rechner ein, um zu sehen, ob es im polizeilichen Erfassungssystem noch mehr zum Fall gab.

Sieh an: Melia selbst hatte den Gast aus London befragt. Ihrem Protokoll zufolge konnte sich das Opfer an keine rassistische Beschimpfung erinnern.

Und Ravani hatte den Eindruck, es seien zwei Angreifer gewesen.

Da gibt es Ungereimtheiten.

Melia hatte sich ausführlicher mit dem Fall befasst. Was äußerst ungewöhnlich war.

Vincents Neugier war geweckt.

Aussagen verschiedener Zeugen stimmten nach seiner Erfahrung nie ganz überein. Jeder Beteiligte beobachtet nur einen Ausschnitt des Geschehens. Blickwinkel unterscheiden sich, Vorurteile beeinflussen die Wahrnehmung. Alkohol tut das Übrige – gerade an Wochenenden in der Altstadt.

Der Vorfall hatte sich mitten in der Nacht ereignet. Die Beteiligten standen unter Stress. Sie mussten sich um einen Mann kümmern, der nach Messerstichen blutete.

Ganz normal, dass die Akte kein klares Bild vermittelte.

Die Wahrheit steht nie im Protokoll.

Sprich bitte noch einmal mit den Zeugen.

Wie du meinst, Chefin.

Vincent fand deren Handynummern. Beim ersten Anruf erreichte er eine Mailbox und hinterließ seine Bitte um Rückruf. Schon beim zweiten klappte es – er bekam Tabea Brand an die Strippe, die gemeinsam mit drei Freunden im Steakhaus gegenüber dem Tatort gegessen hatte.

Vincent stellte sich vor. »Ich möchte gern noch einmal mit Ihnen über den Vorfall vom Samstagabend reden. Heute im Lauf des Tages, am besten bei mir im Präsidium.«

»Können Sie auch zu mir kommen?«, erwiderte sie.

Tabea Brand arbeitete als Flugbegleiterin und hatte gerade noch zwei Stunden Zeit, bevor sie zum Dienst musste. Verschiedene Routen, Übernachtungen im Ausland. Erst in vier Tagen würde sie wieder im Lande sein.

Vincent benötigte eine knappe halbe Stunde zu ihrer Adresse in Meerbusch-Strümp. Ein Apartment unter dem Dach eines Mehrfamilienhauses.

Die Zeugin war schlank und klein, vermutlich erfüllte sie gerade so die Mindestgröße für Stewardessen. Ihre Stimme klang hell, fast piepsig. Ende zwanzig, schätzte Vincent. Sie trug bereits die Uniform ihrer Airline – weinrote Bluse zum dunkelblauen Anzug, voluminöse Schleife am Kragen. Im Flur stand ein gepackter Trolley einer Edelmarke aus Aluminium.

Das Wohnzimmer der Mansarde war ein kleiner, aufgeräumter Raum. Es war heiß, die Sonne knallte auf das Dach, das offenbar keine sonderlich gute Isolation hatte. Vincents Blick ging auf eine Terrasse, die völlig kahl aussah – kein Blumenkübel, kein Tisch oder Stuhl. Vielleicht verbrachte sie mehr Zeit bei ihrem Freund als zu Hause.

»Wie geht es dem Mann?«, fragte sie, noch bevor sie sich setzten.

»Ganz gut, soviel ich weiß. Er hatte Glück, dass Sie im richtigen Moment aus dem Restaurant gekommen sind.«

»Was wollen Sie von mir wissen?«

»Die Zeugenaussagen widersprechen sich in einigen Punkten. Deshalb möchte ich, dass Sie mir noch einmal den Ablauf schildern. Welches Bild hat sich Ihnen geboten? Wie lief der Kampf ab?«

»Das ging alles so schnell.«

»Verstehe.«

»Trixi war vor mir draußen. Da hatte ich meine Jacke noch gar nicht an. Sie schrie, und wir sind ihr hinterher. Ich hab noch mitbekommen, wie der Araber zu Boden ging.«

»Der Brite.«

»Was?«

»Der Mann ist britischer Staatsbürger.«

Etwas gedehnt sagte sie: »Okay.«

»Und weiter?«

»Ein Typ kümmert sich um den Mann. Ein anderer rennt davon.«

»Der Täter.«

»Genau.«

»Können Sie ihn beschreiben?«

»Ziemlich groß. Wie Sie ungefähr. Dunkle Jacke. Haare normal. Also nicht lang und auch keine Glatze oder gefärbte Strähnen oder so.«

»Und der Mann, der dem Verletzten half?«

»Er war schon vor uns da. Der war wohl dazwischengegangen.«

Zeuge Nummer fünf, dachte Vincent. Der Geschäftsmann aus Hamburg, der zurzeit im Interconti wohnte.

»Trixi hat den Notarzt angerufen«, fuhr die Flugbegleiterin fort. »Der Verletzte war voller Blut. Zum Glück waren dann gleich die Sanitäter da und auch die Polizei.«

»Einen Streit haben Sie also gar nicht mitbekommen? Wie es dazu kam?«

»Es war ein Nazi.«

»Ganz sicher?«

»Ja, ist das nicht schrecklich? Nur weil der Mann ... Also, er sah schon eher aus wie ein Araber oder so.«

»Von einem rassistischen Angriff haben Sie meinen Kollegen am Tatort aber nichts erzählt.«

»Die wollten nur aufschreiben, was ich selbst gesehen habe. Dass der Angreifer den Mann nazimäßig beschimpft hat, weiß ich von dem Typen, der ihn verjagt hat.«

Vincent beschloss, den Zeugen Nummer fünf als Nächstes anzurufen.

09

LENGGRIES/ISARWINKEL

SEBASTIAN PAGEL WARTETE neben dem Eingang zur Talstation, Rucksack zwischen den Füßen, und begutachtete die wenigen Leute, die an diesem Vormittag zum Brauneck hochfahren wollten. Ein älteres Pärchen ging an ihm vorbei und grüßte, beide schlank und braungebrannt. Kurz darauf drei Japaner in Lederhosen.

Gestern hatte die Schlange am Ticketschalter noch bis zur Tür gereicht. Heute, am Montag, würden Sebastian und sein Kunde die Natur schon kurz hinter dem Brauneck, spätestens vom Latschenkopf an, ganz für sich allein haben. Und damit auch die Steinböcke, die sie am Nordhang der Benediktenwand zu Gesicht und vor die Linse bekommen wollten.

Noch einmal ging Sebastian in Gedanken durch, ob er auch alles dafür eingepackt hatte. Seine Canon, das bewährte 402-8er-Objektiv, Telekonverter, Speicherkarten und Akkus. Ersatzverschlüsse, Reinigungsflüssigkeit und Mikrofasertuch, sein zwei Kilogramm schweres Monsterstativ. Dazu Tarnhose, Windjacke und Handschuhe sowie reichlich Müsliriegel und Wasser, Sonnencreme und zwei Mützen – er hatte nichts vergessen.

Am besten ein wenig zu viel von allem mitnehmen, so sein Credo. Denn ein Kunde vergisst schon mal das eine oder andere.

Sebastian war gespannt, wen er an diesem Tag führen würde.

Er kannte nicht mal den Namen. Eine Mitarbeiterin der Worldcard AG hatte den Tagesausflug im Namen des Vorstands gebucht. Fotosafari an der Benediktenwand – eine beliebte Tour, für die man kein Bergsteiger sein musste, allenfalls trittsicher und schwindelfrei.

Hoffentlich kein Idiot, dachte Sebastian – sie würden es immerhin bis zum Abend miteinander aushalten müssen.

Das laute Quengeln von Kindern riss ihn aus seinen Gedanken. Eine Familie mit zwei Buben im Vorschulalter trat an den Ticketschalter. Weshalb sich die Kids beschwerten, konnte Sebastian nicht erkennen, aber ihr Anblick brachte ihn zum Lachen.

Sie sammelten Stocknägel – ihre altmodischen hölzernen Wanderstöcke waren mit touristischen Blechplaketten übersät. Herrlich, dass es so etwas noch gab!

Pünktlich um zehn Uhr rollte ein älterer Porsche über den Parkplatz heran und hielt fast unmittelbar vor Sebastians Füßen. Als der Fahrer ausstieg, staunte Sebastian.

Es handelte sich um Dr. Gerald Böhm, den ehemaligen Landespolizeipräsidenten von Bayern, seit Kurzem im Ruhestand. Sebastian kannte ihn nicht nur aus den Medien.

Mit ausgestreckter Hand und breitem Lächeln kam Böhm auf ihn zu.

»Sieh an, der Herr Pagel. Ist das jetzt Ihr neuer Broterwerb? Vom besten Zielfahnder des Landes zum Almöhi – soll das etwa ein Aufstieg sein?«

Sebastian wusste nicht, was er von diesem Zusammentreffen halten sollte. Erinnerungen wurden wach: Triumphe, Intrigen, Demütigungen. An einigen davon war auch Böhm beteiligt gewesen. Als Strippenzieher an der Spitze, da war sich Sebastian sicher.

Ihm fiel ein, dass eine Worldcard-Mitarbeiterin ihn gebucht hatte. Arbeitete der Pensionär jetzt für den Finanzkonzern?

Fester Händedruck.

»Herr Dr. Böhm, willkommen in den Bayerischen Voralpen. Die nächste Kabine ist unsere. Die Tickets sind im Preis inbegriffen, ich habe sie bereits besorgt. Also schlage ich vor, Sie holen Ihre Ausrüstung aus dem Auto, und los geht's!«

»Ausrüstung?«

Sebastian dämmerte, dass sein alter Oberchef nicht gekommen war, um Steinböcke zu fotografieren.

»Wir vertreten uns da oben nur ein wenig die Beine«, sagte Böhm. »Und für den Appetit auf ein Weißbier gibt's sicher eine Hütte, oder?«

Sie hatten eine Kabine für sich allein. Abgesehen von einem gelegentlichen Knattern war es still. Böhm blickte hinunter auf Lenggries und das Isartal und zeigte sich begeistert.

»Wahnsinn! Gerade mal eine Autostunde von München entfernt. Wann war ich zuletzt in den Bergen? So schön kann Deutschland sein! Wo genau geht's jetzt hin?«

»Auf das Brauneck.«

»Höhenmeter?«

»1555.«

»Perfekt, Pagel. Wie immer die Hausaufgaben gemacht.«

Sebastian musterte den Landespolizeipräsidenten a. D. Für seine fünfundsechzig Jahre wirkte der Pensionär fit.

Doch Böhm hatte nichts mitgebracht. Nicht nur keine Kamera. Auch keine Kappe zum Schutz gegen die Sonne. Vermutlich hatte er sich nicht einmal das Gesicht eingecremt.

Die Benediktenwand können wir demnach knicken, stellte Sebastian fest.

Mir kann's recht sein. Der Preis bleibt der gleiche.

»Wir könnten zumindest bis zum Latschenkopf wandern«, schlug er vor. »Das ist der nächste Gipfel. Wenn Sie mögen. Geringer Schwierigkeitsgrad. Höchstens eine knappe Stunde.«

»Und zur Hütte?«

»Fünf Minuten.«

»Klingt schon besser.«

»Herr Dr. Böhm, was wollen Sie von mir?«

Oben fuhr der Wind durch das schüttere Haar seines Kunden. Sebastian streifte seinen dünnen Sommer-Beanie über den kahlen Schädel. Sein Blick fiel auf die Familie, die ihm unten bereits begegnet war. Der Vater fotografierte Frau und Kinder – die Kleinen präsentierten stolz ihre Stöcke.

Sebastian hatte einst ebenfalls Stocknägel gesammelt. Vor rund vierzig Jahren. Er war in München aufgewachsen, aber seine Eltern hatten oft mit ihm Ausflüge ins Umland unternommen. Und in Lenggries lebte Verwandtschaft, bei der er mehrfach die Ferien verbracht hatte. Wenn er sich an seine Kindheit erinnerte, dann spielte sich viel in dieser Gegend ab.

Er und Böhm setzten sich in Bewegung. Sein Kunde ging in flottem Tempo. Die Aussicht auf Brotzeit und Weißbier beflügelte ihn offenbar.

»Pagel, Sie sind doch ein Großstadtmensch!«, rief Böhm. »Und Vollblutpolizist durch und durch. Ich kenne Sie.

Erzählen Sie mir nicht, dass all das plötzlich die Erfüllung Ihrer Wünsche sein soll.«

»Warum nicht? Sie haben gerade selbst die Schönheit der Natur bestaunt.«

Böhm blickte ihn an, als wolle er ihm Glasperlen als Edelsteine andrehen. Sebastian glaubte zu erkennen, dass Mitleid in diesem Blick lag.

»Das hier ist nicht das Leben, mein Lieber. Höchstens die Flucht davor. Der Pagel, den ich kennengelernt habe, haut nicht ab. Er stellt sich den Herausforderungen.«

Allmählich wurde es Sebastian zu bunt.

»Den Pagel, den Sie kennen, gibt's nicht mehr. Und Sie wissen genau, warum.«

Böhm hielt einen Moment inne und blickte zu Boden. »Wohin hat man Sie umgesetzt?«

»Zur Schutzpolizei.«

»War das so schlimm?«

»In eine Wache in einem gottverdammten Nest an der tschechischen Grenze. Für die Kollegen war ich der Fremde, der Fußabstreifer. Da habe ich lieber gekündigt.«

»Das tut mir leid.«

»Tun Sie nicht so. Sie haben das veranlasst.«

»Nicht Ihre Umsetzung.«

»Aber die Auflösung meines Fahndungskommissariats, von einem Tag auf den anderen. Eine Ihrer letzten Amtshandlungen.«

»Ging nicht anders.«

»Weil Sie einen Sündenbock brauchten.«

»Weil Ihre Dienststelle im Fall Amiri versagt hat.«

»Dass der Maulwurf einer von uns war, ist nie bewiesen worden.«

»Weil Ihre Leute sich aus falsch verstandenem Korpsgeist gegenseitig gedeckt haben. Das musste Konsequenzen haben.«

Sebastian sah das anders. Noch immer würde er für die Frauen und Männer seiner alten Dienststelle die Hand ins Feuer legen. Man hatte sie in alle Winde zerstreut. Soviel er wusste, hatte er als Einziger gekündigt. Die anderen hatten Kinder zu versorgen.

Flucht vor dem Leben? Nein, eher eine Befreiung.

Die Berge taten ihm gut.

Auch wenn ihn sein neuer Job noch nicht ernährte. Die Konkurrenz war groß, die Einheimischen im Vorteil. Und selbst denen gruben Google Maps und Wander-Apps auf dem Smartphone allmählich das Wasser ab.

Ohne die Bleibe, die seine Cousine ihm kostenlos zur Verfügung stellte, käme er nicht über die Runden. Eines Tages würde er sich dafür revanchieren.

»In meiner aktiven Zeit musste ich vieles verantworten, was mir nicht gefiel und heute noch weniger gefällt«, gab Böhm zu. »Aber dafür biete ich Ihnen jetzt einen Neuanfang. In der Stadt. Und zwar auf dem Arbeitsfeld, das Sie beherrschen wie kaum ein anderer.«

Sie hatten die Terrasse des Brauneckgipfelhauses erreicht. Im Schatten saßen bereits die Japaner. Lisa-Marie, die Bedienung, grüßte gut gelaunt herüber.

Böhm versuchte mit einer Hand seine Frisur zu ordnen, steuerte einen freien Zweiertisch an und griff zur laminierten Speisekarte. Sebastian zog seinen Beanie vom Kopf und setzte sich ihm gegenüber.

»Welches Arbeitsfeld?«, fragte er. »Fahndung? Wie soll das gehen? Ich bin draußen. Und Sie auch.«

Böhm winkte ab. »Erst mal gönnen wir uns eine zünftige Brotzeit!«

»Worldcard«, sagte der frühere Landespolizeipräsident.

Er verschlang den letzten Rest seines Wurstsalats. Mit einem Stück Brot tunkte er das Dressing auf. Sebastian war geneigt, ihm auch seinen Teller hinzustellen.

»Ich habe mich schon gefragt, was Sie mit denen zu tun haben.«

Böhm wischte sich mit der Serviette über den Mund. »Das ist ein weltweit tätiger Finanzdienstleister. Amerika, Naher Osten, China. Die expandieren überall. Haben kürzlich die Commerzbank aus dem DAX gedrängt.«

»Ich weiß.«

»Setzen mehr um als Lufthansa oder Deutsche Bank. Der Stolz Bayerns, der Stolz der CSU.« Böhm zwinkerte. »Der ganze Stolz auch der Bundesregierung. Worldcard steht für die Zukunft der deutschen Wirtschaft.«

»Und?«

»Ich berate den Vorstand ab und zu in Sicherheitsfragen.«

»Gratulation.«

Böhm hob das Weizenbierglas, prostete Sebastian zu und sagte: »Und deshalb möchte ich Ihnen einen neuen Job anbieten. Worldcard bezahlt gut.«

»Das glaube ich Ihnen, wenn Sie für die Firma arbeiten. Aber ich will ehrlich sein.«

»Bitte.«

»Ich habe keinen Bock, am Empfang auf Monitore zu starren oder Leute mit Metalldetektoren zu scannen.«

»Das sollen Sie auch nicht. Sie würden das allenfalls koordinieren. Und viel mehr als das. Marek Weiß braucht Sie für seine persönliche Sicherheit. Das ist der stellvertretende Vorstandsvorsitzende. Der brillante Kopf hinter den Deals, die Worldcard immer größer machen.«

»Und wenn schon.«

Die Kellnerin kam, um das benutzte Geschirr und die leeren Gläser abzuräumen.

»Darf's noch etwas sein?«, fragte sie.

»Die Rechnung, bitte«, antwortete Böhm.

»Danke, Lisa-Marie«, sagte Sebastian.

Sie schenkte ihm ein Lächeln und trug die Sachen davon.

»Wegen ihr?«, fragte Böhm amüsiert.

»Wegen mir«, antwortete Sebastian. »Auch wenn Deutschland noch so stolz auf diesen Konzern ist, möchte ich lieber etwas tun, was ich sinnvoll finde.«

»Betreutes Wandern zu den Bergziegen.«

»Zum Beispiel.«

»Denken Sie über meinen Vorschlag nach, Pagel. Wir reden über ein Gehalt weit jenseits dessen, was Sie aus dem Staatsdienst kennen.«

Er schob ihm eine Visitenkarte zu. Das Logo von Worldcard. Edler Karton, Prägedruck, elegante Schrift. Böhms Name und eine Funktionsbezeichnung auf Englisch.

Senior Security Advisor.

Schön für einen Pensionär, der weiterhin glänzen will, dachte Sebastian und steckte die Karte ein. Aus reiner Höflichkeit. Immerhin war der Mann einmal oberster Chef von mehr als vierzigtausend bayerischen Polizeibeamten gewesen.

Aber er hatte eine schmerzende Erinnerung geweckt. Daran, dass Sebastian das geraubt worden war, was er manchmal seine Ehre nannte. Daran, dass es eine offene Rechnung gab, auch wenn Sebastian nicht wusste, wem er sie stellen sollte.

Er war froh, dass Böhm nicht darauf bestand, nach unten zur Talstation begleitet zu werden.

10

DÜSSELDORF

VINCENT HATTE SICH GERADE von der Flugbegleiterin verabschiedet, als sein Handy klingelte. Ein Anruf von Anna, Vincent nahm ihn an.

»Wie schaut's aus?«, fragte er.

»Bin noch vor Ort. Hab ein wenig recherchiert. Eine Vermisstenanzeige, die zu unserem Opfer passt, scheint nicht vorzuliegen. Zumindest bis jetzt nicht. Wenn du nichts dagegen hast, gebe ich den Kollegen von der Pressestelle die Beschreibung der Toten, damit sie eine Meldung rausschicken können.«

»Gute Idee.«

»Vielleicht kriegen wir auf diese Weise einen Tipp, um wen es sich bei der Toten handeln könnte.«

»Ist klar, Anna. Mach das!«

Er drückte sie weg und tippte die Nummer des Zeugen aus Hamburg.

Gleich nach dem ersten Tuten sprang eine Bandansage an.

Die gewählte Nummer ist nicht vergeben.

Vincent verglich sie noch einmal mit den Notizen. Offenbar hatten sich die Kollegen vertan. Verdammter Mist.

Er erreichte die Autobahn, gab Gas und schaffte es in zwanzig Minuten zurück in die Stadt. Erst auf der Königsallee geriet der Verkehr ins Stocken. SUVs auf Parkplatzsuche. Kreuzende Poser, die im gemieteten Ferrari den tollen Hecht markierten. Wer die Stadt für aufgeblasen hielt, musste nur an diesen Ort kommen, um seine Klischees aufzufrischen.

Vincent betrat die große Eingangshalle des Interconti.

Die beiden Angestellten hinter dem Empfangstresen wandten sich ihm zu. Vincent hielt ihnen seine Marke hin.

»Veih, Kripo Düsseldorf. Ich möchte gern mit Michael Nolde sprechen. Können Sie ihn auf seinem Zimmer anrufen, falls er da ist?«

»Gern«, antwortete der Jüngere. Dreitagebart, modisch gemusterte Krawatte.

Er tippte etwas in eine Tastatur und blickte auf den Monitor.

»Tut mir leid.«

»Haben Sie Papier und Stift, damit ich ihm eine Nachricht hinterlassen kann?«

Die beiden Portiers wechselten einen Blick.

Der Ältere studierte ebenfalls den Eintrag im Reservierungssystem.

»Sorry, aber Herr Nolde hat bereits gestern ausgecheckt.«

»Er hat sicher eine Adresse angegeben. Es ist wichtig. Er ist Zeuge einer Straftat.«

Der Ältere nickte seinem Kollegen zu, der daraufhin die Computermaus bewegte.

»Hier: Mittelweg 114, 20149 Hamburg.« Er schrieb die Adresse auf einen Abreißblock und gab Vincent den Zettel.

»Sehr freundlich.« Vincent nickte auch dem anderen zu.

In seinem Auto verglich er die Adresse mit der, die in der

Akte stand. Sie stimmten überein. Wenigstens hier hatten sich die Kollegen nicht verschrieben.

Er ließ den Motor an, zeitgleich schaltete sich das Autoradio ein.

Ein Nachrichtensprecher verlas gerade die Beschreibung der Toten, die am Morgen in Knittkuhl gefunden worden war.

11

LENGGRIES

SEBASTIAN PAGEL HÄTTE ES SICH nie träumen lassen, einmal bei seiner Cousine Daniela zu wohnen. In einem Souterrain-Apartment, das über keinen eigenen Eingang verfügte und zu düster war, um es an Touristen zu vermieten. Seine Frau hatte sich nie mit Daniela vertragen, aber nachdem seine Ehe zerbrochen war, hatte Sebastian den Kontakt zur Verwandtschaft in Lenggries aufgefrischt und ein paarmal hier Urlaub gemacht.

Bis er vor einigen Wochen seinen Job hinwarf, sich aus dem Beamtenverhältnis verabschiedete und ganz in den Isarwinkel zog.

Er verstand sich gut mit Danielas Familie. Das Apartment war frei geworden, weil die Tochter zum Studieren nach Berlin gegangen war. Sebastian wollte sich unbedingt eine hübschere Unterkunft suchen, sobald es sein Einkommen erlaubte. Derzeit gab es eine offene Stelle als Landschaftsgärtner bei der Gemeinde, aber noch hoffte er, sich als selbstständiger Berg- und Wanderführer etablieren zu können.

Er genoss es, sein eigener Herr zu sein.

Weil er nach seiner Rückkehr vom Brauneck den Drang

verspürte, sich körperlich zu verausgaben, setzte er sich auf das Ergometer. Beim Strampeln ging ihm Dr. Gerald Böhm nicht aus dem Kopf. Die Berufsjahre in München. Und der Fall Amiri, dessen schrecklicher Ausgang Sebastians Karriere beendet hatte.

Er und sein Team hatten Hassan Amiri in Bremen aufgespürt. Der Libanese galt als hochrangiges Mitglied der schiitischen Hisbollah. Zudem verdächtigte man ihn, in Drogengeschäfte verwickelt zu sein. Weil er zugesagt hatte, mit den deutschen Sicherheitsbehörden zu kooperieren, steckte man ihn in ein sicheres Haus des bayerischen Zeugenschutzprogramms. Sebastian und seine Leute wurden zur Bewachung eingesetzt.

Das war ungewöhnlich.

Sie taten so etwas zum ersten Mal, glaubten aber, die Lage im Griff zu haben. Amiri wurde täglich vernommen. Beim ersten Mal von Kollegen der Münchner Kripo sowie dem Staatsanwalt, der die Zielfahndung veranlasst hatte. Dann übernahmen andere. Sebastian tippte auf Mitarbeiter unterschiedlicher Geheimdienste. Man sprach Englisch mit unterschiedlichen Akzenten. Auch Landespolizeipräsident Dr. Gerald Böhm kreuzte auf. Offiziell leitete er die Operation, aber das Sagen hatten andere. Zum Beispiel Staatssekretär Tristan Bovert, der neue Geheimdienstbeauftragte im Kanzleramt. Und sicher redeten die Amerikaner mit. Vielleicht auch der Mossad.

Alles an der Geschichte war ungewöhnlich.

Am fünften Tag lag Amiri ganz plötzlich fiebrig und benommen in seinem Bett. Er war kaum ansprechbar. Sanitäter überführten ihn ins Klinikum der TU München rechts der Isar.

Danach lebte er noch achtundvierzig Stunden.

Die anschließenden Ermittlungen wurden zum Albtraum für Sebastian und seine Kollegen. Von morgens bis abends mussten sie sich den Fragen verschiedener Ermittlerteams stellen. Wer Amiri das tödliche Rizin ins Essen gemischt hatte, kam nie ans Licht. Aber es hielt sich der böse Verdacht, dass einer der Zielfahnder seinen Schützling verraten hatte.

Sebastian wusste bis heute nicht, warum Amiri so wichtig gewesen war und wer ihn bedroht hatte. Man munkelte von allerlei Interessengruppen des Nahen Ostens, womöglich die eigenen Leute, falls sie erfahren hatten, dass er übergelaufen war.

Durchgeschwitzt stieg Sebastian vom Ergometer. Er duschte kalt.

Die Erinnerung wollte ihm nicht aus dem Kopf: Amiri, wie er Blut ins Bettzeug kotzte und sich wimmernd vor Schmerzen krümmte.

Um sich nützlich zu machen, erledigte Sebastian den Einkauf für die Familie. Bei seiner Rückkehr saß Daniela mit aufgeklapptem Notebook am Küchentisch. Ein Skype-Gespräch mit ihrer Tochter in Berlin. Die junge Frau auf dem Bildschirm schluchzte. Daniela standen ebenfalls die Tränen in den Augen.

Sebastian stellte die Tüten ab und zog sich zurück.

Kurz darauf klopfte es an seiner Tür.

Daniela kam wortlos herein. Setzte sich, stützte die Ellbogen auf den Tisch und barg das Gesicht in den Händen. Sebastian nahm eine Tasse aus dem Regal und goss ihr etwas von dem Earl Grey ein, den er sich gerade gebrüht hatte.

»Was gibt's?«, fragte er.

»Anni und ihr Freund haben Schluss gemacht.«

»Der Anwalt? Der war eh nicht der Richtige. Andere Mütter haben auch hübsche Söhne.«

»Wenn es bloß so einfach wäre.«

»Was meinst du?«

»Anni muss sich einen neuen Job suchen.«

»Job? Ich dachte, sie studiert?«

»Dachte ich auch. In Wahrheit hat sie an den Prüfungen nicht teilgenommen und wurde schon vor einem Jahr exmatrikuliert. Sie hat die ganze Zeit in der Kanzlei ihres Freundes gearbeitet.«

»Verstehe. Der Typ hat sie ausgebeutet.«

Daniela umklammerte ihre Tasse. »Anni ist total fertig, weil sie uns die ganze Zeit etwas vorgespielt hat. Von wegen strebsame Jurastudentin. Prüfungsangst, Depressionen – was muss sie gelitten haben! Und jetzt schmeißt sie der Kerl auch noch aus der Wohnung.«

Sie blickte ihn an, und er ahnte, worauf es hinauslief.

»Kommt sie zurück nach Lenggries?«

Seine Cousine nickte.

»Das heißt, du brauchst das Apartment für Anni.«

»Sie zieht in die Kammer unterm Dach, bis du etwas gefunden hast.«

Sebastian tastete nach der Visitenkarte in seiner Hosentasche. Extrastarker Karton, Prägedruck.

In diesem Moment fiel seine Entscheidung.

»Hab ich schon«, sagte er.

12

DÜSSELDORF

VON DEN ÜBRIGEN DREI ZEUGEN der Messerstecherei konnte Vincent immerhin zwei erreichen. Den Freund der Flugbegleiterin sowie Trixi, alias Beatrice Fechter, die das Steakhaus vor den anderen verlassen hatte. Beide arbeiteten bei der Rheinbahn-Verwaltung.

Sie bestätigten, dass der Täter recht groß gewesen war, etwa eins neunzig. Dunkel gekleidet, kurze braune Haare. Frau Fechter beschwor, dass er Handschuhe getragen hatte. Sie glaubte auch, in seinen Fingern das Messer gesehen zu haben.

Vincent fragte beide Zeugen nach dem Geschäftsmann aus Hamburg. Sie beschrieben ihn als blonden Mann in den Vierzigern. Jeans und Pullover – rot oder braun. Ein hilfsbereiter Mann, ganz erregt über die Tat des mutmaßlichen Nazis. Trixi Fechter waren seine langen Koteletten aufgefallen.

Inzwischen war es früher Nachmittag. Vincent fand in seiner Schublade einen Apfel, den er am Freitag dagelassen hatte und der ihm jetzt als Mittagessen diente. Dabei klickte er sich erneut durch die interne Datei. Zum letzten Mal – spätestens nach der Teambesprechung in zwei Stunden würde er sich in die Ermittlung des Mordfalls in Knittkuhl einklinken und die Ravani-Sache den Kollegen der Altstadtwache übergeben.

Wieder las er, was Melia über ihre Vernehmung des Opfers geschrieben hatte. Ihm wurde klar, worin die eigentliche Ungereimtheit bestand.

Oscar Ravani hatte den Eindruck, dass die Angreifer zu zweit gewesen waren.

Schritte, Stimmen. Er war sich nicht sicher – die Überraschung, das Trauma.

Vincent fasste einen Entschluss. Kameras waren die besseren Zeugen. Sie logen nicht. Sie brachten nichts durcheinander.

Er rief die Altstadtwache an.

Zwanzig Minuten später saß er in einem Büro im zweiten Stock des Neubaus an der Heinrich-Heine-Allee. Der Kollege, der für die Aufzeichnungen der Überwachungskameras zuständig war, erklärte ihm deren Platzierung. Ausgerechnet in der Schneider-Wibbel-Gasse gab es keine.

Aber eine Kamera an der Bolker Straße erfasste die Abzweigung.

Und die an der Flinger Straße ließ zumindest die Einmündung der Gasse erahnen – an dieser Stelle nicht breiter als eine Hofeinfahrt.

»Hast du eine Uhrzeit, um die Suche einzugrenzen?«

»Der Notruf kam um 23:10 Uhr«, antwortete Vincent.

Der Kollege ließ die Aufzeichnung der ersten Kamera ein paar Minuten früher anlaufen. Um 23:08 Uhr kam ein Mann die Bolker Straße entlang, im Abstand von etwa fünf Metern gefolgt von zwei unterschiedlich großen Personen, die von hinten wie ein Pärchen wirkten. Alle drei verschwanden in der Gasse.

»Noch einmal zurück, bitte.«

Der Kollege klickte, bis sie das beste Bild hatten. Er zoomte heran. Viel war nicht zu erkennen. Vincent wusste nicht, wie Ravani aussah. Von den beiden Männern hinter ihm hatte der Größere dunkle Haare. Er verbarg die Hände in den Taschen eines schwarzen Hoodies.

Der Kleinere hatte helles Haar. Jeans und Pulli.

»Lass weiterlaufen.«

Als der Kleinere in die Gasse einbog, konnte Vincent seine spitzen Koteletten erkennen.

»Okay, jetzt die Flinger Straße.«

Um 23:09 Uhr kam ein Mann aus dem Durchgang gelaufen, ließ einen Gegenstand in einem Papierkorb verschwinden, streifte die Kapuze seines Hoodies über und ging in ruhigem Schritt weiter. Er trug Handschuhe.

Niemand folgte ihm.

Sie ließen die Aufnahme weiterlaufen, bis um Viertel nach elf ein Rettungswagen in die Gasse fuhr, gefolgt von einem Streifenwagen mit Blaulicht.

»Danke«, sagte Vincent.

Er lehnte sich zurück und atmete tief durch.

Der Zeuge aus Hamburg – in Wahrheit ein Komplize des Messerstechers.

Wie abgebrüht musste der Mann sein! Spielte den Helfer, als plötzlich auftauchende Passanten den Angriff störten. Nur er hatte rassistische Beschimpfungen zu Protokoll gegeben.

Um das wahre Motiv zu verschleiern.

Auch diese Ungereimtheit ist nun geklärt, dachte Vincent.

Er verabschiedete sich von dem Kollegen der Altstadtwache. Im Hinausgehen zückte er sein Handy, um Melia

Bescheid zu sagen. Bevor er wählen konnte, erklang *Gimme Shelter*.

»Vincent hier.«

Anna sagte: »Wir haben die Identität der ermordeten Frau.«

13

NACH EINER REIHE VON SITZUNGEN hatte Melia endlich die Gelegenheit, eine WhatsApp ihres Onkels zu lesen. Bashir war am Morgen nach Hause geflogen und gut angekommen. In seiner Nachricht drückte er noch einmal seine Freude über das zurückliegende Wochenende in Düsseldorf aus. Zudem bedankte er sich im Namen seines Freundes Yasin dafür, dass sie sich um dessen Sohn gekümmert hatte.

Greetings back, tippte Melia in ihr Handy. *And you really should visit us more often, my best uncle!*

Sie schickte die Nachricht ab.

Dann ergänzte sie, dass ihre Mutter in höchstem Maß begeistert über sein Geburtstagsgeschenk sei. Noch während sie das schrieb, überraschte sie der Klingelton.

Es war Bashir.

»Du wolltest wissen«, sagte er, »für welche Zeitung Oscar nach Düsseldorf geflogen ist.«

»Und?«

»Yasin meint, sein Sohn würde für die *Financial Times* schreiben. Hilft dir das weiter?«

»Vielleicht.«

»Sag mal, wie viele Onkel hast du eigentlich?«

»Nur dich.«

»Das dachte ich mir, beste Nichte. Ganz mein Humor.«

»Oscar spricht sehr gut Deutsch. Weißt du, wo er das gelernt hat?«

»Sein Großvater mütterlicherseits stammt aus Frankfurt, soviel ich weiß. Oscar hat dort mal ein paar Jahre gearbeitet.«

»Verstehe.«

»Gib zu, es geht dir gar nicht um die Messerstecherei, sondern um den hübschen jungen Kerl.«

Es klopfte an ihrer Tür. Vincent öffnete und lugte durch den Spalt. Melia winkte ihn herein. Sie verabschiedete sich rasch von Bashir und legte ihr Smartphone zur Seite.

»Der Mord in Knittkuhl«, begann der Hauptkommissar, während er sich auf dem Besucherstuhl niederließ. »Wir wissen jetzt, wer die Tote ist. Anna ist gerade auf dem Rückweg von der Familie. Wir wollen uns in einer halben Stunde zusammensetzen. Kommst du ebenfalls dazu?«

»Was macht die Messerstecherei in der Altstadt?«

»Deswegen bin ich hier.«

Er legte zwei Ausdrucke auf ihren Tisch. Standbilder von Überwachungsvideos.

»Du kennst den Vorgang, Melia. Hast das Opfer selbst im Krankenhaus befragt, also muss ich nicht viel erklären.«

Vincent deutete auf das erste Bild. Sie rückte näher. Er begann zu berichten.

»Oscar Ravani beim Betreten der Schneider-Wibbel-Gasse. Die zwei Typen verfolgen ihn. Und dieses Bild zeigt das südliche Ende der Gasse von der Flinger Straße aus. Der eine Täter unmittelbar nach dem Angriff. Das Messer habe ich vorhin sichergestellt. Aber Fingerabdrücke werden unsere Techniker vergeblich suchen, fürchte ich.«

Melia sah sich den Ausdruck genauer an und erkannte, dass der Mann Handschuhe trug.

»Leider haben wir das Gesicht nicht deutlicher«, sagte Vincent.

»Auch von keiner anderen Kamera?«

»Nichts. Der Typ hat sich seine Kapuze übergezogen und ist seelenruhig in Richtung Innenstadt davonspaziert.«

»Und sein Begleiter?«

»Hat sich als helfender Passant ausgegeben.«

»Ohne Scheiß?«

Vincent nickte.

»Der Geschäftsmann aus Hamburg, der im Interconti wohnt?«

»Gewohnt hat. Bereits am nächsten Morgen ist er abgereist. Und weißt du was? Den Kollegen hat er eine falsche Handynummer hinterlassen, und auch die Wohnadresse ist ein Fake. Mittelweg 114, ein reines Bürogebäude. Michael Nolde – vermutlich ist auch der Name frei erfunden.«

»Kam von ihm nicht auch der Hinweis auf einen rassistischen Hintergrund?«

»Richtig.«

»Als sei Oscar Ravani das Zufallsopfer eines durchgeknallten Nazis. Und ich bin beinahe darauf reingefallen. Die beiden haben ihren Angriff gut geplant.«

»Dann frage ich mich, warum er fehlgeschlagen ist.«

»Ist er das?«

»Das Opfer hat überlebt.«

»Vielleicht sollte die Attacke nur eine Warnung sein, eine Art Denkzettel«, spekulierte Melia. »Ich wette, Ravani hat die Antworten auf unsere Fragen.«

Vincents Blick ruhte auf ihr. Aus seinem Gesichtsausdruck wurde sie nicht schlau.

»Was?«, fragte Melia.

»Aus welchem Grund interessierst du dich so sehr für den Engländer?«

Sie musste an die Worte ihres Onkels denken und antwortete mit einem Scherz.

»Weil er ein hübscher Kerl ist.«

Vincent verzog die Mundwinkel, fragte aber nicht weiter nach.

»Überlassen wir ihn der Inspektion Mitte«, schlug Melia vor. »Du willst dich sicher um die Sache in Knittkuhl kümmern, stimmt's?«

Er stand auf. »Ich muss. Da kommt 'ne Menge Arbeit auf uns zu.«

Der Mann könnte delegieren, dachte Melia, aber das ist nicht sein Stil. Es war zwecklos, ihn ändern zu wollen. Das hatte sie inzwischen begriffen.

»Danke für deine Unterstützung in der Ravani-Geschichte«, sagte sie. »Du hast in kurzer Zeit eine Menge erreicht.«

14

VINCENT TRAF ANNA AUF DEM FLUR des KK11. Sie kam gerade von den Eltern des Mordopfers und wirkte etwas durch den Wind. Bis zum Meeting der Mordkommission war noch etwas Zeit.

»Kaffee?«, fragte Vincent.

»Gern.«

Sie gingen in sein Büro. Während sich die Kapselmaschine aufheizte, fragte Vincent: »Wie lief's?«

»Hab nur die Mutter angetroffen. Glaub mir, ich war drauf und dran, die Sanitäter zu rufen, so fertig war sie.«

»Ist sie jetzt allein?«

»Eine Nachbarin kümmert sich um sie.«

»Gut.«

Vincent ließ zwei Espressotassen volllaufen.

Anna sagte: »Das Haus hättest du sehen sollen. Ludenberg, Villenviertel.«

Gerade mal vier Kilometer vom Fundort der Leiche entfernt, überlegte Vincent.

»Da ist mir mal wieder aufgefallen, dass man in unserem Job ganz schön herumkommt im Sozialgefüge.«

»Sonst eher am unteren Rand.«

Sie nickte. »Allein der Ausblick auf die Stadt hinunter –

einfach Wahnsinn. Wir verdienen ja nicht schlecht, aber das ist eine ganz andere Welt.«

»Ich hatte dort mal eine Freundin. An manchen Tagen liegt dir Düsseldorf in einer gelben Glocke aus Smog zu Füßen.«

»Warum hast du sie nicht geheiratet?«

Er zuckte mit den Schultern. »Was machen die Eltern des Opfers beruflich?«

»Er ist Geschäftsführer einer Werbeagentur. Bereits in zweiter Generation. Muss eine Menge Geld an den Füßen haben. Meyer-Krell. Sagt dir der Name etwas?«

»Nein. In der Branche kenne ich mich nicht aus.«

»Die Frau führt einen Modeladen. Luxusschuhe und Handtaschen.«

»Und was sagt sie?«

»Sie ist felsenfest davon überzeugt, dass es der Ex-Freund ihrer Tochter war. Der Typ heißt Linus Fehrbellin und wohnt bei seiner Mutter. Soll die junge Frau noch lange nach der Trennung gestalkt haben.«

»Ist da was dran?«

Anna hob die Schultern. »Misstraue dem ersten Eindruck. Sagt mein Dienststellenleiter immer.«

Vincent musste lachen. Manchmal entfuhren ihm solche Sätze. Abgedroschene Sprüche fürs Kriminalisten-Poesiealbum.

»Und er hat meistens recht.« Sie leerte die Tasse und stellte sie ab. »Danke, Vinnie. Hat gutgetan.«

Zur Besprechung erschienen auch die beiden Kollegen, die sich Vincent als Verstärkung gewünscht hatte. Die Mordkommission Knittkuhl zählte nun zehn Personen. Dazu Fabri, der die Spurensicherung vertrat. Am großen Tisch nahmen auch Melia und Oberstaatsanwalt Kilian sowie Hauptkommissar Braun Platz, der Pressesprecher der Behörde.

Bei Melias Anblick musste Vincent an ihre Bemerkung über den Journalisten denken: *Weil er ein hübscher Kerl ist.*

Er fragte sich, warum sie ihn mit Ravani aufzog. Am liebsten hätte er sie kurzerhand geküsst, um ihr zu zeigen, wie sehr er sie mochte. Aber selbst wenn sie das Gefühl erwiderte, konnte das zu nichts führen. Vergiss es, sagte er sich.

Wenn Melia bloß nicht meine Chefin wäre.

Er grüßte in die Runde. »Die Identifizierung der Toten hat uns eine Flut an neuen Informationen gebracht. Wer fängt an?«

Kriminaloberkommissar Hamid Belhanda, der mit Anna die Mutter besucht hatte, hob die Hand und gab die Notizen auf seinem Laptop wieder: Naomi Meyer-Krell war das einzige Kind ihrer Eltern gewesen. Im Frühjahr fünfundzwanzig Jahre alt geworden. Hatte Betriebswirtschaftslehre studiert, unter anderem in Paris und den USA. Seit Kurzem den Masterabschluss der hiesigen Uni in der Tasche. Zuletzt als Trainee bei einer international tätigen Wirtschaftsprüfungsgesellschaft mit Hauptsitz in Düsseldorf.

Der Start einer hoffnungsvollen Karriere.

Sie war hochintelligent, sportlich und musikalisch gewesen. Hatte mehrere Sprachen beherrscht und ihre Mutter in deren Laden und bei diversen Charity-Aktivitäten unterstützt. Schon in der Schule immer nur Bestnoten und Liebling aller, die sie kannten.

Heute noch mit dem Vater reden, notierte Vincent. Und mit dem Ex-Freund, den ihre Mutter nicht mochte. Er nahm sich vor, selbst zu ihm zu fahren, am besten gemeinsam mit Anna. Und gleich morgen früh ein Team an ihren Arbeitsplatz zu schicken.

Die Firma hieß Graff & La Motte.

Jedes Mal, wenn Vincent über die Schnellstraße aus Richtung des Flughafens die Innenstadt erreichte, las er diesen Namen an einem markanten Gebäude. Rund, viel Glas, mindestens zwölf Stockwerke hoch. Eine große Skulptur vor dem Eingang.

Aktuell sei Naomi Meyer-Krell nicht liiert gewesen, fuhr Hamid fort. Im letzten Spätherbst habe sie laut ihrer Mutter die Beziehung mit ihrem langjährigen Freund beendet. Weil sie sich auf ihre Prüfungen konzentrieren wollte. Weil der Junge ihr intellektuell und charakterlich nicht das Wasser reichen konnte.

Dennoch habe er Naomi nachgestellt.

Auch in letzter Zeit noch.

Sein Name war Linus Fehrbellin, wie Vincent bereits wusste. Adresse im Stadtteil Niederkassel. Von Ludenberg aus betrachtet tief unten. Aber trotzdem nicht schlecht, dachte Vincent.

»Laut Frau Meyer-Krell hat die Tochter das Haus am Samstagabend gegen halb acht mit ihrem Elektromotorroller verlassen«, sagte Hamid abschließend. »Ohne anzugeben, was sie vorhatte oder wen sie treffen wollte. Im Lauf des Sonntags begannen sich die Eltern Sorgen zu machen, weil Naomi auf Anrufe nicht reagiert hat. Die Mutter hat dann zwei Freundinnen der Tochter angerufen, aber die konnten nicht weiterhelfen.«

»Was ist mit Naomis Handy?«, fragte Vincent.

»Es befand sich weder bei der Leiche noch in ihrem Zimmer«, sagte Hamid. Sein Blick in die Runde zeigte an, dass er mit seinem Vortrag fertig war.

Anna wandte sich Fabri zu. »Was haben wir an Spuren?«

»Jede Menge.« Der Chef der Kriminaltechnik räusperte sich. »Täter-DNA an der Kleidung der Toten, ein Haar und Hautschuppen.«

»Warum seid ihr da so sicher?«, fragte Vincent.

»Weil das Haar nicht von ihr stammt und mit Haaren übereinstimmt, die wir im Gestrüpp gefunden haben. Dort haben wir zweitens auch Textilfasern sichergestellt. Drittens Reifenspuren auf dem rückwärtigen Weg. Rückschlüsse auf den verwendeten Fahrzeugtyp lassen sie allerdings nicht zu. Morgen früh sollte die DNA-Analyse vorliegen.«

»Danke.« Anna sprach ihren Nebenmann an: »Dominik, du warst bei der Obduktion.«

»Ja. Die Institutsleiterin hat sie selbst vorgenommen. Also, erster Punkt: Für einen sexuellen Missbrauch gibt es keinen Hinweis. Kein Sperma, keine Verletzungen, kein Geschlechtsverkehr in den letzten Stunden.«

»Du meinst, der Täter wollte sich nur ihren hübschen Hintern ansehen?«

»Oder ein sexuelles Motiv vortäuschen.«

Schon wieder eine falsche Fährte, dachte Vincent.

»Was war todesursächlich?«

»Eindeutig der Kehlenschnitt. Das Durchtrennen der Halsarterien hat zum Verbluten geführt. Wenn der Täter seine Kleidung nicht verbrannt hat, sollten wir Blut des Opfers daran feststellen können. Abgesehen von ein paar Hämatomen an den Handgelenken, wo sie jemand fest angefasst hat, weist Naomis Leichnam keine weiteren Verletzungen auf. Als hätte sie sich nicht mal gewehrt.«

Vincent fielen die Schleifspuren ein. Die abgebrochenen Zweige im Unterholz.

Unwillkürlich begannen seine Kiefermuskeln zu arbeiten.

»Er hat sie betäubt«, stieß er hervor.

Um sie am Stadtrand zu töten und liegen zu lassen wie Müll.

15

LINUS FEHRBELLIN, DER EX-FREUND der Ermordeten, war sechsundzwanzig und arbeitete in einer Firma, die Videospiele programmierte. Anna Winkler hatte den jungen Mann nach dem Meeting der Mordkommission telefonisch erreicht und sich mit ihm verabredet.

»Ist es okay, wenn ich dich begleite?«, fragte Vincent.

»Du bist der Chef.«

Sie trafen den jungen Mann vor seinem Elternhaus, wo er das Einliegerapartment bewohnte. Er führte sie in ein großes Zimmer, das wirkte, als würde sich sein ganzes Leben darin abspielen.

Ein Stapel Pizzakartons und zerlesene Zeitschriften neben dem Kochherd. Ein ungemachtes Bett. Ein großer Tisch voller Monitore, Spielkonsolen, Bücher und Tastaturen.

Linus erwähnte, dass er gerade eine neue Wohnung suche, weil sein Vater im letzten Jahr gestorben sei und seine Mutter beschlossen habe, das Haus zu verkaufen. Er deutete auf zwei Sitzsäcke, wie sie in den Siebzigern modisch gewesen waren. Styropor knirschte, als Anna und Vincent sich setzten. Linus selbst nahm auf einem Hocker Platz.

Hinter ihm hing ein Filmplakat. Die junge Jane Fonda

als Barbarella – gestiefelt und spärlich bekleidet in einer Science-Fiction-Kulisse, ihr Blick erstaunt und ängstlich.

Linus fuhr sich durch seine rötlichen, halblangen Locken. »Wissen Sie schon, wer …«

»Nein«, sagte Anna.

Vincent überließ ihr das Fragen. Sie leitete die Mordkommission Knittkuhl und sollte nicht glauben, ihr Chef nehme sie nicht für voll. Er konzentrierte sich stattdessen auf die Körpersprache des jungen Mannes. Unwillkürliche Bewegungen konnten Fluchtreflexe andeuten – Signale dafür, dass jemand log oder etwas verbarg.

Anna kam direkt auf den Punkt: »Haben Sie eine Idee, wer Naomi getötet haben könnte? Hatte sie Feinde oder Streit mit jemandem?«

»Als wir noch zusammen waren – nein. Und über die Zeit danach kann ich Ihnen echt nicht viel sagen. Aber eigentlich hatte sie nur Freunde, alles cool.«

»Erzählen Sie uns von ihrer Beziehung.«

»Wir kannten uns schon ewig. Ich musste die Elf wiederholen, da kam ich in ihre Klasse. Ich fand Naomi schon damals toll. Aber ein Paar sind wir erst nach dem Abi geworden. Vor ungefähr fünf Jahren. Auf einer Party von Freunden hat es *Whoom* gemacht.«

»Verstehe.«

»Sie hat studiert, ich habe Games entwickelt. Wir hatten echt wenig Freizeit. Als Naomi in Paris war, haben wir uns nur alle zwei, drei Wochen gesehen. Trotzdem war es easy und voll harmonisch. Dachte ich zumindest.«

»Die Trennung ging also von ihr aus?«

»Ja, von einem Tag auf den anderen. Fragen Sie mich nicht, warum. Ich hab's bis heute nicht gecheckt.«

»Naomis Mutter sagt, Sie hätten sie danach gestalkt.«

»Ich bin mal zu ihr rausgefahren, weil ich auf eine Erklärung gehofft habe. Ich wollte wissen, was ich verbockt hatte. Vergeblich. Also hab ich es abgehakt. Nein, ich glaube, Stalking ist was anderes.«

»Keine Kontaktversuche in letzter Zeit?«, fragte Anna und wechselte einen Blick mit Vincent.

»Die gingen von Naomi aus«, antwortete Linus. »Sie rief hier an.«

»Wollte sie wieder mit Ihnen zusammenkommen?«

»Danach klang es eigentlich nicht. Sie hat über ihren Job gesprochen. Und gefragt, ob wir noch Unterlagen von meinem verstorbenen Vater aufbewahrt hätten und so. Mich hat das verletzt und aufgewühlt.«

»Wieso hat sie sich für die Arbeit Ihres Vaters interessiert?«

»Er war Wirtschaftsprüfer und hat mal ein Praktikum für sie klargemacht. In der Firma, in der er gearbeitet hat. Jetzt ist sie dort Trainee.«

»Sie *war* es«, korrigierte Anna.

Der junge Mann senkte den Kopf.

»Graff & La Motte«, sagte Vincent.

»Richtig.«

»Und? Haben Sie noch Unterlagen im Haus?«

»Nicht dass ich wüsste.«

»Haben Sie sich gestritten?«

»Ich wollte nur wissen, warum sie mit mir Schluss gemacht hat.«

»Und?«

»Kann sein, dass ich etwas laut geworden bin. Sie hat später noch mal angerufen. Und sich entschuldigt. Da hab ich einfach aufgelegt.«

»Und dann?«

»Ich bin nicht mehr rangegangen, wenn ihre Nummer auf dem Display auftauchte. Jetzt tut mir das natürlich voll leid.«

»Also haben Sie Naomi abgeblockt?«

»Ja, wie gesagt.«

Es klingelte an der Tür. Linus blickte aus dem Fenster. Seine Miene hellte sich auf.

»Außerdem habe ich eine neue Freundin.«

Er stand auf und ging zur Haustür. Gleich darauf führte er ein Mädchen herein. Langes blondes Haar, die großen Augen schwarz umrandet. Gerade mal volljährig, schätzte Vincent.

Er fand, dass sie Ähnlichkeit mit Barbarella hatte.

»Das ist Juli«, erklärte Linus. »Juli Werner.«

Er stellte ihr die Leute von der Polizei vor und erklärte, warum sie da waren. Die Nachricht von Naomis Tod schien Juli nur wenig zu berühren.

Anna reichte dem jungen Mann ein Test-Kit und bat ihn, mit dem Wattestäbchen über seine Zunge zu streichen. Vincent war froh, dass sie daran gedacht hatte. Er nahm sich vor, von jetzt an zu keiner Vernehmung mehr zu fahren, ohne einen Karton mit diesen Tests im Kofferraum zu haben.

»Wo krieg ich das Zeug?«, fragte er Anna.

»Fabri.«

»Mach das nicht«, sagte Juli zu ihrem Freund. »Die wollen dir was anhängen.«

Doch Linus tat, worum Anna ihn gebeten hatte.

»Und jetzt?«, fragte er.

»Zurücklegen und Deckel zuschrauben.«

Anna nahm den Behälter entgegen und beschriftete ihn.

»Hast du was mit dem Mord zu tun?«, fragte Juli.

»Unsinn«, beteuerte ihr Freund. »Natürlich nicht.«

Anna gab ihm ihr Notizbuch und bat ihn, alle Bekannten von Naomi Meyer-Krell aufzuschreiben, die ihm einfielen. Wenn möglich, auch deren Telefonnummern. Er nahm sein Handy zu Hilfe. Es dauerte einige Minuten. Sein Freundeskreis war weitgehend auch ihrer gewesen.

Zum Abschluss stellte Anna die Standardfrage, wie Linus den Samstagabend verbracht habe.

Er griff nach der Hand seiner Freundin. »Wir waren auf einem Konzert der Broilers. Juli ist im Vorprogramm aufgetreten. Sie singt und spielt Bass. Ihre Band heißt Feinripp. Den Namen müssen Sie sich merken. Echt cool!«

»Auf jeden Fall«, sagte Vincent, stand auf und nickte Anna zu.

Sie verabschiedeten sich.

Vor dem Haus stiegen sie in ihren Wagen.

»Hast du gemerkt, wie sehr er noch an Naomi hängt?«, fragte Anna.

»Die neue Beziehung wird nicht lange halten«, erwiderte Vincent.

»Ein Bindungsunfähiger sollte nicht immer von sich auf andere schließen.«

»Spiel hier bloß nicht die Psychologin.«

Anna lachte. »Weißt du, was sich die Kollegen erzählen?«

»Nein. Und ich will's auch gar nicht wissen.«

Anna startete das Fahrzeug.

Während der Rückfahrt schwieg sie, was Vincent nur recht war.

16

VINCENT HATTE GERADE SEINE JACKE an die Garderobe seiner Wohnung gehängt, als es an der Tür klopfte.

Er öffnete. Seine neue Nachbarin stand davor.

»Hallo, Antonia.«

»Ich wollte noch mal danke sagen wegen heute Morgen.«

»Das war doch selbstverständlich.«

»Kennst du vielleicht jemanden, der mir die Schlösser auswechseln kann? Ich bin da etwas ratlos und denke mir, dass die Polizei sicher mit einer vertrauenswürdigen Firma zusammenarbeitet. Stimmt doch, oder?«

Er suchte Stift und Zettel und schrieb ihr eine Nummer auf.

»Diese Leute arbeiten zumindest fix und diskret.«

»Danke.«

Sie drehte das Stück Papier zwischen ihren Fingern, faltete es und ließ es in der Tasche ihrer Jeans verschwinden. Vincent registrierte das Paisleymuster ihrer Bluse. Die Silberplättchen an einer Lederschnur, die sie als Halsschmuck trug. Er glaubte, einen Hauch von Parfüm zu riechen.

»Lust auf ein Glas Weißwein?«, fragte Antonia.

Ihre Wohnung hatte ein Zimmer weniger als seine und war

eine völlig andere Welt. Kunst an der Wand, kleine Bilder, dicht gehängt. Originale, gerahmte Zeichnungen von Künstlern, die Vincent nicht kannte. Zwei fliederfarbene Ledersofas an einem Beistelltisch. Antonia stellte zwei Gläser auf das Tischchen.

»Schön hast du's hier«, sagte er.

»Längst nicht so schick wie bei dir«, erwiderte sie. »Und leider hängt hier auch kein Vintage Print von Brigitte Veih.«

»Kann ja noch werden«, entgegnete Vincent.

Er zog sein Handy hervor und wählte die Nummer des Schlüsseldienstes. Zu seiner Überraschung meldete sich Dominik Roth, sein Mitarbeiter aus dem KK11.

»Seit wann arbeitest du nebenher in der Firma deiner Eltern?«

»Bitte, das ist nichts Unerlaubtes!«

»Glaubst du, ich hätte etwas dagegen?«

»Es ist bloß so«, begann Dominik zu erklären, »meine Mutter ist zu meiner jüngsten Schwester gefahren. Die hat schon wieder ein Kind bekommen, und Mama hilft ihr ein paar Tage im Haushalt. Deshalb springe ich nach Feierabend für sie ein.«

»Schon gut, Dominik. Ich rufe für meine Nachbarin an. Sie hat ihren Schlüsselbund verloren und möchte deshalb ihre Schlösser austauschen.«

»Kannst du sie mir geben?«

»Versprich mir, dass du ihr einen fairen Tarif machst.«

»Freundschaftspreis, ich schwör's.«

Vincent reichte das Handy weiter und bekam mit, wie die beiden wegen eines Termins verhandelten. Antonia konnte es nicht schnell genug gehen.

Dann gab sie Vincent das Telefon zurück und bedankte sich noch einmal.

»Neu hier in der Stadt?«, fragte er.

Antonia nickte. »Ich stamme aus Krefeld und hab dort Design an der FH studiert. War dann einige Zeit in Oberhausen. Konnte mich beruflich verbessern, und so bin ich hier gelandet.«

»In der Werbung?«

Sie nickte. »Art Director.«

Ihm fiel ein, dass der Vater des Mordopfers im Fall Knittkuhl eine große Nummer in der Branche war.

»Sagt dir der Name Meyer-Krell etwas?«

»Na klar. Ihm gehört Brand Harbour. Eine renommierte Agentur. Dort hab ich mich auch mal beworben.«

»Kennst du zufällig Naomi, die Tochter des Chefs?«

»Nein. Was ist mit ihr?«

Antonia hatte eingeschenkt. Vincent stieß mit ihr an. Der Wein schmeckte ihm. Nicht die süße Plörre, die er nach dem Anblick der Sofas, des Beistelltischchens aus Glas und Messing und des weißen Flokatis befürchtet hatte.

»Hat diese Naomi etwas mit einem Fall zu tun, den du bearbeitest?«

»Darüber darf ich nicht sprechen, tut mir leid.«

»Also ja.« Sie lächelte.

Ich habe schon zu viel gequatscht, dachte Vincent.

Antonia wurde ernst. »Im Radio hieß es, in Düsseldorf sei eine junge Frau ermordet aufgefunden worden. Angeblich ein Sexualdelikt. Bist du damit befasst?«

»Ich leite das zuständige Kommissariat.«

»Gruselig.«

Eine solche Reaktion hatte er noch nie erlebt. Aber Vincent verstand, dass man seine Arbeit durchaus so empfinden konnte.

»Wie hältst du das auf Dauer aus?«, fragte die Nachbarin. »Tag für Tag schlimme Erlebnisse, Gewalt, zerstörte Leben.«

»Das frage ich mich manchmal selbst.«

Sie schwiegen einen Moment lang. Dann griffen sie zugleich zu ihren Gläsern.

Vincent ergänzte: »Jemand muss den Job machen.«

»Für Strafe sorgen, für Gerechtigkeit?«

»Ja, das auch. Aber vor allem für die Hinterbliebenen. Gewissheit tröstet.«

Antonia nickte zustimmend. Vincent glaubte zu spüren, wie zerbrechlich diese Frau war. Hatte sie jemanden, der ihr dabei half, Halt zu finden?

Er deutete in Richtung des Flurs, an dessen Ende sich die Wohnungstür befand. »Die vielen Riegel und Schlösser«, begann er. »Steckt da ein Erlebnis dahinter?«

»Falls wir das vertiefen, wird es kein entspannter Abend.«

»Oberhausen?«

»Nein, noch in Krefeld. Kurz vor dem Examen. Du wirst in keiner Polizeiakte etwas darüber finden.«

»Keine Anzeige?«

»Weil ich das Schwein nicht kannte. Und weil ich mir ein Stück weit selbst die Schuld gegeben habe. Ich hab es dem Mistkerl zu einfach gemacht. Damals machte ich über Schlösser und Alarmanlagen noch Witze. Ich war ein anderer Mensch.«

»Jeder ist vorher ein anderer Mensch. Aber das Opfer trägt niemals die Schuld. Das steht schon mal fest.«

Sie lächelte traurig, ihre Augen schimmerten. »Ich muss schrecklich auf dich wirken. Völlig verschroben, die Tante.«

Er schüttelte den Kopf.

»Mein Freund hat sich danach rührend um mich gekümmert. Voller Verständnis und Geduld. Und nur weil ihm dann doch mal herausgerutscht ist, ich solle mich endlich zusammenreißen, hab ich meine Sachen gepackt. Auch deshalb bin ich hier.«

»Das renkt sich wieder ein.«

Sie zuckte mit den Schultern.

Vincent beschloss, das Thema nicht weiter zu vertiefen.

»Bis heute früh ging's mir wirklich super.« Sie nickte, als müsse sie sich selbst bestätigen. »Aber dann verliere ich meine Schlüssel, und kurz darauf höre ich im Radio von diesem Sexualmord. Alles wieder da.«

»Es war kein Sexualmord«, sagte Vincent.

»Tut mir leid, dass ich dich mit meinem Scheiß behelligt habe.«

»Mir nicht. Dein Wein ist sehr lecker.«

Antonia wischte sich übers Gesicht und lachte.

»Du strahlst so viel Ruhe und Stärke aus«, sagte sie.

»Das täuscht. Ganz schön verschroben, der Onkel.«

Sie lachten.

Dann wurde Antonia wieder ernst: »Wenn jemand eine Biografie über dich schreiben würde, welchen Titel hätte sie?«

Vorsicht, dachte Vincent. Klingt wie die Fangfrage eines Psychodoktors. Oder will die junge Nachbarin flirten?

»Über mich wird niemand so etwas schreiben«, wiegelte er ab.

»Das ist ein Spiel.«

»Ich weiß.« Ihm fiel ein Satz seiner linksradikalen Mutter ein. Er zitierte: »Ein Bulle, aber immerhin kein Bulle-Bulle.«

»Ein langer Titel.«

»Soll der Verlag ihn kürzen.«

Antonia lachte auf eine Art, die ihm gefiel.

»Und deine Biografie?«, fragte er.

»Die Unzerstörbare.«

Sie sagte das mit einem Strahlen, das ihm ebenfalls gefiel, obwohl er bezweifelte, dass der Titel zutraf. Der Mensch ist fragil. Das hatte er gelernt.

Vincent stand auf. »Ein schönes Schlusswort für unseren Apéro, für den ich mich herzlich bedanke.«

Antonia brachte ihn zur Tür. Sie strich ihm kurz über den Arm. Im Treppenhaus war es dämmerig, aber ihre Augen schienen zu leuchten.

»Es tut gut, dich zum Nachbarn zu haben, Vincent.«

Als er kurz darauf in seiner Küche sein einsames Abendessen zubereitete, fragte er sich, ob er die junge Frau durch seinen Aufbruch enttäuscht hatte. Ihre Signale waren deutlich gewesen, wie er fand.

Er erinnerte sich an ein Lied, das manchmal in der Wohngemeinschaft gespielt wurde, in der er als Kind mit seiner Mutter gelebt hatte. Bevor sie ihn verließ und in den Untergrund ging. Sie hatte glücklich gewirkt, wenn sie den Text mitsang, den er nicht verstand. Später, sie saß längst im Knast von Köln-Ossendorf, hatte er sich die Platte gekauft, um ihr nah zu sein.

If you can't be with the one you love, love the one you're with.

Es gab Menschen, denen das leichtfiel.

17

MELIA GING ÜBER DEN STATIONSFLUR, ohne jemanden im Dienstkittel zu treffen. Ein Tag war seit ihrem ersten Besuch vergangen. Zeit für Oscar Ravani, um nachzudenken. Würde er sie immer noch als Teil einer Verschwörung betrachten, die sich gegen ihn richtete? Auf jeden Fall würde sie anders mit ihm reden als gestern. Und sie hatte die Bilder der Überwachungsvideos dabei.

Sie klopfte an die Tür zu Oscars Zimmer und trat ein. Anders als gestern war das zweite Bett belegt. Ein Grauhaariger im dunkelblauen Pyjama lag darin und döste.

Dafür war Ravani nicht mehr da.

Das Bett des Journalisten war leer.

Melia klopfte an die Toilettentür und öffnete sie. Hier steckte er schon mal nicht.

Bei den Rauchern unten vor dem Klinikeingang hatte sie ihn auch nicht gesehen. Vielleicht trank er einen Kaffee im Aufenthaltsraum. Doch dort saß nur eine ältere Patientin mit ihrer Familie. Zurück auf dem Flur traf sie eine Frau im blauen Kittel mit einem Klemmbrett in der Hand.

Melia fragte sie nach Oscar Ravani.

»Ich bin hier bloß fürs Essen zuständig«, lautete die barsche Antwort.

Melia suchte das Arztzimmer auf.

Die Stationsärztin war jung, zierlich und sprach mit osteuropäischem Akzent. Melia zeigte ihren Dienstausweis und erkundigte sich nach dem Opfer einer Messerstecherei in der Nacht zum Sonntag.

»Der Patient hat sich vor ein paar Stunden entlassen«, sagte die Frau im weißen Kittel. »Auf eigene Verantwortung.«

»Wissen Sie, warum?«

»Nein. Ich habe ihm dargelegt, warum er meiner Meinung nach noch ein paar Tage zur Beobachtung hierbleiben sollte. Aber er ließ sich nicht umstimmen.«

»Geht er damit nicht ein Gesundheitsrisiko ein?«

Die Ärztin zögerte, als überlegte sie, ob alles Weitere nicht unter das Arztgeheimnis fiel.

»Ich kenne Oscar Ravani privat«, erklärte Melia deshalb. »Unsere Familien sind befreundet. Wir machen uns Sorgen.«

»Wenn er sich zu Hause gleich nach seiner Ankunft in ärztliche Behandlung begibt, dann ist das bestimmt nicht dramatisch. Aber er hat einen nervlich angespannten Eindruck gemacht. Heute noch mehr als gestern. Er sollte psychologische Hilfe in Betracht ziehen.«

»Wollte er denn nach Hause?«

»Das hat er mir nicht verraten.«

Melia beschloss, noch einmal Oscars Zimmer aufzusuchen.

Der Grauhaarige hatte sich inzwischen aufgesetzt, löffelte einen Joghurt und hörte Radio. Melia erkannte den Lokalsender.

Der Patient musterte sie fröhlich. »Wenn ein Engel hereinkommt, kann das nur zwei Dinge bedeuten: Mein letztes Stündlein hat geschlagen, und ich komme in den Himmel.«

»Da muss ich Sie enttäuschen.«

Sie zog einen Stuhl ans Bett. Wieder zeigte sie ihren Dienstausweis und stellte sich vor.

»Also hat Herr Ravani etwas mit dem Mord in Knittkuhl zu tun«, schlussfolgerte der Mann und löffelte ungerührt weiter.

»Wie kommen Sie darauf?«, fragte Melia erstaunt.

»Weil im Radio die Nachricht von der toten Frau kam. Die haben ihre Beschreibung durchgegeben, und danach wollte Herr Ravani nur noch weg. Die hübsche Ärztin hatte keine Chance mehr, ihn zu halten, obwohl sie alles versucht hat.«

»Wurde er abgeholt?«

»Nein, er ist ganz allein verschwunden. Hat sich per Handy ein Taxi bestellt und einen Flug reserviert.«

»Haben Sie mitbekommen, wohin?«

»London. Aber fragen Sie jetzt nicht, welcher Flughafen dort.«

Tatsächlich nach Hause, dachte Melia.

Der Mann im blauen Pyjama tippte auf die goldene Uhr an seinem Handgelenk. »Ihren Mörder kriegen Sie heute nicht mehr, junge Frau. Der sitzt jetzt in seiner Maschine.«

»Ich glaube nicht, dass er ein Mörder ist. Aber er könnte etwas wissen, das uns weiterhilft.«

»Hoffentlich machen sich nicht alle Ihre Zeugen aus dem Staub, denn sonst kriegen Sie ein Problem.«

Schlaumeier, dachte Melia. Sie stellte den Stuhl zurück und verabschiedete sich.

Der Patient rief ihr hinterher: »Sie können gern wiederkommen, junge Frau. Von Ihnen würde ich mich sogar in die Hölle führen lassen.«

Melia verkniff sich eine Antwort.

18

MÜNCHEN

SEBASTIAN PAGEL HATTE ZWEI KOFFER und einen Rucksack in sein Auto gepackt und die Route über die A8 und den Leuchtenbergring gewählt. Am frühen Abend erreichte er das Münchner Nobelviertel Bogenhausen. Dort fuhr er über die Prinzregentenstraße, eine vierspurige, von Alleebäumen gesäumte Prachtstraße, und hielt nach den Hausnummern Ausschau.

Das Tor an der Zufahrt zur 61 stand offen.

Unbewacht.

Punkt Nummer eins, den ich ändern werde, dachte Sebastian.

An der Rückseite des Gebäudes weitete sich der Weg zu einem gepflasterten Karree. Ein Mann im Anzug wies ihm einen Stellplatz zu und begrüßte ihn. Es handelte sich um den Angestellten der Worldcard AG, mit dem Sebastian telefoniert hatte.

»Der Marek meinte, ich soll Ihnen schon mal das Haus zeigen.«

Sebastian folgte dem Mann durch den Nebeneingang ins Innere und ließ seinen Vortrag über sich ergehen.

Gegen Ende des 19. Jahrhunderts hatte der damalige

niederländische Generalkonsul das herrschaftliche Wohngebäude errichten lassen. Ein Kuppelbau, Neobarock, mit Garten und großer Freitreppe zur Straße hin, fast ein kleines Schloss. Erster Mieter war Wilhelm Conrad Röntgen gewesen, der Physiker und Nobelpreisträger.

1903 erwarb Seine Königliche Hoheit Prinz Alfons von Bayern das Haus und bewohnte es nach dem Ersten Weltkrieg auch selbst. Nach dem Wittelsbacher war es seitdem benannt.

Nobler als hier – einen guten Kilometer östlich der Bayerischen Staatskanzlei, mit Blick auf Friedensengel und Michaelsanlage – kannst du kaum logieren, dachte Sebastian.

In den letzten Jahrzehnten hatte das Palais Alfons eine Bank, ein Kunsthaus und eine Personalberatungsfirma beherbergt.

Bis Marek Weiß es anmietete.

Nicht Worldcard, sondern er persönlich.

Sein Name fiel während der Führung immer wieder. Weiß war als Chief Operating Officer die Nummer zwei des Finanzkonzerns. Der junge Anzugträger schien ihn zu vergöttern. Er nannte ihn immer wieder nur »der Marek«. Sebastian begriff: Worldcard verkörperte den Gegenentwurf zu einer Behörde, wie er sie kannte.

Die Firma war hip, die Hierarchien flach. Gleichsam eine große Familie.

Zumindest tat man so.

Im Erdgeschoss befanden sich die Büros diverser Start-up-Unternehmen, die hier als Untermieter logierten. Sie hatten zumeist nichts mit Worldcard zu tun, sondern waren Teil des privaten Investments von Marek Weiß. Der Assistent ging nicht weiter ins Detail, stattdessen stiegen sie weiter die Treppe hoch.

Die Belle Etage war »der Club«. Vier Meter Deckenhöhe. Überall Parkett, weiße Wände, moderne Kunst. Salons, Tagungsräume, eine Bar, eine Küche. Ein Raum diente als Lager: gestapelte Stühle, Whiteboards, Beamer, Monitore.

Ein Saal mit Stuck und Deckenmalerei. Ein weiß-blauer Himmel voll tanzender und musizierender Engel. Ein Flügel auf einem Podest.

Hier gab »der Marek« Empfänge. Hier wurden Geschäftspartner von Worldcard verköstigt, Symposien und Konzerte veranstaltet. Minister und Ex-Präsidenten aus ganz Europa gingen bei diesen Anlässen ein und aus, erzählte der Assistent.

Wenn nur die Hälfte davon stimmt, ist der Club ein heißes Pflaster, dachte Sebastian.

Lobbyarbeit, brisante Verhandlungen, Betriebsgeheimnisse von hohem Wert für Marek Weiß und den Konzern. Womöglich große Politik.

Anders als im Außenbereich konnte er hier nirgendwo Kameras entdecken.

Der junge Mann sagte: »Der Marek freut sich sehr, dass Dr. Böhm Sie für die Mitarbeit gewinnen konnte. Denn schon in drei Tagen findet das nächste hochkarätige Treffen statt.«

»Worum geht es dabei?«

»Um die humanitäre Lage und den wirtschaftlichen Wiederaufbau in Libyen.«

»Verstehe.«

»Der Marek bringt die wichtigsten Player zusammen. Es geht um ein Land mit sieben Millionen Einwohnern, unendlichen Ressourcen und großem Potenzial.«

»Ich sehe hier keine Überwachungstechnik.«

»Wir legen größten Wert auf Diskretion. Dieser Club ist

einzigartig in München. Mareks Gäste wissen das zu schätzen.«

»Okay.«

Sebastian trat ans Fenster. Der Blick ging auf die Nachbarvilla. Sah ebenfalls nobel aus.

»Was befindet sich da drüben?«, fragte er.

»Das Konsulat der Russischen Föderation. Es kursieren Gerüchte über geheime Tunnel zwischen den beiden Häusern.« Der junge Mann lachte. »Aber das ist natürlich Unsinn.«

Im zweiten Stock machten sie kurz auf dem Treppenabsatz Halt.

»Hier befinden sich Mareks Privaträume. Er wohnt aber nicht oft hier. Für unsereins ist der Zutritt verboten.«

Sie erreichten das Dachgeschoss. Hier hatte die Decke eine normale Höhe. Es roch, als sei die Etage erst vor Kurzem renoviert worden.

Der junge Anzugträger öffnete eine Tür.

»Ihr Apartment, voilà!«

19

SINGAPUR

AM ABEND ZOG ROBIN CHAN mit seinem Laptop in das Büro des Compliance-Beauftragten Rahul Kumar um. Ein Stockwerk höher und Richtung Osten gelegen. Die Lichter der nächtlichen Skyline strahlten. Der Glanz eines Stadtstaats, auf dessen Finanzmarkt mehr Geld bewegt wurde als an den meisten anderen Orten der Welt.

Nicht immer waren die Umsätze real, wie Robin inzwischen wusste.

Paulina Jovic hatte sämtliche E-Mail-Fächer von Pratama Setjawan kopiert und den Inhalt an Robin und Rahul geschickt. Die Menge der Nachrichten und die Komplexität der Vorgänge verhieß nächtelange Zusatzarbeit.

Und zugleich sorgte sich Robin um seine Mutter. Priscilla Chan hatte bis vor Kurzem in einer Top-Position bei einer kleinen, aber angesehenen Bank gearbeitet und befand sich nun im Ruhestand. Ausgerechnet jetzt, da sie ihr Leben endlich frei genießen könnte, hatte sie einen Herzinfarkt erlitten. Am Morgen hatte Robin sie in der Klinik besucht. Die gute Nachricht: Sie war rechtzeitig eingeliefert worden, ein dauerhafter Schaden konnte abgewendet werden. Die schlechte Nachricht: Weitere Untersuchungen hatten gezeigt, dass in der Lunge ein Tumor saß. Eine Operation war nötig.

Kurz nach Mitternacht rief Paulina aus Moosbruck an. Rahul aktivierte die Lautsprecherfunktion am Telefon, damit sie zu dritt reden konnten.

»Wie geht es deiner Mutter, Robin?«, fragte Paulina.

»Nicht gut, aber sie ist sehr tapfer.«

»Ich drücke die Daumen.«

Robin bedankte sich.

»Wie weit seid ihr mit der Recherche?«

»Noch am Anfang«, antwortete Rahul. »Aber die Anzeichen verdichten sich. Was in den Bilanzen als Erfolgsgeschichte auf einigen asiatischen Märkten erscheint, entpuppt sich als löchrig wie Schweizer Käse.«

Robin fragte sich, was Rahul von Käse verstand. Er war im indischen Viertel aufgewachsen, wo man allenfalls Milch mit Essig zu Paneer verkochte, der weder Löcher noch viel Geschmack besaß.

»Wir stoßen überall auf Scheingeschäfte«, ergänzte Robin. »Sie dienen vor allem dazu, die Löcher zu stopfen, um keine Verluste ausweisen zu müssen.«

»Und der Vorwurf der Untreue?«

»Leider wahr. Bisher können wir zwei Fälle belegen. Zusammen etwa zehn Millionen Euro. Aber wie gesagt, wir sind noch lange nicht fertig.«

»Macht Pratama das im Alleingang, oder hat er Komplizen?«

»Schwer zu sagen.«

»Ich frage mal anders. Wer weiß von diesen Unregelmäßigkeiten? Das muss doch auch anderen als Angelique aufgefallen sein.«

»Angelina«, verbesserte Robin.

»Schwer zu sagen«, antwortete Rahul. »Wer jeden Stein umdreht, wie wir es gerade tun, dem fällt es auf. Wer aber Pratamas Zahlen vertraut, den kann er durchaus im Alleingang hinters Licht führen.«

»Wir haben in einigen Tagen die nächste Vorstandssitzung«, sagte Paulina. »Glaubt ihr, dass ihr bis dahin einen Bericht abgeben könnt?«

Robin warf Rahul einen Blick zu. Dann antwortete er: »Wir *müssen* das so schnell schaffen. Eigentlich wären wir jetzt schon verpflichtet, die Wirtschaftsabteilung der hiesigen Polizei einzuschalten. Mit einem Bein stehen Rahul und ich im Gefängnis.«

»Okay. Macht, was zu tun ist, um Pratama das Handwerk zu legen. Die Zentrale steht hinter euch.«

Rahul räusperte sich. »Die Zentrale weiß aber auch, was eine Korrektur des Asienergebnisses für die Bilanz des Gesamtkonzerns bedeutet, oder?«

»Natürlich. Die Erfolgsgeschichte von Worldcard, auf die wir alle stolz sind, beruht vor allem auf den großartigen Ergebnissen in Asien. Umso wichtiger ist es, dass bei euch so schnell wie möglich alles wieder ins Lot kommt. Lasst uns ab jetzt täglich telefonieren. Morgen wieder um diese Zeit?«

Sie stimmten zu.

Die Anzeige an Robins Laptop stand auf 00:45 Uhr. In Moosbruck war es Viertel vor sieben. Er unterdrückte ein Gähnen. Eine Weile würden er und Rahul in dieser Nacht noch über den Zahlen brüten.

Robin spürte die Verantwortung wie einen Stein in seinem Magen.

DIENSTAG

20

DÜSSELDORF

ES WAR KÜHL UM SECHS UHR morgens, und Brigitte Veih stellte sich vor, um wie viel kälter Herrn Marković und seiner Familie ums Herz sein musste, deren Zwangsräumung aus einem Altbau an der Krahestraße unmittelbar bevorstand.

Von einem Studenten in ihrer Klasse an der Akademie hatte Brigitte den Tipp bekommen, dass der Gerichtsvollzieher zu früher Stunde anrücken würde. Marković war einverstanden, dass sie Fotos machte. Sollte die Ausbeute gut sein, würde sie eine Serie daraus machen. Eine Fortsetzung ihrer Arbeit zum Thema »Wohnen im Kapitalismus«.

Zu ihrer Überraschung hatte sich ein Grüppchen junger Leute vor dem Haus versammelt. Darunter ihr Student. Mit einer Sitzblockade wollten sie verhindern, dass man die Familie auf die Straße warf.

Räumungen wie diese häuften sich in letzter Zeit, wie Brigitte wusste. Oft waren mehrfache Besitzerwechsel vorausgegangen. Die Bankverbindung des Vermieters wurde geändert. Die Mieter reagierten nicht rechtzeitig und überwiesen auf das falsche Konto. Zwei Wochen Verzug genügten dem Gericht. Der Hausbesitzer konnte einem neuen

Mieter einen deutlich höheren Preis abknöpfen als dem alten.

Man munkelte, der Milliardär und berüchtigte Immobilienhai Hartmut Osterkamp stecke hinter dem Gebaren. Irgendeine seiner vielen Firmen und Tochtergesellschaften. Doch der Name des Nutznießers war Brigitte egal.

Ihr ging es ums System.

Sie befestigte ihre Brosche am Revers ihres dünnen Mantels.

Dann stieg sie die Treppe hinauf und klingelte bei Marković. Der Mann machte ihr auf. Er bot ihr Kaffee an, bis zuletzt in seinem Zuhause ein guter Gastgeber. An einen Erfolg der Sitzblockade glaubte die Familie nicht.

Frau Marković versuchte ihre weinende Tochter zu trösten. Die Jüngste, noch ein Kleinkind, stand daneben, klammerte sich an einen großen Teddy und blickte verständnislos. Die Wohnung war bereits halb leer geräumt. Der Vater zeigte auf die Möbel, die sie zurücklassen mussten, denn bei seiner Schwester, wo sie vorerst unterkommen würden, war kein Platz dafür.

Brigitte schoss die ersten Fotos.

Draußen wurde es lauter. Zwei Transporter der Polizei rückten an. Die jungen Leute hatten mit ihren Transparenten Platz genommen. Brigitte eilte wieder nach unten.

Die Beamten trugen Helme und Kampfmontur. Über ein Megafon kam die Aufforderung, die Fläche vor der Haustür zu räumen. Die Polizisten begannen, Blockierer wegzutragen.

Brigitte ging nah ran und hielt mit der Kamera drauf.

Erregte Gesichter im Close-up.

Scheißbullen, dachte sie.

Die Lage eskalierte. Gerangel. Pfefferspray, Geschrei.

Brigitte fing mit der Kamera die Tränen und Schmerzen ein.

Ein Sanitäter behandelte ihren Studenten. Wusch ihm die Augen aus. Der Sanitäter wollte auch Brigitte behandeln. Erst jetzt spürte sie das Brennen auf ihren eigenen Bindehäuten. Sie winkte ab – nicht der Rede wert.

Der Student kam zu ihr gerannt und beschwor seine Professorin: »Geh nach oben, Brigitte. Die Gerichtsvollzieherin kommt gerade über den Hofeingang. Jeden Moment ist die Räumung vorüber.«

Sie beeilte sich, auch mit siebzig war sie noch fit und beweglich. Hinter ihr auf der Treppe polterten tatsächlich bereits die Schritte der Gerichtsvollzieherin und einiger Bullen herauf.

Büttel von Hartmut Osterkamp.

Büttel des Kapitals.

Wohnen ist ein Menschenrecht, dachte Brigitte. Und sollte niemals ein Spielball von Gewinninteressen sein. Sie richtete die Kamera auf die kalten Augen der Gerichtsvollzieherin.

Die Frau klingelte. Marković öffnete.

»Bitte händigen Sie mir den Schlüssel aus und verlassen Sie die Wohnung. Andernfalls finde ich Wege, mir Zutritt zu verschaffen.«

In der Tür erschien die Familie. Auch die Kleine mit dem Teddy heulte jetzt.

»Das Jobcenter überweist die Miete doch jeden Monat«, rief die Mutter.

Brigitte fing die Verzweiflung mit der Kamera ein.

Der Mann übergab den Schlüssel.

Die ältere Tochter trat der Gerichtsvollzieherin hart gegen das Schienbein. Ein Bulle packte sie. Geschrei, Gerangel –

plötzlich stürzte der Vater die halbe Treppe hinunter. Zum Glück stand er gleich wieder auf.

Erst jetzt wurde ein anderer Bulle auf Brigitte aufmerksam.

»Hören Sie auf! Geben Sie sofort die Kamera her!«

Im nächsten Moment war er abgelenkt, denn ein Schwager von Marković kam schimpfend die Treppe heraufgestürmt. Brigitte wechselte blitzschnell die Speicherkarte aus. Sie hatte mit dieser Situation gerechnet und Ersatz mitgebracht. Den Austausch bekam niemand mit, und schon nach wenigen Sekunden fotografierte sie weiter.

Aufnahme um Aufnahme, die zornige Visage des Uniformierten ganz nah.

Er packte die Kamera am Objektiv und riss sie ihr aus der Hand.

»Presse!«, rief Brigitte. »Sie haben kein Recht, mich zu behindern!«

Ein zweiter Bulle nahm sie in den Schwitzkasten.

Marković, dem Blut aus einer Platzwunde an der Stirn lief, mischte sich ein: »Lasst die Frau in Ruhe. Wir verlassen die Wohnung. Was wollt ihr denn noch?«

Die Familie setzte sich nach unten in Bewegung. Der Schwager half beim Koffertragen.

Die Polizisten ließen auch von Brigitte ab.

»Ihre Kamera können Sie im Präsidium abholen.«

Sie musste an ihren Sohn denken, der dort arbeitete.

Währenddessen fotografierte sie weiter, denn der Schmuckstein der Brosche an ihrem Revers war in Wirklichkeit die Linse einer Minikamera. Mit einem Schalter in ihrer Manteltasche löste sie diese aus.

Dann war der Spuk vorbei. Ruhe im Treppenhaus. Der Teddy lag vor der offenen Wohnungstür. Auf der Fußmatte stand »Welcome«. Brigitte richtete ihre Brosche darauf und löste ein letztes Mal aus.

Und noch immer hielt sie das kleine Plastikteil aus der großen Kamera in ihrer Faust, die SanDisk Extreme Pro mit 128GB.

Voller Großaufnahmen, voller Emotionen.

Bezüglich der Ausbeute hatte sie ein gutes Gefühl.

Brigitte erreichte die Straße, als die Familie gerade in den Transporter des Schwagers stieg. Sie hielt die ältere Tochter auf und drückte ihr den Teddy der Schwester in den Arm, den sie von oben mitgebracht hatte. Dann steckte sie ihr ein paar Hunderter zu.

»Gib das Geld deinem Papa.«

Sie konnte es erübrigen. Bei der Vernissage am Samstag hatte ihre Galeristin eine Arbeit verkaufen können.

Auf der Straße hielt sie nach dem Sanitäter Ausschau, denn ihre Augen brannten noch immer. Ihr Student kam ihr entgegen.

»Ach du Scheiße, wo ist deine Kamera?«

Sie öffnete die Faust und zeigte ihm die SD-Karte.

In diesem Moment klingelte ihr Handy.

Es war Susanne, die Galeristin.

»Stell dir vor, Gitti, ich habe einen Käufer für zehn Motive aus der Serie *Haftinsassinnen* und zehn von den *Refugees* – zwanzig Bilder auf einmal!«

»Das alte Zeug?«

»Das sind großartige Werke! Sie haben dich berühmt gemacht!«

Meinetwegen, dachte Brigitte. Mit dem Erlös finanziere ich meine künftigen Aktionen.

»Einzige Bedingung: Es gibt eine Vernissage, und du sollst …«

»Sanne, du weißt, dass ich nicht gut darin bin, über meine Arbeiten zu quatschen.«

»Keine Sorge, Gitti. Die Ansprache werde ich halten. Die wollen nur, dass du anwesend bist. Flug und Hotelkosten werden übernommen.«

»Flug? Wo ist das denn?«

»Irgendwo bei München. Die weihen ihr neues Bürogebäude ein. Irgendein Finanzkonzern, der mit kulturellem Engagement glänzen will. Sag Ja, Gitti. So viel haben wir noch nie auf einen Schlag verdient!«

21

DASS AM ZWEITEN TAG der Ermittlungen in einem Tötungsdelikt mit unbekanntem Täter die Zahl der neuen Spuren förmlich explodierte, hatte Vincent schon häufig erlebt. Man glaubte mit jeder neuen Information knapp vor dem Durchbruch zu stehen. Man war geneigt, Theorien zu entwickeln, die man in der nächsten Stunde schon wieder über den Haufen warf.

Die Mordkommission nahm Naomis Leben unter die Lupe. Familie, Wohnung, Arbeitsumfeld, Bekanntenkreis. Vincent schärfte seinen Leuten ein, unvoreingenommen in die Befragungen zu gehen und jedes Detail zu registrieren.

Danach vertrat er seine Dienststelle in der Runde der Kommissariatsleiter – die tägliche Pflicht. Als Ersatz für den erkrankten Kripochef moderierte Melia die Sitzung. Sie sollte das öfter tun, dachte Vincent, denn Melia brachte das Meeting in deutlich kürzerer Zeit über die Bühne.

Im Anschluss bat sie ihn in ihr Büro. Was sie auf dem Herzen hatte, verriet sie noch nicht. Erst als sie die Tür hinter sich und Vincent schloss, platzte sie damit heraus.

»Du wirst mich für verrückt erklären, aber ich glaube, der Mord in Knittkuhl und der Überfall auf den englischen Journalisten in der Altstadt hängen zusammen.«

»Inwiefern?«

»Der Zimmernachbar von Oscar Ravani hört den Lokalsender. Ravani spricht Deutsch und bekommt alles mit. In den Radionachrichten wird im Rahmen der Öffentlichkeitsfahndung die Beschreibung des Opfers durchgegeben. Daraufhin ist Ravani wie verwandelt. Nichts hält ihn mehr. Er bucht telefonisch den Heimflug nach London und reist fluchtartig ab.«

»Er hat die Klinik verlassen?«

»Gegen den Rat der Stationsärztin.«

»Nachdem er von der Frauenleiche in Knittkuhl erfahren hat?«

»So interpretiert es der Zimmernachbar.«

»Wie hat Ravani seine Abreise begründet?«

»Gar nicht.«

»Wir haben also nur die Interpretation eines anderen Patienten.«

»Ravani war am Samstagabend mit jemandem im Twelve Monkeys zum Essen verabredet. Ich wette, das war Naomi.«

»Du spekulierst.«

»Er war für die *Financial Times* unterwegs. Das ist ein Wirtschaftsblatt. Naomi war Trainee bei einer Wirtschaftsprüfungsfirma. Vielleicht wollte er Insiderwissen von ihr erhalten.«

»Mir sind das zu viele Vielleichts«, erwiderte Vincent.

Aber ihm gefiel es, wie Melia sich engagierte. Diese Frau war so anders als ihre Vorgänger auf diesem Posten, die Vincent erlebt hatte. Allesamt bürokratische Korinthenkacker.

Er fragte: »Verrätst du mir, warum du schon am Sonntag bei Ravani warst?«

»Das hatte private Gründe.«

»Dachte ich mir. Hübscher Kerl, was?«

»Mein Onkel war übers Wochenende zu Besuch. Er kennt Ravanis Vater. Und der hat ihn gebeten, sich um den Sohn zu kümmern. Das habe ich dann übernommen.«

»Verstehe.«

»Ich versuche mal, Oscar Ravani zu erreichen.«

Eine Inspektionsleiterin, die selbst ermittelt, hat Seltenheitswert, dachte Vincent. Und mir wirft sie vor, ich könne nicht delegieren.

Aber warum auch nicht? Schließlich hatte Melia Kontakte nach London.

»Fantastisch«, antwortete er.

Als er in seine Dienststelle zurückkehrte, fand er die sehnsüchtig erwartete Meldung des LKA-Labors vor, das die DNA-Spuren am Tatort ausgewertet hatte. Leider ergab der Abgleich mit der Datei des Bundeskriminalamts keinen Treffer. Das Ergebnis lautete lediglich, dass der mutmaßliche Täter männlich und weiß war.

Vincent telefonierte mit dem Labor, doch die dortigen Kollegen blieben dabei. Mehr gebe die Analyse des genetischen Fingerabdrucks nicht her. Inzwischen hatten sie auch die Speichelprobe von Naomis Exfreund Linus Fehrbellin analysiert. Sie stimmte nicht mit den Spuren vom Tatort überein. Trotzdem beschloss Vincent, das Alibi von Linus überprüfen zu lassen.

»Und das Haar, das der Täter an der Kleidung seines Opfers hinterlassen hat?«, fragte er. »Irgendwelche Besonderheiten?«

Geraschel in der Leitung.

»Darüber steht hier auch nichts. Halt, doch: Es ist dunkel und weitgehend frei von Chemie.«

»Also keine Färbung oder Tönung.«

»Richtig.«

In diesem Moment piepste Vincents Handy. Der Pressesprecher der Behörde hatte ihm eine Nachricht geschickt.

Tötungsdelikt zum Nachteil N. Meyer-Krell. PK um 11:00. Bitte um Rückruf.

Es war bereits zwanzig nach zehn. Und Vincent wusste nicht, was man auf einer Pressekonferenz als Neuigkeit präsentieren sollte. Ein männlicher Täter. So what?

Wir werden die Medien nur in Unruhe versetzen. Und selbst als lahm und unfähig erscheinen.

Vincent rief Hauptkommissar Braun zurück.

»Lass es lieber«, beschwor er ihn.

»Geht nicht«, antwortete Braun. »Du ahnst nicht, wie groß der Rummel bereits ist. Sogar das Ministerium macht Druck. Ich hoffe, du bist im Haus.«

Vincent überlegte, dass Anna Winkler die aktuelle Mordkommission leitete, sie also auch die Faktenlage darstellen sollte. Sicher würde sie gern die Chance nutzen, sich zu profilieren. Andererseits würde die Behörde sie einer möglichen Blamage aussetzen, weil es nichts zu melden gab. Und außerdem war es fraglich, ob sie es pünktlich in die Festung schaffen würde.

»Der Präsident will nämlich, dass du das machst«, fügte Braun hinzu.

Damit war das Problem gelöst. Wobei sich Vincent fragte, seit wann der Behördenleiter einen Narren an ihm gefressen hatte.

»Also?«, fragte Braun.

»Geht klar. Bis gleich.«

Vincent wollte sich bereits auf den Weg in den großen Konferenzsaal machen, als sein Telefon klingelte. Er nahm das Gespräch an.

Die Nachricht war ein Geschenk des Schicksals.

Einsatzkräfte der Wache in Mörsenbroich, die für den Düsseldorfer Osten zuständig war, hatten den Motorroller von Naomi Meyer-Krell gefunden. Das Gefährt stand unversehrt und mit einer Kette gesichert auf dem Parkplatz eines Supermarkts an der Bergischen Landstraße, nur wenige Hundert Meter von Naomis Elternhaus entfernt.

»Damit kommt ihr gerade rechtzeitig«, antwortete Vincent.

Er bat die Kollegen, sich im Supermarkt umzuhören. Vielleicht hatte jemand beobachtet, wie Naomi ihre Vespa abstellte. Und was anschließend vorgefallen war.

Danach rief er Anna an und informierte sie.

»Womöglich traf sie auf dem Parkplatz ihren Mörder«, spekulierte Anna.

Plötzlich hatte Vincent eine Idee.

»Wir setzen einen Mantrailer-Hund ein«, sagte er. »Kannst du das bis Mittag organisieren? Wir dürfen nicht zu viel Zeit verstreichen lassen.«

Mit der Hundestaffel hatte Vincent gute Erfahrungen gemacht. Die Tiere waren verblüffend gut trainiert. Sollte es gelingen, Naomis Spur aufzunehmen, wären sie einen Schritt weiter – sie würden den Samstagabend genauer rekonstruieren können.

22

MÜNCHEN

AM VORMITTAG GING SEBASTIAN PAGEL seinem ersten Auftrag nach.

Er sollte einen Mann namens Tareq Al-Maryami vom Flughafen abholen. Außer dem Namen wusste er nur, dass es sich um einen libyschen Geschäftsmann handelte, der um 9:50 Uhr mit einem Lufthansa-Flug aus Madrid am Terminal 2 landen würde. Und dass ein Zimmer im Mandarin Oriental für ihn gebucht war, einem der teuersten Hotels der Stadt.

Nach einer Weile kamen die ersten Passagiere durch die Glastür des Flugsteigs, und Sebastian hielt sich das Schild mit dem Namen des Gastes vor die Brust. Ein Mann fiel ihm auf, der einen Trolley hinter sich herzog und telefonierte. Für einen Moment nahm er sein Handy vom Ohr und winkte Sebastian zu.

Er war etwa vierzig Jahre alt und trug einen eng geschnittenen hellblauen Anzug, weißes Hemd mit offenem Kragen, dicke Uhr. Die dunklen Haare nur wenige Millimeter kurz geschoren. Der Ansatz über der Stirn war so gerade, wie man es nur durch Rasur erreichen konnte.

»Herr Al-Maryami?«, fragte Sebastian zur Sicherheit.

»Tareq«, antwortete der Anzugträger und gab ihm die Hand. Sebastian nahm ihm den Trolley ab. Der Libyer telefonierte weiter. Sebastian vernahm Koseworte auf Englisch und Spanisch.

Draußen stand ein Bentley Flying Spur mit laufendem Motor bereit. Der Fahrer hielt dem Gast die hintere Beifahrertür auf. Sebastian verstaute den Rollkoffer, checkte dabei die Umgebung und stieg vorne ein. Im Inneren des Wagens war es angenehm kühl.

Der Fahrer, der sonst für Marek Weiß zuständig war, beschleunigte das zweieinhalb Tonnen schwere, von Worldcard geleaste Gefährt und bog auf die A92 ein. Auf dem Rücksitz turtelte der Libyer noch etwas in sein Mobiltelefon. Dann beendete er das Gespräch und begann sofort ein neues auf Arabisch.

Zum ersten Mal seit dem Desaster mit Amiri, als Sebastian noch Zielfahnder gewesen war und die vermeintlich sichere Unterkunft des Hisbollah-Manns zu bewachen hatte, trug er unter seinem Kurzarmhemd eine Weste aus Kevlar zum Schutz gegen Beschuss aus Handfeuerwaffen. An Brust und Rücken war sie zusätzlich mit einem Metallgeflecht verstärkt, das auch Stiche abwehrte.

Im Handschuhfach vor ihm lag eine Heckler & Koch SFP9, wie sie auch die bayerische Polizei verwendete. Vom Fahrer wusste Sebastian, dass sich Dr. Böhm mehrfach an seinen Nachfolger im Innenministerium hatte wenden müssen, um die nötige Erlaubnis für das Mitführen der Schusswaffe zu erlangen.

Rasch befanden sie sich auf der A9.

Al-Maryami führte jetzt bereits sein drittes Telefongespräch.

Englisch.

Seinen Gesprächspartner nannte er nun Marek.

Sebastian versuchte, ein paar Brocken aufzuschnappen. Es ging um einen Londoner Hedgefonds, der Worldcard Probleme bereitete. Dessen Manager hatten windige Reporter mit Falschinformationen gefüttert, damit sie Berichte lancierten, die Worldcard in ein schlechtes Licht setzten und den Aktienkurs abstürzen ließen.

Während der Fonds mit Leerverkäufen auf den Kursverlust wettete. Und seinen Anlegern mit dieser Betrugsmasche goldene Nasen bescherte. Auf Kosten des deutschen Konzerns.

Al-Maryami erklärte, dass er bereits eine Detektei auf einige Leute angesetzt hatte. Um Beweise zu beschaffen, damit sich Worldcard gerichtlich wehren konnte.

»I know her from her time as an agent of the MI5«, hörte Sebastian den Libyer sagen.

Er meinte die Chefin der Detektei.

MI5 war der britische Inlandsgeheimdienst.

Sebastian staunte, über welche Verbindungen der Mann auf dem Rücksitz verfügte. Offenbar war er nicht nur als Experte für den Wiederaufbau seines Landes in die Stadt gekommen.

Zugleich wurde Sebastian klar, dass er nicht recht wusste, worin die Geschäfte von Worldcard bestanden. Finanzdienstleistungen – was hieß das konkret?

Er kontrollierte auf dem Monitor, der ins Armaturenbrett eingelassen war, ob ihnen jemand folgte – Routine wie die Schutzweste. Immer wieder checkte er auch den Verkehr vor ihnen und auf der Nebenspur.

Bis jetzt war die Luft rein.

Auf Höhe der Allianz Arena fragte ihn der Fahrer: »Wohin geht's eigentlich genau?«

Sebastian wandte sich nach hinten an den Mann aus Libyen. »Excuse me, Sir. To the hotel?«

Al-Maryami nahm das Handy kurz vom Ohr. »No. First to the office.«

Sebastian war verwirrt.

Der Fahrer nickte. »Er meint das Palais.«

Sie verließen die Autobahn und gelangten in weitem Bogen auf den Föhringer Ring, der den Nordteil des Englischen Gartens durchschnitt und die Isar überquerte. Kurz darauf erreichten sie die Prinzregentenstraße und das Prinz-Alfons-Palais. Die neobarocke Residenz von Marek Weiß.

Sebastian stieg als Erster aus. Er blickte sich nach allen Seiten um, dann öffnete er die hintere Tür. Zuletzt holte er den Trolley aus dem Kofferraum des Bentley.

»Welcome to Munich, Mr. Al-Maryami!«

»Just Tareq, please.«

»Welcome, Tareq. Enjoy your day.«

»Thanks, I surely will, Sebastian.«

Sein Schutzbefohlener verschwand durch das Portal im Haus und telefonierte schon wieder.

Sebastian konnte sich nicht daran erinnern, dass er dem Mann aus Libyen seinen Namen genannt hätte.

Anschließend fuhr er mit seinem eigenen Wagen in die Innenstadt und besorgte erste Ausrüstung für die Konferenz, die am übernächsten Tag stattfinden würde. Auf dem Heimweg erreichte ihn ein Anruf. Es war der Vorstandsassistent, der ihm gestern das Haus gezeigt hatte.

»Der Marek möchte Sie gern kennenlernen. Er würde sich freuen, wenn Sie mit ihm zu Mittag essen könnten. Um 13 Uhr in der Käfer-Schänke, passt das für Sie?«

Sebastian wusste, dass dies keine Bitte war, sondern eine Anordnung seines neuen Brötchengebers.

»Gern«, sagte er.

»Gleiche Straße, Hausnummer 73, nur ein paar Schritte vom Palais entfernt. Mareks Lieblingslokal, wenn er in München zu tun hat.«

»Eine Frage noch.«

»Aber gern.«

»Es heißt, Worldcard sei ein Finanzdienstleister.«

»Das ist richtig.«

»Ich bin nicht vom Fach. Was bedeutet das genau?«

»Wir wickeln Onlinezahlungen ab. Das heißt, wir sorgen dafür, dass bei jedem der vielen Millionen digitaler Bezahlvorgänge pro Tag die richtigen Daten auf den richtigen Servern landen.«

Sebastian verstand nicht viel von Bits und Bytes. »Aha«, sagte er nur.

Der Assistent fuhr fort: »Wir vernetzen Händler und ihre Websites mit Banken, Kreditkartenunternehmen und Kunden. Und das weltweit. Über alle Zeitzonen und Kontinente hinweg.«

Allmählich bekam Sebastian einen Eindruck von der Dimension des Geschäfts. Und er begriff: Jedes Mal, wenn jemand auf einen Kauf-Button klickte, floss eine Provision an den Konzern.

»Dabei nutzen wir zahlreiche Tochterfirmen wie die Worldcard Bank sowie Partner von Kalifornien bis zu den Philippinen, neuerdings auch in China.«

»Und auf eurem Gebiet seid ihr also die Besten?«

»Dank unseres technischen Know-hows. Und dank Mareks Verhandlungsgeschick. Das Kapital eines Finanzdienstleisters ist das Vertrauen der Kunden. Kein Markt wächst so rasant wie der Onlinehandel. In noch höherem Tempo wachsen wir. Jedes Jahr um dreißig Prozent. Schon heute spielen wir praktisch in einer Liga mit Google und Amazon.«

Kontakte zu Ex-Präsidenten und Ministern schaden da nicht, dachte Sebastian.

Tagungen und Empfänge im Club an der Prinzregentenstraße.

Libysche Geschäftsleute mit Verbindungen zu ehemaligen Geheimagentinnen.

Denn der Erfolg rief feindlich gesinnte Hedgefonds auf den Plan.

Um vorn zu glänzen, musste man sich hinten mit harten Bandagen wehren.

»Danke«, sagte Sebastian. »Jetzt ahne ich, worum es geht.«

23

DÜSSELDORF

VINCENT ERREICHTE DEN REWE-PARKPLATZ in Ludenberg. Von den Kollegen, die den Motorroller des Mordopfers gefunden hatten, war nichts zu sehen, auch im Supermarkt nicht. Offenbar hatten sie ihre Befragungen abgeschlossen.

Er schoss ein paar Handyfotos des Rollers, der noch nicht abgeholt worden war. Eine Vespa Elettrica des italienischen Herstellers Piaggio. Ein schickes Teil, cremefarben lackiert. Vincent schickte die Fotos an Hauptkommissar Braun, den Behördensprecher, damit er sie den Medien nachreichen konnte.

Die Pressekonferenz war ohne Komplikation verlaufen und würde sich als nützlich erweisen, falls die Berichterstattung zu Hinweisen aus der Bevölkerung führte.

Ein kolorierter Kombi hielt an, zwei Uniformierte stiegen aus. Vincent begrüßte sie. Es waren zwei Kollegen der Hundestaffel. Sie hatten Videokameras dabei, um das anberaumte Mantrailing zu dokumentieren.

»Glaubst du, sie ist zu Fuß zum Tatort gelangt?«, wollte der Jüngere von Vincent wissen.

»Nein, man hat sie betäubt.«

»Wenn sie hier in ein Auto gestiegen ist, hilft der Hund nicht weiter.«

Vincent hatte von Fällen gehört, in denen es gelungen war, die Spur von Menschen zu verfolgen, die sich in einem Fahrzeug fortbewegt hatten.

»Möglich ist es schon«, widersprach der ältere Kollege. »Wenn sie zum Beispiel mit offenem Fenster gefahren sind. Im Rahmen von Trainings habe ich das schon ausprobiert. Claudia auch.«

Das war die Hundeführerin, auf die sie warteten.

»Wie lange halten sich Hautzellen?«, fragte Vincent.

»Zwei Tage mindestens. Der älteste belegte Trail kam sogar auf sechzehn Tage. Es hat nicht geregnet, das ist schon mal gut.«

Vincent wusste, dass der Mensch permanent abgestorbene Hautzellen und Schuppen verlor. Und dass Hunde fünfzigmal so viele Riechzellen besaßen wie ein Mensch. Ein Zehntel des Hundegehirns war allein für das Schnüffeln zuständig.

Endlich traf die Hundeführerin ein. Ein ungekennzeichneter Transporter, vielleicht ihr Privatfahrzeug. Gemeinsam mit ihr stieg Anna aus. Sie hielt zwei Tüten in der Hand. Kleidung, die Naomi getragen und die sie bei deren Mutter abgeholt hatten.

Händeschütteln. Die Männer machten ihre Kameras klar. Claudia holte den Hund aus seiner Box im Heck des Transporters.

Vincent hatte gehört, dass sich fast alle Hunderassen und auch Mischlinge für die Ausbildung zum Suchhund eigneten. In diesem Fall war es ein Golden Retriever namens Ustinov.

Claudia legte die beiden Tüten mit etwas Abstand auf

den Boden. Sie ließ Ustinov erst am Inhalt der einen schnuppern, dann an der anderen. Schließlich führte sie ihn zur Vespa.

»Such!«

Der Hund trabte los. Er trug ein Brustgeschirr. Die etwa sechs Meter lange Leine straffte sich. Claudia hielt mit, Vincent und die anderen folgten.

Schon nach wenigen Metern, bei einem der ersten Stellplätze neben der Parkplatzzufahrt, war Schluss. Ustinov wurde hektisch. Er lief in verschiedene Richtungen. Jedes Mal glaubte Vincent, das Tier hätte die Witterung wieder aufgenommen, wurde aber enttäuscht.

Claudia lotste ihren Hund in Richtung Straße.

Nach einigen Metern wurde er wieder schneller. Zielstrebig lief er geradeaus.

Vincent blieb zurück. Er fotografierte den Ort, an dem Naomi in ein Fahrzeug gestiegen war, ob freiwillig oder unter Zwang. Dann holte er sein Auto. An der Straße ließ er Anna zusteigen.

»Wie war die Pressekonferenz?«, fragte sie.

»Eigentlich hättest du sie leiten sollen.«

»Schon gut, Vinnie.«

»Wir haben die Meute mit dem Motorroller gefüttert. Mal sehen, was rauskommt.«

Vincent schaltete die Warnblinkanlage ein. Sie rollten hinter dem Team der Hundestaffel her. Vincent bemerkte, dass der Retriever nicht mehr in schnurgerader Linie lief. Er stellte sich vor, dass Hautschuppen, die aus einem Auto wehten, in einer breiteren Spur verteilt wurden – ab einer bestimmten Fahrtgeschwindigkeit vermutlich so dünn, dass selbst die beste Hundeschnauze ihnen nicht mehr nachschnüffeln konnte.

Er staunte über Ustinov.

Hinter ihnen staute sich der Verkehr. Gehupe wurde laut. Anna fand eine Rundumleuchte im Handschuhfach, setzte sie mit dem Magnetfuß aufs Dach und schob den Stecker in den Zigarettenanzünder. Blaulicht flackerte, die Hupen verstummten sofort.

An der nächsten Kreuzung bog der Hund ab und trottete in Richtung Knittkuhl.

Vorbei an der ehemaligen Bergischen Kaserne. Nach links in die Siedlung. Eine Bushaltestelle, ein Schulgebäude. Ustinov lief unbeirrt in hohem Tempo.

Vincent staunte immer mehr.

Dann kam die Kreuzung, an der er gestern abgebogen war.

Doch der Hund zog Claudia geradeaus weiter.

Vorbei an einer Apotheke. An einem Sportgelände samt dazugehöriger Vereinskneipe. Erst danach wählte das Tier den Abzweig. Links und rechts mehrere Zeilen von Reihenhäusern. In einem Bogen erreichten sie dann doch die Straße, die hinaus in die Felder führte.

Ohne ein einziges Mal anzuhalten, lief Ustinov auf die Weggabelung und das Wäldchen zu, wählte den Feldweg zur Rückseite, wo Fabris Leute Reifenspuren gesichert hatten, und rannte schnurstracks ins Gestrüpp zu der Stelle, an der Naomis Leiche gefunden worden war.

Vincent hielt an und stieg aus. Seit ihrem Aufbruch am Parkplatz in Ludenberg war keine halbe Stunde vergangen.

Der Spürhund bellte.

Claudia gab ihm Leckerli. »Brav, Ustinov.«

Die Kollegen der Hundestaffel waren außer Puste.

Der Ältere sagte zu Vincent: »Sie gibt all ihren Hunden die Namen von Schauspielern.«

Der Jüngere schwenkte mit der Kamera vom Wäldchen auf sich selbst und rief: »Das erste dokumentierte Cartrailing – über mehr als zwei Kilometer!«

Anna klatschte Claudia ab und bedankte sich auch bei den anderen. »Jetzt können wir den Tatzeitpunkt ziemlich genau eingrenzen.«

Vincent öffnete Google Maps auf seinem Smartphone. Er fand das Straßennetz von Knittkuhl inklusive sämtlicher Wege, die durch die Felder führten. Er konnte den Fundort lokalisieren. Sein Eindruck von vorhin bestätigte sich.

Der oder die Täter hatten einen Umweg genommen, zumindest einen kleinen.

Vincent fragte sich, was das bedeutete.

24

MÜNCHEN

BEIM BETRETEN DER KÄFER-SCHENKE sah Sebastian gleich, dass das Restaurant die gleiche Aura luxuriöser Repräsentation ausstrahlte wie das Palais Alfons und der Bentley.

Rustikale, unbehandelte Eichendielen. Gediegene Sprossenfenster zur Straße und schmucke Zierbalken an der Decke. Weiße, gestärkte Tischwäsche, die Stoffservietten lagen auf dem Platzteller zur Zigarre gerollt. Elegantes Silberbesteck und Trinkgläser aus einer Manufaktur im Bayerischen Wald – zumindest stellte sich Sebastian vor, dass sie von dort stammten.

Tareq Al-Maryami und Marek Weiß saßen bereits an einem ruhigen Ecktisch. Sebastian fiel auf, dass sie einander ähnelten. Auch der Chief Operating Officer von Worldcard, dem er nun zum ersten Mal begegnete, war um die vierzig und schlank. Auch er trug ein weißes Hemd ohne Krawatte zum schmal geschnittenen Anzug. Sein Haar war ähnlich kurz geschoren, allerdings heller, und die Stirn hob sich zu tiefen Geheimratsecken.

Er zeigte ein Lächeln von gewinnender Offenheit, während Sebastian an den Tisch trat. Eine fröhliche Begrüßung, als gäbe es keinen Unterschied in Rang und Gehalt. Als stünden sie am Beginn einer Freundschaft.

»Just call me Marek«, sagte Weiß beim Händeschütteln.

Sebastian fremdelte mit der Situation. Als jemand, der ein billiges Sakko von der Stange trug. Der nicht jede Woche um die Welt flog, um große Geschäfte anzuschieben. Der nie ein Restaurant sein Lieblingslokal nennen würde, in dem ein Stück Rindersteak mit ein paar Beilagen fast achtzig Euro kostete, wie Sebastian mit Blick auf die Karte feststellte.

Er sagte sich, dass dies alles nicht wichtig war.

Der vierte Platz blieb nicht lange frei.

»Hi guys«, grüßte ein Mann, den Sebastian aus dem Fernsehen kannte.

»Freddy!«, rief Weiß, sprang auf und umarmte den Neuankömmling.

Es war Frederik zu Hohenstein, ein ehemaliger Bundesminister der CSU, der vor einigen Jahren zurücktreten musste, weil er der PR-Firma seiner Frau ohne Ausschreibung Regierungsaufträge verschafft hatte. Danach hatte er hauptsächlich in den USA gelebt, bastelte nun aber an einem politischen Comeback, wie man hörte. Er war Anfang fünfzig, doch seine gebräunte, aber faltenlose Gesichtshaut und sein volles Haar, das sich über Ohren und Kragen wellte und noch keine grauen Strähnen zeigte, ließen ihn jünger wirken.

Weiß stellte ihm Tareq Al-Maryami als langjährigen Geschäftspartner vor, sowie Sebastian als Manager in Sicherheitsfragen. Dann fragte er, ob es Einwände gegen Lamm zum Hauptgang gebe. Weil das nicht der Fall war, bestellte Weiß viermal das Menü des Tages.

Sebastian klappte die Karte zu und legte sie auf den freien

Nachbartisch. Er hörte fasziniert zu. Ohne einleitenden Small Talk drehte sich das Gespräch sofort um Worldcard.

Um die neuen China-Geschäfte des Konzerns.

Ein Engagement mit höchstem Wachstumspotenzial.

Hohenstein hatte in den vergangenen Wochen das Kanzleramt bearbeitet, wo er als einstiges Kabinettsmitglied stets offene Ohren fand. Danach war die neue Kanzlerin zu einem Staatsbesuch ins Reich der Mitte aufgebrochen. Dort hatte sie sich mehrfach für Worldcard eingesetzt – der deutsche Konzern plante nämlich die Übernahme eines chinesischen Finanzdienstleisters.

Und nun hatte es geklappt – die Verträge waren heute Morgen unterzeichnet worden.

Die Runde stieß mit Weißwein darauf an. Sebastian nippte nur ein wenig. Die anderen hielten es ähnlich. Der erste Gang wurde aufgetischt, Thunfischtartar mit Artischocke.

Wegen des gelungenen Einstiegs in den chinesischen Markt war man jedoch nicht zusammengekommen, wie Sebastian rasch merkte. Weiß wollte mehr von Hohenstein.

»Now on our project in Libya«, leitete Marek über.

»Yes, great.«

»What does Berlin say?«

Hohenstein erklärte, dass er bei verschiedenen Gelegenheiten mit seinem alten Parteifreund, dem Bundesinnenminister, darüber hatte sprechen können. Dem Mann gefalle vor allem der Aspekt, Migranten aus Schwarzafrika auf ihrem Weg nach Norden wirkungsvoll aufzuhalten. Sie sollten erst gar nicht aus der Wüste nach Libyen hineingelangen. Der Minister würde sich deshalb in Brüssel für eine Kostenübernahme durch die EU-Kommission starkmachen.

Sebastian blieb es ein Rätsel, worum es bei diesem Projekt konkret ging. Aber er fühlte sich nicht befugt nachzufragen.

Es gebe nur noch einen Haken, meinte Freddy.

»What?«, fragte Marek.

»Russia.«

»Stop«, widersprach Tareq sofort. »Russia is not involved. In no way at all.«

»Fred, we are not talking with Putin«, fügte Marek hinzu. »And you know this.«

»But your partner in this project is a Russian, right?«

»So what?«

»With a lot of Russians in his staff.«

»Yes, some of them are Russians. But the company is an independent private military contractor based in Malta. The boss is a close friend of mine. The best partner you can wish for.«

Hohenstein fixierte Weiß und senkte die Stimme. »Ist das dieser Dmitri, den du mal erwähnt hast?«

Sebastian registrierte, dass dieser Teil der Unterhaltung nicht für Tareq bestimmt war.

»Dmitri *war* mal in der Armee«, antwortete Weiß. »Und ja, er kennt auch Leute beim russischen Geheimdienst. Natürlich hat er Beziehungen. Die machen ihn gerade so wertvoll für mich. Aber er ist unabhängig. Ein Freelancer. Warum scheißt ihr euch an? *Ich* beauftrage Dmitri. Nicht der Kreml.«

»Davon wirst du den Staatssekretär im Kanzleramt überzeugen müssen.«

»Bovert?«

Hohenstein nickte.

»Die Kanzlerin schickt ihn zur Konferenz?«

»Er dürfte bereits in der Stadt sein.«

Weiß zog sein Handy hervor und schüttelte den Kopf. »Hat sich noch nicht gemeldet.«

Der Ex-Minister sah auf die Uhr und verabschiedete sich von der Runde, als seien sie beste Freunde, Sebastian eingeschlossen. Den zweiten Gang, Hummerravioli in einer cremigen Soße, hatte er nicht mal angerührt. Am liebsten hätte sich Sebastian über Hohensteins Portion hergemacht.

»Don't worry«, sagte Al-Maryami. »Bovert is our guy.«

»Sure«, erwiderte Weiß, dessen gute Laune jedoch wie weggeblasen war.

Der Kellner kam mit dem Lamm. Es duftete köstlich.

Weiß winkte ab und bat um die Rechnung.

»We have to call Dmitri now«, sagte er zu Tareq. »The presentation must be more than perfect.«

Sie gingen zu Fuß zum Palais. Marek legte ein flottes Tempo vor. Er fragte Tareq nach Frau und Kindern. Dann unterhielten sie sich über das Wetter in Spanien und in Deutschland.

Sebastian beäugte die Passanten und den Straßenverkehr.

Die Erwähnung von Staatssekretär Bovert hatte ihn erneut an die dunklen Tage erinnert, als er die Bewachung des Kronzeugen Amiri leitete. Damals spielten internationale Interessen eine Rolle. Agenten und Geheimhaltung.

Wie jetzt auch.

Tareqs Bekannte, eine britische Ex-Agentin.

Mareks guter Freund, ein Russe mit Kontakten.

Und damit hörte es nicht auf.

Staatssekretär Tristan Bovert war als Geheimdienstbeauftragter der oberste Herr von Bundesnachrichtendienst und Verfassungsschutz. Ute Frings-Fassbinder, die neue Kanzlerin, hatte ihn aus Nordrhein-Westfalen in die Bundesregierung mitgebracht. Gegen den Widerstand des Koalitionspartners, wie es hieß.

Auch Bovert hatte Hisbollah-Amiri getroffen. Als Teil der Delegation, die offiziell Dr. Böhm geleitet hatte.

Das laute Knattern eines Zweitaktmotors näherte sich von hinten. Sebastian blickte über die Schulter. Ein Motorrad mit zwei Personen darauf.

Der Klassiker, dachte er: Einer fährt, einer schießt.

Sofort bewegte sich Sebastian so, dass er Marek zur Straßenseite hin abschirmte.

Marek bemerkte das und hielt es für einen Scherz.

Das Motorrad entfernte sich in Richtung Friedensengel.

Falscher Alarm.

Sebastian entspannte sich nicht. Er war froh, die Weste zu tragen. Bei einem Angriff würde er sich schützend über den Worldcard-Boss werfen.

Er wollte um keinen Preis einen zweiten Fall Amiri erleben.

25

DÜSSELDORF

MELIA BEGANN DARAN ZU ZWEIFELN, dass normale Telefonverbindungen mit England noch möglich waren. Vielleicht lag es am Brexit. Ihren Onkel Bashir Adan erreichte sie immerhin beim vierten Versuch. Der besaß die Nummer von Oscar Ravani nicht. Stattdessen gab er ihr Büro- sowie Privatnummer seines Freundes Yasin. Doch so oft sie es auch probierte, sie blieb erfolglos.

Deshalb schrieb sie ihm mit ihrem Handy eine Textnachricht.

Dass sie unbedingt mit seinem Sohn sprechen müsse. Und dass es um Naomi Meyer-Krell gehe. Zwei Stunden später traf eine kryptische E-Mail bei ihr ein.

Please register with Threema.

Melia brauchte einen Moment, bis sie die Nachricht mit Oscar in Zusammenhang brachte.

Threema war ein Instant-Messengerdienst, ein Dienst zum Verschicken von gut verschlüsselten Nachrichten. Äußerst unbeliebt bei Polizei und Geheimdiensten, denn man konnte nicht mitlesen. Außerdem speicherte Threema keine Telefonnummern, anhand derer man die Nutzer hätte identifizieren können. Die Server standen in der Schweiz.

Melia meldete sich mit ihrem Smartphone an. Die Gebühr war nicht hoch.

Kurz darauf klopfte Vincent an ihre Tür. Er kam herein, nahm sich einen Besucherstuhl und redete los, ohne Melias Aufforderung abzuwarten.

»Wir können jetzt den Tatzeitpunkt recht genau eingrenzen. Naomi ist in einem Auto ohne Zwischenstopp zum Tatort gefahren oder gebracht worden. Das konnten wir mithilfe eines Spürhunds rekonstruieren. Sie war vom Parkplatz aus nicht länger als fünfzehn Minuten unterwegs. Wir haben die Daten aller Handynutzer angefordert, deren Geräte am frühen Samstagabend in die Funkzelle am Tatort eingewählt waren. Wenn wir Glück haben, ist die Anzahl überschaubar. Du weißt, was dann der nächste Schritt ist.«

»Moment mal, Vincent. Ein Hund hat die Spur einer Frau aufgenommen, die sich in einem Fahrzeug fortbewegt hat?«

»Frag mich nicht, wie er das geschafft hat. Vielleicht war es ein Cabrio. Oder die Fenster waren offen. Oder die Lüftung lief auf Hochtouren. Jedenfalls hat es funktioniert. Ich habe es mit eigenen Augen gesehen. Kollegen der Hundestaffel haben den Einsatz auf Video festgehalten. Ustinov ist großartig.«

»Ich weiß.«

»Du kennst ihn?«

»Zweifacher Oscarpreisträger. Großartig, wie er in *Quo Vadis* den Nero gespielt hat!«

»Ich meinte den Hund.«

»Ist mir schon klar, Vincent.«

Sein Handy spielte die ersten Takte von *Gimme Shelter*. Melia erkannte den Song sofort. Sie liebte die Stones.

»Die Rechtsmedizin«, stellte er mit einem Blick auf das Display fest. »Darf ich?«

Sie nickte, er telefonierte.

»Chloroform«, sagte er, nachdem er das Gespräch beendet hatte.

»Wie du vermutet hast.«

»Sobald die Handynutzer ermittelt sind, die sich zur Tatzeit in der Gegend aufgehalten haben, geht es an den Abgleich der DNA.«

»Danke, dass du mich um meine Zustimmung bittest.«

»Hast du etwas dagegen?«

»Ein solcher Massentest ist aufwendig und kostspielig. Die Medien werden sich darauf stürzen. Wir wecken Erwartungen, die enttäuscht werden könnten. Denn wer sagt uns, dass der Täter sein Handy überhaupt dabeihatte? Ich würde es jedenfalls zu Hause lassen, wenn ich einen Mord begehen möchte.«

»Du hast die junge Frau aber nicht umgebracht.«

»Das stimmt.«

»Also?«

»Lass uns den morgigen Tag abwarten. Vielleicht ist Naomi am Parkplatz gesehen worden. Vielleicht kann jemand das Auto beschreiben, mit dem sie von dort weggefahren ist. Oder den Kerl, der ihr den Lappen mit Chloroform ins Gesicht gedrückt und sie verschleppt hat.«

»Schon wieder sehr viele Vielleichts.«

»Bis zu einer Verurteilung des Täters gibt es ausschließlich Vielleichts. Das weißt du besser als ich, Vincent. Wenn wir bis Donnerstag auf diesem Weg nicht weiterkommen, laden wir meinetwegen die männlichen Handynutzer zum Gentest ein. Habt ihr am Supermarkt einen Aushang gemacht?«

»An diversen Stellen im ganzen Viertel.«

»Sehr gut. Und was haben die jüngsten Befragungen gebracht? Was erzählen Naomis Kollegen in der Wirtschaftsprüferfirma?«

»Das erfahren wir gleich in der MK-Besprechung.«

Melias Handy gab einen Laut von sich, den sie noch nie zuvor gehört hatte.

»Sorry, einen Moment.«

Sie tippte auf das Display. Eine Nachricht erschien. Threema, die neue App.

Can we meet in London?

Statt eines Absenders war nur ein achtstelliger Identifikationscode zu lesen. Er bestand aus Buchstaben und Zahlen. Ihre Nummer hatte Melia an Yasin Ravani gesandt, damit sein Sohn sie auf diese Art erreichen konnte.

Sie hielt Vincent das Display hin, damit auch er die Botschaft lesen konnte.

»Ein Rendezvous?«, fragte er.

»Eifersüchtig?«

»Glaubst du immer noch, der Typ von der *Financial Times* hätte mit Naomi in Kontakt gestanden? Und warum kommuniziert ihr über Threema?«

»Hat er vorgeschlagen. Ich nehme an, er hat Angst, überwacht zu werden.«

»Oder das ist gar nicht Oscar Ravani. Im Grunde kann dir jeder diese Botschaft geschickt haben.«

Melia fragte sich, wie wahrscheinlich das war. Für Vincents Befürchtung sprach, dass die Nachricht auf Englisch formuliert war, obwohl Oscar in der Klinik Deutsch mit ihr gesprochen hatte.

Sie fragte sich, ob die Behördenleitung ihr den Trip bezahlen würde.

Vermutlich nicht.
Sie blickte Vincent an, doch der sagte nichts.
Melia tippte ihre Antwort ins Dialogfeld.
Yes.

MITTWOCH

26

MÜNCHEN

AN DIESEM MORGEN KAM LEBEN in die erste Etage des Palais Alfons, die man den »Club« nannte. Allerlei Techniker und Caterer sowie Mareks Assistent, der die Vorbereitungen zur morgigen Libyen-Konferenz koordinierte. Eine Wachschutzfirma hatte zwei Frauen geschickt, die Sebastian assistierten. Mit Handdetektoren standen sie am Eingang und überprüften jeden Karton, jede Kiste und jede Person auf Waffen oder Sprengstoff. Sie sammelten die Handys der Lieferanten und Mitarbeiter ein – jegliche Aufnahmen im Inneren des Palais waren tabu, auch schon vor Beginn der Tagung.

Sebastian unternahm einen Rundgang durch das Gebäude, um sicherzustellen, dass wirklich niemand Abhörwanzen oder Kameras installiert hatte. Weil Geld keine Rolle spielte, hatte er einen Detektor beschafft, der außer den üblichen Funkfrequenzen auch GSM, Bluetooth, WLAN und weitere Signale aufspürte. Angeblich ließ sich das Gerät nicht mal durch Frequenzsprünge, eine Aufspreizung des Funkbandes oder durch komprimierte, verzögerte Kurzimpulse beirren – Spezialtechniken hochentwickelter Wanzen, die bevorzugt von Geheimdiensten benutzt wurden.

Weil die meisten Minisender nur funkten, wenn sie auch Geräusche aufnahmen, trug Sebastian seine private Musikanlage von Raum zu Raum, einen alten Ghettoblaster, der CDs abspielte.

Nirvana hatte er schon lange nicht mehr gehört. »Come As You Are« – am liebsten hätte er laut mitgesungen.

Der Club schien sauber zu sein.

Den zweiten Rundgang unternahm er mit einem Detektor, der verdrahtete Kameras aufspüren konnte, die ohne Funksignale arbeiteten. Dazu setzte Sebastian eine Brille auf, die Infrarotlicht filterte. LEDs am Kästchen in seiner Hand flackerten in diesem langwelligen Bereich. Falls das Licht auf die Wölbung einer optischen Linse traf, würden die Reflexe die versteckte Kamera verraten.

Doch da war nichts.

Fast war Sebastian enttäuscht.

Er stellte den Funkscanner auf Vibrationsalarm und steckte ihn in die Tasche. Für den Rest des Tages würde er ihn dortbehalten. Sollte ein ausgebuffter Geheimdienstprofi die beiden Helferinnen am Eingang überlisten und als Caterer getarnt eine Miniwanze in den Club schmuggeln, würde Sebastian gewarnt werden.

Sein Handy klingelte.

Dr. Gerald Böhm, der ehemalige Landespolizeipräsident.

»Pagel, ich stehe am Eingang«, sagte er. »Sind Sie im Haus?«

»Ich hole Sie ab.«

Böhm überreichte Sebastian eine Tüte, die etwas Schweres, Hartes enthielt. Daraufhin ließ er sich in der improvisierten Schleuse von der dort postierten Mitarbeiterin scannen und folgte Sebastian die Treppe hoch.

»Kaffee gefällig, Herr Präsident?«

»Gern.«

In der Küche des Clubs bedienten sie sich am Espressoautomaten. Danach machten sie es sich in den konfortablen Sesseln des Salons bequem. Vorhänge und Teppiche schluckten den Schall und schufen eine intime Atmosphäre. Die geschäftigen Vorbereitungen hinter der massiven Doppeltür waren weit weg.

Sebastian zog die Waffe aus der Tüte und inspizierte sie. Eine SFP9 von Heckler & Koch. Der gleiche Typ, den Böhm auch für Mareks Fahrer besorgt hatte. Dazu ein Schulterholster und drei Schachteln Munition.

»Schön, dass es so schnell geklappt hat«, sagte Sebastian.

»Mit der Waffe sollten Sie sich auskennen, nicht wahr?«

Sebastian nickte. Ein solches Exemplar war in den letzten Jahren seines Beamtendaseins seine Dienstpistole gewesen.

»Hab sie bloß nie im Schulterholster getragen.«

»An der Hüfte trägt sie unterm Sakko zu sehr auf. Der Dresscode wird morgen recht formell sein. Und es muss sie nicht jeder sehen.«

Sebastian nickte. Er trug schon jetzt seinen dunkelblauen Anzug. Er zog die Jacke aus und legte das Holster an. Ein ungewohntes Gefühl, verdeckt eine Waffe zu tragen. Und im Anzug zu arbeiten.

»Ich habe noch ein paar Fragen«, sagte er.

»Dachte ich mir schon.«

»Worin besteht eigentlich mein Job?«

»Sicherheit. Für die Gäste, die Marek hier empfängt. Und für Marek selbst.«

»Das ist mir klar. Aber Sicherheit wovor? Worin besteht die Gefährdungslage? Worauf muss ich achten? Und auf welche Leute im Speziellen?«

Böhms Blick schweifte über die Bilder an der Wand. Neoexpressionistische Malerei. Gelbe Taxis in einer Hochhausschlucht. Ein nackter Mann vor tiefblauem Himmel. Dann zuckte er mit den Schultern.

»Das fragen Sie am besten Marek selbst.«

Die gleiche Auskunft hatte Sebastian bereits vom Assistenten erhalten. Noch hatte er allerdings mit dem Chief Operating Officer von Worldcard kein Wort unter vier Augen sprechen können. Wenn Marek mal da war, hatte er stets jede Menge Leute um sich herum und war schwer beschäftigt.

Die Ungewissheit behagte Sebastian nicht.

»Mich erinnert die Situation an Amiri«, sagte er zu Böhm.

»Den Libanesen?«

»Da wollte uns auch niemand verraten, worin die Bedrohung bestand.«

»Sie wussten aber, welcher Organisation Amiri angehört hat.«

»Der Hisbollah. Und dass er sich als Kronzeuge zur Verfügung stellen wollte, um einer Anklage zu entgehen.«

»Also waren Sie informiert.«

»Aber was wollte Amiri verraten? Wen hätte er dadurch in Bedrängnis gebracht?«

»Da muss ich leider passen. Ich war selbst nicht eingeweiht. Und wer ihn vergiftet hat, hat man leider nie herausgefunden.«

»Ich glaube eher, Sie wollen nicht darüber reden.«

Böhm studierte erneut die Bilder und seufzte.

»Was ich Ihnen jetzt verrate, Pagel, bleibt streng unter uns.«

»Natürlich.«

»Ein Thema war die Vermittlung zwischen Israel und der Hisbollah. Der Bundesnachrichtendienst wollte Amiri zur Mitarbeit gewinnen.«

»Der BND und Amiri? Um Frieden in Nahost zu stiften?«

»Lachen Sie nicht, Pagel. Da gibt es vieles, was unter dem Radar der Öffentlichkeit geschieht. Gerade in einer verfahrenen Situation, wenn die Kontrahenten nicht miteinander reden. Die Bundesregierung ist stolz darauf, wenn sie im Sinne Israels eine vermittelnde Rolle spielen kann. Auch wenn es geheim bleiben muss und niemand darüber spricht.«

»Wer sollte das torpedieren?«

»Radikale Kräfte auf einer der beiden Seiten. Denen ist jeder Ausgleich ein Dorn im Auge.«

»Es ging auch noch um andere Themen.«

»Das ist richtig.«

»Um internationalen Drogenhandel.«

»Wie kommen Sie darauf?«

»Es gab einen Haftbefehl gegen Amiri wegen Rauschgiftdelikten. Und er war kein kleiner Fisch.«

»Gut kombiniert, Pagel, Sie haben recht. Der Mann hatte Insiderwissen, und das wollte er vergolden. Mehr weiß ich aber auch nicht, ehrlich. Nur das wenige, was man in der Zeitung lesen konnte.«

»Und was stand da?«

»Dass die Hisbollah im Libanon eine große Macht darstellt. Einen Staat im Staat. Dass sie die libanesische Staatsbank sowie den Hafen und den Airport von Beirut kontrolliert. Also den Geld- und Warenverkehr des Landes. Die Dienstleistungen, die sie dadurch dem organisierten Verbrechen anbieten kann, sind von unschätzbarem Wert.«

»Mit anderen Worten: Schmuggel und Geldwäsche.«

»In ganz großem Stil. Der Libanon ist dafür zur Drehscheibe geworden. Es heißt, die Hisbollah arbeitet für die wichtigsten Drogenkartelle und die 'Ndrangheta. Sie kassiert gewaltige Provisionen. So finanziert sie ihr Waffenarsenal, den Sold für ihre Milizen und den gigantischen Reichtum ihrer Spitzenkader.«

»Das erklärt das Interesse so vieler Geheimdienste an Amiri.«

»Vor allem der Amerikaner. Da muss man nur eins und eins zusammenrechnen. Ich schätze mal, er kannte die Namen der Tarnfirmen und Hintermänner.«

»Aber warum haben Sie den Maulwurf nicht unter den Leuten gesucht, die Amiri verhört haben?«

»Ach, Pagel!«

»Warum?«

»Das war politisch so gewollt.«

»Was soll das heißen?«

»Dienste befreundeter Staaten tastet man nun mal nicht an.«

»Selbst wenn unter den Agenten ein Verräter ist und der wichtigste Zeuge vergiftet wird?«

»Die Anweisung war klar, Pagel. Ich musste Ihrem Team den Schwarzen Peter zuschieben.«

»Anweisung von wem?«

»Von ganz oben«, sagte Böhm und leerte seine Tasse.

»Kanzleramt?«

Böhm schwieg.

»Von Tristan Bovert, dem neuen Geheimdienstbeauftragten?«

»Hören Sie auf, in alten Wunden zu bohren. Machen Sie einen Haken dran und schauen Sie nach vorn. Sie sind noch jung, Pagel, und haben gerade einen Job begonnen, um den Sie Ihre früheren Kollegen beneiden würden.«

»Jetzt weiß ich, warum Sie Marek empfohlen haben, mich einzustellen.«

»Ja, mag sein, dass ich etwas wiedergutzumachen habe.«

Sebastian fragte sich, ob der ehemalige Landespolizeipräsident dafür seinen Dank erwartete. Böhm hatte sein Team aufgelöst. Er hatte sich dem Wunsch aus Berlin nicht widersetzt.

Der Pensionär stand auf, um sich zu verabschieden. Einen Moment lang wirkte er nicht mehr wie der fitte Mittsechziger, dem Sebastian am Montag in Lenggries begegnet war. Sie gingen nach unten.

»Und was ist mit Worldcard?«, fragte Sebastian.

Böhm wirkte irritiert. »Inwiefern?«

»Ich meine, warum interessiert sich der Geheimdienstbeauftragte der Bundesregierung für Worldcard?«

»Tut er das?«

»Bovert wird an der Konferenz teilnehmen. Marek scheint nicht erbaut darüber zu sein.«

»Da bin ich überfragt.«

Böhm gab Sebastian die Hand.

»Fragen Sie Marek«, sagte er noch einmal.

27

DÜSSELDORF

WÄHREND DIE FRAU AM EMPFANG ihn beim Chef ankündigte, blickte sich Vincent im Foyer um. In zwei Vitrinen standen Auszeichnungen. Ein goldener Klotz mit drei Zacken. Grimmige Löwen aus Bronze, Silber und Gold. Hässliche Stelen aus Plexiglas. An der Wand prangte groß und in knalligem Blau der Name der Werbeagentur.

Brand Harbour.

Die Empfangsdame führte ihn zum Aufzug, steckte ein Plastikkärtchen in den Schlitz am Bedienungsfeld und drückte eine Taste für ihn.

Vincent fuhr nach oben. Die Kabine war ein knallblauer Kubus. Beim Öffnen der Tür meldete eine weibliche Stimme: »Dritter Stock – third floor.«

Ein junger Mann holte ihn ab und führte ihn durch ein Großraumbüro, das die gesamte Etage einnahm. Am anderen Ende ein Zimmer aus Glas.

Sein Blick ging über den Schreibtisch, an dem Naomis Vater saß, hinaus auf das vordere Becken des Rheinhafens, auf die Yachten und mehrere Wahrzeichen Düsseldorfs – die schiefen Gehry-Gebäude, den Fernmeldeturm, den großen Fluss dahinter mit dem Altstadtufer zur Rechten.

Zu einigen dieser Orte fielen Vincent Mordfälle der letzten Jahre ein. Der Beruf brachte es mit sich, dass er die Stadt mehr und mehr als Ansammlung von Tatorten wahrnahm. Und sich an die Bewohner, die er kennengelernt hatte, als Opfer oder Täter erinnerte, als Zeugen oder trauernde Hinterbliebene. Dabei hatte er es nur mit der Spitze des Eisbergs zu tun.

Ihm fiel Antonia ein, seine neue Nachbarin. *Falls wir das vertiefen, wird es kein entspannter Abend.*

Der junge Mann klopfte an die Glastür und öffnete sie für Vincent.

Guido Meyer-Krell erhob sich von seinem Drehsessel, gab Vincent die Hand und drückte zuerst einen Schalter, der die Abtrennung zum Rest seiner Firma mit einem Schlag milchig weiß und undurchsichtig werden ließ. Nur der Blick auf Hafen und Stadt blieb klar. Die bodentiefe Fensterfront stand schräg. Als Vincent nähertrat, schien es ihm, als schwebe er über dem Wasser.

»Ich habe nicht viel Zeit«, sagte Meyer-Krell.

Aus Rücksicht darauf war Vincent hier. Er hätte ihn auch ins Präsidium bestellen können.

»Sie sind erstaunlich rasch wieder aufs Geschäft fokussiert«, stellte Vincent fest.

»Wollen Sie mir das vorwerfen?«

»Nein.«

»Ich habe gestern den ganzen Tag meiner Frau zur Seite gestanden und Ihren Kollegen alle Fragen beantwortet. Was gibt es noch?«

»Wussten Sie, dass Naomi ein Konto bei einer Schweizer Bank besaß?«

Hamid Belhanda war heute Morgen darauf gestoßen. Zur Stunde ging der Kollege mit einem Sachbearbeiter für

Wirtschaftskriminalität die spärlichen Unterlagen durch und versuchte, Kontakt zur Bank aufzunehmen. Was erfahrungsgemäß eine zähe Angelegenheit darstellte.

Meyer-Krell blickte Vincent staunend an.

»Vierhunderttausend Euro«, ergänzte er. »Ist das Ihr Geld?«

»Wie kommen Sie darauf?«

»Ihre Tochter hatte gerade erst ihr Studium beendet und als Trainee noch nicht lange und nicht allzu üppig verdient. Sie dagegen …«

»Ja?«

»Als Firmeninhaber kann man schon mal der Versuchung erliegen, Einnahmen an der Steuer vorbei auf ein schwarzes Konto zu leiten. Etwas in dieser Art zum Beispiel.«

»Fragen Sie das Finanzamt. Meinen Steuerberater. Sie können alles überprüfen. Meine Firma ist gläsern.«

Vincent deutete zum Großraumbüro hinüber. »Wie diese Wand? Wie funktioniert so etwas eigentlich – mit Knopfdruck die Umgebung ausblenden?«

»Ich weiß nichts von dem Konto. Was sagt die Bank?«

»Wissen Sie, wie kooperativ Schweizer Institute sind? Wahrscheinlich brauchen wir einen Gerichtsbeschluss. Wenn es nicht Ihr Geld ist – was hat Ihnen Naomi darüber erzählt?«

Meyer-Krell schüttelte den Kopf. »Sie lässt mich jahrelang ihre Ausbildung bezahlen und hat vierhundert Mille auf der hohen Kante … Warum hat sie das vor uns geheim gehalten? Meinen Sie, das Konto hat etwas mit dem Mord zu tun?«

Das gesamte Team ging davon aus.

Vincent fragte weiter: »Hat Naomi mit Ihnen über ihre Arbeit bei Graff & La Motte gesprochen?«

»Sie sagte mir, dass es eine spannende Herausforderung war.«

»Also nichts Konkretes?«

»Was sagen die Kollegen dort?«

»Ich frage Sie, Herr Meyer-Krell. Halten Sie es für möglich, dass Naomi nach so kurzer Zeit in der Lage war, Bestechungsgelder einzufordern, jemanden zu erpressen oder Insiderwissen zu verkaufen?«

»Und wenn schon – so etwas hätte sie niemals getan!«

»Hat sie wirklich keine Interna von Graff & La Motte oder deren Mandanten erwähnt?«

»Nein!«

»Danke, das war's dann. Vorerst zumindest.«

»Es ist unverschämt und beleidigend, wie Sie meine Tochter posthum zur Kriminellen erklären. Ich werde mich bei Ihrem Dienstherren beschweren, Herr …«

»Veih.« Vincent legte sein Kärtchen auf Meyer-Krells Tisch. »Vielleicht fällt Ihnen ja noch etwas ein.«

28

DÜSSELDORF – LONDON

UM VIERTEL NACH ZWEI HATTE Melia ihr Arbeitspensum für heute geschafft. Sie steckte ihr Handy sowie ein Päckchen Kaugummis ein und griff nach dem kleinen Trolley, den sie am Morgen gepackt hatte – Dinge für die Nacht und den kommenden Tag.

Weil der Kripochef, der Melias Abwesenheit genehmigen musste, noch immer krankgemeldet war, nahm sie als seine Stellvertreterin den Kurztrip auf ihre Kappe. Den Flug bezahlte sie selbst. Übernachten würde sie bei ihrem Onkel.

Was sollte die Behördenleitung dagegen einwenden?

Das bestellte Taxi wartete bereits vor dem Präsidium. Nur fünfzehn Minuten bis zum Flughafen. Sie hatte online eingecheckt. Kein übermäßiger Andrang an der Sicherheitskontrolle.

Es war sogar noch Zeit, im Buchladen einen Reiseführer für London zu kaufen. Sie wollte sich einen Überblick über die Stadt verschaffen, auch wenn sie keine Gelegenheit für Sightseeing haben würde. Ihr Rückflug am nächsten Morgen ging bereits um 7:20 Uhr.

Sie setzte sich in die Wartezone vor dem Gate und blätterte in dem Büchlein. Dann wurde der Flug aufgerufen. Eurowings.

Um kurz vor halb fünf Ortszeit landete Melia in Heathrow. Sie stellte ihre Uhr um eine Stunde zurück und nahm den Trolley aus dem Gepäckfach.

Beim Aussteigen checkte sie ihr Handy.

Eine neue Threema-Nachricht.

Take London Underground, Piccadilly Line (dark blue) and exit at Green Park Station. Be sure that nobody follows you. Send confirmation on arrival.

Für die ersten Kilometer verlief die U-Bahn oberirdisch. Melia studierte die Szenerie, die vor dem Fenster vorbeizog. Zunächst noch recht ländlich, doch rasch verdichtete sich die Bebauung. Es irritierte sie, wie sehr der Zug ratterte und wackelte. Dann glitt er in eine unterirdische Röhre.

The Tube.

Melia begann, die anderen Fahrgäste zu mustern. Wen hatte sie schon im Ankunftsbereich des Terminals gesehen? Auf dem Weg zur U-Bahnstation?

Sie versuchte, sich die Personen einzuprägen, mit denen sie den Waggon teilte. Aber warum sollte sich hier, rund fünfhundert Kilometer von Düsseldorf entfernt, jemand für sie interessieren?

Die Bahn hielt an Stationen, deren Namen sie kannte, obwohl sie vor sechzehn Jahren zuletzt in London gewesen war. Knightsbridge. Hyde Park Corner. Gleich darauf war es so weit.

Green Park – nichts wie raus.

Sie nahm mit ihrem kleinen Koffer die Rolltreppe und trat ins Freie. Eine vierspurige Straße. Eine Bushaltestelle mit langgestrecktem Wartehäuschen. Jede Menge Leute.

Melia studierte sie. Der Typ mit den Rastalocken – war

er mit ihr von Heathrow gekommen? Die Blondine im Kostüm – warum ging sie nicht weiter?

Melia tippte eine Nachricht.

Arrived at Green Park Station.

Sie musste keine Minute auf die Antwort warten.

Take Jubilee Line (silver) dir. Stratford. Exit North Greenwich.

Melia fragte sich, was sich der Journalist bei dieser Schnitzeljagd quer durch London dachte. Wohin will er mich leiten? Und war das überhaupt Oscar, der ihr die Threema-Botschaften schickte?

Zurück nach unten. Green Park bildete den Knotenpunkt dreier Linien. Melia orientierte sich an den Schildern.

Gerade als sie die richtige Röhre erreichte, rollte eine Bahn herein. Mit vielen anderen Passagieren stieg sie ein und klammerte sich an einen Haltegriff. Hinter ihr zischten die Türen, der Zug beschleunigte. War ihr Ticket für diese Strecke überhaupt noch gültig?

Die Namen der nächsten Stationen reizten sie, für einen kleinen Bummel auszusteigen: Westminster, London Bridge. Stattdessen studierte sie die Gesichter der Leute um sie herum.

Der Rasta-Typ – ein anderer. Die Frau im Kostüm – nicht blond und gerade erst zugestiegen.

Niemand erwiderte ihren Blick. Sie stand allein im Gedränge und Geschiebe.

North Greenwich.

Sie stieg aus. Ein neu erbauter Bahnhof. Hier gab es Bahnsteigtüren, die sich erst öffneten, nachdem der Zug zum Stehen gekommen war. Blanker Boden, blaue Säulen, eine Rolltreppe mit spiegelnden Seitenflächen. Das oberirdische Stationsgebäude war eine große Halle mit riesiger Glasfront.

Melia trat hinaus auf einen weiten Platz und sah sich noch einmal nach Verfolgern um. Der Wind zerrte an ihren Locken. Sie roch den Fluss.

Eine unwirtliche Gegend: Schnellstraßen, Parkplätze, ein Bus-Terminal. Vor ihr die weite Kuppel einer Veranstaltungshalle. Dahinter beschrieb die Themse einen weiten Bogen.

Jenseits davon ragten Hochhäuser auf. Canary Wharf, vermutete Melia. Die früheren Docklands im Osten der Stadt – von Heathrow aus gesehen auf der entgegengesetzten Seite.

Niemand beachtete sie.

Keiner erwartete sie.

Melia tippte in ihr Handy: *What now?*

29

MÜNCHEN

SEBASTIAN ÖFFNETE SICH in seinem Dachapartment ein Feierabendbier. Er hatte seine Vorbereitungen abgeschlossen, fürchtete aber, heute Abend nicht so bald zur Ruhe zu kommen. Mareks Assistent hatte ihm die Liste der geladenen Gäste gezeigt – Manager internationaler Firmen und hochrangige Politiker, die aus halb Europa anreisten.

Der österreichische Verteidigungsminister. Eine Vertraute des französischen Präsidenten. Die Flüchtlingsbeauftragte der dänischen Regierung. Vertreter der EU-Kommission. Nicht zuletzt der Staatssekretär aus Berlin, der so viel Einfluss zu haben schien.

Allmählich glaubte Sebastian, nicht mal überbezahlt zu sein.

Er trug Verantwortung.

Sein Handy klingelte. Es war Daniela, seine Cousine.

»Basti, wie geht's dir in München?«

»Super. Ich lebe in einer Villa und fahre einen Bentley mit Chauffeur.« Er musste lachen. »Im Ernst, der Job ist nicht schlecht.«

»Ehrlich?«

»Ich hab dir doch von Dr. Böhm erzählt. Er schenkt mir

Vertrauen. Und ich glaube, ich kann etwas wiedergutmachen.«

»Basti, krieg dich endlich wieder ein! An dir hat es nicht gelegen, dass deine Schutzperson nicht mehr lebt.«

»Aber es fühlt sich so an. Und wenn es nicht funktioniert, komme ich eben wieder nach Lenggries. Die Berge laufen nicht weg.«

»Wir auch nicht, leider.« Daniela lachte, klang aber nicht glücklich.

»Wie ist die Lage bei euch?«

»Anni ist aus Berlin zurück. Sie hat einen Riesensack schlechter Laune mitgebracht. Als würden wir ihr Vorwürfe machen.«

»Sie kriegt ihr Studium und ihr Liebesleben nicht auf die Reihe und ist deshalb sauer auf ihre Eltern?«

»Sobald sie weiß, was sie will, wird sie sich hoffentlich beruhigen.«

Sie plauderten noch ein wenig über diverse Familienprobleme und kamen auch auf Sebastians zerbrochene Ehe zu sprechen. Er hatte sich vorgenommen, nicht mehr an diesem Thema zu rühren, doch es gelang ihm auch nach einem halben Jahr noch nicht.

Als sie endlich das Gespräch beendet hatten, hörte er Geräusche und Stimmen von unten. War Marek Weiß da? Würde der Chief Operating Officer heute im Palais übernachten?

Böhms Worte klangen in seinem Kopf nach: *Fragen Sie Marek*.

Sebastian blickte aus dem Fenster. Auf dem kleinen privaten Parkplatz stand der Bentley. Der Fahrer saß hinter dem Steuer und las in einem Buch.

Als würde Marek jederzeit wieder aufbrechen wollen,

zusammen mit seinem Besuch. Zum Essen in einem Nobelrestaurant – oder was auch immer das Münchner Nachtleben schwerreichen Geschäftsleuten an Zerstreuung bot.

Sebastian fasste sich ein Herz und ging hinunter in die zweite Etage. Die Tür zu Mareks Münchner Privatdomizil war offen. Sebastian nahm das als Einladung und trat ein.

Eine riesige Diele. Teppichboden, ein alter Sekretär. An der Decke hing ein Kronleuchter. Gegenüber ein Spiegel mit verschnörkeltem Rahmen. Sebastian kontrollierte darin sein Aussehen. Er trug Sportklamotten zum Feierabend, aber das war nun nicht mehr zu ändern.

Hinter einer Zimmertür ertönten Schießgeräusche, dann vereinzelte Explosionen.

Als schaue sich jemand einen Kriegsfilm an.

Sebastian klopfte.

Marek öffnete. Er hatte sein Sakko abgelegt, den Kragen des weißen Hemds noch weiter aufgeknöpft. Seine Wangen waren gerötet. In der Hand hielt er ein Whiskyglas.

»Komm rein, Sebastian! Hab ganz vergessen, dass ich jetzt einen Untermieter über mir habe. Quasi einen Übermieter.«

Aber er hat sich meinen Namen gemerkt, dachte Sebastian. Die zweite Person im Raum war Tareq. Er fläzte breitbeinig in einem Sessel und winkte ihm zu. Ein Fernseher lief.

Auf dem riesigen Monitor waren Jeeps zu sehen. Gefilmt wurde aus einem davon. Männer in Uniformen lachten und schossen in die Luft, als feierten sie einen Sieg.

Dann zeigte das Bild eine Säule mit korinthischem Kapitell zwischen Trümmern. Reste antiker Tempel. Viele Säulen, ein ganzer Wald davon, der aus einer Ebene voller Ruinen ragte. Im Dunst eines Morgens oder Abends – ein surreales Panorama, fand Sebastian.

Plötzlich ein Schwenk auf Marek, der das Handy hielt und jetzt sich selbst filmte, den Daumen in die Höhe reckend. Ein feister Kerl in Uniform trat zu ihm in den Bildausschnitt und küsste ihn auf die Wange.

»Dmitri«, sagte Marek zu Tareq. »We will meet him tomorrow.«

Dann wandte er sich an Sebastian.

»Palmyra. März 2017. Dmitri hat mich mitgenommen. Seine Einheit hat die Stadt vom Islamischen Staat zurückerobert, gemeinsam mit ein paar Syrern. Ich war der einzige Westler, der das miterleben durfte. Eine verdammt geile Zeit.«

Sebastian erkannte, dass der Feiste eine russische Uniform trug. Damals war er also noch nicht der selbstständige Chef eines international operierenden Sicherheitsunternehmens gewesen.

Marek hatte alles selbst gefilmt. Wilde Schwenks, verwackelte Einstellungen. Soldaten in beigen Flecktarn-Kampfanzügen, noch mehr Jubelballerei, Testosteron.

Sebastian konnte es nicht fassen. Palmyra, die antike Oasenstadt.

Was hatte der Worldcard-Boss im syrischen Bürgerkrieg zu suchen?

Dichter Qualm füllte das Bild aus. Auf den Betrachter kam ein brennender Panzer zu. Ein Toter hing aus der Luke. Die Handykamera hielt drauf.

»Syrer«, kommentierte Marek. »Der IS hat überall Sprengfallen hinterlassen. Du wirst einen Hercules brauchen, um Palmyra wiederherzustellen.«

Die Fahrt ging an einem weiteren Trümmerfeld entlang, das vom Weltkulturerbe übrig geblieben war. Schwenk auf den Beifahrer, der seine Maschinenpistole grimmig auf die

Straße richtete. Dann weiter auf die Männer, die mit Marek auf der Ladefläche standen und sich an einer Art Reling festhielten. Sie musterten die Umgebung, als lauerten hier noch Feinde.

Nur Dmitri, in dessen Sonnenbrille sich Marek und sein Handy spiegelten, schien seinen Spaß zu haben. Er scherzte mit einem zweiten Russen, der als Antwort seine Zähne zeigte.

Der Mann trug weder Brille noch Mütze. Blondierter Bürstenschnitt, die Seiten rasiert, fast ein Irokese. Er hatte tiefliegende hellblaue Augen, seine Nase schien einen Knick zu haben. Ein ausgeprägtes Kinn mit Grübchen.

Das Gesicht kam Sebastian bekannt vor. Sebastian zermarterte sich darüber den Kopf. Dann sagte er sich, dass er sich irren musste. Wo sollte er jemals einem russischen Soldaten begegnet sein? Vielleicht ähnelte der Mann einem Schauspieler in irgendeiner Serie, die er einmal gesehen hatte.

»You know Artjom«, sagte Marek zu seinem libyschen Geschäftspartner. »His unit cleared the mines around the cement plant last year. Dmitri has some really tough guys in his team.«

Er wandte sich Sebastian zu. »Ich habe ein Zementwerk in Libyen gekauft. Mit Tareqs Unterstützung. Und wenn morgen alles klappt, wovon ich ausgehe, werden wir mit Hilfe befreundeter Investoren weitere Fabriken in der Region erwerben und das Land voranbringen.«

Dabei goss er Whisky in ein weiteres Glas und drückte es Sebastian in die Hand. Sie stießen zu dritt an und tranken. Marek schlug auf Sebastians Schulter und fuhr ihm über den kahlen Kopf. Nicht herablassend, sondern freundschaftlich, fast zärtlich.

Plötzlich knatterten Schüsse. Dürre, bärtige Männer fielen um. Ein Schwenk über blutige Leichen, zum Teil waren sie nackt. Marek beeilte sich, das Video auszuschalten.

»Den Rest kann man nicht zeigen«, sagte er und lachte etwas verlegen. »Zu brutal. Die Jungs sind echt heftig, gerade die Syrer. Machen keine Gefangenen, sondern kurzen Prozess. Was man ihnen nicht verdenken kann. Nach allem, was der IS angerichtet hat.«

Er leerte sein Glas, blickte auf die Uhr und nickte Tareq zu. Sebastian erinnerte sich, warum er gekommen war.

»Ich muss dich etwas fragen, Marek.« Fast hätte er ihn gesiezt.

»Nur zu.«

»Von welcher Bedrohungslage gehen wir morgen aus?«

»Hat der alte Böhm dir das nicht erklärt?«

»Er hat mich an dich verwiesen.«

»Im Grunde ist alles ganz einfach. Ich will, dass du der Einzige bist, der eine Waffe trägt. Und dass niemand ein Handy bei sich hat außer dir und mir. Kein Wort und kein Bild dürfen nach außen dringen. Unsere Libyen-Konferenz hat niemals stattgefunden. Verstehst du? Vertraulichkeit ist alles.«

»Was ist mit Bovert?«

»Was soll mit ihm sein?«

»Als Frederik von Hohenstein beim Essen in der Käfer-Schänke den Staatssekretär erwähnt hat, haben bei dir die Alarmglocken geläutet. Darf ich wissen, warum?«

»Chapeau, du bekommst wirklich alles mit. Der alte Böhm hat mir nicht zu viel versprochen.« Marek nickte, als wolle er sich selbst bestätigen. Dabei schien er zu überlegen, was er Sebastian offenbaren konnte, und was er besser für sich behielt.

»Arbeitet der deutsche Geheimdienst gegen Worldcard?«

»Fast ins Schwarze. Ich mag dich, Sebastian.« Marek legte ihm den Arm um die Schulter und drückte ihn an sich. »Du hast Freddy gestern erlebt. Wie stolz er darauf ist, dass er noch immer Zugang zum Kanzleramt hat, obwohl er als Minister keine gute Figur abgegeben hat, um es höflich zu formulieren. Freddy glaubt tatsächlich, wir hätten es ihm zu verdanken, dass sich die Kanzlerin für unser Chinageschäft starkgemacht hat.«

»War es nicht so?«

»Sie hätte es sowieso getan. Aus nationalem Interesse. Oder dem Bundesnachrichtendienst zuliebe. Was vermutlich dasselbe ist. Aber all das liegt nicht unbedingt im Interesse von Worldcard.«

Er griff nach der Whiskyflasche und füllte sich und Sebastian einen Finger breit ein. Dann hob er die Flasche in Tareqs Richtung, doch der winkte träge ab.

»Als Finanzdienstleister hat man automatisch Zugriff auf eine Unmenge von Daten«, fuhr Marek fort. »Darunter auch enorm wertvolle Daten. Brisant und geheim. Firmennamen, Geldsummen, Geschäftsbeziehungen.«

Sebastian nickte.

»Anhand dieser Parameter kannst du Geldflüsse jeder Art rekonstruieren. Um es kurz zu machen: Der BND will Zugriff auf unsere Daten haben. Als Brand Leader der deutschen Wirtschaft sollen wir ein Tool der deutschen Machtpolitik sein.«

Sebastian ahnte, worauf Marek hinauswollte.

»Doch was ist die Geschäftsgrundlage eines Finanzdienstleisters?«

»Vertraulichkeit«, antwortete Sebastian.

Marek breitete bestätigend die Arme aus. »Natürlich ist

es hilfreich, wenn uns der BND die Unterstützung der Regierung verschafft. Wenn aber der Geheimdienst unsere Kunden überwacht, verdirbt er uns am Ende des Tages das Business. Das Glück ist ein Vogerl, sagt man in Wien, wo ich herkomme. Verstehst du, was das heißt?«

»Klar.«

»Und ich mag es nicht, wenn sich Bovert in meine Geschäfte einmischt. Er ist nicht allein in die Stadt gekommen. Der Mann bringt seine Agenten mit. Sie werden schnüffeln. Zumindest werden sie es versuchen. Wenn einer dieser Leute versucht, in meine Räume einzudringen, steche ich ihn eiskalt ab.«

Marek lächelte.

Sebastian musste schlucken.

Marek griff nach seinem Sakko. Tareq stand auf und tat das Gleiche. Sebastian folgte den beiden Männern nach draußen. Er beobachtete, wie Marek eine vierstellige Zahl in das Kästchen einer Alarmanlage eingab, bevor er die Wohnungstür abschloss.

Zum Abschied knetete Marek noch einmal Sebastians Schulter.

»Das mit dem Abstechen war nur ein Scherz«, sagte er und zwinkerte. »Denn dafür habe ich ja dich.« Er lachte wieder. »Im Ernst: Du sorgst dafür, dass sich niemand in diesem Haus verläuft. Weder der deutsche Geheimdienst noch irgendein anderer.«

Sebastian wusste nun Bescheid.

Die Bedrohungslage hieß Spionage. Die Gegner waren ganze Staaten.

Darunter sogar der eigene.

30

LONDON

DER BUS HIELT VOR EINEM Schulgebäude. Melia stieg als Einzige aus. Sie fand die Unterführung, die man ihr in der letzten Threema-Nachricht beschrieben hatte. Die Rollen ihres Trolleys ratterten auf den Bodenplatten, allmählich wurde ihr das Gepäckstück lästig.

Auf der anderen Seite der Schnellstraße befand sich der erwähnte Park. Melia entfernte sich weiter vom Autolärm weg. Eine Brücke führte über Bahngleise, dann verzweigte sich der Pfad.

Eine Frau trat Melia entgegen. Jeans, kurze weiße Bluse, hochgestecktes Haar. Melia schätzte sie auf Anfang vierzig.

»Ms. Adan?«

»Wo ist Oscar?«, fragte Melia zurück.

»Können Sie sich ausweisen?«

Melia schüttelte etwas ungehalten den Kopf. Dann kramte sie ihren Dienstausweis hervor. Die Unbekannte prüfte ihn und gab ihn zurück.

»Ich muss Sie trotzdem abtasten.«

»Das ist nicht Ihr Ernst.«

»Bitte, Frau Adan.«

Melia spreizte die Arme ab und ließ die Prozedur über

sich ergehen. Es war absurd. Sie trug nie eine Waffe mit sich. Als Flugreisende sowieso nicht.

»Wollen Sie auch meinen Koffer durchsuchen?«, fragte sie, als die Frau fertig war.

»Das ist nicht nötig. Wenn Sie mögen, können Sie ihn bei mir lassen. Ich halte hier Wache.«

»Wer sind Sie überhaupt?«

»Ich bin Eve, eine Kollegin von Oscar. Wir bearbeiten den Worldcard-Komplex bei der *Financial Times* gemeinsam.«

»Worldcard?«

»Oscar wartet im Park auf Sie. Gehen Sie geradeaus an den Tennisplätzen vorbei. Am anderen Ende der Rasenfläche steht eine Bank.«

Melia zögerte einen Moment, den Trolley zurückzulassen. Dann tat sie es doch und folgte dem beschriebenen Weg. Zu beiden Seiten erhoben sich bewaldete Hügel. Niemand spielte Tennis. Hinter den Plätzen erstreckte sich eine weite Wiese.

Jogger drehten auf den asphaltierten Wegen ihre Runden. Zwei alte Damen gingen spazieren und unterhielten sich. Vereinzelte Baumgruppen warfen lange Schatten. Junge Leute saßen mit Dosenbier auf einer Decke.

Melia fand die Parkbank und setzte sich.

Hinter ihr raschelte es.

Sie fuhr herum und sah den Journalisten aus dem Gebüsch treten. Er wirkte nicht mehr so blass wie am Sonntag. Ein weißes Hemd flatterte um seinen schlanken Oberkörper. Ob er noch seinen Verband trug, war nicht zu erkennen.

»Hallo, Melia«, grüßte Oscar. »Entschuldige die Umstände.«

Wie schon im Krankenhaus sprach er Deutsch.

»Darf ich?«, fragte er, bevor er neben ihr Platz nahm.

Die Höflichkeitsfloskel konnte Melias Laune nicht bessern.

»Warum die Geheimniskrämerei?«, wollte sie wissen. »Verschlüsselte Nachrichten, die Aufpasserin am Parkeingang? Als sei uns eine Armee von Feinden auf den Fersen.«

»Glaub mir, das machen wir nicht zum Spaß.«

»Und warum hier?«

»Bitte?«

»Warum dieser abgelegene Park und nicht ein Ort im Zentrum oder ein Café direkt am Flughafen?«

Er lächelte. »Kennst du den Film *Blow Up*?«

»Von Antonioni, Sechzigerjahre? Der Fotograf, der glaubt, einem Mord auf der Spur zu sein?«

»Wurde exakt hier gedreht.«

»Ehrlich?«

»Hier im Maryon Park.« Er deutete auf den Hügel hinter den Tennisplätzen. »Wenn du magst, gehen wir die Treppe hoch, wo David Hemmings dem Liebespaar gefolgt ist.«

»Das er fotografiert, woraufhin Vanessa Redgrave die Negative von ihm verlangt.«

»Du kennst den Film?«

Melia schaute ihn sich jedes Mal an, wenn er im Fernsehen wiederholt wurde. Sie glaubte sogar, das Rauschen des Windes in den Bäumen wiederzuerkennen, das während der Parkszene fast durchgehend den Sound ausmachte.

Aber deswegen war sie nicht gekommen.

»Ich bin froh, dass du nun doch mit mir reden willst«, antwortete sie. »Woher der Sinneswandel?«

»Du musst mir verzeihen, Melia. Im Krankenhaus war ich im Panikmodus. Anders kann ich mir nicht erklären, dass ich dich nicht gleich erkannt habe. Sonst hätte ich dir natürlich alles erzählt.«

Sie bezweifelte, dass er sie auch ohne Panik erkannt hätte. Dass er sich überhaupt an sie erinnern würde, hätte Onkel Bashir ihre Begegnung nicht im Telefonat mit Oscars Vater erwähnt.

»Du hast mich behandelt, als sei ich eine Komplizin deiner Attentäter«, sagte Melia.

»Ich traue nicht mehr vielen Leuten.«

Das nennt man Paranoia, dachte sie.

»Sorry«, fügte er hinzu.

»Schon gut, ich vergebe dir. Ist ja auch schon sechzehn Jahre her.«

»Hat mir das Herz gebrochen, als du damals abgereist bist.«

Erinnerte er sich womöglich doch? Melia beschloss, nicht länger darüber nachzudenken.

»Naomi Meyer-Krell«, sagte sie.

»Was willst du wissen?«

»Du warst mit ihr im Twelve Monkeys verabredet.«

»Das ist richtig.«

»Worum ging es dabei?«

»Informationen.«

»Welche?«

»Das wollte sie mir am Samstagabend verraten. Ihre Mörder haben das verhindert.«

»Komm schon, Oscar. Ein Reporter der *Financial Times* fliegt doch nicht zu einer Informantin, ohne zu wissen, was sie ungefähr liefern kann.«

Er musterte sie mit einem Lächeln, das Melia nicht deuten konnte.

Sie blieb stur. »Wenn du mich hierherbestellst, musst du

auch deine Karten auf den Tisch legen. Deine Kollegin hat Worldcard erwähnt. Was hat der Finanzkonzern damit zu tun?«

Plötzlich fiel Melia ein rötlicher Lichtpunkt auf, der über Oscars Kleidung kroch, bis er auf Brusthöhe zur Ruhe kam.

Ohne nachzudenken, packte sie ihn und riss ihn von der Bank. Sie fielen ins Gras. Etwas schlug über ihnen in das Holz der Rückenlehne. Erst nach einer Sekunde nahm Melia den Knall des Schusses wahr. Er kam vom westlichen Hügel, dem höheren der beiden.

Melia nahm sich nicht die Zeit, nach dem Schützen zu spähen. Hier hatten sie keine Deckung.

»Los, weg von hier!«

In geduckter Haltung rannten sie zwischen die Büsche hinter der Bank. Zweige schlugen Melia ins Gesicht. Sie kam ins Stolpern, fing sich aber wieder. Nach zehn, zwölf Metern blieben sie hinter einem großen Baum stehen.

Jede Menge schützendes Grün. Der Hügel lag verdeckt hinter dem Blätterdach. Auch ein noch so gut ausgebildeter Scharfschütze würde sie hier nicht mehr aufs Korn nehmen können.

Oscar hielt sich den Arm. Durch den Sturz ins Gras war offenbar seine Stichwunde wieder aufgeplatzt. Sein Hemd hatte Flecken von Gras und Blut davongetragen.

Das kleinere Übel, dachte Melia.

»Glaubst du mir jetzt?«, fragte der Journalist. »Deutschland führt Krieg gegen mich.«

»Meinst du Worldcard?«

»Nein, da steckt viel mehr dahinter.«

31

DÜSSELDORF

VINCENT ÄRGERTE SICH. Auch die Staatsanwaltschaft lehnte einen Massen-DNA-Test ab. Aus den gleichen Gründen wie Melia – zu teuer und langwierig. Aber gerade weil es viel Zeit kostete, den genetischen Fingerabdruck sämtlicher infrage kommender Handynutzer zu bestimmen, sollte man so rasch wie möglich damit beginnen, überlegte Vincent.

Sein Team könnte loslegen. Die Mobilfunkbetreiber hatten die Adressen von knapp sechshundert männlichen Kunden übermittelt, die sich am Samstagabend gegen zwanzig Uhr im Norden des Stadtteils Knittkuhl aufgehalten hatten. Anwohner und ihre Besucher. Aber eben auch der Mörder, falls er sein Handy mit sich geführt hatte.

Dumm nur, dass die Öffentlichkeitsfahndung bislang keine brauchbaren Hinweise eingebracht hatte. Kein Zeuge, der sah, wie Naomi auf dem Parkplatz des Supermarkts überwältigt wurde. Oder freiwillig einstieg, was bedeuten würde, dass sie den Täter kannte und keinen Argwohn verspürte.

Vincent knöpfte sich die Mordakte vor. Er überflog, was die Kollegen an diesem Tag zusammengetragen hatten. Dabei dachte er an seine Chefin, die am Nachmittag nach

London geflogen war. Falls ihre Theorie zutraf: Was hätte Naomi Meyer-Krell dem Journalisten verraten können?

Die Aussagen der Mitarbeiter von Graff & La Motte lieferten dazu keinen Anhaltspunkt. Naomi wurde als fröhlich und kontaktfreudig beschrieben. Sie hatte in der Personalabteilung angefangen und sollte erst einmal den Laden kennenlernen. Mit brisanten Daten war sie keinesfalls in Berührung gekommen.

Betrafen ihre Informationen gar nicht die Wirtschaftsprüfungsgesellschaft?

Und woher stammten die vierhunderttausend Euro in der Schweiz?

Vincent überlegte, Melia anzurufen, um zu hören, was sie in Erfahrung gebracht hatte. Dann fiel ihm ein, dass sie Ravani einen hübschen Kerl genannt hatte. Um ihn zu necken.

Vincent stellte sich vor, wie es wäre, wenn er Melia nach London begleitet hätte. Vielleicht würde es fernab des Dienstortes keine Rolle spielen, dass er zu ihr in einem Abhängigkeitsverhältnis stand.

Er schalt sich einen Träumer.

Höchste Zeit, Feierabend zu machen.

Vincent verließ sein Büro.

Statt nach Hause zu fahren, lenkte er seinen Wagen über den Fürstenwall und die Oststraße auf die Grafenberger Allee, die hinaus nach Ludenberg führte. Noch immer herrschte Berufsverkehr, vor jeder roten Ampel stauten sich die Autos der Pendler in langen Reihen, und die späte Sonne brannte aufs Blech.

Endlich erreichte er den Parkplatz des Rewe-Markts, wo Naomis Vespa gefunden worden war. An den Laternenmasten hingen die Aufrufe mit dem Porträt des Mordopfers und einem Bild des Motorrollers.

Augenzeugen gesucht.

Vincent bezog am Eingang zum Supermarkt Position und zeigte jeder Kundin, jedem Kunden seine Kripomarke und fragte immer dasselbe: »Waren Sie am Samstagabend hier?«

Ein junger Mann hatte zur fraglichen Zeit Bier und Chips gekauft, aber Naomi nicht gesehen. Einer Frau war die Vespa Elettrica aufgefallen, weil sie mit dem Gedanken spielte, sich auch so ein Gefährt anzuschaffen. Doch da war es schon zwanzig nach acht gewesen.

Eine alte Dame mit Rollator machte sich jeden Abend nach den *Heute*-Nachrichten auf den Weg zum Supermarkt, denn um diese Zeit war dort wenig Kundschaft, und die Angestellten hatten Zeit, ihre Fragen zu den Produkten zu beantworten, deren Etiketten sie nicht entziffern konnte. Kurz vor dem Parkplatz habe eine junge Frau auf einem cremefarbenen Motorroller sie geschnitten. Eigentlich wollte sie die Fahrerin deshalb zur Rede stellen, doch dann traf sie eine Bekannte und vergaß ihr Vorhaben. Vincent notierte sich den Namen der Bekannten.

Er trieb sich fast eine Stunde auf dem Supermarktgelände herum. Mehrfach beklagten sich Passanten bei ihm über immer mehr Gewalttaten, über den Verfall der Sitten. Ein älterer Mann mit roter Baseballkappe zeigte sich besonders aufdringlich und war sicher, dass der Mörder von Naomi Meyer-Krell in einer Flüchtlingsunterkunft im benachbarten Gerresheim zu suchen sei.

Vincent hatte genug.

Er fuhr zurück auf die Bundesstraße und bog ab nach Knittkuhl. Auf Ustinovs Fährte.

Der Spürhund hatte nicht den kürzesten Weg zum Tatort

genommen. Er war der Route des Fahrzeugs gefolgt, das am Samstagabend Naomi transportierte, die zu diesem Zeitpunkt vermutlich bereits mit Chloroform betäubt worden war.

Vincent passierte die Apotheke. Das schräg gegenüber gelegene Sportgelände. Er durchquerte die Reihenhaussiedlung. Ende des bebauten Gebiets – die asphaltierte Straße wurde schmal und dann zum Feldweg.

Er drehte um und fuhr zurück.

Am Schild mit der Aufschrift *Borussia 04 Knittkuhl* fuhr er von der Straße ab. Der Parkplatz war nicht asphaltiert und voller Schlaglöcher, die man notdürftig mit Kies gefüllt hatte. Nebenan ein umzäunter Bolzplatz. Vor den Toren braune Erde. Das Schild über der Tür des Vereinsheims warb für eine Düsseldorfer Brauerei.

Vincent betrat die Kneipe.

Am Tresen bestellte er ein Altbier. Er fragte den Wirt: »Gibt es hier Stammgäste?«

Der Mann nickte stumm zu einem Tisch hinüber, an dem zwei Männer Schach spielten, wobei ein Dritter ihnen zusah, dann stellte er ein frisch gezapftes Bier auf einen Pappdeckel. Vincent gesellte sich damit zu den Spielern.

»Darf ich?«, fragte er und setzte sich.

Nach kurzer Zeit war die Partie beendet. Ein unrasierter Mittvierziger in blauer Latzhose hatte verloren. Sein Gegenspieler, ein Weißhaariger mit Vollbart, hatte seine Dame geschlagen und ihn dadurch zum Aufgeben gebracht. Der Zuschauer war deutlich jünger, ein schmaler Kerl, der einen bunt karierten Pullunder trug.

Vincent zeigte den Männern seine Kripomarke und erklärte, dass er wegen des Mordes an der jungen Frau gekommen war.

»Endlich lässt sich mal jemand von der Polizei blicken«, sagte der Latzhosenmann, offenbar ein Handwerker, der noch seine Arbeitskluft trug. »Wird höchste Zeit, dass ihr mal was unternehmt!«

»Stimmt es, dass es ein Sexualmord war?«, fragte der Weißhaarige.

Der Schmale hörte nur zu.

»Das darf ich nicht verraten«, antwortete Vincent. »Die Details der Ermittlung müssen vertraulich bleiben. Wir wissen zumindest, dass es ein Mann war. Und wir haben die Handydaten aller Mobilfunknutzer, die sich zur Tatzeit in der Nähe befanden.«

»Worauf wartet ihr dann noch?«, empörte sich der Mann in der Latzhose. »Alle Mann zum DNA-Test! Oder erlauben das unsere laschen Gesetze nicht?«

»Die Staatsanwaltschaft scheut die Kosten. Aber ich würde gern schon mal anfangen, um die Anwohner hier ausschließen zu können. Damit keiner mit dem Finger auf Knittkuhl zeigt.«

»Gute Idee.«

»Dabei könnte ich Hilfe gebrauchen.«

»Was können wir tun?«

»Sind Sie öfters in dieser Kneipe?«

»Kann man so sagen. Hier in der Siedlung gibt es ja sonst nichts. Außer ein paar feinen Restaurants für gutbetuchte Ausflügler.«

»Dann machen wir den ersten Schritt. Sie sprechen die Leute an, die sonst hier verkehren, und wir machen das Vereinsheim in den kommenden Abenden zum Testzentrum. So können wir jeden, der mitmacht, von der Liste streichen, ohne dass wir allzu große Wellen schlagen.«

»Kriegen wir einen Stern als Hilfssheriff?«

»Genügt auch eine Runde Bier?«

»Ich kenne so etwa zwanzig Gäste. Müssen Männer sein, oder?«

»Ich komme locker auf dreißig«, sagte der Weißhaarige. »Denk an die Truppe, die hier jeden Sonntag kickt.«

»Können Sie auch den Wirt überreden?«, fragte Vincent verschwörerisch.

»Das wird schwierig!«

Gelächter am Tisch.

Vincent bestellte drei weitere Alt.

Nachdem sie auf ihre Zusammenarbeit angestoßen hatten, sagte Vincent: »Dann machen die Anwesenden heute Abend den Anfang. Sie haben doch sicher nichts dagegen.«

»Mich könnt ihr auch so von der Liste streichen«, beteuerte der Handwerker. »Ich bringe keine Frauen um.«

»Komm schon, jeder macht mit«, sagte der Weißhaarige. »Und du auch, Jens.«

Der Schmale im bunten Pullunder nickte. Der Handwerker ging an den Nachbartisch, um den Gästen dort zu erklären, was gleich passieren würde.

Vincent eilte hinaus zu seinem Wagen. Fabri von der Kriminaltechnik hatte ihm ein paar Kartons mit Test-Kits überlassen.

Die Kneipe lag in der Nähe des Tatorts. Für den Mann, der Naomi betäubt und erstochen hatte, sogar direkt auf dem Weg. Dieser Ort musste für den Täter einen wichtigen Bezugspunkt darstellen.

Davon war Vincent überzeugt.

32

LONDON

MELIA VERGLICH DIE EINRICHTUNG des Zimmers mit der von Low Budget Hotels in anderen Städten, in denen sie bereits auf Dienstreisen übernachtet hatte. Individuell war nur die Nummer an der Tür. Der Blick aus dem Fenster ging auf die Fassade eines Bürogebäudes, das überall stehen könnte.

Um London wirklich zu erleben, würde Melia wiederkommen müssen.

Sie hatte ihrem Onkel abgesagt.

Er wohnte zu weit draußen. Ihr morgiger Rückflug ging bereits um 7:25 Uhr. Hier lag eine Station der Picadilly Line vor der Tür, und die Fahrt mit der Tube zum Airport dauerte nur fünfzehn Minuten.

Melia stellte die Weckfunktion ihres Smartphones auf halb sechs.

Frühstücken würde sie in Düsseldorf.

Der zweite Grund, warum sie nicht bei Bashir übernachtete, war Oscar Ravani.

Der Journalist benutzte gerade die Dusche im Badezimmer. Seine Kollegin Eve hatte Rasierzeug und Haarfärbemittel besorgt. Melia war gespannt, wie der Sohn eines pakistanischen Immigranten ohne Bart und mit blondem Kopfhaar aussehen würde.

Sicher nicht mehr wie der Junge mit der Gitarre.

Aber immer noch verdammt attraktiv.

Zumindest bis morgen früh fühlte sich Melia für Oscars Sicherheit verantwortlich. An der Rezeption hatten sie sich als Herr und Frau Khalid eingetragen – Melia war ihr Tarnname eingefallen, den sie in ihrer Zeit als Referatsleiterin beim Verfassungsschutz angenommen hatte.

Sie kontrollierte noch einmal ihren Wecker. Noch sieben Stunden bis zum Alarm. Wer weiß, was da noch alles geschieht, dachte Melia.

Nebenan wurde die Dusche abgestellt.

Das Handy klingelte. Melia griff danach. Die Nummer kannte sie.

Es war Vincent.

Sie zögerte.

In Deutschland war es jetzt kurz nach halb zwölf. Sie fand es höchst ungewöhnlich, dass ihr KK11-Leiter sie um diese Zeit noch anrief. Dass Vincent seine Chefin überhaupt nach Feierabend behelligte.

Dann nahm sie das Gespräch an.

»Wie war's?«, fragte er.

»Oscar Ravani arbeitet an einer investigativen Story über die Worldcard AG, den deutschen Finanzdienstleister in Moosbruck bei München. Er ist davon überzeugt, dass es bei den Bilanzen, die der Konzern alljährlich veröffentlicht, nicht mit rechten Dingen zugeht. Dazu hat er vor einiger Zeit schon mehrere Artikel in der *Financial Times* veröffentlicht. Gestützt auf einen Analysten eines Hedgefonds, der Unregelmäßigkeiten bei Worldcard festgestellt hat. Daraufhin wurde die Zeitung mit Klagen überhäuft. Nicht nur von

Worldcard selbst, sondern auch von der deutschen Bankenaufsichtsbehörde BaFin.«

»Warum mischen die sich in so etwas ein?«

»Außerdem ist Oscar überzeugt davon, dass Worldcard Hacker auf ihn angesetzt hat, die ihn überwachen. Er lebt mehr oder weniger in einem Redaktionsbüro, nutzt sein eigenes Telefon nicht mehr und kommuniziert ausschließlich über end-to-end-verschlüsselte Messaging-Dienste. Aber auch diese Kanäle werden offenbar gehackt.«

»Klingt ziemlich paranoid.«

»Das dachte ich zuerst auch. Bis vorhin bei unserem Treffen ein Scharfschütze auf ihn gefeuert hat. Da will jemand mit allen Mitteln verhindern, dass Oscar weiter recherchiert oder vor Gericht aussagt.«

Während Melia das erzählte, fragte sie sich, wie es möglich war, verschlüsselte Nachrichten mitzulesen. Oscar beteuerte, keine verdächtigen Anhänge geöffnet zu haben, die mit Viren oder Trojanern versetzt sein konnten. Sie hatte ihn trotzdem überredet, zur Sicherheit sein Handy wegzuwerfen. Morgen würde er sich ein neues besorgen.

»Ist ihm etwas passiert?«, fragte Vincent.

»Zum Glück nicht.«

»Wäre auch schade um den ›hübschen Kerl‹.«

Vincent ist tatsächlich eifersüchtig, dachte Melia. Nur deshalb ruft er an. Gleich will er wissen, ob Oscar noch bei mir ist.

Stattdessen fragte er: »Und was hat der Mordfall in Knittkuhl mit Ravani zu tun?«

»Er hatte sich mit Naomi Meyer-Krell verabredet. Auch dieses Treffen wollte jemand mit allen Mitteln verhindern. Bei Worldcard geht es um viele Milliarden. Und nicht nur die Aktionäre haben offenbar ein Interesse daran, dass der

Höhenflug der Firma anhält. Die weiteren Einzelheiten erzähle ich dir morgen, sobald ich zurück bin.«

»Die Sache hat einen Haken, Melia. Naomi hatte nichts mit Worldcard zu schaffen.«

»Aber Graff & La Motte sind die Wirtschaftsprüfer des Konzerns. Worldcard ist ihr mit Abstand wichtigster Mandant. Sie attestieren Jahr für Jahr, dass die Bilanzen korrekt sind.«

»Wie wir hören, hatte Naomi als Trainee nichts mit den Mandanten zu tun. Also keinen Zugriff auf Betriebsgeheimnisse. Weder von Worldcard noch von anderen Firmen. Zumindest nicht in den wenigen Wochen, die sie bei Graff & La Motte war.«

»Dann muss es noch eine andere Verbindung geben.«

»Was sagt Ravani zu den vierhunderttausend Euro auf Naomis Schweizer Bankkonto?«

Das anzusprechen habe ich vergessen, dachte Melia. Muss ich Oscar gleich noch fragen, hätte sie um ein Haar gesagt. Stattdessen antwortete sie: »Erzähl ich dir morgen. Du, ich muss tierisch früh raus und bin sehr müde. Lass uns Schluss machen.«

»Ich habe übrigens mit den DNA-Tests begonnen. Im kleinen Kreis. Unter den Gästen einer Sportkneipe in Knittkuhl.«

»Wie kommst du darauf?«

»Das erzähle ich dir ebenfalls morgen. Komm gut nach Hause. Und lass dich nicht erschießen.«

Sie betrachtete noch eine Weile ihr Handy. Dann stand sie auf und klopfte an die Tür zum Badezimmer.

»Come in!«

Sie öffnete und trat ein. Oscar hatte seine Wunde mit

einer desinfizierenden Salbe versorgt und versuchte gerade, den Verband wieder um den Arm zu wickeln.

Melia übernahm das für ihn.

Er trug nichts als ein weißes Hotelhandtuch, das er sich um die Hüften gewickelt hatte. Mit blonden Haaren und ohne Bart wirkte er seltsam. Irgendwie verkleidet. Wie ein Fußballprofi.

Sie riss das Ende der Mullbinde in zwei Streifen und verknotete sie.

»Tut's noch weh?«, fragte sie.

Er schüttelte den Kopf.

»Du bist genauso schön wie vor sechzehn Jahren«, sagte er.

Sie küssten sich, kurz und vorsichtig.

Und eigentlich hätte sie ihm jetzt das Handtuch vom Leib reißen sollen. Ihn dann nach nebenan führen und ins Bett schubsen. Das war eben noch ihr Plan gewesen.

Vor ihrem Telefonat.

Er versuchte, sie noch einmal zu küssen, doch Melia entzog sich ihm.

»Mit wem hast du telefoniert?«, fragte Oscar.

Neugierig wie ein Journalist, dachte Melia. Oder wie ein Mann, der einen Konkurrenten wittert.

»Dienstlich«, antwortete sie.

»Dann lass uns für heute Feierabend machen.«

Sie ignorierte den Vorschlag und das, was er damit eigentlich meinte.

»Haben du oder deine Zeitung Geld an Naomi Meyer-Krell bezahlt?«

»Nein.«

»Erhalten Informanten kein Honorar?«

»Wir erstatten ihnen Reisespesen. Oder sonstige Unkosten, die ihnen entstehen, wenn sie uns Material beschaffen. Manchmal sind wir ziemlich großzügig.«

»Aber nicht im Fall deiner Düsseldorfer Quelle?«

»Dafür hätte ich erst prüfen müssen, was sie mir anbietet.«

»Vierhunderttausend Euro?«

»Um Himmels willen, nie im Leben!«

»Wie kommt es dann, dass diese Summe auf einem Nummernkonto in der Schweiz liegt, das auf Naomi Meyer-Krells Namen läuft?«

An seinem erstaunten Blick erkannte Naomi, dass dies auch für Oscar ein Rätsel war.

Dann sah er sie lange an.

»Soll ich mir ein eigenes Zimmer nehmen?«

»Ist vielleicht besser so«, sagte Melia. »Ich muss wirklich sehr früh aufstehen.«

DONNERSTAG

33

SINGAPUR

DAS SINGAPORE GENERAL HOSPITAL galt als eines der besten Krankenhäuser des Stadtstaates. Zumindest die onkologische Abteilung hatte den Ruf, die Spitzenstellung in ganz Südostasien einzunehmen. Sie firmierte als National Cancer Center in Block elf der Klinik. Mit dem Taxi brauchte Robin von zu Hause nur zehn Minuten dorthin.

Aus einem nahegelegenen Park drang der Ruf eines Pfaus herüber, als Robin ausstieg. Es war noch früh, und er fühlte sich wie erschlagen. Er hatte bis spät in die Nacht gearbeitet.

Und danach kaum ein Auge zugetan.

Priscilla Chan lag in einem hellen Einzelzimmer, das nach frischer Wäsche roch. Er trat an ihr Bett und griff nach ihrer Hand. Auf dem Tisch standen die Reste des Frühstücks sowie ein Blumenstrauß, in dem eine Karte steckte. Robin erkannte das Logo der Bank, in der seine Mutter bis vor Kurzem gearbeitet hatte. Schön, dass ihre Kollegen an sie dachten.

»Wie geht's dir, Mama?«

Sie lächelte Robin zu, doch rasch betrübte sich ihre Miene.

»Du siehst nicht gut aus, mein Sohn.«

Er schüttelte fassungslos den Kopf. »Wer von uns beiden liegt als Krebspatient im Bett?«

»Ach was. Sie haben mir ein Stückchen meines rechten Lungenflügels rausgeschnitten, und wenn ich Glück habe, bin ich den Ärger für immer los. Oder haben dir die Ärzte etwas anderes erzählt?«

»Nein, zum Glück. Gratulation, Mama.«

»Aber du arbeitest zu viel. Augenringe wie ein Pandabär. Schau doch mal in den Spiegel!«

Robin zog einen Stuhl heran und setzte sich. Seine Mutter fragte ihn über die neuesten Entwicklungen bei Worldcard aus, und er war froh, sein Herz ausschütten zu können. In Geschäftsdingen war sie die beste Ratgeberin, die er sich vorstellen konnte.

Parallel zu Paulina Jovic in Moosbruck hatten er und Rahul das Material gesichtet und aufbereitet. Zudem hatten sie die renommierte Anwaltskanzlei Ahmad & Wong als Berater eingeschaltet. Einer ihrer Partner hatte einst die Rechtsabteilung des CAD geleitet, des berüchtigten Wirtschaftsdezernats der Polizei von Singapur.

Deren Bericht lag seit gestern Abend vor.

Dreißig Seiten, die es in sich hatten.

Pratama Setjawan, der Finanzchef von Worldcard Asia, hatte sich einer ganzen Reihe von Delikten schuldig gemacht: Urkundenfälschung, Betrug, Bestechung, Unterschlagung.

Paulina Jovic war voll des Lobes über die Aufklärungsarbeit in Singapur. Ihr letzter Auftrag lautete, die Ergebnisse zu einer Präsentation von wenigen Seiten zusammenzustellen. Nach der Arbeit der letzten Nächte eine Kleinigkeit.

Morgen würde der Vorstand der Worldcard AG darüber beraten.

»Der Börsenkurs wird abstürzen«, sagte seine Mutter.

»Aber nur vorübergehend. Die Aktien werden rasch wieder steigen.«

»Und wenn sich das gesamte Asiengeschäft als Luftblase entpuppt? Was für ein Rückschlag! Und welche Blamage! Kann Worldcard sich das leisten, so etwas offenzulegen?«

»Sie können es sich nicht leisten, das *nicht* zu tun. Mama, wir reden von einem deutschen DAX-Konzern, der sich anschickt, Daimler und Siemens zu überholen. Und nicht von Triaden, Yakuza oder Mafia!«

Sie räusperte sich und fasste sich an die Brust.

»Tut dir was weh?«

»Alles gut.«

»Sobald wir beide Luft haben und du wieder fit bist, verreisen wir. El Nido, Philippinen. Wolltest du da nicht schon immer mal hin?«

Sie drückte seine Hand und blickte ihn an, als sei er ein Träumer.

Er zog einen USB-Stick aus seiner Tasche. Sämtliche Daten, Korrespondenzen und Berichte waren darauf gespeichert. Das Material, das Pratama belastete. Die ganze Story. Für den Fall der Fälle hatte Robin eine Kopie gezogen.

Aber er fürchtete, bei ihm zu Hause wäre sie vielleicht nicht sicher.

»Kannst du das eine Weile für mich aufbewahren, Mama?«

34

DÜSSELDORF

VINCENT KAM SICH VOR, als hätte man ihn zu Hausarrest verdonnert und ihm Strafarbeiten aufgebrummt, während sich die anderen auf Gartenpartys amüsierten, wo sich das wirkliche Leben abspielte.

Wie er jetzt erst las, hatte ihn Melia noch vor ihrem Abflug darauf hingewiesen, dass er mit den Etatberechnungen für sein Kommissariat in Verzug war. Zudem sei es höchste Zeit, den Personalplan für den kommenden Monat vorzulegen. Die Mail war knapp – eine klare Dienstanweisung.

Ich Trottel mache mir bezüglich Melia etwas vor, sagte er sich. Und selbst wenn sie mal nett ist, hat sie nur den Job im Kopf.

Vincent hielt es für unsinnig, eine Haushaltsbilanz für seine Dienststelle zu berechnen. Abschluss für das erste Halbjahr, Prognose für das zweite – als sei die Kripo ein Wirtschaftsbetrieb. Als ginge es um Rendite statt um Strafverfolgung.

Zum Glück hatte er schon letzte Woche die meisten Daten zusammengetragen. Irgendwann an diesem Tag würde er den Verwaltungskram fertigstellen. Die Stunde vor Feierabend sollte dazu reichen.

Er ging mit zwei vollen Espressotassen auf einem Aktendeckel, den er als Tablett nutzte, hinüber zu Anna, um ihr von den Neuigkeiten aus London zu erzählen. Als Leiterin der Mordkommission sollte sie unverzüglich eingeweiht sein.

Die Inspektionsleiterin hatte den Journalisten der *Financial Times* aufgesucht. Er war am vergangenen Wochenende in Düsseldorf gewesen, um Naomi Meyer-Krell zu treffen. Es war angeblich um Worldcard gegangen, den wichtigsten Klienten von Graff & La Motte.

»Die Kollegen, die sich in der Firma umgehört haben, konnten aber nichts dergleichen feststellen«, erklärte Anna, nachdem Vincent fertig war. »Naomi hatte keinen Zugang zu irgendwelchen Interna.«

Was auch meinem Informationsstand entspricht, dachte Vincent.

»Ich werde die Protokolle noch einmal durchgehen«, erwiderte er.

Anna blickte ihn an, als stelle er ihr Auffassungsvermögen infrage.

»Wenn du nichts dagegen hast«, ergänzte er.

Sie rollte mit den Augen. »Wie könnte ich das?«

Kurz darauf holte Vincent die Fallakte, nahm sie mit in sein Zimmer und vertiefte sich darin. Die Kollegen hatten bei Graff & La Motte mit zahlreichen Leuten geredet und deren Auskünfte in Vermerken und Protokollen festgehalten.

Nirgendwo fiel der Name Worldcard.

Vincent stellte sich die Wirtschaftsprüfer so diskret wie Ärzte vor. Oder wie Schweizer Banken. Die durchgängig gleichlautenden Beschreibungen Naomi Meyer-Krells durch die befragten Mitarbeiter von Graff & La Motte betrachtete Vincent in diesem Licht.

Nichts Böses über Tote. Vor allem, wenn sie der Firma angehört hatten.

Vincent fiel eine Formulierung ins Auge. Eine Sekretärin der Buchhaltung hatte Naomi als »sehr kontaktfreudig« bezeichnet. Wer mochte, konnte das auch negativ auslegen. Kein Arbeitgeber dürfte so etwas in ein Zeugnis schreiben.

Dominik Roth hatte den Vermerk angelegt.

Vincent wählte dessen Handynummer.

Der Kollege meldete sich gleich beim ersten Klingeln.

»Wo steckst du gerade?«, fragte Vincent.

»In der Festung. Anna hat mich zum Innendienst eingeteilt. Die Berichterstattung scheint Früchte zu tragen. Gerade hat eine Zeugin angerufen, die Naomi am Samstagabend auf dem Rewe-Parkplatz gesehen haben will. Ich wollte dir gerade Bescheid geben.«

»Ruf immer zuerst Anna an, wenn es um den Fall geht.«

»Wie du meinst, Chef.«

»Ich komm rüber.«

Dominiks Dienstzimmer befand sich drei Türen weiter in Richtung Treppenhaus. Der Kollege tippte gerade etwas auf seiner Tastatur, als Vincent eintrat.

»Und?«, fragte Vincent. »Was hat die Anruferin beobachtet?«

»Sie heißt Schaller. Du hast wohl gestern Abend mit ihrer Freundin gesprochen.«

Vincent erinnerte sich an die Dame mit Rollator, deren Weg Naomi auf ihrer Vespa gekreuzt hatte.

»Was sagt sie?«

»Dass Meyer-Krell einen größeren Rucksack dabeihatte. Und dass sie damit in einen Mercedes gestiegen ist. Den Fahrer konnte die Frau nicht erkennen. Eine Zwangsausübung hat sie auch nicht wahrgenommen. Naomi unterhielt sich mit jemandem im Auto und stieg auf der Beifahrerseite ein. Frau Schaller kennt die Familie Meyer-Krell, deshalb hat sie sich das alles gemerkt.«

»Farbe des Fahrzeugs?«

»Hellblau, sagt sie. Aber damit würde ich vorsichtig umgehen. Die Sonne war zwar noch nicht untergegangen, aber je nach Bewölkung kann ein weißes Auto am Abend rosa erscheinen oder ins Bläuliche gehen.«

»Den Rucksack hat der Täter behalten. Und ein heller Mercedes, ob hellblau oder weiß – das ist immerhin ein Anhaltspunkt.«

»Und was wolltest du von mir, Chef?«

»Sag nicht Chef zu mir. Du weißt, dass ich das nicht mag.«

Dominik grinste.

»Du warst gestern bei Graff & La Motte«, begann Vincent. »Eine Angestellte hat Naomi ›sehr kontaktfreudig‹ genannt. So hast du das zumindest festgehalten.«

»Die Tratschtante aus der Buchhaltung.«

»Was hat sie damit gemeint?«

»Sie hat ein Techtelmechtel mit einem Wirtschaftsprüfer angedeutet. Als ich mehr wissen wollte, hat sie alles wieder zurückgenommen und behauptet, sie hätte Naomi mit einer anderen Frau verwechselt. Ich hab den Eindruck, der Laden ist fürchterlich diskret. Du kriegst fast immer nur vorgestanzte Floskeln zur Auskunft.«

Vincent nahm sich vor, Anna auf die Tratschtante anzusetzen. Eine Affäre am Arbeitsplatz konnte Verwicklungen nach sich ziehen. Der Spur musste die Mordkommission nachgehen, auch wenn sie von Worldcard wegführte.

»Danke«, sagte er zu Dominik.

»Ich muss dir danken.«

»Wieso?«

»Für den Auftrag bei deiner Nachbarin. Drei Schlösser. Die Firma freut sich.«

»Ich hoffe, du hast ihr keinen Wucherpreis …«

»Natürlich nicht!«, beteuerte Dominik und zwinkerte. »Nette Kundin übrigens, deine Nachbarin.«

35

MÜNCHEN

BEREITS GEGEN MITTAG TRAFEN die ersten Teilnehmer der Libyen-Konferenz ein. Vor der Sicherheitsschleuse bildete sich schnell eine Schlange. Sebastian war froh, dass ihm außer den beiden Frauen mit den Handdetektoren noch eine dritte half, welche die Handys der Gäste eintütete, die Umschläge nummerierte, sie in einem Korb verwahrte und Abholzettel austeilte.

Sebastian kontrollierte Aktenkoffer und Laptoptaschen. Zum Glück ging es flott. Niemand murrte, und niemand versuchte, technisches Gerät zur Aufnahme von Bild oder Ton ins Haus zu schmuggeln.

An seiner Seite übernahm Mareks Assistent das Händeschütteln und verteilte Infomaterial zum Ablauf der Veranstaltung. Einige Gäste kamen direkt vom Flughafen. Die Garderobiere nahm mehr Rollkoffer entgegen als Mäntel – es war ein warmer Spätsommertag wie die letzten Tage auch.

Der Funkscanner in Sebastians Tasche vibrierte kein einziges Mal.

Wie er wusste, traf sich Marek unterdessen mit ausgewählten VIPs zum Lunch in der Käfer-Schänke. Darunter auch Staatssekretär Tristan Bovert, Beauftragter für die Nachrichtendienste des Bundes, von dem in letzter Zeit mehrfach die Rede gewesen war. Sebastian hätte gern dabei Mäuschen gespielt.

Laut Dr. Böhm hatte Bovert darauf bestanden, dass Sebastians Einheit aufgelöst wurde. Nach dem Debakel mit Amiri, dem Hisbollah-Mann.

Anweisung von ganz oben.

Im ersten Stock schwoll das Gemurmel der Stimmen allmählich an. Geschirrgeklapper mischte sich dazu. Leichtes Fingerfood wurde gereicht, und zur Untermalung klimperte ein Pianist auf dem Flügel, den man aus dem Saal in den weiten Vorraum gerollt hatte.

Dann traf Marek ein. Er grüßte seinen Assistenten sowie Sebastian mit einem Nicken.

»Alles klar?«, fragte er, offenbar ohne eine Antwort zu erwarten.

Im Gefolge hatte er die Gruppe der VIPs. Auch sie gaben anstandslos ihre Mobiltelefone ab und ließen sich scannen. Anscheinend hatten sie mit einem solchen Procedere gerechnet.

Zuletzt legte Tristan Bovert seinen Aktenkoffer auf den Tisch.

Sebastian schätzte den Staatssekretär auf Mitte vierzig. Sein grauer Anzug wirkte bei Weitem nicht so elegant wie Mareks maßgeschneidertes Outfit. Brille mit Metallgestell und rechteckigen Gläsern. Schnurgerader Seitenscheitel. Eine dunkel schimmernde Narbe zog sich quer über seine Wange. Schlagende Verbindung, mutmaßte Sebastian.

Er öffnete das Aluminiumköfferchen. Zwei Handys und ein altmodisches Diktiergerät. Er gab die Sachen an seine Helferin weiter.

»Wir haben uns schon mal gesehen«, sagte Bovert scharf.

Sebastian schwieg.

»Sie sollten Hassan Amiri bewachen, was leider in die Hose ging. Mala ultro adsunt.«

Sorgfältig prüfte Sebastian den Rest des Inhalts, dann blickte er seinem Gegenüber in die Augen und nickte kurz. Bovert drehte den Koffer zu sich und schloss ihn wieder.

»Das Unglück kommt von allein, wie der Lateiner weiß. Offenbar hat der Herr dieses Hauses von dem Vorfall keine Ahnung, sonst hätte man Sie sicher nicht engagiert.«

Arschloch, dachte Sebastian.

Er trat Bovert, der weitergehen wollte, in den Weg und pflückte ihm den Kugelschreiber aus der Brusttasche des Sakkos. Er betätigte die Mine. Ein stinknormaler Kuli. Kein getarntes Mikro, kein Geheimdienst-Schnickschnack.

Sebastian steckte ihn zurück in die Sakkotasche und deutete zur Treppe.

»Willkommen im Palais Alfons, Herr Staatssekretär.«

Er sah dem eingebildeten Bürokraten hinterher, der zum Club hinaufstieg. Wie weit mochte der Einfluss Boverts reichen? Als Staatssekretär stand er in der zweiten Reihe. Kaum jemand in der Bevölkerung kannte ihn. Aber er befehligte Bundesnachrichtendienst und Verfassungsschutz, die geheime Macht des Staates – praktisch unkontrollierbar.

Einer wie Bovert spuckt der Kanzlerin auf den Kopf, und sie merkt es nicht mal, dachte Sebastian. Und mich macht er wegen Amiri an. Um zu zeigen, dass er jedes Detail, jede Person auf dem Schirm hat. Um mich zu erniedrigen.

»Hey, guys!«, grüßte eine laute Stimme, und Sebastian fuhr herum.

Der massige Kerl, der vor ihm stand, war etwa so groß wie er, aber fast doppelt so breit. Sein Grinsen ließ die

Augen hinter den rosigen Wangen fast verschwinden. Reichlich Fett am Leib, aber auch jede Menge Muskeln. Sebastian wusste, dass man von Übergewicht nicht auf mangelnde Fitness schließen sollte, vor allem nicht in diesem Fall.

Er hatte den Mann erst gestern in Mareks Palmyra-Video gesehen und erkannte ihn sofort wieder, auch wenn er jetzt keine russische Uniform trug.

Dmitri.

Chef eines privaten Sicherheitsunternehmens, das vor allem aus ehemaligen russischen Soldaten bestand. *An independent private military contractor based in Malta*, hatte Marek es genannt. Man konnte das auch mit »Söldnertruppe« übersetzen.

Dmitris Leute hatten Minen geräumt, damit libysche Zementwerke nach Bürgerkrieg und Warlord-Fehden wieder ihren Betrieb aufnehmen konnten. Fabriken, in die Marek investierte. Sebastian fragte sich, welche von Dmitris Diensten der Worldcard-Manager noch in Anspruch nahm.

Der Russe kaute Kaugummi und zeigte schmatzend seine Zähne, während Sebastians Helferin ihn nach Waffen scannte. Danach gab er sein Handy ab.

Sebastian sagte: »Welcome, Dmitri.«

Der Russe hob den Daumen und tatschte gegen Sebastians Brust, als wollte er die Kevlar-Weste prüfen, die Sebastian unter seinem weißen Hemd trug.

Als Letzter trabte Dmitri die Treppe hoch.

Das Klavierspiel hatte aufgehört, das Geplauder im Club war verstummt. Sebastian vernahm, wie die zweiflügelige Saaltür geschlossen wurde.

Gleich würde Marek seine Gäste begrüßen.

Let the games begin.

36

DÜSSELDORF

BEI IHRER RÜCKKEHR FAND MELIA eine Mail vor, die Vincent betraf. Beim NRW-Innenministerium war eine Beschwerde von Guido Meyer-Krell eingegangen. Vincent habe sich danebenbenommen, das Andenken seiner ermordeten Tochter beleidigt und die Gefühle der Familie verletzt.

Der Polizeipräsident forderte eine Stellungnahme.

Melia wählte Vincents Handynummer.

»Schon zurück von der Insel?«, fragte er.

Sie hörte, wie er eine Tür hinter sich schloss. Vermutlich um ungestört reden zu können.

»Du warst bei Naomis Vater«, stellte Melia fest.

»Hat er sich tatsächlich beschwert?«

»Ich brauche etwas Schriftliches von dir dazu. Außerdem deine Haushaltszahlen. Und der Personalplan fehlt auch noch. Vincent, du vernachlässigst deine Arbeit. Immer mehr bleibt liegen. Du kommst mir allmählich wie ein Messie vor.«

»So hat mich noch niemand genannt.«

»Wo steckst du gerade?«

»Bei Graff & La Motte, den Wirtschaftsprüfern. Eine Angestellte hat eine Affäre von Naomi mit einem Kollegen angedeutet. Aber jetzt sitzt der Justiziar der Firma neben ihr und verbietet ihr jede Auskunft, die mit einem Mandanten in Verbindung gebracht werden kann. Und darunter fällt offenbar alles. Anna und ich schlagen uns seit einer halben Stunde mit ihm herum. Wir haben schon mit einem richterlichen Beschluss und der Beschlagnahmung aller Bürocomputer gedroht, aber da lacht der Mann nur.«

»Oscar meint, Graff & La Motte würden dem Worldcard-Konzern jedes Jahr korrekte Bilanzen attestieren, obwohl die nicht in Ordnung sein können.«

»Oscar?«

»Ravani. Der Journalist.«

»Ihr seid euch also nähergekommen.«

»Was soll der Quatsch?«

»War nicht so gemeint.«

»Oscar und ich kennen uns von früher. Unsere Familien sind befreundet. Das habe ich dir doch erzählt.«

Melia ärgerte sich, dass sie sich rechtfertigte. Sie fragte sich, warum sie nicht mit Oscar geschlafen hatte. Sie wäre jetzt kein bisschen müder, und ihr Verhältnis zu Vincent um keinen Deut weniger kompliziert.

»Wir brauchen Phantombilder«, sagte sie.

»Bitte?«

»Von dem Mann mit dem Messer und seinem Komplizen, der im Interconti abgestiegen ist.«

»Du meinst die zwei Kerle, die Ravani verletzt haben.«

»Entweder sind die beiden auch die Mörder von Naomi Meyer-Krell, oder sie kennen die Mörder. Oder sie haben zumindest den gleichen Auftraggeber.«

»Vorausgesetzt, es gibt da wirklich einen Zusammenhang.«

»Davon sollten wir ab jetzt ausgehen.«

»Okay, ich geb das weiter.«

»Was gibt es sonst Neues?«

»Wir haben die Beschreibung eines Mercedes, in den Naomi eingestiegen ist. Vermutlich E-Klasse, weiß oder hellblau. Und Naomis Mutter konnte uns ein Foto des Rucksacks geben, den sie dabeihatte. Was sie darin mit sich trug, weiß die Mutter allerdings nicht.«

»Gut. Halte mich weiter auf dem Laufenden. Ich weiß nicht, ob ich an eurem MK-Meeting teilnehmen kann. Aber vergiss auch deine Hausaufgaben nicht.«

Sie legte auf. Dann öffnete sie den Browser ihres Rechners und googelte das Wirtschaftsprüfungsunternehmen, bei dem Naomi Meyer-Krell gearbeitet hatte.

Graff & La Motte. Die Firma gehörte zu den Großen. Niederlassungen auf fast allen Kontinenten. Tausende von Mitarbeitern. Melia rief die Liste der Seniorpartner auf und überflog deren Lebensläufe, soweit ersichtlich.

Hubertus Graff war in den Nullerjahren nebenher Schatzmeister der nordrhein-westfälischen CDU gewesen. Das brachte Melia auf eine Idee.

Sie rief ihren Vater an.

Andreas Götz hatte sich erst vor zwei Jahren aus der Politik zurückgezogen. Vor einem Jahr hatte man ihn noch einmal als möglichen Kanzlerkandidaten gehandelt, doch er hatte abgewunken. Aber auch wenn er nicht mehr politisch auftrat, war er immer noch bestens vernetzt.

Andreas lebte in Berlin. Er und seine Frau hatten zwei blonde Töchter, die Melia bislang nicht kennengelernt hatte. Sie fand, dass es damit nicht eilte.

Es klingelte mehrfach. Melia ließ ihrem Vater Zeit. Schwerhörig war er nicht, aber manchmal trug er sein Handy nicht bei sich und musste erst danach suchen.

Endlich ging er ran.

»Schön, dass du dich mal meldest, Amelie«, sagte er.

»Kennst du Hubertus Graff?«

»Du rufst mich nur an, wenn ich dir beruflich von Nutzen sein kann, stimmt's?«

»Du übertreibst.«

»Natürlich kenne ich Hubertus. Ein alter Weggefährte. Nicht nur in der Politik. Wir haben viele Stunden in der Eifel gemeinsam auf einem Hochsitz verbracht. Was hab ich mir den Arsch abgefroren! Sein Forst ist riesig. Seine Jagdhütte fast ein Schloss. Was willst du noch wissen?«

»Ein aktueller Mordfall hat mit seiner Firma zu tun. Besser gesagt, mit seinem wichtigsten Mandanten. Aber bevor ich weiterrede, musst du mir versprechen, dass du mit niemandem darüber redest. Das ist eine höchst vertrauliche kriminalpolizeiliche Ermittlung.«

»Versprochen.«

»Hoch und heilig?«

»Hör mal, Amelie, ich werde nie etwas tun, was dich in Schwierigkeiten bringen könnte. Ich höre dir zu, obwohl deine jüngste Stiefschwester schon anfängt zu quengeln. Sie spielt im Schultheater die Julia, und ich habe ihr versprochen, sie zur Probe zu bringen. Wie findest du das?«

»Weiß sie, dass sie am Schluss stirbt?«

Andreas lachte.

Melia berichtete ihm in wenigen Sätzen vom Mord in Knittkuhl und vom Angriff auf den Journalisten der *Financial Times*. Vom Zusammenhang mit Worldcard. Davon, dass Graff & La Motte jede Kooperation verweigerte.

»Kannst du vielleicht mit deinem alten Parteifreund und Jagdkumpel reden?«

»Damit er seine Leute anweist, euch Auskunft zu geben?«

»Vielleicht hilft ein Wort des Seniorpartners.«

»Hubertus steckt zwar nicht im Tagesgeschäft, aber ich glaube schon, dass man noch auf ihn hört. Er wird allerdings wissen wollen, welchen Vorteil das der Firma bringt.«

Melia erkannte, dass es schwieriger war, als sie sich das vorgestellt hatte. Ein bloßer Anruf von Andreas Götz vollbrachte noch keine Wunder. Auch nicht bei einem langjährigen Mitstreiter seiner Partei.

»Sag ihm, dass es dem Image von Graff & La Motte nicht guttut, weiter bockig zu sein«, erwiderte sie. »Die Polizei könnte in ihrer nächsten Pressemitteilung den Namen der Firma fallen lassen. Die Medien würden spekulieren, was sein Laden mit der Mordsache zu tun hat. Die schlechte Presse würden wir Graff & La Motte gern ersparen.«

»Klingt nach einem Deal. Ich schau, ob ich Hubertus erreichen kann, und melde mich heute Abend. Kann etwas später werden.«

»Du bist ein Schatz. Und jetzt ab mit deiner Tochter zur Generalprobe. Find ich gut, dass du dich endlich bemühst, ein guter Vater zu sein!«

»Aber es ist trotzdem etwas aus dir geworden. Ich bin stolz auf dich, Amelie.«

»Bis dann.«

Melia unterbrach die Verbindung. Ihr Vater war unglaublich. Er kannte schier jeden. Natürlich auch den Mitbegründer von Graff & La Motte. Viele Stunden in Winterkälte auf einem Hochsitz.

Plötzlich beschlich Melia der Verdacht, dass Andreas Götz insgeheim und gegen ihren Willen auch ihre Karriere gefördert hatte.

Das Telefon klingelte.

Auf dem Display stand Vincents Name. Sie wischte ihn zur Seite.

»Was gibt's?«, fragte sie

»Ich habe dir doch erzählt, dass ich mit den DNA-Tests begonnen habe. Erst mal im kleinen Kreis. In einer Sportkneipe in Knittkuhl.«

»Ja, und?«

»Eine der Proben von gestern Abend zeigt eine Übereinstimmung mit der Täter-DNA.«

»Echt jetzt? Großartig!«

»Wir sind gerade auf dem Weg zu ihm.«

37

MÜNCHEN

AUCH WENN MAREK WEISS ihn nicht ausdrücklich darum gebeten hatte, es vielleicht gar nicht so betrachtete, fühlte sich Sebastian vor allem als sein Personenschützer. Die Gesundheit und das Leben der Person, die ihn beauftragt hatte, rangierte für ihn an erster Stelle.

Kein zweiter Fall Amiri – das hatte er sich geschworen.

Er lehnte an der Rückwand des Saals und lauschte der Rede Mareks, der im Rampenlicht stand. Gut fünfzig Gäste hörten ihm zu. Sebastian behielt sie im Blick.

Marek war eloquent und humorvoll – einfach brillant. Er sprach Englisch, als sei es seine Muttersprache. Jedes Mal, wenn Sebastian ihn erlebte, bewunderte er den Topunternehmer ein Stück mehr. Auch wenn er wusste, dass Gebrauchtwagenverkäufer oder Heiratsschwindler mit den gleichen Mitteln arbeiteten. Doch niemand übertraf Marek. Er könnte anfangen, was er wollte – allein sein Charisma würde ihm stets den Weg zum Erfolg ebnen.

Lautlos schritt Sebastian im abgedunkelten Saal zur Seitenwand hinüber, um die Zuhörerschaft aus neuer Perspektive zu mustern. Manager, Politiker, hohe Ministerialbeamte. Wer von ihnen das nur als Tarnung benutzte und in

Wahrheit für einen Geheimdienst spionierte, konnte Sebastian unmöglich erkennen.

Dmitri, dessen Nachnamen Sebastian nicht kannte, saß ganz außen in der vorletzten Reihe. Er hielt die Augen geschlossen und die Füße weit von sich gestreckt. Nur die langsamen Bewegungen des Kiefers, der seinen Kaugummi bearbeitete, zeigten an, dass er nicht schlief.

Tareq Al-Maryami entdeckte Sebastian ganz vorn. Immer wenn dem Libyer etwas an Mareks Rede besonders gefiel, nickte er seinen Sitzpartnern zu, als müsse er die Worte unterstreichen. Er war auch jedes Mal der erste, der zum Zwischenapplaus ansetzte.

Mittendrin hatte Tristan Bovert Platz genommen. Sebastian versuchte, die Miene des Staatssekretärs zu deuten. War das Abscheu oder Zustimmung, was in seinen Mundwinkeln lag? Die Gläser der Brille funkelten, als Bovert kurz zu Sebastian herüberblickte.

Wir haben uns schon mal gesehen.

Bovert, der Aufpasser der Bundesregierung. Dessen Bundesnachrichtendienst den Worldcard-Konzern als Datenstaubsauger benutzen wollte. Wofür zum Ausgleich die Kanzlerin dabei geholfen hatte, dass der Finanzdienstleister auch in China Fuß fasste. Ein Geben und Nehmen, das dem Worldcard-Vorstand zuwider war.

Marek misstraute Bovert.

Was sicher auch umgekehrt galt.

Nach Mareks Begrüßung, die zugleich das Einstiegsreferat ins Thema der Konferenz darstellte, erklärte sein Assistent noch einmal den weiteren Ablauf. Es würde parallel stattfindende Gesprächsrunden zu Detailfragen geben. Kaffeepausen, Schlussplenum, Abendessen. Wer mochte, konnte danach im kleinen Kreis beim Digestif über das weitere politische Vorgehen sprechen. Oder über konkrete Investitionen in das Libyengeschäft.

Sebastian folgte Marek in einen Salon. Dort referierte Tareq über die libysche Wirtschaft und stellte einen Regierungsvertreter vor, der sein Land als Paradies für Investoren anpries. Die Aufzählung der Bodenschätze begann Sebastian zu langweilen. Er verließ den Raum für einen erneuten Rundgang durch das Haus.

An der Tür zu Mareks Privaträumen blieb Sebastian lauschend stehen. Selbst wenn jemand das Schloss knackte, würde ihn spätestens die Alarmanlage verraten. Sebastian hielt Mareks Furcht, jemand könnte hier eindringen, für übertrieben, musste sie aber ernst nehmen.

Nichts zu hören außer dem Geklapper von Tassen und Geschirr aus der Etage darunter – Vorbereitung auf die Kaffeepause.

Sebastian suchte wieder den Club auf. Das Personal des Caterings war überprüft worden. Auch sie hatten ihre Handys abgeben müssen. Keiner benahm sich ungewöhnlich. Sebastian blickte zu allen Seiten aus den Fenstern.

Draußen regte sich nichts, was ihm verdächtig erschien.

Er kehrte in den Salon zurück.

Inzwischen moderierte Marek eine Diskussion über den Umgang mit Flüchtlingen und Arbeitsmigranten. Libyen plane eine gründliche Abschottung des Landes zur Wüste hin, erklärte der Regierungsvertreter. Im Auftrag des Staates würde ein privater Vertragspartner das nötige Personal und die Logistik bereitstellen. Die Kosten solle die EU tragen. Sebastian war sofort klar, welchem Vertragspartner der libysche Staat den Job übertragen würde.

Dmitris Söldnertruppe.

Flüchtlinge, die es dennoch schafften, über die Grenze

zu gelangen, würde man in ihr jeweiliges Herkunftsland zurückschicken. Oder ihnen einen Arbeitsplatz in Libyen anbieten. Das geschah bereits heute.

In Mareks Zementwerken.

Tareq Al-Maryami lobte den Idealismus des Konferenzveranstalters. Marek böte Menschen, die aus Not ihre Heimat verließen, ein neues Zuhause und eine Zukunftsperspektive. Jede Investition in das Projekt sei zugleich ein Akt humanitärer Hilfe. Und höchst profitabel – die klassische Win-win-Situation.

Auch das war ein Grund für diese Konferenz, erkannte Sebastian. Um sein Zementgeschäft auszuweiten, warb Marek um die nötigen Kapitalgeber.

Sebastian beobachtete, wie Dmitri seinen Kaugummi unter seinen Sessel klebte, bevor er sich nach vorn zu Marek, Tareq und dem libyschen Regierungsvertreter an den Podiumstisch setzte. Mit seinen dicken Fingern fummelte er einen Stick in den Laptop, der dort lag. Zuerst projizierte der Beamer nur die blaue Desktop-Oberfläche des Rechners, dann startete Dmitri mit einem Tastendruck seinen Vortrag.

Bilder von Soldaten, die Sebastian an die Aufnahmen von Palmyra erinnerten. Immer wieder war Marek zu sehen sowie Dmitri selbst. Dessen Männer trugen nun neutrale statt russischer Uniformen und fuhren durch libysches Grenzgebiet statt durch das umkämpfte Syrien von 2017.

Händeschütteln mit einheimischen Offiziellen. Schlagbäume, Passkontrollen. Eine Landkarte. Lastwagenkolonnen – auf den Ladeflächen stapelten sich Zementsäcke. Drohnenaufnahmen von Fabrikanlagen. Qualmende Schlote. Sauber und klimafreundlich war die Industrie auf keinen Fall.

Dmitris Leute patrouillierten, hielten Wache, räumten Minen.

Plötzlich sah Sebastian das markante Gesicht wieder, das ihm gestern aufgefallen war. Den Namen des Söldners hatte Marek gegenüber Tareq beim Betrachten des Palmyra-Films erwähnt.

You know Artjom. His unit cleared the mines around the cement plant last year.

Dieselben tiefliegenden Augen, die schiefe Nase, das Kinn mit dem Grübchen. Nur seine Frisur hatte Artjom geändert. Statt des martialischen Irokesen aus seiner Armeezeit trug er nun eine zivile Kurzhaarfrisur.

Und jetzt wusste Sebastian auch, woher er den Mann kannte.

Er spürte, wie ihm für einen Moment schwindlig wurde.

Mit schweißfeuchter Hand tastete er nach der Türklinke in seinem Rücken und bemühte sich, möglichst unauffällig den Salon zu verlassen. Auf dem Flur beschleunigte er seinen Schritt. Er suchte die Toilette auf, schloss sich in einer Kabine ein und klappte den Klodeckel hoch.

Sebastian glaubte, sich übergeben zu müssen.

Doch nach ein paar Atemzügen hatten sich seine Nerven wieder halbwegs beruhigt.

Er verließ die Kabine, trat an den Waschtisch aus Marmor und fragte sich beim Blick in den Spiegel, ob man ihm seine Dämonen ansah. Seine Zweifel, seine Erschütterung, seine Wut.

Er ließ Wasser in seine Hände laufen und rieb sich damit Gesicht und Schädel ab. Er nahm das oberste Handtuch vom Stapel und verhüllte damit seinen Kopf.

Er hörte auf, sich gegen die Erinnerung zu wehren.

Artjom.

Der Mann, der das Essen gebracht hatte.

Eine Randfigur, die ihm fast entfallen war. Ein Typ, der keine Bedeutung zu haben schien. Sebastian hatte die Wünsche seines Teams und der Schutzperson für das Abendessen notiert und einen zufällig ausgewählten Pizzaservice bestellt. Er stand auf Diavolo extrascharf. Seine Leute bevorzugten Nudelgerichte. Für den Hisbollah-Mann gab es Pizza mit Parmaschinken, frischen Tomaten, Parmesan und Rucola – die Edelvariante. Sebastian gab ein dickes Trinkgeld – die Rechnung erstattete ihm die Behörde.

Am nächsten Tag krümmte sich Amiri in Krämpfen.

Todgeweiht, weil jemand wollte, dass er nichts verriet.

Und jetzt war die ganze Riesenscheiße wieder gegenwärtig.

38

DÜSSELDORF

VINCENT KLINGELTE EIN ZWEITES MAL. Er hatte Kim Brandstätter und Hamid Belhanda mitgebracht, außerdem einen Durchsuchungsbeschluss, den der Staatsanwalt auf die Schnelle bekommen hatte, falls sie auf mangelnde Kooperationsbereitschaft stoßen sollten. Sie standen vor einer Doppelhaushälfte inmitten der Siedlung – geeint im Gefühl, unmittelbar vor der Aufklärung des Falls zu stehen.

Eine rothaarige Frau öffnete. Jeans und T-Shirt, Flip-Flops an den Füßen. Irgendwo im Haus tobten Kinder. Noch bevor Vincent die Rothaarige ansprechen konnte, wandte sie sich um und rief den Kindern zu, sie sollten sich nicht streiten.

»Frau Zöllner?«

»Ja, was gibt's?«

»Kriminalpolizei. Ist Ihr Mann da?«

»Was hat er denn ausgefressen?«

Drinnen ging etwas klirrend zu Bruch.

»Mara! Max!« Sie winkte den Beamten zu. Resignation lag in ihrer Stimme. »Kommen Sie schon rein.«

Die Frau war groß und schlank, noch keine dreißig, schätzte Vincent. Ihr T-Shirt war an den Achseln weit ausgeschnitten, darunter trug sie keinen BH. Vincent bemühte sich, nicht hinzuschauen, als sie ihm und seinen Mitarbeitern die Tür aufhielt. Sie betraten einen dunklen Flur und folgten der Frau ins Wohnzimmer, wo ein Mädchen und ein Junge jeweils für sich in einem Bilderbuch blätterten und so taten, als sei nichts vorgefallen.

Die Mutter kehrte Glasscherben zusammen.

Zugleich gab sie Auskunft: »Jens kommt vor fünf nicht nach Hause. Worum geht es denn?«

»Sie haben sicher von dem Mord am Ortsrand von Knittkuhl gehört.«

»Gibt derzeit kaum ein anderes Thema hier.«

»Gestern haben wir die ersten DNA-Proben eingesammelt und prompt einen Treffer erhalten.«

Jens Zöllner war der junge Mann im bunten, ärmellosen Pulli, der gestern Abend im Vereinsheim der Borussia 04 Knittkuhl seinen beiden Freunden beim Schachspiel zugeschaut hatte. Er hatte sich ohne großes Zögern einen Abstrich von der Zunge nehmen lassen und Namen sowie Adresse genannt.

Frau Zöllner richtete sich auf, eine Scherbe rutschte wieder vom Kehrblech und fiel ihr vor die Füße.

»Jens war das nicht!«

Die Kinder hatten aufgehört, in ihren Büchern zu blättern, und starrten herüber.

»Das will ich auch nicht behaupten«, antwortete Vincent. »Der genetische Fingerabdruck stimmt nicht vollständig überein. Deshalb sind wir davon überzeugt, dass ein naher Verwandter Ihres Mannes die Tat begangen hat.«

Die Mutter legte das Kehrblech weg und wandte sich den Kindern zu: »Geht auf euer Zimmer! Los, macht schon!«

Vincent wartete.

Endlich gehorchten Mara und Max und polterten die Treppe hinauf.

»Und wer soll das sein?«, fragte Frau Zöllner.

»Vater, Bruder, Onkel, Cousin. Das müssen wir nun herausfinden. Wenn es geht, mit Ihrer Hilfe.«

»Jens' Vater ist schon acht Jahre tot. Einen Bruder hat er nicht. Sein Onkel lebt bei Toronto. Der ist ausgewandert, als er achtzehn war. Und der hat nur Töchter. Ich wüsste also nicht, wer da infrage kommen soll.«

Während sie sprach, band sie ihren Schopf neu zusammen. Vincent versuchte, in ihrem Gesicht zu lesen. Sie machte einen ehrlichen Eindruck.

Er blickte sich nach Kim und Hamid um.

Dann sagte er: »Falls Sie uns aus falsch verstandener familiärer Verbundenheit anlügen, machen Sie sich strafbar, Frau Zöllner.«

»Verhaften Sie meinetwegen Jens' Schwester. Die lebt in Bielefeld. Eine schreckliche Ziege.«

»Wir suchen definitiv einen Mann.«

»Sind Sie sich überhaupt sicher, dass diese ganze DNA-Nummer zuverlässig ist?«

»Ja, sind wir.«

»Mein Mann und ich haben kaum Kontakt zu dem Onkel in Kanada. Vor drei Jahren waren wir mal da. Eine Kleinstadt am Lake Ontario. War ganz nett dort. Die Niagarafälle sind nicht weit. Er war aber noch nie hier. Ab und zu schreiben wir uns. Soll ich Ihnen die Adresse geben?«

Vincents Handy klingelte. Es war Anna Winkler, die vom Präsidium aus recherchierte.

»Keine lebenden männlichen Verwandten«, sagte sie. »Außer einem Onkel, der in den Neunzigern nach Kanada ausgewandert ist.«

»Danke, Anna. Das stimmt mit dem überein, was Frau Zöllner uns sagt.«

Die Rothaarige verschränkte die Arme. »Warum sollte ich Sie anlügen?«

Vincent steckte das Handy weg.

Er hatte eine Idee.

»Bewahren Sie die Korrespondenz mit dem Onkel auf? Briefe, Ansichtskarten?«

»Eigentlich nicht. Aber warten Sie. Jens hat in seiner Schublade einen Packen Post von früher, den er nicht wegwerfen mag. Da ist sicher auch etwas aus Toronto dabei.«

»Kann ich das haben?«

»Geht das jetzt nicht etwas zu weit?«

»Frau Zöllner, wir haben einen richterlichen Durchsuchungsbeschluss. Selbstverständlich dürfen Sie anwesend sein, während wir uns hier umsehen. Sie können gern auch jemanden aus der Nachbarschaft als Zeugen hinzubitten, falls Sie mögen.«

»Nicht nötig. Sie kriegen, was Sie wollen.«

Vincent bat Kim und Hamid, sich in den übrigen Räumen umzusehen. Dann folgte er Frau Zöllner nach nebenan.

Das Zimmer diente offenbar mehreren Zwecken. Eine Schlafcouch, ein Bügelbrett. Zu Vincents Verwunderung auch ein Boxsack. Und ein zierlicher, antiker Sekretär – vielleicht ein Erbstück.

Sie zog eine Schublade auf und überließ es Vincent, den Inhalt zu inspizieren. Er holte Briefe und Karten hervor, die lose und unsortiert darin lagen. Er sah sich die Absender an.

Ein abgegriffener Umschlag stammte vom inzwischen verstorbenen Vater. Mehrere Briefe waren mit kanadischen Marken beklebt. Verblichene Urlaubskarten aus diversen

Ländern. Unterschiedliche Handschriften. Unleserliche Signaturen oder Namen, die Vincent vorerst nichts sagten.

Umschläge und Briefmarken werden angeleckt, überlegte er. DNA-Spuren, die vielleicht weiterhalfen.

»Sie bekommen garantiert alles wieder«, sagte Vincent, während er eine Tüte aus der hinteren Hosentasche zog.

In der Diele trafen sie auf Kim und Hamid, denen kein versteckter Onkel im Haus begegnet war. Auch kein Hinweis, dass außer dem jungen Ehepaar und den Kindern jemand hier übernachtet hatte.

Im gleichen Moment ging die Haustür auf. Jens Zöllner kam nach Hause. Erstaunt blickte er die fremden Besucher an, dann erkannte er Vincent wieder.

»Gehen Sie jetzt schon von Haus zu Haus, um Speichelproben zu sammeln?«

»Nicht nötig. Wir sind dem Täter schon recht nah. Auch wenn wir inzwischen vor einem neuen Rätsel stehen.«

»Die Kinder glauben, du wärst der Mörder«, sagte seine Frau vorwurfsvoll.

Vincent bedankte sich bei ihr für die Mithilfe und überließ es ihr, den Mann aufzuklären, was es mit seiner DNA-Probe auf sich hatte.

Im Auto zeigte er den beiden Kollegen die Tüte samt Inhalt. »Ein bisschen Beute haben wir immerhin gemacht.«

»Briefe?«, fragte Hamid, der am Steuer saß.

»Handgeschrieben und mit der Post verschickt«, antwortete Vincent. »Man sollte ein Museum dafür gründen. In ein paar Jahren kann sich sonst niemand mehr daran erinnern, dass es so etwas einmal gab.«

»Heul doch, alter Mann«, erwiderte Kim, die Jüngste im Team, und grinste von der Rückbank aus.

Vincent musste lachen.

39

MÜNCHEN

SEBASTIAN STAUNTE, WIE RASCH die Libyen-Konferenz am frühen Abend zu Ende ging. Gleich nach dem Essen zerstreuten sich die Teilnehmer, ohne noch viel zu besprechen oder sich zu Geschäftsabschlüssen in einen der Salons zurückzuziehen. Aber die Stimmung schien gut zu sein. Als habe man gemeinsam eine Goldader entdeckt und müsse nur noch die nötigen Maschinen herbeischaffen, um sie auszubeuten.

In einer Ecke des Foyers unterhielten sich Tareq und Bovert. Offenbar hatten dem Staatssekretär die Libyen-Pläne ebenfalls zugesagt. Er gab Mareks Vertrautem sein Kärtchen.

Marek verabschiedete unterdessen jeden seiner Gäste per Handschlag. Sein Strahlen und die Zuversicht in seinen Augen übertrugen sich auf die Leute. Sebastian fielen die jubelnden Männer im Palmyra-Film ein. Es fehlte nur das Freudenfeuer aus den Maschinenpistolen.

Staatssekretär Bovert war plötzlich weg, ohne dass Sebastian seinen Aufbruch mitbekommen hatte. Bis zuletzt hatte er gerätselt, wer die Agenten waren, die der Mann aus Berlin laut Marek mitgebracht hatte. Möglich, dass er tatsächlich allein gekommen war.

Zuletzt stand Marek mit einer Gruppe von jüngeren Managern zusammen. Sie beratschlagten, zu welcher Bar sie fahren sollten. Dann bestellte der Assistent einige Taxis.

Sebastian wandte sich an Marek. »Soll ich mitfahren?«

»Danke dir, aber wir sind safe, alles easy. Mir ist lieber, wenn du hier aufs Haus Obacht gibst, okay?«

Die Gruppe verließ das Palais in Begleitung von Tareq und Dmitri. Der bullige Russe wirkte wie ein Bodyguard. Der Libyer hatte wieder sein Handy am Ohr.

Keine zwanzig Minuten später hatte die Crew vom Cateringservice ihre Kisten gepackt und weggeschafft. Sebastian verabschiedete seine Security-Kolleginnen von der Einlasskontrolle, dann war er allein im Haus.

Sämtliche Mäntel, Handys und andere Gerätschaften waren zurückgegeben worden. Sebastians Wanzendetektor blieb nach wie vor stumm. Er unternahm einen letzten Rundgang durch das Gebäude, um sicherzugehen, dass niemand für einen Einbruchsversuch zurückgeblieben war.

Dann hatte er Feierabend.

Sebastian bedauerte, dass sein Ergometer noch bei Daniela in Lenggries stand. Er tauschte Anzug und Schutzweste gegen Laufklamotten, zog Sneakers an und brach zu einer Runde entlang der Isar auf. Die Sonne ging allmählich unter, aber die Stadt glühte nach. Der Himmel war noch hell, die Luft warm. In den Grünanlagen lagerten junge Leute. Gelächter, Flaschenbier und Härteres, vereinzelt Musik und Cannabisschwaden – am liebsten hätte er jetzt auch einen Joint geraucht.

Seine Nerven waren noch immer zum Reißen gespannt.

Artjom ging ihm nicht aus dem Kopf.

2017: Er begleitet Marek in Palmyra. An der Seite Dmitris.

2020: Er leitet die Räumung der Minen bei Mareks libyschen Zementwerken.

2021: Artjom klingelt als Pizzabote am sicheren Haus.

Der blonde Ex-Soldat hatte nicht plötzlich seinen Job gewechselt und war in Oberbayern sesshaft geworden. Vielmehr war er Teil einer Kommandoaktion gewesen, um Amiri auszuschalten. Nach wie vor als Söldner Dmitris. Dessen war sich Sebastian sicher.

Dmitris Truppe hatte den aussagewilligen Hisbollah-Zeugen vergiftet.

Die Frage lautete, wer dazu den Auftrag gegeben hatte.

Sebastians erster Impuls war es gewesen, Marek zu verdächtigen. Der Worldcard-Manager kannte Artjom und bezeichnete Dmitri als guten Freund. Die beiden Russen arbeiteten nicht nur sporadisch für Marek. Und in seinem Palais war Sebastian innerhalb von vierundzwanzig Stunden zweimal auf Artjom gestoßen.

Aber welchen Grund sollte der CCO eines Finanzkonzerns haben, die Ermordung eines Libanesen in Auftrag zu geben, der mit schiitischen Terrormilizen und Drogenkartellen in Beziehung stand?

Zumal eine finstere Verschwörung nicht in das Bild passte, das Sebastian von seinem neuen Arbeitgeber gewonnen hatte.

Es dämmerte. Erste Lagerfeuer am Isarufer. Grillgeruch, Flaschenklirren, Gegröle. Deutsch-Rap aus Lautsprechern. Sebastian machte kehrt und lief zurück zur Prinzregentenstraße.

Das Palais Alfons lag im Dunkeln.

Um es zu betreten, musste Sebastian eine Zahlenkombination in ein Kästchen neben dem Eingang eingeben, erst dann ließ sich die Tür mit dem Generalschlüssel entriegeln.

Im ersten Stock hing noch ein leichter Geruch nach frittierten Garnelen. In seinem Apartment nahm Sebastian eine Dusche und zog sich frische Sachen an, lange Sporthose, T-Shirt, das zweite Paar Sneakers.

Dann ging er hinunter in den zweiten Stock.

Mareks Etage.

Er steckte den Generalschlüssel in das Schloss der Wohnungstür. Er ließ sich problemlos drehen. Die Tür ging auf. Drinnen war es stockdunkel.

Bis auf eine rote Leuchtdiode, die hektisch zu blinken begann.

Die Alarmanlage. Eine Frage von Sekunden, bis sie losging. Sebastian hatte Marek gestern Abend beobachtet und sich den Code gemerkt, was nicht schwerfiel. Es waren die gleichen Ziffern wie am Eingang zum Palais, nur in umgekehrter Reihenfolge.

Er gab sie ein.

Das rote Blinken erlosch.

Kein Alarmton, der Sebastian als Einbrecher brandmarkte. Hoffentlich auch kein Signal auf Mareks Smartphone.

Sebastian wusste nicht, wonach er suchen sollte. Und er hatte keine Ahnung, wann Marek zurückkehren würde. Er gab sich eine halbe Stunde.

Um sich einen Überblick zu verschaffen, inspizierte er zunächst sämtliche Räume. Seine einzige Lichtquelle war die Taschenlampe seines Handys. Wo die Vorhänge nicht geschlossen waren, bemühte er sich, das Display zu den Fenstern hin abzudecken, damit ihn kein Lichtschein verriet.

Die Räume glichen eher einer unpersönlichen Hotelsuite als einem Zuhause. Das Bad war riesig und mit einem Whirlpool ausgestattet. Eine Sauna grenzte an, außerdem ein Fitnessraum.

Im Schlafzimmer sah Sebastian in den Schubladen nach, öffnete den Schrank, der voller Anzüge, weißer Hemden und Budapester-Schuhe war, und schloss ihn wieder. Er fuhr mit der Hand unter das Bettzeug und die Matratze.

Keine Waffe, keine geheimen Dokumente.

Ein Blick auf die Uhr – zehn Minuten waren vergangen.

Er stellte sich vor, dass Marek gerade in Schumann's Bar am Odeonsplatz eine weitere Flasche Champagner bestellte.

Zuletzt betrat er den Raum, in dem er gestern bereits gewesen war und blickte sich um. Der große Fernseher. Die Sessel, die sich davor gruppierten. Gegenüber ein Schreibtisch. Ein Laptop lag darauf.

Sebastian klappte den Rechner auf. Das Display wurde hell. Ein Fenster öffnete sich – die Aufforderung, den persönlichen Code einzugeben.

Acht Ziffern. Womöglich auch Buchstaben oder Sonderzeichen.

Das war es dann wohl.

Etwas resigniert öffnete er die einzige Schublade des Schreibtisches. Eine große Mappe aus genarbtem Leder lag darin. Darunter eine Kunststoffhülle, die Zeitungsausschnitte in einem ungewöhnlichen, pastelligen Orangeton enthielt.

Es war die *Financial Times*, alle Texte auf Englisch. Business-Kauderwelsch, befürchtete Sebastian. Die Überschriften erwähnten Worldcard. Die Ausgaben waren allesamt schon rund ein Jahr alt und zum Teil mit Kugelschreiber-Markierungen versehen. Für Marek mussten die Artikel von Bedeutung sein, sonst hätte er sie nicht aufbewahrt. Deshalb nahm Sebastian sein Smartphone zur Hand, öffnete das Fotoprogramm und schoss einige Bilder, um später zu lesen, was die britische Zeitung über den Konzern geschrieben hatte.

Die Ledermappe enthielt ebenfalls bedrucktes Papier. Sebastian breitete die Seiten auf der Tischplatte aus. Zahlen-Kolonnen, Diagramme, Überschriften und Textblöcke.

Sebastian erkannte, dass ihm die Zeit fehlte, sich in die Materie einzuarbeiten. Wiederum fotografierte er jedes einzelne Blatt ab. Dann steckte er alles zurück in die Mappe, wobei er darauf achtete, die Abfolge der Seiten nicht durcheinanderzubringen.

In einem Seitenfach steckten eine deutsche Zeitung, die *FAZ* von gestern, sowie eine Bordkarte von Emirates. Ein Flug von Dubai nach München vor fünf Tagen. Sebastian fiel auf, dass etwas auf der Karte mit Kugelschreiber markiert war.

Jeweils die ersten drei Buchstaben des Vor- und Nachnamens. Und die letzten zwei Ziffern der Flugnummer. Warum behält man so etwas bei sich?

Er klappte erneut den Laptop auf und gab einen Code ein, den er aus den Markierungen zusammensetzte.

MARWEI36.

Und tatsächlich – er war drin.

Sebastian öffnete das Mailprogramm und klickte auf die erste Nachricht, die sich im Posteingang befand.

Es war ein Memo bezüglich eines Mitarbeiters, der auf Unregelmäßigkeiten gestoßen war. Leistungen von sogenannten Drittfirmen seien abgerechnet, aber offenbar nicht erbracht worden. Fehlbeträge in zweistelliger Millionenhöhe. Die Zentrale in Moosbruck lobte den Mann und reichte die Sache an die interne Revision weiter.

Es folgte noch mehr Text, aber Sebastian sparte sich die Zeit und fotografierte ihn vom Bildschirm ab.

Die nächste Mail hatte mit Libyen zu tun. Sie umfasste nur wenige Sätze auf Englisch. Jemand bedauerte, Marek mitteilen zu müssen, dass ein Arzt keine Ruhe gebe. Er habe sich bereits zum zweiten Mal an die Behörden gewandt.

Sebastian hielt erneut das Handy vor den Monitor und drückte den Auslöser.

Plötzlich war ihm, als höre er Geräusche.

Schritte auf der Treppe, das Lachen einer Frau.

Rasch schloss Sebastian die Mail. Dabei erkannte er an einem Pfeilsymbol, dass Marek sie weitergeleitet hatte.

Sicher mit einem Kommentar – den muss ich auch noch sehen.

Sebastian klickte auf das Postausgangsfach.

Mareks Schreiben füllte den Monitor.

Die Schritte wurden deutlicher vernehmbar. Absätze klackerten auf den Steinstufen. Der Frauenstimme antwortete ein Mann. Wenn es Marek war, würde er in den nächsten Sekunden seine Wohnung betreten.

Sebastian fotografierte ein letztes Mal den Bildschirm.

Dann schloss er die Fenster. Klappte den Rechner zu. Vergewisserte sich, dass alles so aussah, wie er es vorgefunden hatte. Zuletzt schaltete er sein Handy aus, damit der Schein des Displays ihn nicht verriet.

Ein Schlüssel wurde ins Schloss der Wohnungstür geschoben.

In diesem Raum kann ich nicht bleiben.

Sebastian lief lautlos den Flur hinunter, erreichte den Fitnessraum und öffnete das Fenster.

Marek und die Frau betraten die Wohnung.

Sebastian kletterte hinaus auf den Sims, der rund um das Palais verlief. Er war schmal, aber Sebastians Finger fanden

Halt in den Fugen der Natursteinblöcke, aus denen die Außenmauern zum Großteil bestanden. Schritt für Schritt schob er sich weiter. Sein Ziel war das Fallrohr, das sich an der Ecke des Hauses befand.

Bevor er das nächste Fenster erreichte, ging drinnen die Deckenleuchte an. Sebastian war gezwungen zu warten. So lange jemand in dem Raum war, kam er nicht am Fenster vorbei, ohne dass ihn der Lichtschein verriet, der durch die Scheibe auf ihn fallen würde.

Kurz darauf wurde das Fenster gekippt. Dampf quoll heraus, Wasser rauschte. Hinter der Scheibe befand sich das Badezimmer. Marek ließ seinen Whirlpool volllaufen.

Die Frau war bei ihm. Sebastian verstand jedes Wort, das sie wechselten. Es kam ihm vor wie die Tonspur eines Pornofilms, kurz bevor es zur Sache ging. Die Stelle, während die Hausfrau dem Klempner die Hose auszieht.

Knutschgeräusche, Wasser schwappte, Körper klatschten.

Sebastians Finger verkrampften sich.

Lang würde er sich nicht mehr halten können. Er blickte nach unten und fragte sich, ob das bisschen Gestrüpp einen Fall aus sieben, acht Metern Höhe ausreichend bremsen würde.

Vermutlich nicht.

Von drinnen hörte er jetzt Gekicher. Schritte tapsten über Bodenfliesen. Danach war es still.

Sebastian wagte sich voran und lugte durch das Fenster, aus dem noch immer Licht fiel. Der Whirlpool blubberte. Nasse Fliesen, Kleidung auf einem Stuhl. Kein Mensch zu sehen.

Marek und die Frau vögelten jetzt woanders.

Sebastian tastete sich weiter. Der Krampf kroch in beiden Armen hoch. Sebastian kämpfte gegen den Schmerz.

Endlich erreichte er das Fallrohr. Er blickte um die Hauskante und nach oben.

Sein Schlafzimmerfenster, von dem er gehofft hatte, dass es offen stand, war nur gekippt. So kam er nicht in seine Wohnung zurück.

Planänderung.

Sebastian ließ sich am Fallrohr hinab. Endlich Boden unter den Füßen. Er bewegte die Finger und rieb sich die Arme.

In einer Tasche seiner Hose ertastete er seine Ohrstöpsel, die er vorhin bei seinem Lauf vermisst hatte. Er schloss sie an sein Handy an und ließ Musik laufen.

Prince, »Look At Me, Look At U«.

Er rannte noch einmal los.

Durch die Michaelanlage, hinunter zur Isar und ein Stück flussaufwärts, bis sein Trikot erneut nassgeschwitzt war. Dann siegte seine Neugier, und er holte das Handy hervor.

Er wischte über das Display und wählte das letzte Foto aus, das er geschossen hatte.

Marek hatte die Nachricht aus Libyen weitergeleitet. Ein Arzt hatte sich dort an die Behörden gewandt, warum auch immer. Marek hatte die Mail um einen Kommentar ergänzt, der ebenfalls aus nur wenigen Zeilen bestand.

Datum von heute Morgen.

Dear Dimmi!

See Message below.

Please sort it out permanently.

Bill to me. Call it mine clearance.

Thx. All the best

M.

P.S.: Isolating the slaves means NO CONTACT with anyone!
Not even for the sick!

Sebastian stockte der Atem.

Was ging in den Zementwerken vor? Marek bezeichnete die Arbeitsmigranten aus Schwarzafrika als »Sklaven«. In diesem Moment traute Sebastian seinem Arbeitgeber alles zu.

Dmitri sollte für Marek das Problem mit dem Arzt, der sich beschwerte, »dauerhaft lösen«.

So wie die Söldnertruppe bereits Amiri zum Schweigen gebracht hatte.

Sie hatten Sebastians Essensbestellung abgefangen. Und Artjom als falschen Boten losgeschickt. Woher wussten sie, welche Pizza sie mit Rizin kontaminieren mussten, um Amiri zu treffen? Darauf konnte es nur eine Antwort geben.

Das angeblich sichere Haus war verwanzt gewesen.

Sebastian rannte zurück, schneller als üblich.

Weitere Stücke von Prince: »Big City«, »Black Muse«.

Keuchend erreichte er das Palais Alfons, schloss auf und ging die breite Treppe hoch. Als er an Mareks Tür vorbeikam, wurde sie aufgerissen.

Der Worldcard-Manager stand splitternackt vor ihm und starrte ihn an.

Sebastian nahm die Ohrstöpsel ab.

»Du warst laufen?«

»Was ist los, Marek?«

»Jemand war hier. In meiner Wohnung. Die Alarmanlage war ausgeschaltet, als ich vorhin nach Hause kam.«

Sebastian hoffte, dass sein Gegenüber ihm nichts ansah.

Wenn er rot anlief und Schweiß auf seine Stirn trat, dann kam das vom Joggen.

»Ich schalte sie jedes Mal ein, wenn ich die Wohnung verlasse«, erklärte Marek. »Ich bin doch nicht deppert.«

»Wer außer dir kennt den Code?«

Mareks Blick ließ ihn nicht los.

High Heels klackten übers Parkett. Eine hübsche Brünette im Sommerkleid, klein und zierlich, trat zu Marek und küsste ihn auf die Wange. Dabei berührte sie seine behaarte Brust.

»Pass auf, dass du dich nicht erkältest«, sagte sie und zwinkerte.

»Man sieht sich«, antwortete Marek.

Die Frau verschwand nach unten, ohne Sebastian eines Blickes zu würdigen.

»Vielleicht hab ich's dieses Mal vergessen«, sagte Marek.

»Fehlt irgendetwas?«

Marek ließ nicht erkennen, was in seinem Kopf vorging. Er betrachtete Sebastian wie einen Fremden, den man sorgfältig studieren musste, um zu entscheiden, ob man ihm vertrauen konnte. Die Freundlichkeit der letzten Tage war verflogen.

»Wir sprechen uns morgen«, sagte er und schloss die Tür.

In seinem Apartment suchte Sebastian als Erstes nach seiner Waffe. Sie war geladen, eine Patrone im Lauf. Bevor er sich schlafen legte, schob er sie in die Ritze zwischen Matratze und Kopfteil seines Bettes.

Anschließend lag er noch lange wach.

40

DÜSSELDORF

ES WAR SCHON SPÄT. Melia saß mit einem Glas Weißwein auf ihrem Balkon und blickte in den Nachthimmel, an dem die ersten Sterne aufgingen. Wäsche wartete aufs Bügeln, ihr Bad benötigte eine Grundreinigung, aber Melia fühlte sich müde und nahm sich vor, zu Bett zu gehen, sobald ihr Glas leer war.

Mit dem Anruf ihres Vaters rechnete sie schon gar nicht mehr, als drinnen das Telefon klingelte. Sie fand es auf der Kücheninsel unter dem aufgeschlagenen Prospekt eines Veranstalters für Asienreisen.

Auf dem Display die Nummer aus Berlin.

»Hallo, Andreas!«

»Tut mir leid, Amelie, dass ich mich jetzt erst melde, aber Hubertus hat vorhin erst zurückgerufen, und dann haben wir uns festgequatscht. Er schlägt vor, dass du morgen um zehn Uhr zu ihm in die Firma kommst. Ich hoffe, das passt für dich.«

»Ich mache es passend.«

»Er will mit dem Justiziar sprechen und ist zuversichtlich, dass du alle nötigen Auskünfte erhältst.«

»Ich danke dir.«

»Nicht der Rede wert. Du weißt, wie gern ich dir helfe.«

»Wie war die Theaterprobe?«

»Toll. Doro hat wirklich großes Talent. Sie spielt, als hätte Shakespeare den Text für sie geschrieben.«

»Hast du ihr das so gesagt?«

»Natürlich.«

Melia wünschte sich, sie hätte in dem Alter jemanden gehabt, der ihr solche Komplimente machte. Aber Zeinab war damals vollauf mit ihrem Laden beschäftigt gewesen, der in der Anfangszeit noch nicht so gut lief.

»Ich habe übrigens noch einen Anruf bekommen«, sagte ihr Vater. »Ganz seltsam.«

»Inwiefern?«

»Ich soll dir ausrichten, dass du die Finger von Worldcard lassen sollst.«

»Wie bitte?«

»Ein Anruf aus dem Kanzleramt. Ein junger Kerl, den ich nicht kenne.«

Melia wurde lauter. »Ich hab dir doch gesagt, du sollst mit niemandem darüber reden! Du hast es mir versprochen, hoch und heilig!«

»Hör zu, Amelie, ich habe zu niemandem ein Wort gesagt. Selbst Hubertus gegenüber habe ich Worldcard nicht erwähnt.«

»Wirklich nicht?«

»Glaub mir doch. Ich gehe zwar schon auf die Sechsundsechzig zu, habe mich aber noch ganz gut unter Kontrolle. Der Typ aus dem Kanzleramt hat mich aus völlig heiterem Himmel angerufen. Das ist ja das Seltsame!«

»Was hat er noch gesagt?«

»Dass es im nationalen Interesse liegt, den Ruf des Konzerns zu wahren. Dass es absurd sei, Worldcard mit Mordfällen in Verbindung zu bringen. Dass sich die *Financial Times* zum Werkzeug von Hedgefonds mache, die gegen Worldcard spekulieren. Und dass Oscar Ravani eine verkrachte Existenz sei. Ein freier Journalist, der Lügengeschichten erfindet, weil er auf ehrliche Art keinen Fuß in die Medienlandschaft bekäme.«

»Woher wusste der Anrufer von unseren Ermittlungen?«

»Das habe ich ihn auch gefragt. Aber darauf ist er nicht eingegangen.«

»Hat er seinen Namen genannt?«

»Meiring. Franz oder Frank Meiring.«

»Kanzleramt, sagst du?«

»Ja.«

Melia tippte darauf, dass der Kerl vielmehr für den Geheimdienst arbeitete. Zum Beispiel für den Bundesnachrichtendienst.

»Warum wendet er sich nicht direkt an mich? Warum ruft er dich an?«

»Vielleicht denkt er, dass du auf mich hörst.«

»Hat er eine Drohung ausgesprochen?«

»Das sollte dich nicht kümmern.«

»Was hat er gesagt?«

»Nein, Amelie, vergiss es.«

»Das interessiert mich aber jetzt.«

Ein Seufzer des alten Herrn. »Er hat gemeint, dass ich vielleicht früher dazu in der Lage gewesen wäre, Karrieren zu fördern. Dass ich dich heute aber nicht mehr schützen kann. Das Arschloch wollte mir einreden, dass ich alt, grau und zahnlos geworden bin.«

»Und hast du das getan, Andreas?«

»Was meinst du?«

»Hast du meine Karriere gefördert?«

»Nein.«

Melia atmete auf.

Andreas fügte hinzu: »Ich habe höchstens mal Hajo gegenüber erwähnt, dass du meine Tochter bist.«

Hajo Frantzen war früher Ministerpräsident von Nordrhein-Westfalen gewesen. Zu der Zeit, als Melia beim Landesamt für Verfassungsschutz gearbeitet hatte. Dort war sie in wenigen Jahren zur Regierungsrätin und Referatsleiterin aufgestiegen.

Also hast du es doch getan, dachte Melia.

»Ich hätte den ominösen Anruf nicht erwähnen sollen«, sagte ihr Vater. »Bitte, Amelie, führe deine Ermittlungen nach bestem Wissen und Gewissen. Lass dir keine Angst einjagen. Auch nicht vom Kanzleramt. Die haben keinerlei Befugnis, einer Düsseldorfer Kriminalrätin an den Karren zu fahren. Und letztlich auch nicht die Mittel dazu.«

Das Kanzleramt vielleicht nicht, dachte Melia.

Beim Geheimdienst sah das schon anders aus.

FREITAG

41

SINGAPUR

HEUTE LEISTETE ES SICH ROBIN CHAN auszuschlafen. Erst gegen Mittag weckte ihn seine Frau, die Kinder waren seit Stunden in der Schule. Er hatte sie am Morgen gar nicht gehört, alle übten Rücksicht.

Charlotte bereitete eine Nudelsuppe mit Rindfleisch zu. Ihm war, als hätte ihm das Essen noch nie so gut geschmeckt. Danach machte er sich auf den Weg zur Arbeit.

Er nahm wie immer den Bus, stieg dieses Mal aber am Mount Faber aus. Der dicht bewachsene Hügel gehörte zur Southern Ridge, einer Reihe von Parks, die sich quer durch die Stadt zogen.

Robin streifte seine Anzugjacke ab, hängte sie sich über die Schulter und machte sich auf den Weg. Es ging quer durch den Tropenwald, zum Teil über weitgestreckte Brücken auf Höhe der Wipfel. Die Wanderung entspannte Robin, und er fragte sich, warum er sie so selten unternahm – eigentlich nur, wenn er Besuch aus dem Ausland hatte und die Highlights von Singapur vorführen wollte.

Mit einer Antwort des Worldcard-Vorstands rechnete er nicht vor dem späten Nachmittag hiesiger Zeit. Vermutlich bedeutete sie zusätzliche Arbeit für ihn und Rahul. Deshalb hatte er kein schlechtes Gewissen, heute erst spät im Büro aufzukreuzen.

Er war gespannt darauf, was der Bericht auslösen würde, den er und Rahul gestern Abend fertiggestellt und nach Moosbruck gemailt hatten.

Er vermutete einen Erdrutsch an Konsequenzen.

Wer würde Pratama Setjawan als Finanzchef nachfolgen? Und wer würde außer ihm den Hut nehmen müssen? Robin konnte sich vorstellen, dass man ganze Abteilungen neu strukturieren müsste.

Für sich selbst rechnete er allenfalls mit einem Bonus. Um befördert zu werden, war er noch nicht lang genug dabei.

Ihr Bericht und die Stellungnahme der Anwaltskanzlei Ahmad & Wong würden erst der Anfang einer großangelegten Untersuchung sein. Das Asiengeschäft lag überwiegend noch im Dunkeln. Robin und Rahul hatten nur einen Bruchteil der Verträge einsehen können, die Pratama verantwortete. Es würde Wochen dauern, um sämtliche Details offenzulegen und die korrekten Zahlen zu präsentieren.

Damit würden er und Rahul nichts mehr zu tun haben. Sie hatten nur den Anstoß gegeben. Die weitere Untersuchung war ein Fall für externe Wirtschaftsprüfer. Das verlangten die international üblichen Compliance-Regeln.

Im Sinne strikter Objektivität.

Ob man dafür wieder Graff & La Motte auswählte?

Eine wellenförmige Brücke führte über die Henderson Road. Scharen von Touristen schossen Selfies. Der Blick, der sich von hier auf die Skyline bot, beeindruckte selbst Robin. Beim anschließenden Gang durch den Telok Blangah Hill Park nahm er sich vor, demnächst mit seiner Familie eine Führung zu buchen und den Kindern Fauna und Flora erklären zu lassen.

Gegen vierzehn Uhr erreichte er ein wenig verschwitzt die Mapleleaf Business City II und das Hochhaus aus getöntem Glas, in dem Worldcard Singapore Pte Ltd. sowie Worldcard Asia residierten.

Robin suchte zuerst Angelina auf, deren Informationen zur Aufklärung des Betrugsskandals geführt hatten. Die Kollegin berichtete mit roten Wangen von der nächsten Schweinerei, die der Finanzchef ausgeheckt hatte. Ein Deal mit einer Firma namens Kadmos in Vietnam. Für Software-Lizenzen, die Worldcard angeblich erworben hatte, sollten Millionenbeträge überwiesen werden.

Angelina hatte heimlich recherchiert.

Es gab kein solches Unternehmen.

»Zu Zahlungen an Kadmos wird es nicht mehr kommen«, beruhigte Robin sie. »Der Konzernvorstand bekommt in den nächsten Stunden Bescheid. Worldcard wird sauber. Du kannst dich darauf einstellen, dass du bald einen neuen Vorgesetzten haben wirst.«

Er blickte auf die Uhr.

In Deutschland begann gerade der Arbeitstag.

42

MOOSBRUCK BEI MÜNCHEN

DAS FOYER EINES VERWALTUNGSGEBÄUDES mochte noch so groß sein und repräsentativ wirken – anders als eine Galerie oder ein Museum diente es nicht der Kunst. Die Bilder waren hier nur schmückendes Beiwerk. Gestern, als sie die Hängung überwachte, hatte sie das noch als Ärgernis empfunden. Als Herabsetzung ihrer Fotografien und ihrer Person.

Heute war sie bereit, das zu akzeptieren.

Immerhin stand ihr Werk für diesen Moment im Mittelpunkt.

Die regionale Presse war da, zudem filmte eine Frau für einen lokalen Fernsehsender. Die beiden wichtigsten Vorstandsmitglieder des Finanzkonzerns flankierten Brigitte für die Aufnahmen. Der eine war ein hölzerner Typ, schwarzer Rolli und schwarzer Anzug, der andere ein freundlicher junger Mann, der sie und Susanne im luxuriösen Bentley vom Münchner Hotel zum Firmensitz in den Vorort mitgenommen hatte.

Von Kunst verstanden beide nichts, aber das war Brigitte egal.

So lange sie ihre Arbeiten kauften.

Auch der Landrat und der Bürgermeister drängten sich in den Fokus der Kameras. Susanne, ihre Galeristin, knipste aus dem Hintergrund mit ihrem Handy und postete die Bilder umgehend in den sozialen Netzwerken. Dann begann die eigentliche Eröffnung. Der Hölzerne, offenbar die offizielle Nummer eins, begrüßte die Anwesenden und vor allem Brigitte, die er als Ikone zeitgenössischer deutscher Fotokunst lobpries. Währenddessen brachen die meisten Reporter bereits zu ihren nächsten Terminen auf.

Susanne sagte ein paar schöne Sätze über die Bilder, dann war die Veranstaltung auch schon vorüber. Erstaunlich viel Applaus kam von der Galerie im ersten Stock. Brigitte hatte gar nicht mitbekommen, wie viele Worldcard-Angestellte sich in den letzten Minuten dort versammelt hatten.

Zwei Fotografinnen sprachen sie an. Die Namen der Zeitschriften, für die sie arbeiteten, hatte Brigitte noch nie gehört und vergaß sie auch gleich wieder, vermutlich Hochglanzblätter für die Münchner Schickeria. Sie stellte sich vor eines ihrer Bilder und strich sich die Haare aus der Stirn.

Der hölzerne Vorstandsvorsitzende bedauerte, sich verabschieden zu müssen. Er führte zur Begründung ein wichtiges Meeting an und gratulierte Brigitte zur Einladung nach Kassel, was sie für einen Moment verwirrte. Sie verstand nicht, was er damit meinte.

Schließlich blieb nur noch ein kleines Grüppchen, das die Stehtische umringte. Ein Kellner reichte Wasser und Saft.

»Brigitte Veih«, sprach ein Mann sie an. »Glückwunsch, das nenne ich mal eine erfolgreiche Resozialisierung.«

Sie musterte ihn. Er war etwa in ihrem Alter, vielleicht

ein wenig jünger. Braungebrannte, knittrige Haut, zurückgekämmtes dunkles Haar, garantiert gefärbt. Er trug eine Jacke aus Lodenstoff, wie man sie im Fernsehen an CSU-Politikern häufig sah.

»Wer sind Sie?«, fragte sie kühl.

Das breite Lächeln des Kerls schien unerschütterlich zu sein. »Dr. Gerald Böhm. Landespolizeipräsident im Ruhestand. Ich habe gehört, die Frauen auf den Fotos sind Strafgefangene, stimmt das?«

»Zu lebenslanger Haft verurteilte Mörderinnen. Auf den Bildern hier unten. Im ersten Stock sind es Flüchtlingsfrauen, die den Weg durch die Sahara und übers Mittelmeer überlebt haben.«

»Beeindruckend.«

»Finden Sie das wirklich?«

»Bei ihrer Festnahme vor über vierzig Jahren haben Sie uns noch ein Feuergefecht geliefert. Jetzt schmücken Sie die Wände des Großkapitals. Ich halte das für eine beachtliche Entwicklung zum Guten. Franz-Josef Strauß hat mal gesagt …«

Sie fiel ihm ins Wort. »Ich verkaufe meine Werke, Herr Doktor, nicht mich selbst. Maßen Sie sich nicht an, über meine politische Einstellung zu urteilen.«

Brigitte fragte sich, ob der Mann seinerzeit zu denen gehört hatte, die auf sie schossen, obwohl sie sich ergeben wollte. Augsburg, Februar 1979. Der Genosse, der sich mit ihr versteckt hatte, war von einer Kugel aus einer Polizeiwaffe getötet worden. Dann fiel ihr ein, dass es einfache Beamte niemals in den Rang eines Behördenleiters schafften. Diejenigen, die man für den Höheren Dienst vorsah, wurden schon frühzeitig aussortiert. Vincent hatte ihr das mal erklärt.

»Ich kämpfe weiter«, sagte sie. »Und zwar mit meiner Kunst.«

»Allerdings braucht man viel Geld, um sich Ihre Mörderinnen leisten zu können.«

»Dass diese Bilder demnächst in den Fluren der Vorstandsetage oder in einer Privatvilla verschwinden werden, ist jammerschade. Aber ich beziehe nun mal keine fette Pension als Spitzenbeamter, der seinen Posten vor allem der Fähigkeit zu verdanken hat, jederzeit ein Zitat des Erzfaschisten Franz-Josef Strauß hervorzuzaubern.«

Sein Lächeln wurde nur wenig schmaler. Er deutete sogar eine Verbeugung an. »Das mit dem Hervorzaubern haben Sie jetzt sehr schön ausgedrückt, Frau Veih.«

»Danke.«

»Nur eines verstehe ich nicht. Ihre Empathie gehört Mörderinnen und Flüchtlingen, wie man hier sieht. Aber es hat ihnen nichts ausgemacht, ihren Sohn im Stich zu lassen, als Sie sich seinerzeit der RAF anschlossen. Wie alt war der Junge damals?«

Brigitte ließ den Lackaffen wortlos stehen. Sie ging zu Susanne hinüber, die unentwegt die Tastatur ihres Smartphones bearbeitete.

»Lass uns abhauen«, sagte Brigitte.

Susanne ließ das Handy sinken. Sie riss ihre Augen auf, als sei ihr ein Gespenst begegnet.

»Halt dich fest, Gitti.«

»Was gibt es?«

»Du sollst auf der Documenta ausstellen. Was sagst du dazu?«

Das also hat der Vorstandstyp mit Kassel gemeint, dachte Brigitte. Wie zum Teufel hatte er davon noch vor ihrer Galeristin erfahren?

»Sie wollen eine Installation von dir haben. Etwas ganz Neues.«

Brigitte fiel sofort die Familie Marković ein. Die Fotos von neulich waren ihr gut gelungen. Die Geschichte vom Rausschmiss der Leute aus ihrer Wohnung würde den Documenta-Besuchern unter die Haut gehen.

»Du wirst dir weltweit einen Namen machen«, sagte Susanne. »Und deinen Marktwert auf mindestens das Doppelte steigern.«

Brigitte nahm sich vor, den Erlös aus der Marković-Serie mit der Familie und einigen Organisatoren politischer Projekte zu teilen.

Sie sah sich nach dem Landespolizeipräsidenten im Ruhestand um. Was trieb der Typ im Lodenjanker hier? Hatte er etwa als Sicherheitsberater bei den Finanzheinis angeheuert? Sollte er verhindern, dass die Ex-Terroristin aus Düsseldorf irgendwelchen Unfug anstellte – eine Kalaschnikow hervorzog und in Moosbruck die Revolution anzettelte?

Dr. Böhm erwiderte ihren Blick.

Sie hob den gestreckten Mittelfinger.

Er zeigte erneut sein schmieriges Lächeln.

Susanne lotste Brigitte nach draußen und telefonierte nach einem Taxi.

43

DÜSSELDORF

HUBERTUS GRAFF, WIRTSCHAFTSPRÜFER und einer der Gründer von Graff & La Motte, war etwas über siebzig, schätzte Vincent. Buschige Augenbrauen, volles weißes Haar. Er trug einen Kugelbauch vor sich her, und seine Wangen waren von zahllosen roten Äderchen durchzogen. Als Seniorpartner besaß Graff ein Anrecht auf ein großes Büro inklusive Vorzimmerdame, auch wenn er längst nicht mehr jeden Tag in die Firma kam, wie er freimütig erzählte.

Der Blick aus dem zwölften Stockwerk war imposant. Am Rand der Stadt erkannte Vincent die Arena und den Tower des Flughafens. Landungen und Starts fast im Minutentakt, obwohl die Ferienzeit vorbei war. Dahinter mäanderte der Rhein in Richtung Duisburg und verlor sich neben Industrieschloten im Dunst.

Graff neigte zum Plaudern, als habe er selten Besuch. Ausführlich erkundigte er sich nach Melias Vater. Vincent ärgerte es enorm, dass es der Intervention eines ehemaligen Spitzenpolitikers bedurfte, damit Graffs Firma die Befragung ihres Personals durch die Kriminalpolizei zuließ. Mit zunehmender Ungeduld fragte sich Vincent, wie Melia diesen eitlen Kerl ertrug.

Als Graff auch noch begann, ihr die Teilnahme an einer Jagdgesellschaft schmackhaft machen zu wollen, täuschte Vincent vor, auf die Toilette zu müssen, und verließ das Büro.

Auf dem Flur checkte er seine Mails.

Zwei neue Nachrichten.

Die Phantombilder der beiden Unbekannten, die den britischen Wirtschaftsjournalisten in der Schneider-Wibbel-Gasse überfallen hatten, waren fertig. Gemeinsam mit den Zeugen hatte der zuständige Sachbearbeiter sie am Computer erstellt. Auf Vincent wirkten sie lebensecht und weitaus aussagekräftiger als die Aufnahmen der Überwachungskameras.

Die zweite Mail war eine Bitte um Rückruf und kam von Anna Winkler. Warum schrieb sie nicht dazu, worum es ging?

Vincent wählte Annas Nummer.

»Was gibt's?«, fragte er.

»Das LKA-Labor hat die DNA-Proben ausgewertet. Jens Zöllners gesammelte Post. Die Briefmarken und Umschläge.«

»Ich weiß. Und?«

»Es gibt einen Treffer. Da kommst du nicht drauf.«

»Jetzt sag schon!«

»Kann es sein, dass du heute schlechte Laune hast, Vinnie?«

»Wenn ich dir jedes Wort einzeln aus der Nase ziehen muss ...«

»Zöllners Vater.«

»Unmöglich. Der ist schon lange tot.«

»Er ist auch nicht unser Mörder. Aber bei ihm ist die Übereinstimmung am größten.«

»Soll heißen?«

»Dass er auch der Vater des Spurenlegers vom Tatort in Knittkuhl ist.«

»Willst du damit sagen, dass er außer Jens Zöllner noch einen weiteren Sohn hat, von dem die Familie nichts weiß?«

»Sieht ganz danach aus. Ein heimlicher Bastard von einer Geliebten oder so. Wir müssen seine Vergangenheit durchleuchten. Die Zöllners werden aus allen Wolken fallen.«

»Darauf können wir keine Rücksicht nehmen.«

»Ist klar, Vinnie.«

Er beendete das Gespräch, denn in diesem Moment öffnete sich Graffs Bürotür. Der Seniorpartner geleitete Melia auf den Flur, um sie zu verabschieden. Er bemerkte Vincent und nickte ihm zu.

»Verständigen Sie mich bitte umgehend, falls Sie noch auf irgendwelche Schwierigkeiten stoßen sollten.«

»Danke, Herr Graff«, antwortete Melia.

Er griff nach ihren Fingern, beugte sich über ihre Hand und spitzte die Lippen. »War mir eine Ehre, Sie kennenzulernen, Frau Adan. Grüßen Sie Ihren Vater von mir!«

Kurz darauf saßen Vincent und Melia der Mitarbeiterin der Buchhaltung gegenüber, die Dominik eine »Tratschtante« genannt hatte. Vincent hoffte, dass sie diesem Ruf nun endlich gerecht wurde. Immerhin hatte Graff sie persönlich angerufen und ihr grünes Licht für eine Aussage gegeben.

»Sie wissen, warum wir hier sind, Frau Christiansen«, begann Vincent. »Ich hoffe, Sie sind nun bereit, über Naomi Meyer-Krell Auskunft zu geben.«

»Bin ich.«

»Sie war seit drei Wochen als Trainee in dieser Firma angestellt.«

»Künftige Führungskraft. Man hat viel von ihr gehalten.«

»Sie haben sie als besonders kontaktfreudig beschrieben. Was wollten Sie damit andeuten?«

Etwas zögerlich gab sie Auskunft: »Dass die junge Frau wusste, wie man Beziehungen knüpft, um Karriere zu machen.«

»Soll heißen?«

Ein verlegenes Räuspern. »Sie hatte ein Verhältnis mit Martin Fehrbellin, einem unserer fähigsten Wirtschaftsprüfer.«

»Woher kenne ich den Namen?«, entfuhr es Melia.

Vincent erinnerte sich. Der Vater von Linus Fehrbellin, Naomis Freund, zumindest bis Ende letzten Jahres. Laut Linus hatte sein Vater ihr bereits während des Studiums einen Praktikumsplatz bei Graff & La Motte besorgt.

»Herr Fehrbellin lebt nicht mehr, stimmt's?«, fragte Vincent.

»Martin hat sich im letzten Herbst umgebracht. Ein großer Schlag für uns alle. Sehr tragisch. Womöglich hatte die Affäre damit zu tun.«

»Woher wollen Sie wissen, dass die beiden etwas miteinander hatten?«

Die Angestellte zog ein paar bedruckte Seiten aus einem Umschlag, der vor ihr lag, und schob sie zu Vincent hinüber.

»Reisekostenabrechnungen und Belege«, erklärte sie. »Frau Meyer-Krell hat Martin auf einer Dienstreise begleitet. Das ist höchst ungewöhnlich für eine Praktikantin. Sie haben im gleichen Hotel übernachtet, wie Sie sehen können.«

»Noch kein Beweis für eine Affäre.«

»Martin hat damals ein Handy-Ladegerät dort vergessen und mich gebeten zu veranlassen, dass man es ihm nach

Düsseldorf schickt. Als ich im Hotel anrief, habe ich erfahren, dass Martin und seine Praktikantin zwar zwei Zimmer gebucht und abgerechnet, aber nur eines benutzt haben.«

Vincent nickte. Für ihn ergab das eine neue Sicht auf den Fall. Sowohl Linus Fehrbellin als auch seine Mutter hatten durchaus Gründe, Naomi zu hassen. Vincent warf Melia einen Blick zu.

Sie fragte die Angestellte: »Wohin führte diese Dienstreise?«

Vincent las den Ort auf der Spesenabrechnung.

Plötzlich schien es ihm, als schließe sich ein Kreis.

»Moosbruck bei München«, antwortete Frau Christiansen. »Einer unserer wichtigsten Mandanten hat dort seine Zentrale.«

»Und Herr Fehrbellin hat Suizid verübt?«

Die Buchhalterin nickte. Sie wirkte bedrückt, als ginge ihr das heute noch nahe. Sie hatte den Vornamen des Mannes benutzt, was auf ein gutes Verhältnis hindeutete.

»Kurz nach der Dienstreise mit Frau Meyer-Krell hatte er wieder dort zu tun. Dieses Mal allein. Eines Abends ist er in den Wald gefahren und hat sich in seinem Auto verbrannt. Wie verzweifelt muss man sein, um so etwas zu tun?«

»Litt er an Depressionen?«, wollte Melia wissen.

Genau mein Gedanke, stellte Vincent fest.

Die Angestellte runzelte die Stirn. »Wenn, dann hat er es sich nicht anmerken lassen. Ich erinnere mich an die Trauerfeier. Ende November, Kälteeinbruch, der erste Schnee. Viele von uns waren dort. Martin war ein beliebter Kollege. Wir haben alle gerätselt, was ihn dazu getrieben hat.«

»War Naomi Meyer-Krell auch dort?«

Frau Christiansen nickte. »Sie tat, als gehörte sie zur Familie.«

»Sie war die Freundin des Sohnes«, erklärte Vincent. »Eigentlich.«

Die Zeugin verzog die Mundwinkel.

»Wusste Frau Fehrbellin von der Affäre Ihres Mannes?«

»Das fragen Sie sie am besten selbst.«

44

»WENN ICH DAS RICHTIG SEHE, haben wir jetzt drei Wege, um ans Ziel zu kommen«, sagte Melia.

Sie saßen in der großen Runde zusammen. Mit Verspätung platzte Oberstaatsanwalt Kilian herein und steuerte den freien Stuhl neben Melia an. Mit einem wortlosen Nicken als Gruß hängte er sein Sakko über die Lehne und nahm Platz. Kleine Krokodile zierten seine Seidenkrawatte.

Wegen der neuen Informationen hatte Vincent Veih das Meeting kurzfristig anberaumt.

»Wir wissen also, dass Naomi eine Affäre mit dem Vater ihres Freundes hatte«, fasste sie zusammen.

»Was sowohl dem Sohn als auch der Mutter ein Motiv gibt«, ergänzte Anna. »Auch wenn sie nicht am Tatort waren, könnten beide den Mord angestiftet haben.«

»Womöglich sogar gemeinsam.«

»Zweitens die DNA-Spur«, sagte Vincent.

Melia nickte. Sie war froh, dass er diese Route hartnäckig verfolgte, obwohl sie und die Staatsanwaltschaft ihm den Massentest nicht genehmigt hatten. In einer Gastwirtschaft in Knittkuhl war Vincent fündig geworden. Ein junger Mann namens Jens Zöllner zeigte hohe Übereinstimmung. Noch höher war sie bei Gerhard Zöllner, seinem Vater. Die

Laborleute schworen darauf, dass er auch der Vater des Mörders war.

»Dumm, dass wir Gerhard Zöllner nicht mehr fragen können«, sagte Dominik.

»Was wissen wir über ihn?«, fragte Melia.

Hamid schlug sein Notizbuch auf. »Vor acht Jahren gestorben. Jahrgang 1960. Verheiratet mit Gisela Zöllner. Hat ein Germanistikstudium abgebrochen und zunächst im Reisebüro seines Schwiegervaters gearbeitet. In den späten Achtzigern hat er dann ein Kino nebst angeschlossenem Gastronomiebetrieb übernommen. Das Gloria Lichtspielhaus im Stadtzentrum. Keiner aus seiner Familie, den wir bislang erreichen konnten, weiß etwas von einem zweiten Sohn. Die fallen alle aus den Wolken, sobald wir danach fragen. Wenn wir davon ausgehen, dass unser Täter heute volljährig ist, muss er etwa im Zeitraum von den Achtzigern bis zu den frühen Nullerjahren gezeugt worden sein.«

»Das heißt, Gerhard Zöllner hatte eine heimliche Geliebte. Die Mutter des Mörders.«

Anna sagte: »Wir suchen zuerst im Umfeld der damaligen Wohnadressen Gerhard Zöllners sowie des Reisebüros und des Kinos.«

»Womöglich war die Frau ebenfalls verheiratet.«

»Dass wir für Irritationen sorgen, lässt sich nicht vermeiden.«

»Und der dritte Weg?«, schaltete sich Oberstaatsanwalt Kilian ein.

»Worldcard«, antwortete Melia.

»Ist das jetzt sicher?«

»Naomi wusste über den Finanzdienstleister Bescheid. Nicht durch den Traineejob, sondern bereits vorher aufgrund ihres Praktikums bei Graff & La Motte. Sie hat Martin Fehrbellin auf seiner Dienstreise zur Firmenzentrale nach Moosbruck begleitet. Ich schätze, er hat Insiderwissen mit ihr geteilt.«

»Klären Sie mich auf«, bat der Oberstaatsanwalt. »Fehrbellin hat Suizid begangen, stimmt's?«

»Er ist im November letzten Jahres in seinem Wagen im Moosbrucker Forst verbrannt«, antwortete Vincent. »Die Münchner Kripo hat das untersucht. Der Gutachter, der damit betraut wurde, hat Fremdeinwirkung ausgeschlossen. Die Kollegen haben mir den Abschlussbericht zugeschickt.«

Den Vincent gründlich prüfen wird, dachte Melia.

Sie bedauerte es, sich nicht weiter mit Oscar Ravani austauschen zu können. Vielleicht besaß er neue Hinweise auf Unregelmäßigkeiten bei Worldcard. Oder Verdachtsmomente gegen Graff & La Motte. Wenn die Existenz einer Wirtschaftsprüfungsgesellschaft von ihrem größten Kunden abhing, drückte sie womöglich beide Augen zu. Deckte Betrug und Bilanzfälschung.

Und machte sich selbst erpressbar.

Vierhunderttausend auf Naomis Schweizer Konto.

Und dann ihr Tod.

Mit Oscar hatte Melia vereinbart, vorerst Funkstille zu bewahren. Der Schuss im Maryon Park hatte ihnen gezeigt, dass selbst die Threema-Kommunikation nicht sicher genug war. Jemand, der die technischen Mittel dazu besaß, überwachte den Journalisten.

Ein Geheimdienst, dachte Melia.

Behördensprecher Braun ergriff das Wort: »Die Phantombilder der beiden Täter aus der Schneider-Wibbel-Gasse sind übrigens rausgegangen. Ich habe mit der Redaktion der *Aktuellen Stunde* gesprochen. Sie senden sie heute Abend und berichten noch einmal über den Fall. Morgen dann die Zeitungen.«

»Außerdem liegen die Bilder jeder Polizeidienststelle Deutschlands vor«, ergänzte Anna. »Die Bundespolizei hält an Flughäfen und Bahnhöfen Ausschau.«

»Das wäre dann der vierte Ermittlungsansatz«, sagte Oberstaatsanwalt Kilian. »Einer davon sollte zum Täter führen.«

»Ich hab auch noch was«, meldete sich Dominik. »Eine Frau hat angerufen, die mitbekommen haben will, wie sich Katja Fehrbellin mit Naomi gestritten hat.«

»Öffentlich?«, fragte Melia.

»Bei der Trauerfeier für Martin Fehrbellin im November. Auf der Damentoilette. Die beiden haben wohl übersehen, dass eine Kabine besetzt war. Ich habe die Zeugin für morgen in die Festung bestellt, damit sie uns das zu Protokoll gibt.«

Vincent nickte Anna zu. »Wir knöpfen uns Frau Fehrbellin noch heute vor.«

Das war das Schlusswort. Melia sah zu, wie Kilian seine Sachen packte und aufbrach. Weder von ihm noch von der Behördenleitung hatte sie bislang den Druck erfahren, den ein ominöser Anrufer ihrem Vater angekündigt hatte.

Ich soll dir ausrichten, dass du die Finger von Worldcard lassen sollst.

Ein Herr Meiring, Franz oder Frank, angeblich aus dem Kanzleramt.

Melia hatte sich erkundigt. Ein Mann mit diesem Namen war dort unbekannt.

Ihr gefiel das ganz und gar nicht.

45

KATJA FEHRBELLIN ARBEITETE AUF einer Zweidrittelstelle als Lehrerin am Comenius-Gymnasium und hatte heute einen freien Nachmittag.

Vincent begleitete Anna und Hamid zu ihrem Haus in Niederkassel. Über den Staatsanwalt hatten sie einen richterlichen Durchsuchungsbeschluss besorgt. Laut Linus hatte sich Naomi nach Unterlagen seines Vaters erkundigt. Nach Dingen, die seine Arbeit betrafen. Dafür interessierten sie sich nun ebenfalls.

Martin Fehrbellin war mit der Prüfung der Worldcard-Bilanzen beauftragt gewesen. Und Naomi wollte angeblich den Journalisten treffen, der für die *Financial Times* zu Worldcard recherchierte.

Die Witwe führte sie in das Obergeschoss ihres Hauses. Sie durchquerten das Wohnzimmer und traten hinaus auf den Balkon. Eine Markise schirmte die Sonne ab. Auf einem Tisch dampfte Tee über einem Stövchen. Vier Tassen, Milch und Zucker auf einem Tablett, Mandelgebäck auf einem Teller – Katja Fehrbellin besaß zweifellos Gastgeberqualitäten.

Sie trug ihr blondes Haar zum Pferdeschwanz gebunden. Hohe Wangenknochen, eine kleine Narbe auf der Stirn.

Die Wimpern dunkel gefärbt, sonst keine Spur von Make-up. Etwa mein Alter, dachte Vincent.

Der Blick ging auf einen gepflegten Garten hinunter.

»Sie wollen das Haus verkaufen?«, fragte er. »Ihr Sohn hat so etwas erwähnt.«

»Interesse?«

Vincent winkte lachend ab. »Viel zu groß für mich.«

»Aus dem gleichen Grund will ich es loswerden. Aber es eilt nicht. Wenn ich einen guten Preis erziele, kann sich Linus als Game-Entwickler selbstständig machen. Und ich gehe nach Paros. Mein Mann und ich haben dort vor Jahren ein Häuschen gekauft. Wir hatten vor, nach seiner Pensionierung dauerhaft dorthin zu ziehen. Leider kann er das nicht mehr erleben.«

»Ich muss mit Ihnen über Naomi Meyer-Krell reden.«

»Das dachte ich mir.« Mit ruhiger Hand schenkte sie allen Tee ein.

Vincent gab einen Schuss Milch in seine Tasse. »Wussten Sie, dass sie eine Affäre mit Ihrem Mann hatte?«

»Ja, das wusste ich.«

»Wie haben Sie's erfahren?«

»Kleinigkeiten. Martins Verhalten. Ich hab ihn schnell durchschaut. Auf Naomi wäre ich allerdings nicht gekommen. Bis ich einen Hinweis aus Martins Firma bekam.«

Vincent tippte auf Frau Christiansen aus der Buchhaltung.

»Macht mich das verdächtig?«, fragte Katja Fehrbellin. »In der Zeitung stand, Sie suchen einen männlichen Täter.«

»Sie könnten ihn angestiftet haben«, sagte Anna.

Vincent fiel die Aussage einer älteren Zeugin ein, die beobachtet hatte, wie Naomi in das Fahrzeug des mutmaßlichen Täters einstieg. Offenbar ohne Zwang. Vielleicht hatte auch Linus' Mutter darin gesessen – und Naomi ihr vertraut.

»Wo waren Sie am Samstagabend?«

»Kino. Mit einer Freundin. Darf ich mal?« Sie nahm Hamid Stift und Block aus der Hand und notierte etwas. »Das sind Name und Adresse meiner Freundin. Sie wird meine Angaben bestätigen. Der Film hieß *Nebenan*. Mit Daniel Brühl und Peter Kurth in den Hauptrollen. Brühl spielt quasi sich selbst. Für einen deutschen Film nicht schlecht.«

Vincent erinnerte sich. »Was antwortet Kurth noch mal, als der berühmte Schauspieler feststellt: ›Sie wohnen in meinem Haus?‹«

»›Nein. Sie wohnen in *meinem* Haus. Ich bin schon länger hier.‹ Test bestanden?«

»Wie haben Sie auf die Affäre Ihres Mannes reagiert?«

»Ich habe Martin gesagt, er soll seine Sachen packen. Er ging dann auf seine nächste Dienstreise und dachte wohl, ich würde es mir noch einmal überlegen. Jeden Abend hat er angerufen und mir die Ohren vollgeheult. Bei jeder anderen Frau hätte ich es mir noch einmal überlegt, aber nicht bei Naomi. Er hat nicht nur mich betrogen, sondern auch unseren Sohn. Da war für mich ein Punkt erreicht, an dem es einfach nicht mehr weiterging.«

»Hat er damit gedroht, sich etwas anzutun?«

»Wenn ich gewusst hätte, was er vorhat, hätte ich es mir höchstwahrscheinlich noch mal überlegt.«

»Also hat er nicht davon gesprochen.«

»Mit keinem Wort.«

»Und wie haben Sie Naomi gegenüber reagiert?«

»Ich habe ihr gesagt, dass sie mit Linus Schluss machen und aus unserem Leben verschwinden soll.«

»Und das hat sie auch getan?«

»Nach ein paar Tagen, ja.«

»Uns liegt eine Zeugenaussage vor, nach der Sie Naomi gedroht haben, sie umzubringen.«

»Kann schon sein, dass ich etwas drastisch geworden bin.«

Vincent warf Anna einen Blick zu.

Sie sagte: »Wir müssen Sie an dieser Stelle darauf hinweisen, dass Sie nicht verpflichtet sind, sich selbst zu belasten, und dass Sie einen Anwalt hinzuziehen können. Haben Sie das verstanden?«

»Ich habe dem Miststück gedroht. Das ist alles.«

»Haben Sie mich verstanden?«, wiederholte Anna.

»Gewiss.«

»Wie hat Ihr Sohn reagiert?«, fragte Vincent.

»Er hat es natürlich nicht leicht verkraftet und stand vor einem Rätsel. Aber wenn Linus erfahren hätte, dass ihn seine Freundin mit seinem eigenen Vater betrogen hat, dann hätte ihn das zerstört. Das können Sie mir glauben.«

»Jetzt kommt es dennoch raus.«

»Mit einem Abstand von vielen Monaten. Inzwischen hat er eine neue Beziehung.«

Vincent erinnerte sich an Juli, die Bassistin einer Band namens Feinripp.

Anna sagte: »Ihr Sohn hat uns von Unterlagen erzählt, die Ihr Gatte zu Hause aufbewahrt hat. Sachen aus seiner Firma.«

»Ich habe Martins Arbeitszimmer nach seinem Tod nicht mehr betreten. Er hat oft Arbeit mit nach Hause genommen. Sie können sich gern in dem Zimmer umsehen, wenn Sie wollen.«

Anna gab ihr den Durchsuchungsbeschluss. »Das ist Ihre Kopie.«

»Was bedeutet das?«, fragte Frau Fehrbellin sichtlich verunsichert.

»Dass wir uns im gesamten Haus umschauen werden«, antwortete die Kollegin.

Während Anna bei der Witwe blieb, knöpften sich Vincent und Hamid das Arbeitszimmer vor. Es war klein und dunkel, weil unmittelbar vor dem Fenster eine Hecke wuchs. Vincent schaltete das Deckenlicht ein. Eine gepolsterte Bank fiel ihm auf, außerdem mehrere Hanteln. Der Rest des Raums sah aus wie ein typisches Büro.

Hamid wies auf das Regal. »Hier fehlt etwas.«

In den oberen Fächern standen zahlreiche Romane, ganz unten Ordner. Zwischen ihnen tat sich eine handbreite Lücke auf. Vincent stellte fest, dass dort kein Staub den Boden bedeckte – im Unterschied zu allen anderen Oberflächen in diesem Raum.

Sie packten sämtliche Ordner in eine Kiste, legten den Inhalt der Schubladen dazu und trugen alles zusammen mit dem Rechner, der auf dem Tisch stand, zum Auto. Danach schauten sie sich auch in den übrigen Räumen um, entdeckten aber nichts, was sie interessierte.

Vincent fragte Katja Fehrbellin nach dem Handy ihres Mannes.

»Das hat er bei sich gehabt«, antwortete sie.

»Laptop?«

»Ebenfalls. Alles mit ihm gemeinsam verbrannt. Auch die Aktentasche. Jedenfalls fand man in seinem Hotelzimmer angeblich nur die Kleidung und den Kulturbeutel.«

»Hat Ihr Mann wirklich keinen Abschiedsbrief hinterlassen?«

Katja Fehrbellin schüttelte den Kopf.

Tränen traten in ihre Augen.

»Tut mir leid«, sagte Vincent.

Anna ergänzte: »Sie trifft keine Schuld an seinem Tod.«

Sie verabschiedeten sich von der Witwe und machten sich auf den Rückweg zum Präsidium.

46

MÜNCHEN – MOOSBRUCK

IN ALLER FRÜHE HATTE MAREK das Palais verlassen, ohne dass ihn Sebastian zu Gesicht bekam. Weil ihm niemand eine Aufgabe zugewiesen hatte, kontrollierte er das Reinigungspersonal, das am Vormittag aufkreuzte. Ein fröhlicher Trupp in orangefarbener Arbeitskluft, der die Böden im Club wienerte, die Küche auf Hochglanz brachte und die Sitzmöbel der Salons mit Lederbalsam abrieb.

Noch einmal in Mareks Räume einzubrechen wagte Sebastian nicht.

Sicher hatte der Manager den Code der Alarmanlage geändert.

Am Nachmittag rief Dr. Böhm an, der ehemalige Landespolizeipräsident, der nun für Worldcard arbeitete. Er beorderte Sebastian in die Firmenzentrale nach Moosbruck. Dort hatte es ein Meeting des Konzernvorstands gegeben, an dem zeitweise auch zwei Leute vom Bundesnachrichtendienst teilnahmen.

Der Vorstand befürchtete, dass der Geheimdienstbesuch Wanzen hinterlassen hatte.

Sebastian packte seine Gerätschaften ins Auto.

Er nahm die A94 bis Riem, dann fuhr er nordwärts über

die Landstraße ins Gewerbegebiet am westlichen Ortsrand von Moosbruck. Er brauchte gerade mal eine Viertelstunde vom Palais an der Prinzregentenstraße bis zum Worldcard-Gelände.

An der Pforte wartete bereits Dr. Böhm. Trachtenjacke mit Hirschhornknöpfen. Er drückte ihm ein Plastikkärtchen mit Magnetstreifen in die Hand. Seine Augen leuchteten, als überreiche er ein wertvolles Geschenk.

»Damit haben Sie Zutritt zu allen Büros, Pagel«, erklärte Böhm. »Inklusive der Vorstandsetage.«

»Klingt nach einem Vertrauensbeweis.«

»Sobald Sie fertig sind, nehme ich Ihnen das Kärtchen selbstverständlich wieder ab.«

Sebastian fielen die großformatigen Fotos auf, die im Foyer an Stellwänden hingen. Ausdrucksstarke Gesichter, ernste Blicke.

»Mörderinnen«, bemerkte Böhm in abfälligem Ton. »Und im ersten Stock sind es Flüchtlinge. Angeblich soll das Kunst sein. Der Vorstandsvorsitzende hat einen Narren daran gefressen.«

Sie nahmen den Aufzug nach oben. Sebastian machte sich sofort ans Werk. Keine Wanze im Konferenzraum. Böhm ließ ihn sämtliche Büros der Etage untersuchen. Vom Vorstand war niemand da. Eine Sekretärin beäugte ihn, als wolle er das Tafelsilber klauen.

Zuletzt stand Sebastian vor den Toilettentüren.

»Ich nehme an, die BND-Leute sind mal austreten gegangen.«

»Meinetwegen checken Sie auch die Klos.«

Doch auch hier waren weder Kameras noch Mikros versteckt, wie Sebastian feststellte.

Während er seiner Arbeit nachging, überlegte er, Böhm

in seine Kenntnisse über Marek Weiß einzuweihen. Immerhin war der Mann einst sein oberster Chef gewesen. Aber nach seiner Pensionierung hatte er die Seiten gewechselt. Er arbeitete für Worldcard, also für Marek.

Wie würde Böhm reagieren, wenn er ihm verriet, wer Amiri vergiftet hatte? Dass höchstwahrscheinlich der Worldcard-Manager hinter dem Anschlag steckte?

Ganz abgesehen von den Schweinereien, die in Libyen liefen.

»Die Office Managerin ist scharf auf Sie«, flüsterte Böhm. »Die frisst sie mit ihren Blicken förmlich auf.«

»Da hab ich einen anderen Eindruck.«

Böhm lachte. »Schon eingewöhnt im Palais Alfons?«

»Jeden Tag mehr.«

»Schönen Gruß an Marek. Ach ja, das Kärtchen, bitte.«

Sebastian gab es zurück.

Er beschloss, Böhm nicht einzuweihen.

Im Auto grübelte er weiter.

Artjom arbeitete für Dmitri. Und Dmitri für Marek. Aber warum sollte der Worldcard-Boss den Hisbollah-Funktionär ermorden lassen?

Sebastian fielen zwei mögliche Gründe ein.

Drogenhandel und Geldwäsche.

Hatte die US-Regierung nicht die Firmen im Visier, die für die Hisbollah arbeiteten? Und die Amis fackeln nicht lang, dachte Sebastian. Sie belegen libanesische Geldinstitute mit Sanktionen, damit sie ihren kriminellen Zweck nicht mehr erfüllen können. War deshalb Worldcard in die Bresche gesprungen und hatte insgeheim die Aufgabe dieser Banken übernommen?

Böhms Worte von vorgestern: *Es heißt, die Hisbollah*

arbeitet für die wichtigsten Drogenkartelle und die 'Ndrangheta. Sie kassiert gewaltige Provisionen.

Profitierte etwa auch der deutsche DAX-Konzern davon und war Teil des organisierten Verbrechens? Weil Marek und seinen Vorstandskollegen jedes Mittel recht war?

Amiri hätte Worldcard verraten können.

Sebastians Blick fiel auf die Bürotürme des Finanzdienstleisters. Fünf an der Zahl. Der sechste im Bau. Kräne zogen Fassadenteile hoch. Ein Betonlaster fuhr vor. Die Manifestation des unternehmerischen Erfolgs.

In diesem Moment wurde Sebastian klar, was er zu tun hatte.

Er würde sich an Tristan Bovert wenden.

Marek mochte den Staatssekretär nicht. Er betrachtete ihn als Gegner.

Weil Bovert die einzige Person war, die ihn stoppen konnte.

Sebastian strich sich über den kahlen Schädel. Dann startete er den Motor, um zurück in die Stadt zu fahren.

47

DÜSSELDORF

VINCENT DACHTE ÜBER MELIA NACH. Immer wenn er mit ihr gemeinsam unterwegs war, was selten vorkam, war es am schlimmsten. Am Morgen, auf der Fahrt zu Graff & La Motte, hätte er am liebsten angehalten und sie kurzerhand geküsst. Alles auf eine Karte gesetzt, um zu sehen, wie sie reagierte.

Nicht der eitle Firmengründer war schuld an seiner schlechten Laune gewesen, sondern der Schlamassel, der sich aus der verfluchten Tatsache ergab, dass die Frau, in die er sich verguckt hatte, seine Inspektionsleiterin war. Anfangs hatte er gedacht, das würde sich legen. Doch es wurde täglich schlimmer.

Er aß sein Abendessen, das er beim libanesischen Imbiss an der Ecke gekauft hatte. Sein Handy klingelte. *Gimme Shelter*.

Vincent meldete sich mit vollem Mund.

»Stör ich beim Essen?«, fragte Anna Winkler.

»Nein, was gibt's?«

»Naomi ist nicht die Einzige mit einem Nummernkonto in der Schweiz gewesen.«

»Also auch Martin Fehrbellin.«

»Richtig. Aus den Unterlagen geht hervor, dass die Summe ursprünglich achthunderttausend Euro betragen hat. Kurz vor seinem Suizid hat er die Hälfte davon auf Naomis Konto überwiesen.«

»Falls es Suizid war.«

»Glaubst du, er hat Worldcard erpresst? Oder seinen eigenen Arbeitgeber?«

»Beides möglich.«

»Aber lassen solche Unternehmen deshalb jemanden töten? Für Worldcard sind das Peanuts, für Graff & La Motte sicher auch.«

»Es sei denn, da steckt mehr dahinter.«

»Und was soll das sein?«

Vincent ging nicht darauf ein. »Schreibst du bitte einen Vermerk für die Inspektionsleiterin? Der Fall interessiert sie besonders.«

»Mach ich. Was gibt's bei dir gerade?«

»Falafel mit Joghurt-Minze-Dip und gemischtem Salat.«

»Bist du Vegetarier geworden?«

»Wäre das schlimm für dich?«

Anna lachte.

»War in den Unterlagen noch etwas Interessantes dabei?«, fragte er.

»Leider nein.«

»Hab ich dir von der Lücke erzählt und dass da kein Staub war? Jemand hat einen dicken Ordner entfernt. Oder zwei dünne. Und zwar erst in letzter Zeit.«

»Das war Naomi. Linus hat sie reingelassen. Wetten, dass er uns nicht alles erzählt hat?«

»Möglich«, antwortete Vincent. »Und was macht die Suche nach Gerhard Zöllners heimlichem zweiten Sohn?«

»Ich gebe dir Bescheid, sobald sich etwas tut.«

»Danke, Anna. Und jetzt mach auch du Feierabend. Dein Mann hat Sehnsucht nach dir.«

»Da bin ich mir nicht so sicher.«

Vincent beendete das Gespräch.

Er aß den Rest auf und bekam Lust auf ein Glas Weißwein. Weil er keinen im Kühlschrank fand, legte er eine Flasche ins Gefrierfach.

Dann warf er die leeren Plastikbehälter vom Imbiss in den Abfalleimer und beschloss, die Pflanzen auf der Dachterrasse zu gießen. Bei dem Wetter brauchten sie das fast täglich.

Vincent trat mit der Kanne nach draußen. Antonia fiel ihm ein, seine Nachbarin, und er beschloss, den Wein nachher mit ihr zu teilen. Er schuldete ihr noch eine Revanche für neulich. Vielleicht auch eine Entschuldigung, weil er so abrupt aufgebrochen war.

Dominiks Worte fielen ihm ein: *Nette Kundin übrigens.*

Vincent wässerte den Lavendel, der auf der Brüstung stand. Den großen Behälter mit dem Rosenstrauch. An der Trennwand zur Nachbarin stand sein japanischer Ahorn. Die Blätter kräuselten sich schon vor Durst.

Von nebenan hörte Vincent Geräusche.

Flüstern und Kichern – Antonia hatte Besuch.

Plötzlich erkannte er Dominiks Stimme.

»Wollen wir nicht lieber reingehen?«, sagte der Kollege leise. »Sonst hören uns womöglich die Nachbarn.«

Dominik wurde mal wieder seinem Ruf gerecht, nichts anbrennen zu lassen. Rasch kehrte Vincent zurück in seine Wohnung. Er nahm die Flasche aus dem Eisfach und öffnete sie. Der Wein war halbwegs kühl genug.

Er hob das Glas auf seine Nachbarin und Dominik.

48

SINGAPUR

AUF ROBINS TISCH HATTE SICH Arbeit gestapelt. Er ging ihr nur halbherzig nach. An diesem Abend zählte für ihn einzig der Anruf aus Deutschland, den er mit jeder Stunde sehnlicher erwartete. Vor seinem Fenster war längst die Sonne untergegangen, und die meisten Kollegen hatten sich ins Wochenende verabschiedet, als endlich sein Telefon klingelte.

Moosbruck. Paulina Jovic.

An ihrer Stimme erkannte er sofort, dass etwas nicht stimmte.

Zuerst schalteten sie ihre Telefone mit Rahul Kumars Apparat im fünfzehnten Stock zur Dreierkonferenz zusammen. *Clean-up trio*, so hatte Robin ihre Zusammenarbeit in den letzten Tagen genannt.

»Ich soll euch ausrichten, dass der Konzernvorstand sehr stolz auf eure Arbeit ist«, begann Paulina.

»Okay«, sagte Robin. »Und weiter?«

»Der Vorstand dankt euch ganz herzlich für die übermittelten Informationen. Die Lage wird als äußerst kritisch eingeschätzt und dementsprechend mit der höchsten Priorität angegangen.«

Paulina machte eine Pause.

»Und was heißt das jetzt?«, fragte Robin.

»Wer wird die weitere Untersuchung leiten?«, mischte sich Rahul ein. »Welche Konsequenzen sind geplant?«

»Darum kümmert sich ab sofort Marek selbst. Ihm untersteht das Asiengeschäft, wie ihr wisst. Er nimmt die Untersuchung in seine eigenen Hände.«

»Heißt das, wir sind raus?«

»Wir alle drei.«

»Das ist nicht seriös«, widersprach Rahul. »Nach allen Regeln der Compliance kann ein Vorstand eine solche Untersuchung nicht selbst durchführen. Da müssen Externe ran. Unabhängige Prüfer.«

»Sorry, der Beschluss steht fest.«

»Und Pratama Setjawan?«

»Was soll mit ihm sein?«

»Heißt das, er wird nicht einmal suspendiert? Der Mann kann unmöglich Finanzchef für Asien bleiben!«

»Das müssen wir Marek überlassen.«

»Wir wissen doch alle, worauf das hinausläuft«, rief Robin in den Hörer. »Pratama war stets die rechte Hand von Marek. Die beiden sind dicke Freunde. Womöglich stammt die Idee der Scheingeschäfte gar nicht von Pratama, sondern von Marek selbst! Um die Umsatzzahlen künstlich in die Höhe zu treiben und jedes Jahr noch größere Erfolge zu feiern!«

»Sei vorsichtig mit dem, was du sagst, Robin«, mahnte Paulina. »Willst du etwa dem Chief Operating Officer von Worldcard Bilanzfälschung und Börsenmanipulation unterstellen?«

»Alle Welt nennt ihn den ›Großmeister des Magic Accounting‹. So langsam ahne ich, worauf Mareks Magie beruht. Wetten, dass er Pratama nicht ins Bett scheißen wird? Dass wir weitermachen sollen wie bisher?«

»Ich rate dir, deine Worte zu mäßigen, wenn dir dein Job lieb ist.«

»Willst du mir drohen, Paulina?«

»Nein, aber wir drei haben getan, was wir konnten, und geben jetzt den Stab an den Vorstand ab. Marek wird am besten wissen, was zum Wohl von Worldcard zu tun ist.«

»Ist das dein Ernst?«

»Wir haben klare Order. Wie gesagt, der Vorstand dankt euch ganz herzlich.«

Mit diesen Worten verabschiedete sich Paulina aus der Konferenz.

Robin wusste nicht, was er sagen sollte.

»Puh!«, machte Rahul.

»Wollen wir unser weiteres Vorgehen bei einem Tiger Beer bei Harry's bereden?«

»Welches Vorgehen? Wir sind aus der Untersuchung raus. Hast du doch eben gehört.«

Rahul klang resigniert. Stecker gezogen, Elan verdampft.

Es klopfte an der Tür. Robin nahm den Hörer vom Ohr.

»Ja, bitte?«, rief er.

Angelina steckte den Kopf herein.

»Stör ich?«, fragte sie. »Es ist wegen Kadmos.«

»Komm rein«, antwortete Robin und nahm den Hörer wieder hoch. »Rahul, ich schalte dich auf Lautsprecher. Angelina bringt gerade Neuigkeiten.«

Sie räusperte sich und trat näher. »Gerade ging eine Zahlung der Headlogicx-Niederlassung in Bangkok über zwanzig Millionen US-Dollar bei uns ein. Und dann ging schon wieder die Karussellfahrt los.«

»Was heißt das?«, kam Rahuls Stimme aus dem Telefon.

»Praktisch im gleichen Moment haben wir die Summe weitergereicht, und zwar an Worldcard Asia. Von dort ging sie an Kadmos in Vietnam. Die haben die Hälfte behalten und den Rest nach Deutschland an die Worldcard AG in Moosbruck überwiesen.«

»Und?«, fragte Rahul.

»Sag's ihm«, forderte Robin die Kollegin auf.

Angelina lief wieder rot an. »Es gibt keine Firma namens Kadmos. Nicht in Vietnam und nicht in ganz Asien. Sie haben nicht einmal eine Homepage. Den Briefkopf samt Logo hat Pratama selbst gestaltet. Die Karussellfahrt war eine Luftnummer. Umsätze auf dem Papier. Und nebenher sind zehn Millionen verschwunden. Wohin, das weiß niemand.«

»Siehst du?«, rief Robin in den Hörer. »Sie machen weiter wie zuvor. Wir sind Teil einer kriminellen Organisation. Wollen wir das?«

»Ich verstehe deinen Ärger, aber …«

»Du selbst hast vor der Polizei gewarnt. Vor den scharfen Hunden des hiesigen Commercial Affairs Department. Dass wir mit einem Bein im Gefängnis stünden.«

»Darum wird sich Marek kümmern. Der Mann weiß garantiert, was er tut.«

Robin verstand. Sein Kollege Rahul Kumar, der ihm in den letzten Tagen und durchgearbeiteten Nächten zum Freund geworden war, scheute die Konsequenzen. Er zog den Schwanz ein.

Robin ging allein zu Harry's.

Es blieb nicht bei einem Drink.

SAMSTAG

49

DÜSSELDORF

LINUS FEHRBELLIN WAR SOFORT hellwach, als sein Telefon klingelte. Schon gestern hatte er den Rückruf der Zeitung erwartet. Um ein Haar hätte er das Material, das sein Vater gesammelt hatte, an die Polizei verloren. Er hatte es gerade noch rechtzeitig in Sicherheit gebracht. Und zum Glück galt der Durchsuchungsbeschluss nur für die Wohnräume seiner Mutter – die Kripo hatte sein Apartment verschont.

Naomi hatte ihm von Worldcard erzählt. Dass ein Reporter der *Financial Times* schon in der Vergangenheit über den deutschen Konzern berichtet hatte. Dass sein Vater belastende Unterlagen kopiert hatte, die unbedingt veröffentlicht werden sollten. Doch Linus hatte sich geweigert, sie an Naomi herauszugeben. Er war sauer, weil sie mit ihm Schluss gemacht hatte, ohne einen Grund zu nennen.

Und deshalb wollte er den Kram selbst versilbern.

Was würde eine internationale Wirtschaftszeitung dafür geben?

Linus rechnete mit einem satten fünfstelligen Betrag.

Er griff nach dem Hörer und meldete sich.

»Fehrbellin.«

»Oscar Ravani, *Financial Times*«, antwortete eine Stimme mit englischem Akzent. »Können wir uns treffen?«

»Wo?«

»Wir müssen vorsichtig sein. Als ich das letzte Mal in der Stadt war, hat man versucht, mich zu töten. Und eine Informantin wurde ermordet.«

Er meint Naomi, dachte Linus, und ihm wurde alles klar. Auch sie hatte sich an Ravani gewandt. Vielleicht hatte sie eigenes Material besessen. Worin es auch immer bestand – jemand hatte etwas gegen die Veröffentlichung.

Von wegen Sexualverbrechen.

Warum hat mir meine Mutter nichts von ihrem Gespräch mit der Polizei erzählt? Warum weiht mich niemand ein?

Linus spürte, wie sein Puls schneller ging.

»Es darf keiner mitbekommen, dass wir uns treffen«, fügte der Anrufer hinzu. »Wirklich niemand.«

Was Linus sofort verstand.

»Was schlagen Sie vor?«, fragte er.

»Fahren Sie ans Rheinufer. Kaiser-Friedrich-Ring. Jetzt gleich. Parken Sie auf Höhe der Villen, die dort stehen. Ich folge Ihnen und passe auf, ob uns jemand folgt. Falls die Luft rein ist, halte ich neben Ihnen, und Sie steigen rasch zu mir ein. Aber beim geringsten Zweifel an unserer Sicherheit fahre ich weiter und verlasse Deutschland wieder.«

»Haben Sie Geld dabei?«

»Ja.«

»Wie viel?«

»Eintausend Euro für Ihre Auslagen.«

»Das genügt nicht.«

»Bitte verstehen Sie, dass ich das Material erst prüfen muss. Unter Umständen kann ich meine Zeitung überreden, einen Bonus zu gewähren.«

»Fünftausend. Sofort.«

»Na gut«, sagte der Mann mit dem Akzent.

Linus legte auf.

Sein Herz pochte wild, als wäre seine Brust zu eng geworden.

50

VINCENT TRAF SICH MIT Jonas Freyer in einem Café unweit des Präsidiums, das für seine große Frühstücksauswahl bekannt war. Jonas hatte einst Chemie studiert und war nun selbstständiger Gutachter und Sachverständiger für Brand- und Explosionsursachenermittlung. Die Kripo arbeitete oft mit ihm zusammen. Vincent und er kannten sich seit einer halben Ewigkeit.

Sie studierten die Karte und bestellten.

Dann fragte Jonas: »Was kann ich für dich tun?«

Vincent klappte seinen Laptop auf und öffnete die Datei, die ihm die Mordermittler aus München geschickt hatten. Eine Brandleiche im Moosbrucker Forst vor einem Dreivierteljahr. Aufgrund des DNA-Vergleichs eindeutig als Martin Fehrbellin identifiziert. Die Datei enthielt das Gutachten des Sachverständigen, den die Münchner Kollegen hinzugezogen hatten.

Vincent drehte den Laptop zu Jonas hin und überließ ihm das Scrollen von Seite zu Seite. Den größten Teil machten Fotos und deren Beschreibungen aus. Die Schlussfolgerung des Sachverständigen klang für Vincent einleuchtend, aber er war gespannt darauf, wie Jonas das einschätzte.

Die Bedienung brachte den bestellten Cappuccino und

trug das Geschirr auf. Nach einer Weile sah Jonas vom Monitor hoch.

»Einen solchen Fall habe ich auch schon ein paarmal gehabt.«

»Suizid?«

Jonas nickte. »Du verschüttest Brandbeschleuniger im Wagen, das Zeug verdunstet, und du entfachst ein Streichholz. Rate mal, wie viel davon ausreicht, um eine solche Wirkung zu erzielen?«

»Keine Ahnung.«

»Hundert Milliliter genügen völlig. Ich hab das mal ausgerechnet. Ein kleiner Becher voll – und dann so was. Wahnsinn, oder?«

Vincent zuckte mit den Schultern.

»Wie hier beschrieben, geht dem Brand eine Verpuffung voraus«, erklärte Jonas. »So kommt es zum Zerbersten der Scheiben und zur typischen Verteilung der Scherben im Umkreis des Wagens. Der Fahrer verliert das Bewusstsein im Moment der Verpuffung oder stirbt sofort am Hitzeschock. Meine Wahl wäre das nicht, aber es ist effektiv, wie man sieht.«

»Also war keine zweite Person am Werk?«

»Das Feuer wurde im Wagen gelegt, sonst wären die Scherben nicht nach außen geflogen. Und wenn sich eine weitere Person in der Fahrgastzelle aufgehalten hätte, wäre sie ebenfalls verbrannt.«

»Okay. Das wollte ich wissen.«

Jonas schob den Laptop weg und zog seinen Teller heran. Er griff nach der Kaffeetasse und verrührte den Milchschaum.

»Arbeitet Anna Winkler noch bei euch?«

»Natürlich. Sie ist eine meiner MK-Leiterinnen.«

»Wir hatten mal miteinander zu tun. Die Explosion in der Schützenstraße. Acht Tote, weil jemand die Gaszuleitung im Keller manipuliert hatte. Anna hat die Ermittlungen geleitet. Wir waren alle ein gutes Stück jünger damals.«

»Die Schützenstraße? Das muss 2005 gewesen sein.«

»Hat Anna inzwischen geheiratet?«

Vincent nickte.

»Und bist du noch mit dieser Kinderpsychologin zusammen? Wie heißt sie noch mal?«

»Nina. Schon seit zwei Jahren nicht mehr. Wie es halt manchmal so läuft.«

Jonas wiegte verständnisvoll den Kopf und schmierte Frischkäse auf sein Croissant.

Vincent klappte den Rechner zusammen und verstaute ihn in der Tasche. Dann gab er Joghurt in seinen Obstsalat und begann zu löffeln.

»Du willst wissen, ob bei so etwas auch Fremdverschulden vorliegen kann«, fing Jonas noch einmal an. »Wir reden in einem Gutachten von Wahrscheinlichkeiten. Von Erfahrungswerten.«

»Was willst du damit sagen?«

»Mir ist kein solcher Fall begegnet, aber rein theoretisch könnte ich schon jemanden in seinem Auto auf diese Art verbrennen, damit es wie ein Suizid aussieht.«

»Also doch?«

»Das Opfer müsste bereits tot sein oder zumindest betäubt. Und der Täter müsste sehr kaltblütig vorgehen. Du deponierst ein brennendes Teelicht im Fußraum, verschüttest Brandbeschleuniger, zum Beispiel Benzin oder Spiritus auf dem Schoß der regungslosen Person und schließt rasch die Türen. Bis der Brandbeschleuniger so weit verdunstet ist, dass sich das Luftgemisch am Teelicht entzünden kann und es wie beschrieben zur Verpuffung kommt, vergeht nur wenig Zeit.«

Vincent stellte sich das Szenario vor. Die Version passte ins Bild. Jonas hatte gerade die letzten Sekunden im Leben des Wirtschaftsprüfers Martin Fehrbellin geschildert.

Der Mann hatte kein Abschiedsschreiben hinterlassen. Seine Frau hatte sich von ihm trennen wollen, aber war er deshalb so verzweifelt gewesen, von eigener Hand aus dem Leben zu gehen? Oder hatte jemand nachgeholfen?

Jonas hob seinen Zeigefinger. »Aber nicht nachmachen, Vincent. Falls du dich ungeschickt anstellst, und das Luftgemisch geht hoch, bevor du die Tür zuknallst, verbrennst du dir Haut und Haare. Aber hallo!«

»Danke, Jonas.«

»Gern geschehen.«

»Sag mir, wie kann ich mich für deine Expertise erkenntlich zeigen?«

»Indem du mir noch einen Cappuccino bestellst. Der ist hier wirklich sehr lecker.«

51

LINUS PARKTE OBERHALB DER Schrebergartenkolonie. In der großen Villa auf der anderen Straßenseite war einst ein bekannter Manager erschossen worden. Ein Anschlag der RAF, Jahre vor seiner Geburt, aber immer wenn Linus später mit seinen Eltern hier vorbeikam, beim Spaziergang oder auf dem Weg zum Minigolfplatz, erzählten sie davon.

Er zog den Zündschlüssel ab und fragte sich, ob er nicht viel zu wenig für den Aktenordner verlangte. Fünftausend – Ravani hatte sich auffällig rasch darauf eingelassen. Wenn Leute für solches Material töteten, war es mit Sicherheit erheblich mehr wert. Ich muss nachverhandeln, sagte sich Linus.

Mal sehen, was noch drin ist.

Ein Wagen hielt auf seiner Höhe. Der Fahrer winkte ihm zu.

Die Luft war rein.

Linus stieg aus. In der Hand die bunte Einkaufstasche, in die er den prallvollen Ordner aus dem Regal seines Vaters gesteckt hatte. Der Fahrer beugte sich herüber und öffnete ihm die Beifahrertür. Der Dieselmotor brummte.

Ein hellblauer Mercedes.

Linus fragte ins Innere: »Herr Ravani?«

»Von der *Financial Times* aus London. Sie können mich Oscar nennen.«

Der Mann war blond, Anfang vierzig. Jeans und dünner Pulli, die Ärmel hochgeschoben. Am rechten Unterarm ein Tattoo.

Linus zögerte.

»Machen Sie schnell. Es soll uns niemand sehen.«

Linus blickte sich um. Keine Verfolger. Er gab sich einen Ruck, nahm auf dem Beifahrersitz Platz und schloss die Tür. Zehntausend ist das Mindeste, dachte er.

Der Mercedes nahm Fahrt auf.

»Haben Sie die Sachen Ihres Vaters dabei?«, fragte der Fahrer.

Linus hob die Tasche hoch.

Dann wurde ihm klar, was ihn so irritierte. Etwas stimmte mit der Aussprache des Mannes nicht. Der Akzent klang übertrieben. Als spiele ein Komödiant im Boulevardtheater einen blasierten britischen Lord.

Ein Geräusch auf der Rückbank – da war noch jemand.

Bevor sich Linus zu der anderen Person umdrehen konnte, nahm er einen scharfen Geruch war. Ein Lappen wurde ihm ins Gesicht gedrückt.

Linus hielt den Atem an.

Eine Falle, dachte er.

Und ich bin so blöd hineinzutappen.

Der Drang, Luft zu holen, wurde immer stärker.

52

MÜNCHEN

SEBASTIAN WAR FROH DARÜBER, wie gut die Klimaanlage im Bentley funktionierte. Er trug ein T-Shirt unter der Schutzweste, weil er das Scheuern des Kunststoffs auf der Haut nicht mochte. Darüber ein weißes Hemd und das Sakko seines Anzugs, um das Schulterholster mit der Waffe zu verbergen.

Sein Auftrag lautete, Tareq Al-Maryami sicher zum Flughafen zu bringen. Sebastian war sich nicht sicher, ob der libysche Geschäftsmann tatsächlich Schutz brauchte, oder ob es nur um die Pflege seines Egos ging.

Wie schon während seiner Anreise telefonierte Tareq unentwegt, meist auf Englisch. Es ging um Rechnungen. Tareq gab durch, an wen sie zu adressieren waren. Meist gingen sie an Tareqs Firma, die im Erdgeschoss des Palais Alfons ihren Sitz hatte.

Dann wechselte er ins Arabische, und Sebastian gab es auf, ihm zuzuhören.

Er grübelte über seinen Plan nach, Bovert einzuweihen.

Er würde ihm den entscheidenden Hinweis geben, um den Mord an Amiri, dem Hisbollah-Funktionär, aufzuklären. Könnte er danach nicht erhobenen Hauptes in den

Polizeidienst zurückkehren? Den Job bei Worldcard hatte er ohnehin nicht als Daueranstellung betrachtet. Nach allem, was er nun über Marek wusste, wollte er ihn so rasch wie möglich beenden. Wie würde man im Münchner Präsidium reagieren, falls er wieder anklopfte?

Sie erreichten die Abflughalle. Sebastian hob Tareqs Trolley aus dem Kofferraum. Er war schwerer geworden. Shopping auf der Maximilianstraße, vermutete Sebastian.

Tareq umarmte ihn.

»Hope to see you again soon, Sebbi«, sagte er. »When you are in Madrid, you have to visit me!«

»Sure!«, versprach Sebastian und nahm an, dass der Libyer das ebenso wenig ernst nahm wie er. »Have a good flight, Tareq.«

Auf dem Rückweg verwickelte ihn der Fahrer in ein Gespräch über den Saisonauftakt der Bundesliga und die abgelaufene Transferperiode auf dem Spielermarkt, doch Sebastian wusste dazu wenig beizutragen, was die Unterhaltung sehr einseitig machte.

Nach seiner Rückkehr in die Villa an der Prinzregentenstraße zog sich Sebastian sofort in sein Apartment zurück. Er hatte bereits am Vorabend versucht, den Staatssekretär Tristan Bovert zu erreichen. Die Nummer des Kanzleramts konnte man im Internet leicht finden. Doch im Büro des Staatssekretärs war niemand zu sprechen – sämtliche Mitarbeiter hätten bereits Feierabend, hieß es.

Der Typ in der Telefonzentrale versprach ihm erneut, seine Bitte um Rückruf weiterzuleiten. Sebastian glaubte jedoch nicht mehr daran, dass dieser Weg der Kontaktaufnahme weiterführen würde.

Wieder startete er seinen Rechner. Das lahme Ding brauchte eine Ewigkeit, um hochzufahren. Er gab Boverts

Namen in die Suchmaschine ein und erhielt weit weniger Treffer als erwartet.

Die Onlineausgabe einer Zeitung enthielt ein Porträt anlässlich seines Amtsantritts als Stellvertreter des Kanzleramtschefs und Beauftragter für die Geheimdienste des Bundes. Rasch wurde Sebastian klar, warum es über Bovert nur wenige Informationen gab.

Bis vor zwei Jahren hatte der Typ beim Bundesamt für Verfassungsschutz gearbeitet, zuletzt als Referatsleiter. So jemand trat öffentlich nicht in Erscheinung. Danach hatte er das nordrhein-westfälische Landesamt für Verfassungsschutz geleitet. Schließlich holte ihn die neue Bundeskanzlerin Ute Frings-Fassbinder nach Berlin.

Eine steile Karriere in kürzester Zeit.

Außerdem fand Sebastian ein paar nichtssagende Antworten Boverts auf Anfragen von Parlamentariern. Meist berief er sich dabei auf Geheimhaltungsvorschriften. Fotos waren Mangelware. Die meisten Aufnahmen, die Sebastian fand, zeigten den Staatssekretär, als er vor einigen Monaten den Bundespräsidenten beim Besuch des Bundesnachrichtendienstes begleitete.

Ja, das war er. Ein Scheitel wie mit dem Lineal gezogen. Brille mit eckigem Metallgestell. Die Narbe auf der Wange. Wache Augen, schmale Lippen.

Nur ein paar Jahre älter als ich, schätzte Sebastian.

Einige Zeitungsberichte munkelten, dass sich der Koalitionspartner gegen Boverts Berufung gesträubt habe. Es hieß, in seiner Zeit beim Verfassungsschutz habe der Mann auffällig wenig gegen die Bedrohung der freiheitlichen Demokratie durch Neonazis und Populisten unternommen. Frings-Fassbinder habe anderweitig Kompromisse eingehen müssen, um Ruhe in die Regierung zu bekommen.

Auf dem rechten Auge blind – so lautete die Floskel, mit der man den neuen Geheimdienstbeauftragten beschrieb. Sebastian hielt das für eine Umschreibung der Tatsache, dass Bovert Sympathien für extreme Positionen hegte.

Er beschloss, sich davon nicht irritieren zu lassen. Er brauchte den Mann, um Marek Weiß und Worldcard zu stoppen.

Beim Weiterklicken landete er auf einer Seite des Kanzleramts, die er noch nicht kannte, und las dort die Durchwahlnummer des Staatssekretärs.

Sebastian traute seinen Augen kaum.

Er griff zum Telefon und rief an. Schier endlos tutete das Freizeichen.

Dann klickte es, und das Tuten änderte die Tonlage.

»Bundeskanzleramt.«

»Sebastian Pagel hier. Können Sie mich bitte mit Staatssekretär Bovert verbinden?«

»Wie ich sehe, haben Sie gerade die Nummer seines Büros gewählt und sind bei mir gelandet, weil niemand rangegangen ist. Am Wochenende ist es schwierig.«

Sebastian begriff. Er war schon wieder bei der Telefonzentrale gelandet.

»Befindet sich Herr Bovert noch in München?«, fragte er.

»Das kann ich Ihnen leider nicht sagen. Aber wenn Sie wollen, kann ich gern eine Nachricht für den Staatssekretär …«

Sebastian legte auf.

So weit war ich schon, dachte er.

Ich muss mir etwas anderes einfallen lassen.

53

DÜSSELDORF

DAS DOG'S BEST BEFAND SICH im südlichen Teil der Düsseldorfer Altstadt in der Nähe des Wochenmarkts auf dem Carlsplatz. Melias Mutter betrieb den Laden seit über zehn Jahren. Sie bot edle Fressnäpfe sowie Halsbänder und Leinen aus besticktem Leder an. Der große Hit aber waren Hundekekse in Bioqualität, die Zeinab selbst herstellte. An Samstagen war oft der Teufel los, weshalb Melia ab und zu im Verkaufsraum mithalf.

Als sie den Laden betrat, standen bereits mehrere Frauen vor der Theke an. Nero, der Labrador ihrer Mutter, hob träge den Kopf. Melia umarmte Zeinab zur Begrüßung. Dann ging sie nach hinten in die Küche, fand eine Schürze, krempelte die Ärmel hoch und wusch sich die Hände.

Auf geht's.

Tütenweise wanderten die Luxusleckerlis für den besten Freund des Menschen über den Tresen. Zeinab produzierte sie in ausgefallenen Varianten. Kokos mit Fisch, Schinken mit Rote Bete, Huhn-Salbei, Gouda-Polenta. Und jeweils in zwei Größen – für kleine und große Schnauzen.

Als der Andrang etwas nachließ, ging Zeinab nach hinten, um das, was sie am frühen Morgen frisch gebacken hatte, abzufüllen und zu etikettieren. Melia bediente unterdessen die Leute allein und plauderte mit ihnen über die sommerliche Dürre im Besonderen und den Klimawandel im Allgemeinen.

Niemand ahnte, dass sie als Kriminalrätin arbeitete, und das war gut so. Sie hatte einen freien Tag. Und sie war nicht die Pressesprecherin des Präsidiums.

Eine füllige Frau mit blonder Dauerwelle verstaute ihren Einkauf und sagte: »Sie sprechen aber gut Deutsch.«

Melia gab ihr das Wechselgeld heraus. »Sie auch.«

Sie lachte, um die Wirkung ihrer Worte abzumildern. Denn sie wusste, dass es die Leute verärgerte, wenn man sie auf ihren Alltagsrassismus hinwies. Zeinab sollte keine Kundin verlieren.

Die Frau lächelte zurück und wünschte ein schönes Wochenende.

Dann kehrte für kurze Zeit Ruhe ein, und Melia trank in der Küche Tee mit ihrer Mutter.

»Was ist eigentlich aus der Idee geworden, einen Onlineshop einzurichten?«, fragte sie. »Du könntest expandieren.«

»Soll ich den ganzen Tag Mails beantworten und Päckchen zur Post bringen? Ich brauche das Leben im Laden. Ich will die zufriedenen Gesichter sehen. Und was soll aus dieser Stadt werden, wenn der Handel nur noch im Internet stattfindet?«

Melia stimmte ihrer Mutter zu.

Dann begann sie, von ihrer bewegten Woche zu erzählen. Von ihrem Besuch in London und von Oscar, dem Sohn von Yasin Ravani, den Zeinab kannte. Die Ereignisse bedrückten Melia. Darüber zu reden tat ihr gut.

Plötzlich sprang ihre Mutter auf. »Mir fällt gerade ein, da war etwas für dich in meinem Briefkasten.«

»Für mich?«

»Von Bashir.«

Zeinab kramte in ihrer Tasche, die an der Stuhllehne hing, und holte einen Brief heraus.

Die Ladenglocke klingelte. Kundschaft. Ihre Mutter verschwand nach vorn.

Melia riss den Umschlag auf.

Rasch begriff sie, dass nicht Bashir, sondern Oscar ihr geschrieben hatte. Damit der Brief nicht abgefangen wurde, hatte er als Absender den Namen ihres Onkels benutzt und als Adresse die ihrer Mutter. Sicherer als eine Threema-Nachricht, vermutete Melia.

Es ginge ihm gut, schrieb der Journalist.

Er verlasse die Redaktionsräume der *Financial Times* kaum noch. Er schlafe dort auf einer Klappliege und lasse sich sein Essen vom nahegelegenen Inder liefern.

Gemeinsam mit seiner Kollegin Eve gehe er nach wie vor dem Worldcard-Thema nach. Doch ohne das Material, das Naomi Meyer-Krell ihm versprochen hatte, kämen sie nicht weiter. Der Ressortleiter verlangte Informationen, die wesentlich über das hinausgingen, was Oscar in seiner früheren Artikelserie über Worldcard gebracht hatte.

Die Klagewelle, mit der nicht nur der Finanzkonzern, sondern auch deutsche Behörden reagiert hatten, schien die Chefs der *Financial Times* nachhaltig einzuschüchtern. Oscar und Eve fühlten sich auf verlorenem Posten. Und auch der Mord an der Informantin und die Messerattacke gegen ihn waren der Redaktion keinen Artikel wert.

Zu unklar die Hintergründe, handfeste Beweise fehlten.

Von wegen, es geht ihm gut, dachte Melia.

Die einen wollen Oscar tot sehen, die anderen vertrauen ihm nicht mehr. Der Typ steht mit dem Rücken zur Wand.

Er schrieb, dass er sich freue, sie wiederzusehen, sobald es die Umstände erlaubten. Bis dahin sollten sie auf dem Postweg kommunizieren. Sie solle ihm an Bashirs Adresse antworten. Es gebe Wege, Briefe von dort an ihn weiterzuleiten.

Das werde ich tun, nahm sich Melia vor.

Und sie würde ihm helfen. Handfeste Beweise – mein Ressort, dachte Melia.

54

BLOSS NICHT DAS GIFTZEUG einatmen, überlegte Linus. Naomi war betäubt worden. Das hatte er in der *Morgenpost* gelesen.

Das sind garantiert die gleichen Typen.

Linus schlug verzweifelt mit der linken Faust nach hinten. Noch einmal. Und wieder mit aller Wucht. Die Kopfstütze war im Weg, aber dann traf er etwas. Der Druck auf sein Gesicht lockerte sich. Linus entriss dem Kerl den Lappen.

Er wollte ihn dem Blonden auf die Nase drücken, der den Mercedes ungerührt den Kaiser-Friedrich-Ring entlangsteuerte. Doch der Typ hinter ihm griff nach seinem Hals und würgte ihn. Linus versuchte, sich zu befreien, aber der andere war stärker.

Erneut wurde ihm die Luft knapp.

Linus sah nur einen Ausweg.

Er zog die Beine an und trat nach dem Fahrer. Sein linker Fuß traf dessen Seite. Der rechte geriet in die Speichen des Lenkrads.

Der Wagen schlingerte.

Linus drosch mit der Tasche, die den Aktenordner enthielt, auf den Kopf des Blonden ein.

Der nie und nimmer ein Reporter aus London war.

Gehupe. Blech krachte. Linus schlug mit der Stirn gegen die Windschutzscheibe. Blut lief ihm über das Gesicht.

Aber sein Hals war frei.

Linus holte Luft, fand den Türgriff und zog daran.

Der Kerl auf der Rückbank gab keine Ruhe. Seine Finger krallten sich in Linus' Shirt. Zugleich revanchierte sich der blonde Fahrer mit einem Boxhieb. Er traf Linus an der Schläfe und löste ein schweres Gewitter in seinem Schädel aus.

Linus schaffte es dennoch, sich loszureißen.

Er warf sich gegen die Tür und stürzte hinaus auf den Asphalt.

Jemand da draußen schrie Schimpfwörter. Eine Frau hämmerte mit der Faust aufs Wagendach. Die Front des Mercedes hatte die Flanke eines Kleinwagens eingedrückt. Offenbar war es ihrer. Einige Passanten blieben stehen und gaben ihr recht.

Der Dieselmotor heulte auf.

Linus machte, dass er wegkam.

Der Mercedes rangierte, um weiterzukommen. Die Frau stellte sich in den Weg und brüllte den Fahrer an. Erst im letzten Moment wich sie aus.

Linus rannte um sein Leben.

Jeder Schritt dröhnte schmerzhaft in seinem Kopf nach. Die Kehle brannte. Sein Poloshirt war mit Blut besudelt und hing in Fetzen an seinem Körper.

Dann fiel ihm ein, dass er die Unterlagen seines Vaters im Auto zurückgelassen hatte.

Egal. Weiter.

Er lief zum Rhein hinunter und hoffte, dass der Pfad zu schmal für den Mercedes war. Sein eigenes Auto, das oben am Straßenrand stand, konnte er vergessen. Auf dem Weg dorthin würde er nur seinen Verfolgern in die Arme laufen.

Er rannte weiter.

Und rannte und rannte.

55

HAMID KLINGELTE ZUM ZWEITEN MAL.

Wochenenden eigneten sich besonders gut für Haus-zu-Haus-Befragungen. Aber hier, im zweiten Stock eines Altbaus an der Kopernikusstraße im Stadtteil Bilk, schien niemand anwesend zu sein. Er wollte sich bereits der Nachbarwohnung zuwenden, als er doch Geräusche hörte und die Tür geöffnet wurde, zumindest so weit, wie eine Sicherheitskette es zuließ.

»Ja, bitte?«

Hamid las den Namen am Klingelschild und zeigte seine Marke.

»Frau Schiller?«

»Was gibt's?«

»Hamid Belhanda, Kripo Düsseldorf. Ich habe ein paar Fragen zu Gerhard Zöllner, der in den Neunzigern in der Etage über Ihnen gewohnt hat. Lebten Sie damals schon in diesem Haus?«

»Ja, sicher.«

»Kann ich bitte hereinkommen?«

Sie hakte die Kette aus, und er folgte ihr in die Küche, wo sie am Tisch Platz nahmen. Die Frau ging auf die Achtzig zu. Als Zöllner hier einzog, musste sie etwa fünfzig gewesen sein. Nicht mehr ganz die Zielgruppe des angeblichen Schwerenöters, schätzte Hamid.

Frau Schiller bot ihm Wasser an. Hamid lehnte ab. Er hatte bei der Befragung im ersten Stock bereits seinen Durst gestillt.

»Wir suchen den Sohn von Gerhard Zöllner.«

»Ich erinnere mich. Der kam 1996 zur Welt. Kurz darauf zogen die Zöllners weg. Haben wohl eine größere Wohnung gefunden. An den Namen des Jungen kann ich mich nicht mehr erinnern.«

Jens, dachte Hamid. Der war's nicht. Aber die DNA-Experten glaubten fest daran, dass er einen Bruder hatte. Von dem die Familie nichts wusste.

»Gerhard Zöllner soll auch Beziehungen neben seiner Ehe gepflegt haben. Ist Ihnen etwas in der Richtung bekannt?«

»Nein, aber es wundert mich nicht. Sogar mit mir hat er manchmal geflirtet.«

»Kennen Sie vielleicht jemanden, der mir mehr darüber sagen kann? Eine gemeinsame Bekannte vielleicht?«

»Keine Ahnung. Tut mir leid. Warum fragen Sie ihn nicht selbst?«

»Er ist vor acht Jahren gestorben.«

»Das wusste ich nicht. Und die Angestellten im Kino?«

»Die Familie hat es nach seinem Tod aufgegeben.«

»Verstehe. Wie gesagt. Besonders gut haben wir die Zöllners gar nicht gekannt. Man ist sich mal am Briefkasten begegnet oder in der Waschküche.«

Das war's dann wohl. Hamid verabschiedete sich. Frau Schiller brachte ihn zur Tür.

»Vielleicht fragen Sie meine Tochter«, sagte sie, als er bereits wieder im Treppenhaus stand.

»Ihre Tochter?«

»Während ihres Studiums hat sie manchmal im Gloria gejobbt.«

»Im Gloria Lichtspielhaus?«

»An den Wochenenden hat sie dort Eintrittskarten und Getränke verkauft. Das war Anfang der Neunziger. Vielleicht hat sie etwas von einer Geliebten mitbekommen.«

Hamid überlegte. Eine junge Studentin dürfte eher nach Zöllners Geschmack gewesen sein als die Mutter. Er zog sein Notizbuch aus der Tasche und ließ sich die Adresse geben.

Karin Petrosjan.

Die Tochter von Frau Schiller war Ärztin. Sie hatte einen Kollegen geheiratet, der aus Armenien stammte. Die beiden wohnten Am Mergelsberg – die Adresse kam Hamid bekannt vor.

Dann fiel ihm ein, woher.

Die Straße befand sich im Stadtteil Knittkuhl.

Hamid spürte, wie ihn eine Welle der Genugtuung durchfuhr. Er bemühte sich um ein besonders freundliches Lächeln.

»Ich hoffe, Karin hat Ihnen einen süßen Enkel geschenkt.«

»Zwei sogar. Artur und Alicia. Das Mädchen studiert ebenfalls Medizin.«

Hamid bedankte sich.

Nachdem Frau Schiller die Tür hinter ihm geschlossen hatte, kramte er sein Handy hervor. Auf dem Weg nach unten rief er seine Kollegin Anna an, die als Leiterin der Mordkommission Knittkuhl zuerst Bescheid wissen musste.

56

NACH DEM TREFFEN MIT JONAS FREYER, dem Brandsachverständigen seines Vertrauens, ging Vincent hinüber ins Präsidium. Er wollte sich über den aktuellen Stand der Ermittlungen im Mordfall Naomi Meyer-Krell informieren und staunte nicht schlecht, als er deren Ex-Freund im Besprechungsraum antraf.

Linus Fehrbellin trug ein großes Pflaster auf der Stirn. Blutergüsse zeichneten sich auf seinem Hals ab, als sei er gewürgt worden. Er trug ein Sweatshirt, das ihm viel zu groß war – er wirkte darin wie ein Häufchen Elend.

Anna Winkler, Kim Brandstätter und Dominik Roth saßen ihm gegenüber und fragten ihn aus. Vincent winkte Anna zu sich auf den Flur.

»Was ist mit dem Jungen passiert?«

»Er hat den fehlenden Aktenordner aus dem Arbeitszimmer seines Vaters beiseitegeschafft, um ihn an die *Financial Times* in London zu verkaufen. Ein Mann, der sich als Oscar Ravani ausgab, hat ihn heute früh an den Kaiser-Friedrich-Ring bestellt. Als Linus zu ihm ins Auto stieg, hat ihn eine weitere Person betäuben wollen. Es kam zum Kampf, und der Junge konnte fliehen. Er ist durch halb Oberkassel gerannt, bis er auf einen Streifenwagen traf, den er anhielt.«

»Kann er die beiden Männer beschreiben?«

»Den einen hat er auf dem Phantombild wiedererkannt, das wir nach dem Überfall auf Ravani gemacht haben. Der angebliche Geschäftsmann aus Hamburg, der in der Schneider-Wibbel-Gasse den Helfer gespielt hat. Beim anderen ist er sich nicht ganz sicher. Wir haben die Fahndung nach den beiden Typen intensiviert und konzentrieren uns auf Nordrhein-Westfalen. Weit können sie nicht sein.«

»Das Fahrzeug?«

»Ein hellblauer Mercedes.«

»Eine Zeugin hat beobachtet, dass Naomi Meyer-Krell auf dem Parkplatz in Ludenberg in ein solches Auto gestiegen ist.«

»Richtig. Das und die versuchte Betäubung deuten auf dieselben Täter hin.«

»Wenn uns der Junge keinen Bären aufbindet.«

»Unwahrscheinlich. Die Verletzungen sehen verdammt echt aus. Sein Hemd war voller Kampfspuren. Die Kriminaltechnik untersucht es gerade. Vielleicht gibt es sogar Täter-DNA. Ich hoffe, es macht dir nichts aus, dass ich ihm ein Sweatshirt von dir geliehen habe. Mir ist eingefallen, dass du immer etwas zum Wechseln im Schrank hast, und der war nicht abgeschlossen.«

»Schon gut.«

»Da fällt mir ein: Was die DNA-Spur vom Tatort in Knittkuhl anbelangt, könnten wir vor dem Durchbruch stehen. Du weißt schon, der heimliche Sohn des Kinobesitzers Gerhard Zöllner. Hamid ist auf eine Ärztin gestoßen, die während ihres Studiums Anfang der Neunziger in Zöllners Laden gejobbt hat. Ihr Sohn Artur käme vom Alter her infrage.«

»Wir brauchen seine DNA.«

»Erst einmal brauchen wir ihn selbst. Scheint nicht so einfach zu sein. Hamid ist dran.«

Vincent beschloss, dass er Anna nicht länger von der weiteren Befragung des Jungen abhalten wollte. Er begleitete sie in den Besprechungsraum und nahm ebenfalls Platz.

Linus Fehrbellin schilderte gerade Details seines Kampfes, der durch einen Autounfall zu seinen Gunsten ausging. Vincent erkannte, dass der Junge nicht log. Er stand noch sichtlich unter Schock. Das Pflaster auf der Stirn war blutgetränkt. Sicher hatte die Halterin des Kleinwagens, den der Mercedes gerammt hatte, den Unfall und die Fahrerflucht der beiden Männer angezeigt. Vielleicht konnte sie den Mann auf dem Rücksitz identifizieren.

»Gibt es hier einen Arzt?«, fragte Linus schließlich. »Ich glaube, meine Platzwunde muss genäht werden.«

»Sobald wir hier fertig sind, können Sie das nächste Krankenhaus aufsuchen«, antwortete Anna. »Zum EVK sind es nur zehn Minuten zu Fuß.«

»Sie lassen mich einfach so gehen? Kriege ich keinen Schutz oder so?«

»Passen Sie in Zukunft auf, zu wem Sie ins Auto steigen.«

»Ist das alles?«

Anna blickte Vincent an.

»Ja«, bestätigte er. »Wo ist eigentlich der Aktenordner geblieben, den Sie aus dem Arbeitszimmer Ihres Vaters entwendet haben?«

»Den haben die beiden Typen. Ich musste ihn im Auto zurücklassen.«

»Was können Sie uns über den Inhalt sagen?«

Linus ließ seinen Blick von Vincent zu Anna schweifen. Offenbar hatte sie ihn das auch schon gefragt. Etwas kleinlaut sagte er: »Der Ordner war mit ›Worldcard‹ beschriftet.«

»Und weiter?«

»Ich habe nicht reingeschaut. Mit dem Zeug, was mein Vater gemacht hat, kenne ich mich sowieso nicht aus.«

»Verfügen Sie noch über weiteres Material?«

»Nein.«

»Ehrlich nicht?«

»Ich schwör's.«

Vincent schüttelte den Kopf. »Ziemlich naiv, wie Sie sich verhalten haben. Sie mussten doch wissen, dass Sie sich in Gefahr begeben. Nach allem, was Ihrer früheren Freundin zugestoßen ist.«

»Jetzt sehe ich das auch so. Aber ich habe das Zeug meines Vaters der Zeitung angeboten, und ein Typ, der sich Oscar Ravani genannt hat, rief mich zurück. Was sollte daran falsch sein?«

Vincent wandte sich an Anna, Kim und Dominik.

»Irgendeine Idee, woher die beiden Täter wussten, dass sich unser junger Held an die *Financial Times* gewandt hat?«

Kopfschütteln.

Anna sagte: »Sie müssen sein Telefon angezapft haben.«

Vincent erinnerte sich daran, dass auch Melias Kommunikation mit Oscar Ravani in London überwacht worden war, obwohl sie einen verschlüsselten Messengerdienst benutzten. Er hatte es mit Leuten zu tun, die keinen Aufwand scheuten.

Melia hatte von Geheimdienstmethoden gesprochen.

57

ARTUR PETROSJAN ENTPUPPTE SICH als harte Nuss.

Was Hamid Belhanda am meisten zu schaffen machte, war die Tatsache, dass der junge Mann bis vor zwei Jahren Beamter der Polizei in Krefeld gewesen war. Er hatte im Schicht- und Wechseldienst der Wache Süd gearbeitet. Der dortige Dienstgruppenleiter, mit dem Hamid telefonierte, gab nur widerstrebend Auskunft. Er schilderte den heute Dreißigjährigen als dunkelhaarig, groß gewachsen und sportlich – was zu einem der beiden Phantombilder vom Ravani-Überfall passte. Zu dem Mann mit dem Messer.

Also stand ein ehemaliger Kollege unter Mordverdacht.

Seine letzte bekannte Adresse lautete Am Kleeacker 2 in Meerbusch-Osterath. Dort, rund fünfzehn Kilometer nordwestlich von Düsseldorf, war gerade ein recht luxuriöses Seniorenheim eingeweiht worden. Als Hamid die Nummer wählte, ahnte er bereits, was er hören würde. Ein Artur Petrosjan war der Verwaltungsleiterin, die er an die Strippe bekam, nicht bekannt. Weder als Bewohner noch als Angestellter.

»Gehörte er vielleicht zu den Nazis, die früher auf dem alten Bauernhof gehaust haben?«, fragte die Frau.

Und damit traf sie ins Schwarze, wie Hamids weitere

Recherche ergab. Er sprach noch einmal mit Krefeld und erfuhr, dass Petrosjan keineswegs freiwillig aus dem Polizeidienst geschieden war.

Ermittlungen in einer Betrugsgeschichte, die unter anderem die Auswertung der Handydaten einer Polizistin erforderten, hatten eine Chatgruppe von Beamten der Wache Krefeld-Süd zutage gefördert, in der Nazisprüche und antisemitische Hetze an der Tagesordnung waren. Man nahm die Mitglieder der Gruppe unter die Lupe, und Petrosjan, der angeblich nie unangenehm aufgefallen war, entpuppte sich als besonders umtriebiger Rechtsextremist. In seiner Freizeit leitete er sogenannte Wehrsportübungen der inzwischen verbotenen Westkreuz-Miliz an. Es gelang der Krefelder Polizei, Petrosjan aus dem Amt zu befördern, ohne öffentliches Aufsehen zu erregen.

Der junge Mann heuerte anschließend als hauptberuflicher Ausbilder bei seinem Naziverein an. Wo sich heute das Seniorenwohnheim befand, hatten sich damals Aktivisten und Funktionäre der rechten Szene getroffen, um sich auf den Tag X vorzubereiten, den Tag der sogenannten nationalen Revolution.

Sie betrieben Kampfsport und übten mit Schusswaffen. Sie trainierten mit ehemaligen Elitesoldaten den Häuserkampf. Sie schulten sich taktisch und weltanschaulich. Sie vernetzten sich über Ländergrenzen hinweg.

Hamid schauderte bei der Vorstellung, dass einer wie Petrosjan von den Kollegen nur durch Zufall enttarnt worden war.

Die Nazis hatten ihr Schulungszentrum vor eineinhalb Jahren geräumt. Die führenden Köpfe von Westkreuz tauchten unter, zum Teil im Ausland. Gerüchte verorteten den selbsternannten General der Miliz auf einer Farm in Südafrika, wo er auf einen politischen Wandel hoffte, um zurückkehren zu können.

War Artur Petrosjan nun als Killer unterwegs? Hatten der Mord an Naomi Meyer-Krell, der Anschlag auf Oscar Ravani sowie die versuchte Entführung von Linus Fehrbellin einen ideologischen, rechtsextremen Hintergrund?

Hamid verbrachte eine ganze Stunde mit Internetrecherche.

Westkreuz und Hannibal. Revolution Chemnitz und Gruppe S.

Walter Lübcke. Halle, Hanau.

Fast hätte er das Meeting der Mordkommission vergessen.

Er ging mit seinen Notizen hinüber in den Besprechungsraum. Die große Runde – sogar die Inspektionsleiterin und Oberstaatsanwalt Kilian waren anwesend. Was an einem Samstag nicht selbstverständlich war.

Als sich Hamid meldete, um seine Informationen vorzutragen, wurde es still im Raum. Offenbar hatte Anna die Kollegen bereits vorab informiert.

»Ich denke, ich habe den Mörder von Naomi Meyer-Krell gefunden.«

»Dann lassen Sie mal hören, Herr Belhanda«, erwiderte Kilian.

Hamid zählte die Indizien auf, die seiner Meinung nach dafür sprachen. Arturs Mutter Karin hatte zwei Jahre lang in Gerhard Zöllners Kinobetrieb gejobbt. Bis sie einen jungen Arzt heiratete, der aus dem Kaukasus stammte. Da war sie bereits im dritten Monat schwanger, wie Hamid anhand des Geburtsdatums ihres Sohnes Artur errechnet hatte.

»Ist das alles?«, fragte Melia Adan, die Inspektionsleiterin.

»Ich habe einen Mann ausfindig gemacht, der ebenfalls in den frühen Neunzigern im Gloria Tickets und Getränke verkauft hat. Er hält ein Techtelmechtel für möglich. Karin Petrosjan, die damals noch Schiller hieß, soll nach der Arbeit häufig vom Chef nach Hause gefahren worden sein. Während die anderen Angestellten dem Nachtbetrieb der Rheinbahn vertrauen mussten.«

»Ein Beweis ist das nicht«, sagte Adan.

»Da haben Sie recht«, stimmte der Oberstaatsanwalt ihr zu.

»Wir brauchen Arturs DNA.«

»Oder die Mutter«, schlug Vincent vor. »Wenn sie uns eine Speichelprobe gibt, haben wir ebenfalls Gewissheit. Und sicher kann sie uns verraten, wo sich ihr Sohn aufhält.«

»Ihr wisst schon, wer Petrosjan ist, oder?«, fragte Kilian und ruckelte an seinem Krawattenknoten. »Ich meine den Ehemann, Professor Dr. Edgar Petrosjan. Chef der Herzchirurgie an der Uniklinik Düsseldorf, eine absolute Koryphäe. Er hat mir vor drei Jahren einen Bypass gelegt.«

Schön, dass dir die Krankenkasse die Chefarztbehandlung bezahlt, dachte Hamid.

Aber der Status des Mediziners darf für uns keine Rolle spielen.

»Ich warne davor, das Ehepaar Petrosjan mit solchen Spekulationen zu behelligen«, fuhr Kilian fort. »Was Herr Belhanda vorgetragen hat, steht auf sehr wackligen Füßen. Dass der Kinobesitzer die junge Frau nach der Arbeit mitgenommen hat, bedeutet gar nichts. Denn schließlich hat er im gleichen Haus wie sie gewohnt, eine Etage über den Schillers, wenn ich das richtig verstanden habe.«

»Wir reden nur mit der Mutter«, schlug Vincent vor. »Und lassen den Arzt außen vor. Danach sehen wir weiter.«

Der Oberstaatsanwalt machte ein Gesicht, als zwinge man ihn, seinen Bypass wieder herzugeben. Aber er äußerte keine weiteren Einwände.

58

MÜNCHEN

SEBASTIAN ABSOLVIERTE SEIN Laufprogramm entlang der Isar. Bei seiner Rückkehr herrschte nach wie vor Stille im Haus. Marek war in Asien unterwegs, wie Sebastian gehört hatte. Mumbai oder Manila.

Er setzte seine Internetrecherche fort, dieses Mal zur Worldcard AG. Unzählige Treffer in der Suchmaschine. Sebastian las sich fest und vergaß die Zeit.

Ein findiger Unternehmer aus Oberbayern war kurz vor der Jahrtausendwende auf die Idee gekommen, eine Firma zur elektronischen Zahlungsabwicklung zu gründen. Der Onlinehandel steckte damals noch in den Kinderschuhen. Der Unternehmer stellte den noch blutjungen Marek Weiß ein. Als *Director Technology*.

Kurz darauf schrammte die Firma an der Pleite entlang. Die Wirtschaftsprüfer von Graff & La Motte schickten einen Berater namens Jochen Fink, der bald die Seiten wechselte und zum Chef aufstieg. Der Gründer wechselte unterdessen in den Aufsichtsrat.

Electronic Entertainment, ein Betreiber von Pornoseiten, bot sich als neuer Geldgeber an. Der Aufsichtsrat legte sein Veto ein.

World Card, wie man sich zu der Zeit noch schrieb, wurde insolvent.

Bei einem Einbruch stahlen Unbekannte die Rechner von Jochen Fink und Marek Weiß. Der Gründer verklagte die beiden, weil er mutmaßte, sie steckten mit den Pornoleuten unter einer Decke und hätten sich selbst beklaut, um Firmenwissen zu verkaufen. Die Staatsanwaltschaft stellte das Verfahren jedoch ein. Der Gründer gab auf und überließ Electronic Entertainment das Feld.

Es folgte eine längere Phase von Neugründungen, Firmenübernahmen und Umbenennungen. Jochen Fink und Marek Weiß blieben stets an der Spitze. Dann wurde die neue Worldcard AG in den Prime Standard der Frankfurter Wertpapierbörse aufgenommen. Strahlender denn je.

Niemand sprach mehr von den Anfängen als Geldeintreiber für Pornohändler.

Das Unternehmen wuchs zum weltweit aktiven Konzern.

2007 wurde Worldcard Asia aus der Taufe gehoben. Immer mehr Töchter kamen hinzu. Wirtschaftsmagazine porträtierten Marek als Magier der Finanzmärkte. Anleger feierten ihn und CEO Jochen Fink. 2018 schließlich die Aufnahme in den DAX – Worldcard gehörte nun zu den Top 40 Deutschlands.

Zwei Jahre darauf erfuhr der bis zu diesem Zeitpunkt stetig kletternde Aktienkurs einen empfindlichen Dämpfer. Ein Angriff auf den Liebling der Börse zeigte kurzzeitig Wirkung.

Die *Financial Times* hatte in mehreren Artikeln bezweifelt, dass es bei Worldcard mit rechten Dingen zuging. Sebastian fielen die orangefarbenen Seiten ein, die er bei seinem Einbruch fotografiert hatte.

Der Konzern reagierte aggressiv auf die Vorwürfe. Die

Zeitung wurde verklagt, ebenso diverse Hedgefondsmanager, die auf einen Kurseinbruch gewettet hatten. Prüfer von Graff & La Motte entkräfteten die Vorwürfe.

Die Kritiker verstummten. Der Preis der Aktie erklomm neue Höhen. Die Umsätze wuchsen unaufhörlich. Worldcard wurde wertvoller als die Deutsche Bank.

Und Gerüchten zufolge war genau die das nächste Übernahmeziel von Jochen und Marek.

Sebastian Pagel war neugierig geworden. Er suchte nach der Onlineausgabe der britischen Zeitung. Die genannten Artikel hatte man offenbar aus dem Netz genommen. Sebastian schloss sein Smartphone an den Rechner und lud die Fotos hoch. Er vergrößerte sie und begann zu lesen.

Die Lektüre war so mühsam, wie er es befürchtet hatte. Immer wieder Begriffe, die ihm im Schulunterricht nie begegnet waren. Aber Sebastian wurde klar, dass es um den Vorwurf des Bilanzbetrugs und der Börsenmanipulation ging.

Die Artikel speisten sich aus zwei Quellen. Ein Hedgefondsmanager zweifelte die Korrektheit der veröffentlichten Zahlen an. Die Umsatzzuwächse im Asiengeschäft und die Kosten der weltweiten Firmenkäufe stünden in keinem Verhältnis zu den ausgewiesenen Gewinnen. Sebastian konnte die Argumentation nicht nachvollziehen. Für ihn war das alles Fachchinesisch. Der letzte Bericht der Serie leuchtete ihm hingegen sofort ein.

Im Herbst 2015 hatte Worldcard mehrere im indischen Chennai angesiedelte Softwarefirmen übernehmen wollen. Doch ein Investmentfonds mit Sitz auf Mauritius war schneller. Um nur zwei Monate später genau diese Firmen an Worldcard weiterzuverkaufen. Für den zehnfachen Preis, wie ein Whistleblower enthüllte.

Der Fonds hatte auf einen Schlag mehr als dreihundert Millionen Euro verdient. Wem er gehörte, blieb bis heute im Dunkeln. Der Whistleblower behauptete, am Verhandlungstisch habe ein britischer Geschäftsmann gesessen, der bereits für Worldcard gearbeitet hatte, als es noch um Pornos ging. Dieser Geschäftsmann lebte heute auf den Philippinen und war eng mit Marek Weiß befreundet.

Sebastian begriff sofort, was der Artikel unterstellte: Marek habe mit Hilfe seines Kumpels den eigenen Konzern um Hunderte von Millionen erleichtert. Kein Wunder, dass Marek sämtliche Geschütze gegen die *Financial Times* in Stellung gebracht hatte.

Über jedem Artikel stand der Name des Verfassers.

Oscar Ravani.

Sebastian fragte sich, ob den Journalisten auch der Mord an Amiri, die Hisbollah-Verbindung und Mareks Libyen-Geschäfte interessieren würden. Immerhin hatte Worldcard mit alldem zu tun.

Sein Handy klingelte.

Sebastian rechnete mit seiner Cousine aus Lenggries. Er hatte mit Daniela vereinbart, am Wochenende zu telefonieren.

»Sebastian hier«, meldete er sich.

»Tristan Bovert. Spreche ich mit Herrn Pagel, dem Türsteher des Palais Alfons?«

Arschloch, dachte Sebastian.

»Mit dem neuen Schoßhund von ›magic Marek‹?«

Sebastian war versucht, auf das rote Symbol zu tippen.

»Was gibt's, Pagel? Man sagt mir, Sie hätten versucht, mich zu erreichen. Hic Rhodus, hic salta. Raus mit der Sprache!«

»Am Telefon geht das nicht.«

»Angst davor, dass jemand mithört?« Bovert lachte schallend. »Wenn in dieser Republik jemand Telefone überwacht, dann sind das meine Leute.«

»Ich weiß, wer Hassan Amiri vergiftet hat.«

Einen Moment lang war es still in der Leitung.

»Kennen Sie den Monopteros im Englischen Garten?«, fragte Bovert.

»Klar.«

»Morgen Nachmittag, drei Uhr. Ein kleiner Spaziergang. Nur Sie und ich, privat und vertraulich, verstanden?«

»Genau so habe ich mir das vorgestellt.«

59

DÜSSELDORF

KARIN PETROSJAN MACHTE KEINE Anstalten, Vincent und Anna Winkler auf ihr Grundstück zu lassen. Sie standen an der Gartentür eines unscheinbaren Einfamilienhäuschens aus den Siebzigern. Vincent hatte sich das Anwesen des Chefarztes und seiner Frau, die ebenfalls Ärztin war, pompöser vorgestellt.

»Was wollen Sie von meinem Sohn?«, fragte sie. »Er ist nicht mehr im Polizeidienst, und ausgefressen hat er auch nichts.«

»Das würden wir gern überprüfen«, sagte Anna. »Fakt ist, dass seine Meldeadresse falsch ist.«

Vincent mischte sich ein. »Wenige Hundert Meter von hier ist vor fünf Tagen eine Frau tot aufgefunden worden. Sie haben sicher davon gehört.«

»Sie wollen doch nicht behaupten, Artur hätte etwas damit zu tun.«

»Müssen wir das hier draußen bereden? Es könnten Dinge zur Sprache kommen, die nicht unbedingt für die Nachbarschaft bestimmt sind.«

»Was für Dinge?«

Vincent und Anna schwiegen.

»Na gut, setzen wir uns auf die Terrasse.«

Sie umrundeten das Haus. Erst jetzt nahm Vincent wahr, wie groß es wirklich war. Die Petrosjans hatten angebaut. Mehrfach, wie es schien. Hinter großen Fensterscheiben erblickte Vincent ein Hallenbad. Unter einer Pergola, die eine Glyzinie überrankte, standen Gartenmöbel aus Teakholz. Hier nahmen sie Platz.

Vor ihnen eine große Rasenfläche. Ein Mähroboter drehte leise surrend seine Runden. Der Blick ging auf einer Seite über die Felder in Richtung Ratingen. Der Tatort lag etwas weiter rechts, vermutete Vincent.

»Ist Artur hier aufgewachsen?«

»Wir sind kurz vor seiner Geburt hier eingezogen. Im Oktober werden das einunddreißig Jahre.«

»Ich schätze, als Kind hat er Fußball gespielt.«

»Ja, warum?«

»Bei Borussia 04 Knittkuhl?«

»Hier draußen gibt es nicht viele Alternativen.«

»Und für die Jugend war das Vereinsheim der Treffpunkt.«

»Worauf wollen Sie hinaus?«

»Der Mann, der die junge Frau ermordet hat, ist der Sohn von Gerhard Zöllner. Aber nicht Jens Zöllner, sondern das Kind, das Zöllner mit einer Geliebten hatte.«

Die Ärztin starrte ihn an. Ein kleiner Muskel zuckte an ihrer Schläfe.

»Ist Ihr Mann zu Hause, Frau Petrosjan?«, fragte Anna sanft.

»Edgar ist in Miami. Ein Kongress. Gestern hat er dort die Eröffnungsrede gehalten. Morgen erwarte ich ihn zurück.«

»Von uns aus muss er nichts erfahren.«

Feindseligkeit lag im Blick der Frau. »Unverschämt, was Sie mir unterstellen!«

»Wir sind gleich wieder weg, Frau Petrosjan. Wenn Sie uns eine Speichelprobe geben. Und die Adresse Ihres Sohnes.«

»Wie meine Kollegin schon sagte«, ergänzte Vincent. »Wir müssen weder Ihren Mann befragen noch Ihre Tochter. Falls Sie uns entgegenkommen.«

Die Ärztin stand auf. »Verschwinden Sie jetzt!«

»Machen Sie es doch sich und uns nicht so schwer. Wenn wir wiederkommen, haben wir einen richterlichen Beschluss dabei. Dann wird Ihnen zwangsweise Blut für einen Gentest abgenommen. Wollen Sie das?«

»Raus!«

Vincent nickte Anna zu. Die Kollegin zog das Phantombild hervor, entfaltete es und hielt es Arturs Mutter hin.

»Erkennen Sie diesen Mann?«

Der Große mit den dunkleren Haaren. Der Oskar Ravani am vergangenen Samstag niedergestochen hatte. Der nach dem Verlassen der Schneider-Wibbel-Gasse das Messer in einen Papierkorb warf.

Frau Petrosjan wurde blass. Sie presste ihre Lippen zusammen. Das Zucken an ihrer Schläfe war unübersehbar.

»Sie bekommen meine DNA nicht«, sagte sie leise. »Sie dürfen meine Ehe nicht zerstören. Edgar ist der Vater meines Sohnes. Niemand sonst.«

»Aber Arturs Adresse, Frau Petrosjan, bitte. Dann sind wir auch schon weg.«

Der Blick der Ärztin wanderte zwischen Anna und Vincent hin und her.

Schließlich sagte sie leise: »Er wohnt in Krefeld bei seiner Freundin. Haben Sie etwas zum Schreiben?«

60

MELIA DREHTE IN IHREM MINI eine Extrarunde um den Block und vergewisserte sich, dass niemand ihr folgte. Dann erst bog sie in die Einfahrt zum Parkhaus. Über mehrere Etagen schraubte sich die Rampe nach oben, bis sie schließlich das Dach erreichte. Hier hatte Melia freie Auswahl an Stellplätzen. Sie stoppte vor der Brüstung.

Aus dem alten BMW neben ihr stieg Reinhard Zacharias. Mit ihm hatte Melia einst im Landesamt für Verfassungsschutz zusammengearbeitet. Er war der einzige aus dem Laden, mit dem sie nach wie vor Kontakt pflegte. Er ging auf die Sechzig zu, hager, grauer Schnurrbart. Tweedjackett trotz der Temperaturen. Zum Schutz vor der Sonne trug er eine rote Kappe mit Fortuna-Logo. Sie begrüßten einander mit Handschlag.

»Schön, dich zu sehen«, sagte er. Dann drehte er sich weg, weil er husten musste.

»Wie geht's dir?«, fragte Melia besorgt.

»So gut wie schon lang nicht mehr. Bovert ist weg. Der neue Leiter hat mich auf deinen alten Posten befördert. Endlich herrscht Tauwetterstimmung. Die rechten Hardliner haben sich in ihre Löcher verkrochen. Wir beobachten jetzt die AfD statt die Klimaaktivisten.«

»Das kann sich schnell wieder ändern.«

»Ach, Melia. Du hast mich doch hoffentlich nicht herbestellt, um mir die Stimmung zu vermiesen!«

»Ich bin bloß realistisch. Tristan Bovert ist nicht weg. Er hat sich nach oben katapultiert. Als Staatssekretär führt er die deutschen Geheimdienste.«

»Es lebe der Föderalismus, Melia. Berlin ist weit weg.«

Das Knallen einer Tür ließ Zacharias herumfahren. Für einen Moment trat er in die Deckung eines Transporters. Ein Anzeichen von Vorsicht, das Melia übertrieben fand und nicht zu seinem zur Schau getragenen Optimismus passte.

Irgendwo sprang ein Motor an, und ein SUV fuhr davon.

»Eine Kaufhauskundin«, kommentierte Melia.

Zacharias hustete in seine Armbeuge. Es klang wirklich nicht gut.

»Was kann ich für dich tun, Melia?«, fragte er, nachdem er sich beruhigt hatte.

»Welches Interesse haben wir an Worldcard?«

»Kommt darauf an, wen du mit ›wir‹ meinst.«

»Deutschland. Die Bundesregierung. Meinetwegen die Geheimdienste.«

Leise sagte Zacharias: »Also Bovert.«

Melia zuckte mit den Schultern.

»Worum geht es konkret?«, fragte ihr ehemaliger Kollege.

»Meine Leute und ich haben es gerade mit einer Serie an Verbrechen zu tun. Ein Wirtschaftsprüfer, der mit Worldcard befasst ist, verbrennt in seinem Auto, und es sieht wie Suizid aus. Dann will sich dessen Praktikantin mit einem Zeitungsreporter treffen und wird ermordet. Auf ihren Ex-Freund wird ein Anschlag verübt. Auf den Reporter sogar zwei. Der Zeitungsmann recherchiert schon seit Langem zu Worldcard. Er vermutet Betrug und Börsenmanipulation. Aber was macht die Bundesfinanzaufsicht? Statt dem Verdacht nachzugehen, verklagt sie den Reporter und seine Zeitung.«

»Klingt, als hätten wir sehr großes Interesse.«

»Eben.«

»Ich hör mich mal um. Als Referatsleiter bin ich jetzt regelmäßig in Berlin. Morgen früh fliege ich wieder hin. Sagt dir die Abkürzung GETAZ noch etwas?«

»Klar, die Laberrunde.«

Das Gemeinsame Extremismus- und Terrorismus-Abwehrzentrum sollte die Arbeit der Geheimdienste mit den Kriminalämtern des Bundes und der Länder koordinieren. Doch nach Melias Erfahrung behielt man die wirklich heißen Informationen für sich. Sie waren die Währung der Dienste, und wer teilt schon gern sein Vermögen?

»Richtig«, sagte Zacharias. »Da sitze ich mit Kollegen vom Bundesnachrichtendienst zusammen.«

»Die unterstehen jetzt Bovert. Geh bitte kein Risiko ein.«

Zacharias grinste breit. »Nicht jeder beim BND ist ein Fan des neuen Geheimdienstbeauftragten. Das kann ich dir flüstern.«

»Trotzdem. Sei vorsichtig!«

»Vielleicht hat Bovert gar nicht die Finger im Spiel. Wenn die Aufsichtsbehörde eine Zeitung verklagt, kann das auch der zuständige Minister veranlasst haben. Die Politik schützt den Vorzeigekonzern der deutschen Wirtschaft.«

»Es werden Telefone abgehört.«

»Das kann jeder. Sogar die Polizei.«

»Ich habe mit dem Reporter über Threema kommuniziert. Und er hat mit seiner Kollegin über Threema beratschlagt, wo unser Treffen stattfinden soll. Dort wurde dann auf ihn geschossen. Das heißt, die Messages wurden geknackt. Obwohl sie verschlüsselt waren.«

Zacharias knabberte an seinem Schnurrbart. Sein Blick wurde finster.

»Reinhard, sag mir, wer ist dazu in der Lage?«

»Pegasus«, sagte er nach kurzem Überlegen. »Eine Spionagesoftware, die eine israelische Firma entwickelt hat. Die teuerste, aber auch die beste auf dem Markt.«

»Ich erinnere mich. Darüber stand kürzlich etwas in der Zeitung. Es hieß, Pegasus sei der Traum aller Diktatoren.«

»Nicht nur. Das Irre ist, du kannst den Trojaner völlig unbemerkt installieren. Derjenige, den du überwachen willst, muss nicht einmal einen infizierten Anhang öffnen oder auf einen Link klicken. Du bist Herrin sämtlicher Daten und Kontakte, ohne dass es die Zielperson bemerkt. Hast Zugriff auf Fotos und Chatverläufe, kannst Handykamera und Mikro als Wanze benutzen. Jederzeit. Das Opfer wird gläsern. Und alle Personen, die es kontaktiert, ebenso. Die perfekte Datenkrake.«

»Stimmt. Wenn ich es noch richtig im Kopf habe, nutzt Mexiko Pegasus zur Bekämpfung der Kartelle und zur Kontrolle der Opposition. Marokko belauscht den französischen Staatspräsidenten. Saudi-Arabien hat mit Hilfe von Pegasus den Journalisten Khashoggi in Istanbul abgefangen und ermordet, als er sein Konsulat aufsuchte, um sich Papiere für seine bevorstehende Hochzeit zu besorgen.«

Zacharias blickte ihr ernst in die Augen.

»Ein Albtraum für den Rechtsstaat«, fügte Melia hinzu. »In Deutschland ist die Anwendung verboten.«

»Natürlich.«

»Aber?«

»Sowohl das Bundeskriminalamt als auch der Bundesnachrichtendienst setzen Pegasus ein. Das ist Fakt. Was das Bundesamt für Verfassungsschutz anbelangt, kann ich es nur vermuten.«

»Wie bitte?«

Zacharias lächelte gequält. »Angeblich handelt es sich um eine abgespeckte, rechtsstaatskonforme Version.«

»Wie soll die aussehen?«

»Das wüsste ich auch gern.«

Melia spürte einen kalten Schauer über ihren Rücken streichen. Niemand konnte einen Geheimdienst wirksam kontrollieren. Auch nicht in einer Demokratie. Ein Trojaner, wie Zacharias ihn beschrieben hatte, verlieh außerordentliche Macht.

Zacharias senkte die Stimme. »Du weißt, wie Tristan Bovert gestrickt ist. Dem war der Schutz der Verfassung immer nur ein Vorwand, um eigene Ziele durchzusetzen.«

Und jetzt sitzt er im Kanzleramt, dachte Melia. Zieht die Fäden bei den Diensten. Bestimmt über Karrieren und Etats. Befiehlt den Einsatz von Staatswanzen à la Pegasus.

Gegen jeden, der ihm in die Quere kommt.

Zacharias setzte ein freudloses Lächeln auf. »Du, ich muss jetzt meine Enkelin von der Musikschule abholen. Hab's meiner Tochter versprochen.«

Melia umarmte ihn zum Abschied. Dabei glaubte sie, seine Rippen zu spüren.

»Komm doch wieder zu uns«, sagte er. »Der Laden ist ein anderer, seit der Fürst der Finsternis sein Unwesen in Berlin treibt.«

Melia schüttelte den Kopf. Sein Vorschlag war nicht ernst gemeint, denn er wusste, wie sie über Geheimdienste dachte. Egal, wer an der Spitze stand.

»Pass auf dich auf, Reinhard«, wiederholte sie.

SONNTAG

61

DÜSSELDORF

OBERSTAATSANWALT KILIAN LIESS MELIA den Vortritt. Sie wiesen sich an der Pforte des Amtsgerichts aus. Der Justizbeamte warf einen Blick in ihre Taschen, dann ließ er sie die Schleuse passieren.

Der Ermittlungsrichter, der Bereitschaftsdienst hatte, empfing sie gut gelaunt in seinem Zimmer im ersten Stock. Er war Anfang dreißig und trug alle Anzeichen einer durchzechten Nacht im Gesicht. Melia fragte sich, ob er immer so aussah oder zu den Leuten gehörte, die einen Kater gut wegstecken konnten.

Die Digitalanzeige der Wanduhr sprang auf 8:30 Uhr.

Der Richter zwinkerte. »Ich hoffe, Sie haben einen gewichtigen Grund, um mich am Sonntagmorgen zu wecken.«

Weil er nicht weit vom Amtsgericht entfernt wohnte, trafen sie sich bereits zu dieser frühen Stunde. Melia hatte nicht einmal richtig gefrühstückt. Nur einen Apfel im Auto, auf dem Weg hierher, während sie mit Vincent telefonierte, der gerade nach Krefeld fuhr.

Melia hatte eine Wette gewonnen, denn Vincent dachte, es ginge nicht so schnell.

»Sie kommen zu zweit?«, staunte der junge Richter.

Der Oberstaatsanwalt legte den Beschlussentwurf auf den Tisch, den er vorbereitet hatte. Die Anordnung zur DNA-Entnahme, die den nötigen Sachbeweis gegen Artur Petrosjan bringen sollte. Melia war mitgekommen, weil Kilian meinte, dass sie die besseren Worte finden würde, um den Richter zu überzeugen.

Er stellte Melia vor und sagte: »Frau Adan wird Ihnen darlegen, warum wir Herrn Petrosjan verdächtigen, das Tötungsdelikt zulasten von Naomi Meyer-Krell verübt zu haben.«

»Den Mord in Knittkuhl? Habe ich in der Sache nicht schon zwei Durchsuchungsbeschlüsse unterschrieben? Haben die etwa nichts gebracht? Was brauchen Sie denn noch?«

Melia begann zu erklären. Am Tatort war eine DNA-Spur gesichert worden. Eine Speichelprobe in einer Gaststätte sowie weitere Anhaltspunkte wiesen auf den Vater des Mörders, einen inzwischen verstorbenen Kinobesitzer. Dessen Nachbarstochter hatte in den frühen Neunzigern bei ihm gejobbt und war schwanger geworden. Wenn er der Vater war, dann hatte Artur den Mord begangen. Das Team des KK11 sollte dem unverzüglich nachgehen.

»Der Name lautet Petrosjan?«

»Die Frau hat während ihrer Schwangerschaft einen Arzt geheiratet, der aus Armenien zu uns kam.«

»Professor Edgar Petrosjan«, ergänzte der Oberstaatsanwalt. »Ein international bekannter Herzchirurg. Chefarzt an der Uniklinik.«

Melia fragte sich, was der Einwurf bedeuten sollte.

Der Richter runzelte die Stirn. »Warum glauben Sie, dass nicht der Arzt der Vater ist? Was sagt die Mutter dazu?«

»Sie streitet ab, ihrem Mann ein Kuckuckskind untergeschoben zu haben. Die Frau will ihre Ehe nicht aufs Spiel setzen.«

»Also sind das nur vage Vermutungen. Was meinen Sie, Herr Kilian?«

Der Angesprochene hob die Schultern, als sei er unschlüssig. Er nestelte an seiner Krawatte. Goldene Flugzeuge auf petrolfarbenem Grund.

Melia wurde klar, warum Kilian sie wirklich mitgenommen hatte. Er unterstützte sie nur zum Schein. Er hatte sie vorgeschoben, um sich besser vom eigenen Beschlussentwurf distanzieren zu können.

Sie versuchte es mit weiteren Argumenten. »Artur Petrosjan wuchs in Knittkuhl auf. Als Kind hat er dort gespielt, wo Naomi Meyer-Krell die Kehle durchgeschnitten wurde. Er kennt die Gegend wie sein Wohnzimmer.«

Der Richter schob den vorbereiteten Beschluss von sich und schüttelte den Kopf. »Wir können doch nicht einer Person zwangsweise Blut entnehmen lassen, nur weil sie in dem Stadtteil aufgewachsen ist, in dem ein Mord geschah.«

»Artur Petrosjan ist außerdem Rechtsextremist. Er hat im Umfeld der Westkreuz-Miliz sogenannte Wehrsportgruppen geleitet. Wir sprechen von Leuten, deren moralische Maßstäbe …«

Er unterbrach sie. »Liebe Frau Adan, ich glaube, es reicht jetzt. Kommen Sie wieder, wenn Sie eindeutigere Tathinweise gesammelt haben. Stand jetzt reicht die Geschichte nicht aus.«

Der Richter stand auf, öffnete die Bürotür und verabschiedete seine Besucher mit Handschlag. Ein Rausschmiss, dachte Melia.

Auf dem Weg zur Tiefgarage würdigte sie Oberstaatsanwalt Kilian keines Blickes. Der Kerl hatte nicht die Eier, zum Plan der Mordkommission zu stehen. Wollte den Herzchirurgen, der ihm einen Bypass gesetzt hatte, unter eine schützende Glocke stellen.

Kilian, du Verräter.

Sie schloss ihren Wagen auf und beeilte sich, die Garage zu verlassen. Als ihr Handy wieder Empfang hatte, gab sie Vincent Bescheid.

Er hatte die Wette gewonnen.

62

KREFELD-FISCHELN

PARALLEL ZUR STRASSE VERLIEF hinter einer Böschung ein geteerter Weg für landwirtschaftliche Nutzfahrzeuge. Vincent nahm sein Klapprad aus dem Kofferraum und fuhr damit bis zu Hamid, der abgeschirmt von Sträuchern im Gras lag und das Fernglas auf einen Pferdehof gerichtet hielt, der sich auf der anderen Straßenseite befand.

In ihrem Rücken Stoppelfelder und die ersten Häuser von Krefeld-Fischeln. Die Pferdekoppeln hinter dem Hof. Kein Mensch zu sehen, kein Laut zu hören außer dem Krächzen einiger Dohlen.

Hamid reichte Vincent das Glas. »Siehst du den einzeln stehenden Schuppen rechts vom Haupthaus?«

Ein ordentlich renoviertes, einstöckiges Holzgebäude. Neben der Tür ein Briefkasten. Pflanzkübel mit Sonnenblumen. Eine Bank, auf der ganz außen eine lebensgroße Puppe saß, die einen Pfeife rauchenden Bauern darstellte. Wollfäden bildeten den Schnurrbart. In den Fenstern zur Straße spiegelten sich die Schäfchenwolken und der blaue Himmel.

Davor ein altes Sportcoupé, das amerikanisch wirkte. Breit und lang. Kein Stäubchen auf dem Lack.

»Wohnt Artur nicht im Haupthaus?«, fragte Vincent.

Der Pferdehof gehörte Petrosjans Freundin.

»Scheint so«, antwortete Hamid. »Gerade kam er kurz raus und hat die Sonnenblumen gegossen. Der Dodge ist sein Auto.«

»Dodge?«

»Dodge Challenger. Ein Oldtimer aus den frühen Siebzigern. Chrysler hat ihn seinerzeit gebaut.«

»Was du alles weißt.«

Vincents Handy spielte *Gimme Shelter*.

»Unsere Inspektionsleiterin«, erklärte er mit einem Blick auf das Display und nahm das Gespräch an.

»Der Richter macht nicht mit«, meldete Melia.

»Wie bitte?«

»Kein hinreichender Verdacht.«

»Hat er sie nicht alle?«

»Kriegen wir keinen Beschluss?«, fragte Hamid dazwischen.

»Ich lass mir was einfallen«, sagte Vincent ins Handy und beendete das Gespräch.

Er griff wieder zum Fernglas. Mücken summten. Es roch nach Gülle. Eine Ameise kroch in Vincents Hosenbein. Wegen der Spiegelung war nicht zu erkennen, was sich hinter den Fensterscheiben tat.

»Gefahr im Verzug«, schlug Hamid vor. »Wir gehen ohne richterlichen Beschluss rein und schieben dem Kerl den Wattestab in den Mund.«

»Das geht nicht ohne Gewalt. Und im Prozess kann die Verteidigung das gegen die Anklage verwenden. Wir müssen schon die Regeln einhalten.«

»Und was machen wir, wenn seiner Mutter einfällt, den Sohnemann zu warnen? Falls Artur abhaut, hilft uns dein Klapprad nicht sehr viel.«

»Mal schauen, was geht.«

Vincent gab die Nummer des Krefelder Präsidiums in sein Handy ein und ließ sich mit dem Dienstleiter der Wache Süd verbinden. Er hatte dem Kollegen schon gestern angekündigt, vielleicht seine Hilfe in Anspruch nehmen zu müssen.

»Was können wir für dich tun?«, meldete sich der Mann.

»Zwei Streifen zwecks Alkoholkontrolle wären fein. Du weißt schon, im Süden von Fischeln. Die eine an der Kölner Straße, die andere am Strümper Weg. Er kann nur diese beiden Routen einschlagen.«

»Geht in Ordnung. In zehn Minuten sind die Kollegen auf ihrem Posten. Maximal zwölf. Versprochen.«

Vincent bedankte sich und steckte das Handy weg.

»Auf die Art kriegen wir seine DNA ohne jeden Zwang«, sagte er zu Hamid.

»Ist das nicht auch ein Trick?«

»Na klar, aber kein Verstoß gegen den Rechtsstaat. Der Ermittlungsrichter kann uns mal.«

»Als ehemaliger Polizist wird Artur die Falle wittern, wenn er der Mörder ist.«

»Damit müssen wir rechnen.«

Vincent zerdrückte die Ameise, die auf seiner Wade krabbelte. Ein SUV fuhr vor dem Hauptgebäude vor. Die Fahrerin und zwei Mädchen stiegen aus. Die erste Kundschaft des Sonntagvormittags. Sie verschwanden in Richtung der Ställe.

»Bei Artur tut sich ebenfalls was«, sagte Hamid leise.

Vincent richtete das Fernglas erneut auf das Holzgebäude. Ein Mann trat aus der Tür. Wegen seiner Körperlänge musste er dabei den Kopf einziehen. Er öffnete den Briefkasten. Eine Zeitung und Werbung, so viel konnte Vincent erkennen.

Der Typ war dunkelhaarig, trug Jeans und Kapuzenjacke. Er verschwand mit der Post im Haus. Die Tür blieb offen. Gleich darauf erschien er zum zweiten Mal. Autoschlüssel in der Hand.

Vincent blickte in sein Gesicht.

Eindeutig der Mann vom Phantombild.

Hamid fotografierte ihn mit seinem Handy.

Die zehn Minuten waren noch nicht verstrichen, allenfalls zur Hälfte. Vincent konnte nur hoffen, dass die Unterstützung der Krefelder Kollegen rascher kam als angekündigt. Sein Klapprad würde tatsächlich keine Hilfe sein.

Artur Petrosjan trat an die Fahrertür.

Überleg es dir anders, dachte Vincent. Du hast etwas vergessen. Geh noch mal rein. Und lass dir bitteschön Zeit.

Doch Petrosjan öffnete sein Auto und stieg ein. Vincent sah durch das Fernglas zu, wie er den Schlüssel in das Zündschloss des Sportwagens steckte.

Im nächsten Moment blitzte es.

Ein greller Schein im Blickfeld. Ein Donnerknall zerriss die Luft. Vincent glaubte die Druckwelle bis in seine Eingeweide zu spüren. Er drückte seinen Kopf ins Gras und vergrub ihn unter den Armen. Trümmer regneten herab. Splitter trafen seinen Rücken.

Dann blickte er wieder hinüber.

Staub, Rauch und Flammen, wo gerade noch der Oldtimer gestanden hatte.

Der Pfeife rauchende Bauer fiel vom Himmel und stürzte in das Wrack. Die Puppe fing sofort Feuer. Die Sonnenblumen hatten sich bis auf ein paar Stummel aufgelöst. Die Fenster zur Straße spiegelten nichts mehr, sie waren entglast.

Eine junge Frau stürmte aus dem Haupthaus und schlug

die Hände vor den Mund. Weitere Menschen liefen herbei. Aus Richtung der Ställe die drei Frauen. Die Ältere von ihnen begutachtete sofort, ob ihr SUV etwas abbekommen hatte.

»Was war das denn?«, entfuhr es Hamid.

Die breite, grimmige Front des Dodge Challenger war noch zu erkennen. Das Heck hatte helle Flecken, der schwarze Lack war stellenweise verbrannt, die Fahrgastzelle weitgehend verschwunden.

Vincent richtete sich auf und klopfte sich Gras und Staub von der Kleidung. Er rief den Menschen auf der anderen Straßenseite zu, vom Ort der Detonation zurückzubleiben. Dann griff er nach seinem Handy und drückte die Wahlwiederholung.

Der Wachdienstleiter meldete sich.

»Vergesst die Alkoholkontrolle«, sagte Vincent. »Ich brauche Unterstützung zur Sicherung eines Tatorts.«

»Was ist passiert?«

»Jemand hat unsere Zielperson in die Luft gesprengt.«

Vincent hörte den Klang seiner Worte und konnte es selbst noch nicht fassen.

63

MÜNCHEN

SEBASTIAN ERREICHTE DEN ENGLISCHEN GARTEN zu Fuß über die Max-Joseph-Brücke und die Tivolistraße. Der Biergarten am Chinesischen Turm war gut besucht, auch auf den Wegen und Liegewiesen viel Betrieb. Es war das letzte richtige Sommerwochenende, soweit man dem Wetterbericht vertrauen konnte.

Der Monopteros war an zwei Seiten von Bäumen umgeben, und Sebastian wäre schon fast daran vorbeigegangen, als der Bau schließlich rechter Hand auf einem künstlich aufgeschütteten, grasbewachsenen Hügel auftauchte. Ein runder Tempel im klassischen Stil, der lediglich aus Fundament, Säulen und Dach bestand.

Nur Sie und ich, privat und vertraulich.

Sebastian war gespannt, ob sich der Staatssekretär an seine eigenen Vorgaben halten würde.

Er umrundete die Mono-Wiese und hielt Ausschau nach Geheimdienstleuten und Personenschützern. Das Jungvolk auf den Picknickdecken konnte er ausblenden. Ebenso die Rentner, die ihre Hunde ausführten oder ihnen Frisbeescheiben zum Apportieren hinterherwarfen. Die jungen Mütter und Väter mit ihren Kinderwagen. Die halbnackten

Sonnenbadenden. Die ganz Nackerten, die vor Jahrzehnten Furore gemacht hatten, waren längst an die Isar weitergezogen.

Er würde mit seiner Verabredung nicht allein hier sein, das war klar, aber Männer mit Knopf im Ohr und Spiralkabel am Kragen konnte Sebastian nicht ausmachen. Er trug zur Sicherheit seine Schutzweste und das Schulterholster mit der Waffe unter einem weit geschnittenen Kurzarmhemd.

Er teilte Mareks Misstrauen bezüglich Bovert. Und leiden konnte er den Mann schon gar nicht.

Aber darum ging es nicht.

Dr. Böhm hatte angedeutet, dass die Anweisung, sein Fahndungsteam aufzulösen, aus dem Kanzleramt gekommen war. Also von Bovert selbst, der als Geheimdienstbeauftragter an der Vernehmung Amiris teilgenommen hatte. Indem ich die Wahrheit aufdecke, werde ich für meine Rehabilitierung sorgen, dachte Sebastian.

Sein Team war seine Familie innerhalb der Polizei gewesen. Sebastian wusste, dass er die Zeit nicht zurückdrehen konnte, aber Bovert sollte ihn in anderem Licht betrachten. Nicht als Loser, der seinen Schutzbefohlenen verloren hatte. Sondern als Hinweisgeber, der maßgeblich half, die Mordverschwörung aufzudecken.

Ich werde dem Staatssekretär die Augen öffnen.

Sebastian blickte auf die Uhr.

Es war so weit.

Der Mann aus dem Kanzleramt war bereits da. Er lehnte an der Schattenseite einer Säule, etwas abseits der Touristen, die von hier oben den Blick auf die Silhouette der Innenstadt bestaunten, welche vor allem von Kirchtürmen geprägt war.

Bovert hatte sein Aussehen dem Ambiente des Treffpunkts angepasst. Offener Hemdkragen statt Krawatte. Die eckige Brille hatte er gegen eine Pilotenbrille mit dunklen Gläsern getauscht. Das unrasierte Kinn gab ihm fast etwas Verwegenes.

Sie begrüßten einander mit Handschlag und verließen den Grashügel, um ungestört zu sein.

»Ich vertraue darauf, dass Sie das hier nicht aufzeichnen«, sagte Bovert.

»Mein Handy ist ausgeschaltet«, antwortete Sebastian.

Der Geheimdienstkoordinator schenkte ihm ein spöttisches Lächeln. Wir können dich trotzdem orten und belauschen, schien es auszudrücken. Die überhebliche Miene wird dir bald vergehen, dachte Sebastian.

»Medias in res. Was wollen Sie mir über Amiri sagen?«

»Ich weiß, wer ihn vergiftet hat.«

»Das haben Sie bereits am Telefon angedeutet.«

»Das Rizin befand sich in der Pizza, die am Vorabend geliefert wurde.«

»Darauf ist die eingesetzte Mordkommission meines Wissens auch gekommen.«

»Die Kollegen haben es vermutet, aber die Essensreste sind verschwunden. Sie wurden weder asserviert noch untersucht. Seltsam, oder?«

»Und weiter?«

»Ich habe den Mann wiedererkannt, der uns das Essen geliefert hat. Er war mit Marek Weiß in Palmyra. Und später hat er in Mareks Auftrag in Libyen Minen geräumt.«

»Wollen Sie behaupten, Marek Weiß von Worldcard steckt hinter der Ermordung des Hisbollah-Mannes Amiri?«

»Ganz genau.«

»Haben Sie dafür Beweise?«

Sebastian nickte. »Marek besitzt ein Video, das seinen Palmyra-Ausflug dokumentiert. Und auf der Libyen-Konferenz hat er Bilder von den Minenräumarbeiten rund um seine Zementwerke gezeigt.«

»Und darauf ist der Pizzabote zu sehen?«

»Lassen Sie das Material beschlagnahmen, und ich werde vor Gericht bezeugen, dass er es war. Lassen Sie ihn verhaften, und er wird seinen Auftraggeber nennen.«

»Und aus welchem Motiv soll Marek Weiß den Russen geschickt haben?«, fragte Bovert.

»Worldcard«, antwortete Sebastian. »Die schmutzigen Geschäfte des Finanzdienstleisters sollten nicht publik werden.«

Der Staatssekretär blickte sich um, Sebastian tat es auch.

Niemand in der Nähe, der zuhören konnte.

»Worldcard dient ebenso wie die Hisbollah den Kartellen«, erklärte Sebastian. »Die Schiiten stellen die Infrastruktur zur Verfügung, in erster Linie Hafen und Flughafen von Beirut. Der deutsche Konzern wäscht die Profite aus dem internationalen Drogengeschäft. Amiri wusste über die heimliche Allianz Bescheid und stand kurz davor, sie zu verraten. Das konnte Marek nicht zulassen. Die Erfolgsgeschichte von Worldcard beruht auf organisierter Kriminalität. Und Mareks Status steht und fällt mit Worldcard.«

»Was Sie da behaupten, klingt ungeheuerlich.«

»Wetten, dass Marek über eigene Firmen auch privat an der Connection verdient? Ich traue dem Mann inzwischen alles zu.«

Fassungslos schüttelte Bovert den Kopf.

Die Arroganz war ihm vergangen.

»Lassen Sie den Firmensitz durchsuchen«, sagte Sebastian. »Ebenso Mareks Wohnung und die Büros aller Firmen im Palais Alfons. Checken Sie die Bücher. Räumen Sie auf bei Worldcard. Das wird einen Aufschrei geben, einen Riesenskandal, aber hinterher ist die Welt eine bessere. Sie werden dem internationalen Drogenhandel einen schweren Stoß versetzen. Man wird Sie auf Händen tragen.«

Bovert atmete schwer, als liege eine Last auf ihm. Er nahm für einen Moment die Sonnenbrille ab und rieb sich die Augen. Er schien nachzudenken und wirkte plötzlich verletzlich.

Sebastian überlegte, ob er dem Staatssekretär auch davon erzählen sollte, dass Marek die Flüchtlinge, die Dmitris Söldner in Libyen aufgriffen, als Arbeitssklaven in Zementwerken einsetzte. Dass sie unter schlimmsten Bedingungen schufteten und Marek ihnen medizinische Versorgung verwehrte. Dann fiel ihm ein, wie es angeblich um Boverts politische Einstellung bestellt war. Wenn es zutraf, was geschrieben wurde, geht dem Mann das Schicksal von Migranten am Arsch vorbei, schätzte Sebastian.

Konzentriere dich auf den Hauptpunkt.

»Wer kann den Pizzaboten außer Ihnen noch identifizieren?«, fragte Bovert.

»Das weiß ich nicht genau. Ich glaube, Schröder war mit mir an der Tür. Oder Wessely. Am besten fragen Sie das ganze Team.«

Der Geheimdienstbeauftragte blieb stehen und blickte ihm lange in die Augen.

»Gute Arbeit, Pagel«, sagte Bovert schließlich.

»Ich hab nur meine Pflicht getan.«

»Warum sind Sie nicht einfach zur Polizei gegangen?«

»Weil Sie die Amiri-Materie besser kennen als irgendjemand bei der Münchner Kripo. Weil Sie außerdem wissen, wie Marek Weiß tickt. Und weil Sie nicht nur die Macht haben, ihm das Handwerk zu legen, sondern weil Sie auch ein gutes Wort für mich einlegen können und man auf Sie hören wird.«

Ein Einfall, der in den letzten Minuten gereift war. Er kam Sebastian logisch vor.

»Was meinen Sie damit?«, fragte sein Gegenüber.

»Ich will wieder eine Gruppe von Fahndern leiten. Als Hauptkommissar, der ich bis vor einem halben Jahr gewesen bin. Ich will mein altes Team zurückhaben.«

Bovert zögerte. Dann nickte er ein paarmal nachdenklich.

»Das finde ich gerechtfertigt, Pagel. Suum cuique. Schauen wir mal, was ich da einfädeln kann. Vor mir liegt nun ein großer Brocken Arbeit. Geben Sie mir eine Woche Zeit?«

»Kein Problem.«

»Reden Sie bis dahin mit niemandem darüber. Lassen Sie sich vor allem vor Marek nichts anmerken. Spielen Sie weiterhin Ihre Rolle, und halten Sie sich bereit. Ich werde die zuständigen Stellen auf Worldcard und Marek Weiß ansetzen. Kripo und Staatsanwaltschaft werden auf Sie zukommen. Vermutlich bedarf es einer richterlichen Befragung unter Eid. Aber das wird ein paar Tage dauern, okay?«

»Noch ein lateinischer Spruch zum Abschied?«

»Carpe diem.«

Sie gaben einander die Hand.

Sebastian spürte unendliche Erleichterung.

Er verließ den Park an der Ostseite, wo er ihn auch betreten hatte. Nachdem er die Orangerie passiert hatte, konnte er seinen Freudenschrei nicht mehr zurückhalten. Er riss die Fäuste in die Luft und hüpfte wie einst Gerd Müller beim Siegtor gegen die Holländer.

Lass die Leute nur glotzen, sagte er sich.

Sechs Monate der Schande sind vorüber.

Ich erhalte mein Team zurück.

Er angelte in seinem Rucksack nach seinem Handy, stöpselte die Ohrstecker ein und hörte sich mit pochendem Herzen das Gespräch, das er aufgenommen hatte, noch einmal an, um sicherzugehen, dass er nicht geträumt hatte.

Es war alles so glatt gelaufen.

Da war sie, Boverts Stimme. Gedämpft, aber verständlich.

Ich vertraue darauf, dass Sie das hier nicht aufzeichnen.

Mit einem Strahlen im Gesicht erreichte Sebastian über die Max-Joseph-Brücke das rechte Isarufer. Er beschleunigte seinen Schritt und konnte es kaum erwarten, seine Cousine anzurufen. Dass er bald in seinen Beruf zurückkehren würde, durfte er ihr verraten.

Plötzlich ließ ihn ein Satz des Staatssekretärs aufhorchen.

Und aus welchem Motiv soll Marek Weiß den Russen geschickt haben?

Sebastian erstarrte. Er startete wieder beim Beginn der Aufzeichnung und hörte sich die Unterhaltung noch einmal an.

Kein Irrtum – er hatte weder den Namen des Pizzaboten genannt, noch dass es sich bei ihm um einen Russen handelte.

Sebastian riss sich die Ohrstöpsel vom Kopf und begann zu rennen.

64

KREFELD-FISCHELN

AUCH NACH STUNDEN STECKTE Vincent die Explosion noch in den Knochen. Er spürte eine innere Unruhe, als ginge im nächsten Augenblick erneut etwas in die Luft. Um sich das Gegenteil zu beweisen, harrte er vor Ort aus und gab sich Mühe, sich nichts anmerken zu lassen.

Er half Anna, die Tatortarbeit zu koordinieren, und verständigte Jonas Freyer. Zum Glück hatte der Sachverständige für Brände und Explosionen Zeit und konnte bereits im Lauf des Vormittags mit seinen Messungen und Probennahmen beginnen. Beamte der Hundestaffel suchten mit zwei Spürhunden das Areal nach Sprengstoff ab, fanden jedoch keine Spur einer weiteren Bombe. Kollegen der Mordkommission befragten unterdessen die anwesenden Mitarbeiter und Gäste des Pferdehofs.

Um Petrosjans Freundin kümmerte sich ein Arzt.

Sobald es ihr Nervenkostüm zuließ, würde Anna sie ins Präsidium bringen. Vincent hoffte, durch ihre Vernehmung etwas über den zweiten Täter zu erfahren, den angeblichen Geschäftsmann aus Hamburg. Vielleicht auch über denjenigen, der die Bombe im Dodge Challenger angebracht hatte.

Die unangenehmste Aufgabe hatte die Spurensicherung. Unter anderem sammelten Fabris Leute die sterblichen Überreste Artur Petrosjans ein. Sie lagen in einem weiten Umkreis verstreut. Das größte Leichenteil, das die Kollegen finden konnten, war der Kopf. Er war hinter das Holzhaus geschleudert worden.

Den Anblick des zerschundenen Gesichts hätte sich Vincent besser erspart. Ihm wurde sofort schlecht. Er entfernte sich vom Pferdehof und ging hinter einem Gebüsch in Deckung. Dort übergab er sich, bis er nur noch Galle spuckte, aber es wurde nicht besser.

Seine Hände zitterten.

Er wunderte sich über die Heftigkeit seiner Reaktion. So etwas hatte er noch an keinem Tatort erlebt.

Vincent suchte Hamid auf. Der Kollege diktierte gerade seinen Bericht ins Handy. Als er zu beschreiben begann, wo genau der amerikanische Oldtimer-Schlitten stand, versagte seine Stimme, und er brach das Diktat ab.

»Hamid, kannst du fahren?«, fragte Vincent.

»Klar, wieso?«

»Leg dich zu Hause ein wenig aufs Ohr. Und morgen nimmst du professionelle Betreuung in Anspruch. Am besten einen Traumaspezialisten.«

»Jetzt übertreibst du aber.«

»Ist besser so.«

»Und du?«

»Mal schauen.«

»Wenn du nicht zum Seelenklempner gehst, dann mach ich das auch nicht. Auf gar keinen Fall.«

»Aber für heute ist Feierabend. Genieß den restlichen Sonntag und entspann dich.«

Hamid gehorchte schließlich.

Auch Vincent setzte sich in seinen Wagen, den er an der Kölner Straße abgestellt hatte. Doch statt loszufahren, starrte er in die Landschaft. Er sah das Feuer, den Rauch, die fliegende Puppe. Er versuchte, sich mit autogenem Training zu beruhigen. *Deine Arme und Beine werden schwer und warm …*

Ein Klopfen aufs Wagendach schreckte ihn aus seiner Übung.

Melia spähte durch das Seitenfenster. Sie zog die Tür auf und stieg zu ihm ins Auto.

»Du siehst übel aus«, sagte sie.

»Dankeschön.«

»Im Ernst. Warst du da, als es gekracht hat?«

»Mittendrin. Zumindest hat es durch das Fernglas so gewirkt.«

»Scheiße.«

Vincent zuckte mit den Schultern. Bloß nicht wehleidig wirken.

Sei stets ein verlässlicher Kommissariatsleiter.

Melia blickte ihn mit ihren dunklen Augen an. »Ich frag mich, was ich falsch gemacht habe.«

»Du?«

»Warum habe ich es nicht geschafft, diesem verkaterten Lackaffen von Ermittlungsrichter den Beschluss zum DNA-Test aus dem Kreuz zu leiern? Dann hätten wir Petrosjan festgenommen und zur Blutabnahme gebracht. Er würde noch leben und könnte uns über die Hintergründe aufklären.«

»Dich trifft am allerwenigsten Schuld, Melia.«

Sie wiegte den Kopf und wirkte nicht überzeugt.

»Was meinst du?«, fragte sie. »Ist Petrosjan unser Täter? Hat er Naomi die Kehle durchgeschnitten oder nicht?«

»Eine erste Gewebeprobe ist bereits zum Labor unterwegs. Angeblich genießt unser Fall höchste Priorität. Ja, ich glaube, dass er es war. Nach der DNA-Analyse haben wir Gewissheit.«

Melia holte tief Luft.

Dann berührte sie seine Schulter. »Komm erst mal runter, Vincent. Fahr nach Hause und guck dir 'ne Serie an. Am besten was Lustiges. Okay?«

»Wenn das eine dienstliche Anweisung ist …«

»Ja, ist es.«

Sie öffnete die Tür, wandte sich ihm aber noch einmal zu.

»Wir sollten demnächst mal ein Glas Wein miteinander trinken, Vincent.«

»Meinst du, ein Glas genügt?«

Melia lachte.

Vincent blickte ihr hinterher. Dann startete er den Motor.

65

MÜNCHEN

SEBASTIAN DRÜCKTE DIE TÜR seines Apartments ins Schloss und drehte den Schlüssel zweimal. Dann begann er, seine Sachen zu packen. Sein Entschluss stand fest. Er würde Marek Weiß und der Worldcard AG den Rücken kehren.

Zumal er sich nun selbst nicht mehr sicher fühlte.

Der Geheimdienstbeauftragte der Bundesregierung wusste über Artjom Bescheid. Also deckte er Mareks Machenschaften.

Warum auch immer.

Und mehr als das. Tristan Bovert steckte ebenfalls hinter dem Mordanschlag auf den Hisbollah-Mann, dessen war sich Sebastian sicher. Die Attentäter hatten das Telefon manipuliert und anstelle der Pizzeria die Essensbestellung entgegengenommen. Oder den echten Boten abgefangen und dafür gesorgt, dass niemand davon erfuhr. Hätte Dmitris Truppe allein einen solchen Coup zustande bekommen?

Viel näher lag es, dass der Bundesnachrichtendienst sie unterstützt hatte. Oder Agenten, die Bovert direkt unterstanden. Eine geheime Clique innerhalb des Geheimdienstes.

Sebastian fragte sich, in welchen Film er da geraten war. Boverts »carpe diem« war nichts als eine verdammte Drohung gewesen.

Er verschloss seine beiden Koffer und trug sie zum Auto hinunter. Dann betrat er noch einmal das Palais Alfons und stieg die Treppe in die zweite Etage hinauf.

Er klopfte an Mareks Tür.

Von drinnen keine Reaktion.

Sebastian schloss mit dem Generalschlüssel auf und wandte sich der Alarmanlage neben dem Eingang zu. Die Leuchtdiode blinkte hektisch. Er gab den Code ein, mit dem er am Donnerstag den Alarm ausgeschaltet hatte.

Diesmal hörte das Blinken nicht auf.

Immerhin blieb der Sirenenton aus, den Sebastian befürchtet hatte. Aber er musste damit rechnen, dass Marek ihn von nun an auf dem Schirm hatte. Sebastian traten Schweißperlen auf die Stirn. Es musste schnell gehen.

Er steuerte das Arbeits- und Medienzimmer des Worldcard-Bosses an. An der rechten Wand der riesige Bildschirm. Die breiten Sessel. Auf dem Servierwagen frische Gläser sowie verschraubte Flaschen in Reih und Glied.

Links der Schreibtisch. Sebastian legte seinen Rucksack ab und öffnete die Schublade. Sie war leer. Kein Laptop, keine Mappe aus genarbtem Leder.

Hinüber zur Kommode, die unter dem Monitor stand. Sebastian riss die Türen auf. Technische Geräte, Receiver, Player. Er drückte einen Power-Knopf und öffnete das DVD-Fach. Es war ebenso leer wie die übrigen Einlegeböden.

Allem Anschein nach hatte Marek die Kommode ausgeräumt.

Sebastian lief durch die Wohnung, zog Schubladen auf,

wühlte in Schränken. Zerrte Matratzen aus Bettgestellen, hob die Polster von Sesseln an, hängte Bilder ab.

Im Schlafzimmer gab es ein paar DVDs mit Spielfilmen. In einem weiteren Raum einen High-End-Plattenspieler und eine Sammlung von Rockplatten. Aber nicht das, was Sebastian suchte.

Keine Belege für Mareks Schweinereien. Weder Sticks noch Festplatten. Keine Kassetten oder Bänder. Sebastian fand auch nicht das Palmyra-Video, das den Manager mit Artjom zeigte – neulich hatte Marek es noch prahlerisch vorgeführt.

Sebastian kehrte ins Arbeitszimmer zurück und nahm eine Flasche vom Servierwagen. Macallan, einundzwanzig Jahre im Sherry-Fass gereift. Er kannte sich mit Whisky nicht aus, vertraute jedoch Mareks Geschmack.

Jetzt aber los.

Er ließ das Eingangsportal ins Schloss fallen. Bevor er in seinen Wagen stieg, schleuderte er sein Handy in die Hecke, die das Grundstück von dem des russischen Konsulats abgrenzte. Er wollte es dem Bundesnachrichtendienst nicht zu einfach machen, ihn zu orten.

Er musste damit rechnen, dass Bovert einen Killer auf ihn ansetzte.

Oder bereits angesetzt hatte.

Sebastian fuhr die Prinzregentenstraße entlang, dann nach Süden, und verließ die Stadt. Immer wieder blickte er in den Rückspiegel, um sicherzugehen, dass ihm niemand folgte.

66

DÜSSELDORF

DIE BESPRECHUNG DER MORDKOMMISSION war für sechzehn Uhr angesetzt worden. Während im Präsidium weitgehend Stille herrschte, füllte sich im Trakt des KK11 der Konferenzraum. Türenschlagen, Stühlerücken, alle redeten durcheinander.

Melia hatte die letzten Stunden vor allem am Telefon verbracht. Absprachen mit der Krefelder Kripo, mit den eigenen Vorgesetzten, mit dem Lagezentrum im Innenministerium. Zu viele Fragen, auf die sie noch keine Antworten wusste.

Sie war gespannt darauf, Neues zu erfahren.

Oberstaatsanwalt Kilian, auf den sie immer noch wütend war, grüßte sie mit einem stummen Nicken. Keine Anzeichen der Reue dafür, dass er sie am Morgen beim Ermittlungsrichter im Stich gelassen hatte.

Pünktlich um vier öffnete sich noch einmal die Tür. Vincent Veih kam herein, grüßte in die Runde und schnappte sich einen der letzten freien Stühle. Melia registrierte, dass er seine Kleidung gewechselt hatte. Der dünne Pulli brachte seine breiten Schultern zur Geltung. Es schien ihm besser zu gehen.

Anna Winkler berichtete, was die Befragung von Petrosjans Freundin, der Besitzerin des Pferdehofs, ergeben hatte. Für Samstagabend letzter Woche konnte sie Artur kein Alibi geben. Auch nicht für gestern Morgen, als Linus Fehrbellin um ein Haar betäubt und anschließend vermutlich ebenso abgeschlachtet worden wäre wie seine Ex-Freundin Naomi.

»Artur ist in der letzten Zeit nur selten zu Hause gewesen«, erzählte Winkler. »Zumindest sagt das die Freundin. Eigentlich seien sie kein richtiges Paar mehr gewesen. Er habe sich verändert. Pläne verfolgt, einen eigenen Pferdehof zu kaufen. Oder für längere Zeit nach Südafrika zu gehen.«

Wo sich der Westkreuz-General aufhält, überlegte Melia. Der Chef der Nazimiliz, der Artur Petrosjan angehört hatte.

Über den Blonden, der sich als Hamburger Geschäftsmann ausgegeben hatte, wusste die Freundin nichts zu sagen.

»Fandest du sie glaubwürdig?«, fragte Vincent.

»Ja, eindeutig«, antwortete Anna Winkler.

Trotzdem wäre es Melia lieber gewesen, Vincent hätte an der Befragung teilnehmen können. Er hatte den besten Riecher für Lügen und Ausflüchte. Vielleicht hätte ich ihn nicht nach Hause schicken sollen, dachte Melia.

Die Leiterin der Mordkommission Knittkuhl erteilte Jonas Freyer das Wort. Der Brandsachverständige stand noch am Beginn seiner Untersuchung. Er konnte nur bestätigen, was jeder bereits wusste: Artur Petrosjan war durch Sprengstoff ums Leben gekommen. Um welche Substanz es sich handelte, werde die Laboranalyse diverser Rückstände am Autowrack ergeben.

»Wie wurde die Bombe gezündet?«, fragte Melia.

»Gute Frage«, antwortete Freyer. »Aber ich fürchte, das lässt sich nicht mehr feststellen. Der Zünder wurde bei der Detonation am gründlichsten zerstört. Davon ist praktisch kein Krümel mehr übrig.«

Winklers Handy brummte auf der Tischplatte.

Melia beobachtete, wie die Leiterin der Mordkommission eine Nachricht auf dem Display las. Auch die Blicke der anderen richteten sich auf Anna Winkler.

»Das Laborergebnis«, erklärte sie schließlich, reckte das Kinn und schien ein paar Zentimeter gewachsen zu sein. Sie nickte Vincent zu, ein grimmiges Lächeln im Gesicht.

»Er war's«, fuhr Winkler fort. »Wie wir es vermutet haben. Die DNA von Artur Petrosjan stimmt hundertprozentig mit der Spur vom Tatort überein.«

»Womit wir unseren Fall so gut wie abgeschlossen hätten«, erwiderte der Oberstaatsanwalt.

»Wie bitte?«, fragte Vincent.

Kilian breitete die Arme aus. »Petrosjan ist schuldig des Tötungsdelikts zum Nachteil von Naomi Meyer-Krell.«

»Und was ist mit seinem Komplizen?«

»Der war am Überfall auf den Journalisten in der Altstadt und vermutlich auf Linus Fehrbellin beteiligt. Von einem zweiten Täter beim Mordgeschehen wissen wir nichts.«

»Und wer hat Petrosjan in die Luft gejagt?«

Melia gab die Antwort: »Seine Auftraggeber, die ihn loswerden wollten.«

»Ach was.« Kilian strich über seine Krawatte. »Verschwörungstheorien helfen uns nicht weiter.«

»Dann nennen Sie uns eine bessere Erklärung.«

»Petrosjan hat sich doch offenbar selbst getötet.«

»Das glauben Sie selbst nicht«, widersprach Vincent.

»Haben wir irgendwelche Anhaltspunkte für eine Beteiligung fremder Personen bei der Sprengstoffsache? Sie vielleicht, Herr Fabri, Herr Freyer?«

Die Angesprochenen verneinten.

»Sehen Sie. Wozu also den Fall künstlich aufplustern. Petrosjan ist mit einem Paukenschlag von eigener Hand aus dem Leben geschieden. In seinem Dodge Challenger, der so etwas wie ein Fetisch für ihn war. Aus Reue über den Mord an der jungen Frau. Er ist an seiner Schuld zerbrochen, das ist nicht ungewöhnlich.«

»Und aus welchem Motiv hat Petrosjan Ihrer Meinung nach Naomi Meyer-Krell getötet?«, fragte Vincent.

»Weil er uns das nicht mehr verraten kann, bleibt uns leider nur die Spekulation. Wie wir gehört haben, lief es nicht mehr gut mit ihm und seiner Freundin. Da begegnet er einer attraktiven jungen Frau auf einem Parkplatz in Düsseldorf-Ludenberg. Die vielleicht Signale aussendet, welche er falsch interpretiert. Er lädt sie zu einer Spritztour ein, die aus dem Ruder läuft. So oder ähnlich ist es wohl geschehen. Frau Meyer-Krell war das klassische Zufallsopfer. Zur falschen Zeit am falschen Platz. Es hätte auch eine andere Frau treffen können.«

Nie und nimmer war es so, überlegte Melia.

67

LENGGRIES/ISARWINKEL

NACH EINER GUTEN STUNDE hatte Sebastian Lenggries erreicht. Daniela war zu Hause. Sie gab ihm zur Begrüßung einen Kuss auf die Wange.

»Du kommst gerade richtig, Basti. Ich habe Apfelkuchen gebacken.«

Die Familie saß am Tisch, unterhielt sich angeregt und trank Kaffee. Anni war auch da. Die Stimmung schien gut zu sein. Sebastian rief einen Gruß ins Zimmer, dann ging er weiter zur Abstellkammer.

Er packte Vorräte für ein paar Tage in seinen Rucksack und in Tüten, die er fand. Dinge, die sich notfalls auch ohne Kühlschrank hielten. Knäckebrot und Konserven. Eingeschweißten Käse. Ein paar Äpfel sowie ein Sixpack Mineralwasser.

Daniela stand in der Tür und sah ihm zu.

»Was hast du vor?«

»Wenn jemand fragt, ich bin in München.«

»Basti, was ist los?«

»Bitte versteh, dass ich dir das nicht sagen kann. Du würdest mir eh kein Wort davon glauben. Wenn es vorbei ist, erzähl ich dir alles.«

Er wollte sich rasch verabschieden, doch seine Cousine ließ es nicht zu. Sie nötigte ihn an die Kaffeetafel. Ohne großen Appetit vertilgte Sebastian ein Stück Kuchen. Dann fiel ihm ein, dass ihm noch etwas fehlte.

»Hat einer von euch ein altes Handy übrig, das noch funktioniert?«, fragte er in die Runde.

Kopfschütteln.

»Höchstens mein altes Nokia«, sagte Alberto, Danielas Mann. »Aber damit kann man nur telefonieren.«

»Das ist perfekt«, antwortete Sebastian.

Während Alberto danach suchte, packte Daniela ein weiteres Stück Kuchen ein. Die beiden begleiteten Sebastian nach draußen. Sie wirkten verstört, trauten sich aber nicht weiter zu fragen.

»Macht euch keine Sorgen«, sagte Sebastian. »Ich nehme mir nur eine kurze Auszeit.«

»Hast du was ausgefressen?«, fragte Alberto.

Sebastian lachte und verneinte.

»Ist es wegen Nicole?«, fragte Daniela.

Er stellte fest, dass er schon lange nicht mehr an seine Frau gedacht hatte. In München hätte er sie treffen können. Sehen, wie es ihr ging. Wie sie nun lebte.

Vermutlich hätten sie nur gestritten.

Sebastian schüttelte den Kopf. »Wie gesagt, falls sich jemand nach mir erkundigt: Ich war nicht hier, verstanden? Ihr habt mich seit letztem Montag nicht gesehen. Ich bin immer noch in München.«

Die beiden blickten ihn entsetzt an. Seine Cousine fiel ihm um den Hals.

»Gib gut auf dich Acht«, sagte sie mit heiserer Stimme.

68

DÜSSELDORF

NACH DER SITZUNG FING MELIA den Staatsanwalt im Treppenhaus ab. Sie kochte innerlich.

»Welche Agenda verfolgen Sie, Herr Kilian?«, fragte sie. »Woher stammt Ihr plötzlicher Sinneswandel? Sie wissen doch über die Zusammenhänge mit der Worldcard AG und mit Graff & La Motte Bescheid!«

»Ich halte mich nur an die Faktenlage. Es gibt keinen Beweis für die Zusammenhänge, die Sie konstruieren. Hören Sie auf, über Drahtzieher zu spekulieren, Frau Adan. Mit solchen Schauergeschichten machen Sie sich am Ende des Tages nur lächerlich. Und tun Ihrer Karriere keinen Gefallen.«

»Sie haben also auch einen Anruf erhalten.«

»Wie bitte?«

»Aus dem Bundeskanzleramt. Von einem Herrn Meiring, Franz oder Frank. Habe ich recht? Mit mir können Sie darüber sprechen, Herr Kilian.«

Der Oberstaatsanwalt schwieg.

»Mir hat er auch gedroht. Allerdings gibt es keinen Meiring im Kanzleramt. Interessant, nicht wahr?«

»Was hat man Ihnen gesagt?«

Melia erinnerte sich noch gut an die Worte ihres Vaters vor drei Tagen. »Dass es im nationalen Interesse liegen würde, den Ruf von Worldcard zu wahren. Dass es absurd sei, den Konzern mit einem Mordfall in Verbindung zu bringen. Und Konsequenzen für meine Karriere wurden ebenfalls angedroht.«

»Aha.«

»Und wie war es bei Ihnen?«

Kilian befingerte seine Krawatte. »Ich habe keinen solchen Anruf erhalten.«

»Das glaube ich Ihnen nicht.«

Anna Winkler und der Brandsachverständige kamen vorbei und stiegen in den Paternoster. Freyer machte einen Scherz. Winklers Lachen schallte herauf, während die beiden nach unten fuhren.

Kilian blickte sich kurz um, dann senkte er die Stimme. »Ihre Leute sollten den Fall schnellstmöglich abschließen. Der Mörder von Frau Meyer-Krell steht fest, und ich sehe wirklich keinen Grund, die Öffentlichkeit weiter im Ungewissen zu lassen. Darf ich Ihnen einen persönlichen Rat geben, Frau Adan?«

Melia antwortete nicht.

»Sie sind noch jung und manchmal etwas ungestüm. Hören Sie auf Menschen mit größerer Erfahrung und weiter gespanntem Horizont, ob im Kanzleramt oder wo auch immer. Eines Tages werden Sie zu den Leuten zählen, auf die man hört. Dann können Sie meinetwegen die Welt zu einem besseren Ort machen, wie man so schön sagt. Aber bis dahin ist es noch ein weiter Weg. Verbauen Sie ihn sich nicht, Frau Adan. Es wäre schade.«

Arschloch, dachte Melia.

Kilian nahm die Treppe und verschwand nach unten.

Wir müssen den zweiten Täter finden, dachte sie. Bevor auch er zum Schweigen gebracht wird.

69

BAYERISCHE VORALPEN

WEIL DIE TÜR ABGESCHLOSSEN WAR, was Sebastian wunderte, zog er die hölzernen Fensterläden auf. Dann schob er seine Bankkarte zwischen die beiden Flügel und hob damit den Haken hoch, der sie innen verband. Er öffnete das Fenster. Muffige Luft schlug ihm entgegen.

Sebastian war nicht zum ersten Mal hier. Wem die Hütte gehörte, wusste er nicht. Hirten hatten sie schon seit einer Ewigkeit nicht mehr genutzt. Die Almwirtschaft rentierte sich hier nicht. Und für eine touristische Nutzung war das Gebäude zu klein und baufällig.

Er blickte sich zur Sicherheit noch einmal um, denn er wollte unbemerkt bleiben. Die Stie-Alm, der Beherbergungsbetrieb am Ende des Forstwegs, der vom Brauneck herüberführte, befand sich weiter unten. Ein Felsvorsprung verdeckte die Sicht von dort. Hier oben befand sich kein Mensch weit und breit. Kein Wanderer auf den Wiesen unterhalb des Latschenkopfs, kein später Kletterer in der Felswand.

Niemand war ihm gefolgt.

Sebastian hievte seine Koffer, den Rucksack und die Tüte mit den Lebensmitteln ins Innere. Dann kletterte er hinterher. Zuletzt hatte er vor ein paar Wochen in dieser Hütte übernachtet, um am nächsten Morgen den Sonnenaufgang in den Bergen zu fotografieren.

Er registrierte Veränderungen. Jemand hatte den Kühlschrank abtransportiert. Der kleine Elektroherd mit den zwei Platten fehlte ebenfalls. Sebastian drückte den Lichtschalter. Die Deckenlampe leuchtete nicht. Der Stromanschluss war gekappt – er würde die Ravioli kalt aus der Dose löffeln müssen.

Unruhe überfiel Sebastian, als er die blanke, dreiteilige Matratze erblickte. Ohne die Wolldecken, die sonst hier gelegen hatten, würde er heute Nacht frieren. Auf dieser Höhe wurde es empfindlich kalt, sobald die Sonne unterging.

Den Schrank hatte man mit einem Vorhängeschloss gesichert – auch das war neu. Sebastian rückte ihn von der Wand ab und hebelte mit dem Taschenmesser die dünne Rückwand vom Korpus. Die Decken lagen auf dem oberen Einlegeboden. Sie rochen wie frisch gewaschen. Sebastian warf sie auf die Pritsche. Staub tanzte im Licht des frühen Abends. Nur noch Minuten, dann würde der Latschenkopf seinen Schatten herüberwerfen.

Sebastian aß etwas.

Er setzte sich auf die Wiese und machte ein paar Fotos.

Dann wurde es Nacht, und er legte sich schlafen.

Kurz nach Mitternacht weckten ihn Geräusche. Ein Knarren und ein penetrantes Klopfen, das sich in unregelmäßigen Abständen wiederholte und ihn verrückt machte. Der Wind hatte merklich aufgefrischt. Er pfiff durch die Ritzen in der Holzwand.

Sebastian fluchte, weil er kein Ohropax mitgenommen

hatte. Er wälzte sich von einer Seite auf die andere, doch das Knarzen und Pochen hielten ihn wach. Schließlich stand er auf, um die Ursache zu finden.

Er stieg aus dem Fenster. Außerhalb der Hütte war plötzlich nichts mehr zu hören. Nur der Wind rauschte durch die Wipfel des nahen Waldes. Sebastian umrundete das Haus, rüttelte an der Tür und stellte fest, dass sie Spiel hatte. Er legte einen großen Stein davor, damit sie nicht mehr gegen den Rahmen schlagen konnte.

Als er wieder auf der Matratze lag, wartete er auf ein erneutes Rumpeln, doch er hatte es tatsächlich abgestellt. Dafür nahm der Wind weiter zu. Das Rauschen ließ Sebastian an Meeresbrandung denken. Ab und zu ächzte die Hütte, als koste es sie Kraft, sich an der Bergflanke festzuhalten. Schließlich setzte ein kräftiger Regenschauer ein.

Sebastian schloss das Fenster, um nicht nass zu werden. Das gleichmäßige Prasseln übertönte alles Übrige. Er nahm einen großen Schluck von Mareks Whiskey, dann schlief er endlich wieder ein.

Er träumte von Syrien.

Als Gladiator kämpfte er im Amphitheater von Palmyra gegen eine Schar von Gotteskriegern des IS, die bis an die Zähne bewaffnet waren. Dr. Böhm feuerte ihn an. Am Schluss lagen seine Gegner kampfunfähig im Staub. Das Publikum auf den Rängen feierte ihn, doch Marek senkte den Daumen. Dmitri und Artjom rückten an, um ihn auszuschalten.

Sebastian erwachte. Der Morgen graute. Es war völlig still. Die Fensterscheiben waren beschlagen. Sebastian ließ frische Luft herein. Sein Atem bildete Wölkchen.

Die Regenwolken hatten sich verzogen. Die ersten Vögel begannen ihr Lied. Mit dem Teleobjektiv seiner Kamera suchte Sebastian die Wege der Umgebung ab und stellte erleichtert fest, dass er zu dieser Stunde allein war.

Der Gedanke daran, sich im eisigen Bachlauf hinter der Hütte zu waschen, ließ ihn schaudern. Er kehrte ins Bett zurück, zog die Decken eng um den Leib und harrte noch ein wenig im Warmen aus.

Er nahm sich vor, drei Tage hier zu verbringen, keinesfalls mehr.

Dann würde er weitersehen.

MONTAG

70

SINGAPUR

ROBIN CHAN SAH DEM PERSONALCHEF in die Augen. »Ist das Ihr letztes Wort?«, fragte er.

Vor ihm lag der Auflösungsvertrag.

Man wollte ihn aus der Firma werfen. Dabei hatte er in den letzten Tagen so viel für Worldcard getan.

Mit der Kündigung war eine einigermaßen großzügige Abfindung verbunden. Zudem versprach man ihm ein exzellentes Zeugnis. Sollte er jedoch nicht einwilligen, würde Worldcard ihn fristlos entlassen. Dagegen konnte Robin natürlich klagen. Aber er wusste, welche Möglichkeiten ein Weltkonzern hatte, um einen solchen Prozess zu verschleppen und am Ende womöglich zu gewinnen.

Der Vertrag enthielt auch eine Verschwiegenheitsklausel.

»An Ihrer Stelle würde ich annehmen«, sagte der Personalchef. »Denken Sie an Ihre Familie und die malade Mutter.«

Robin war für einen Moment verunsichert. Woher wusste der Mann, dass Priscilla Chan im Krankenhaus lag?

Er griff zum Stift und setzte seine Unterschrift an die markierte Stelle am Ende des Textes. Ein letztlich fieses Kapitel seines Berufslebens ging zu Ende.

Es kann nur besser werden, sagte er sich.

Er verließ das Hochhaus des Mapleleaf-Business-City-II-Komplexes und spürte ein Gefühl der Befreiung.

Dreißig Minuten später betrat Robin das Krankenzimmer in Block elf des Singapore General Hospital und stellte fest, dass seine Mutter nicht da war.

Ihr Bett war leer.

Der Tisch lag voller Zeitungen. Die *Strait Times. Shin Min Daily News. Financial Times.*

Als sei sie noch voll im Geschäft.

Robin nahm es als gutes Zeichen.

Er öffnete die Schublade ihres Nachttisches und suchte den kleinen Datenträger, den seine Mutter für ihn aufbewahren sollte. Seit der Personalchef sie erwähnt hatte, hielt er ihr Zimmer für kein gutes Versteck mehr.

Seine Finger ertasteten alles Mögliche, nur keinen USB-Stick.

Fassungslos sah er im Schrank nach, unter den Zeitungen, auf dem Fensterbrett.

Nichts.

Ein schrecklicher Gedanke reifte für Robin zur Gewissheit: Jemand ist hier gewesen. Das Material ist verloren.

Nebenan rauschte die Toilettenspülung, dann der Wasserhahn. Gleich darauf ging die Tür auf. Priscilla Chan schlurfte herein, strahlte und grüßte ihren Sohn mit einem Wangenkuss.

Sie drückte ihn. »Endlich hast du das Richtige getan und den Betrügern den Rücken gekehrt.«

»Woher weißt du das, Mama?«

»Es steht in deinem Gesicht geschrieben.«

»Sie haben mich rausgeworfen.«

»Egal. Gratulation, Robin. Worldcard kann dir nichts mehr anhaben.«

»Aber wo ist der Stick? Jemand hat ihn dir gestohlen!«

»Beruhige dich, mein Junge. Oma bewahrt ihn auf. An einem Ort, wo ihn wirklich keiner findet.«

Erleichtert atmete Robin aus.

»Ich habe übrigens diese Journalistin kontaktiert«, sagte Priscilla Chan.

»Wen?«

»Du weißt schon. Die Frau, die den Umweltskandal in Malaysia aufgedeckt und für die *Financial Times* darüber geschrieben hat. Sie sagt, die Zeitung wird noch heute jemanden aus London zu uns schicken, der sich das Material anschaut.«

»Aber ich habe unterschrieben, dass ich über alles schweigen werde, was ich jemals bei Worldcard gesehen oder gehört habe.«

»Bullshit. Das sind Verbrecher. Außerdem bleiben wir anonym.«

»Meinst du wirklich, das ist der richtige Weg? Ist es nicht zu früh, um an die Presse zu gehen?«

»Deine Schultern sind zu schmal, um die Last allein zu tragen, Robin. Die Geschichte muss ans Tageslicht. Damit der Betrug ein Ende hat.«

71

KREFELD-FISCHELN

VINCENT FUHR BIS VOR DEN PFERDEHOF und stieg aus seinem Wagen. Das Wrack des Dodge Challenger war abtransportiert worden, aber die übrigen Schäden, die der Sprengsatz angerichtet hatte, fielen ins Auge. Laut dem Brandsachverständigen Jonas Freyer hatte er aus Semtex bestanden, einem Plastiksprengstoff, der vor allem militärisch verwendet wurde. Immerhin das hatte Jonas herausgefunden.

Vincent wandte sich dem Hauptgebäude zu und klingelte. Das Tor war nur angelehnt. Er drückte es auf und rief nach der Besitzerin.

»Frau Preiß!«

Keine Reaktion. Er trat ein. Dicke Mauern. Alte Steinplatten bedeckten den breiten Flur. Rillen von Fuhrwerken oder Kutschen. Links ein Treppenaufgang. Zur Rechten eine Tür, auf der »Büro« stand. Radiomusik drang leise heraus.

Durch den offen stehenden Hinterausgang ging der Blick zum Stall hinüber. Vielleicht hielt sich Petrosjans Freundin dort auf. Vincent hatte sich mit ihr verabredet, war allerdings fast eine Viertelstunde zu früh da.

Er wandte sich der Bürotür zu, um anzuklopfen. In dem

Moment ging sie auf, und eine Jugendliche ließ sich blicken. Geschätzte sechzehn Jahre alt. Micky-Maus-T-Shirt, Jeans mit Glitzersteinen, rosafarbene Sneakers. Vincent hatte sie vorher noch nie gesehen.

Er stellte sich vor und fragte nach der Chefin.

»Gudrun ist bei den Pferden«, antwortete die junge Mitarbeiterin. »Ich sag ihr Bescheid.«

»Sie muss sich nicht beeilen. Ich bin nebenan und schau mich noch einmal um.«

Vincent ging nach draußen. Er stieg über das rot-weiße Flatterband, das den Tatort umgab, und betrat das einstöckige Nebengebäude, das Artur Petrosjan bewohnt hatte. Fabri war hier – er hatte versprochen, auf Vincent zu warten, hielt sich aber weder in der kleinen Küche noch im Wohnzimmer auf.

Auch nicht im Schlafzimmer, einem Raum mit schmalem Bett und einem Regal voller Spielzeugautos – schicke kleine Teile aus lackiertem Metall. Durch das leere Fenster zog der Wind herein. Vincent verharrte vor einer Wand, die mit Filmplakaten geschmückt war.

Bullitt mit Steve McQueen, *The Last Stand* mit Schwarzenegger, *The Fast and the Furious.*

Ein Rumpeln in Vincents Rücken. Schritte näherten sich.

Es war Fabri. Vincent fragte sich, wo der Kollege gesteckt hatte.

»Was haben diese Streifen gemeinsam?«, fragte der Chef der Kriminaltechnik.

»Das sind alles Actionfilme.«

»In denen Autoverfolgungsjagden eine wichtige Rolle spielen.«

Vincent deutete auf Steve McQueen. »Er fährt einen Ford, soweit ich mich erinnere. Ford Mustang?«

»Ja, und die Bösewichte haben einen Dodge. Bei der berühmten Verfolgungsfahrt durch San Francisco verlieren sie übrigens mehr Radkappen, als ihr Auto Räder hat. Und McQueen schaltet immer nur hoch und niemals runter. Musst du mal drauf achten, wenn *Bullitt* wiederholt wird.«

»Ich fand den Film trotzdem klasse.«

»Schon ein seltsames Gefühl, wenn ein Nazi den gleichen Filmgeschmack hat.«

»Dass Petrosjan als Ausbilder bei Westkreuz gearbeitet hat, ist eineinhalb Jahre her. Vielleicht ist er inzwischen zur Vernunft gekommen. Hier draußen bei den Pferden.«

»Glaubst du das wirklich?«

»Nein.«

»Ich zeig dir mal was.«

Vincent folgte dem Chef der Spurensicherung aus dem Zimmer. Am Ende des Flurs befand sich eine hölzerne Klappe im Boden, die Vincent nicht bemerkt hatte. Sie stand jetzt offen. Eine Leiter führte entlang der Wand schräg nach unten.

Fabri drückte beim Hinabsteigen einen Wandschalter. Licht ging an, Vincent vernahm ein leises Summen. Der Ventilator einer Belüftungsanlage.

Dann standen sie im Kellerraum.

Er war eine Mischung aus Büro und Partylocation. Es gab einen Schreibtisch, Fernseher, eine Bar. Hochprozentiges im Regal. Entlang zweier Wände reihten sich Polstersessel und Sofas, zerschlissen und durchgesessen.

Drei gut gefüllte Umzugskartons in der Mitte des Raums.

»Du musst mir gleich mal helfen, das Zeug nach oben zu schaffen«, sagte Fabri.

»Asservate?«

Der Kollege machte eine Geste, die alles umfasste. Den Schreibtisch. Das leer geräumte Regal an der Rückwand. Die Nägel an den Wänden, von denen er die Bilder entfernt hatte. Fabri griff in die Kiste und hielt mehrere gerahmte Porträtfotos in der Hand. Ein Kranz aus Eichenlaub umrahmte jeweils den Kopf.

»Hitler, Himmler, Heydrich. Für Petrosjan und das Volk, das er hier unten empfangen hat, waren diese Horrorgestalten mindestens genauso Kult wie *Bullitt*.«

Er legte die Bilder zurück und präsentierte eine transparente Beweismitteltüte voller Banknoten. »Achtzigtausend in bar. Keine Ahnung, welche Geschäfte unser ehemaliger Kollege von hier unten aus angeleiert hat. Sobald wir alles ausgewertet haben, wissen wir mehr.«

»Hast du etwas zu Worldcard gefunden? Das Material von Martin Fehrbellin, das Petrosjan und sein Helfer dem Sohn abgenommen haben?«

»Nein. Der Ordner ist definitiv nicht hier.«

»Sicher?«

»Inzwischen kenne ich hier jeden Winkel.«

Jammerschade, dachte Vincent.

Auf den Nazi-Aspekt würde er die Sachbearbeiter vom Staatsschutz ansetzen. Ihn interessierte das nur, falls es mit dem Mord an Naomi zu tun hatte oder mit den Überfällen auf ihren Ex-Freund und den britischen Reporter.

»Hallo?«

Eine Frauenstimme drang von oben herab.

»Sekunde!«, rief Vincent zurück.

Er bückte sich nach einer Kiste, hob sie an und schleppte sie die Leiter empor, damit Fabri nicht alles alleine erledigen musste.

Gudrun Preiß saß ihm in ihrem Büro gegenüber. Vor dem Fenster spannte sich eine dicke Plastikplane, durch die das Tageslicht nur trüb hindurchsickerte. Zum Ausgleich brannten sämtliche Lampen im Raum. An der Wand, auf die Vincent blickte, hing ein Kalender, der einen galoppierenden Schimmel zeigte. Es war das Septemberbild, und ihm wurde klar, dass der Sommer so gut wie vorüber war.

»Vincent Veih, Kripo Düsseldorf, und die Zeugin Gudrun Preiß«, sagte er in Richtung des Aufnahmegeräts, das er in die Mitte des Tisches gestellt hatte. »Frau Preiß ist mit der Aufzeichnung einverstanden. Ich habe sie darüber aufgeklärt, dass sie die Antwort verweigern darf, falls sie damit Angehörige belasten würde. Ist das richtig?«

Sie nickte.

Vincent zeigte auf den Rekorder.

Petrosjans Freundin räusperte sich. »Ja, das ist richtig.«

»Haben Sie noch einmal über alles nachgedacht, nachdem der erste Schreck vorüber ist?«

»Ich steh noch immer unter Schock. Echt. Ich kann das alles nicht begreifen.«

»Besaß Artur neben dem Dodge auch einen hellblauen Mercedes?«

Die Frau schüttelte den Kopf, dann besann sie sich. »Nein.«

Vincent legte das Phantombild des blonden Komplizen auf den Tisch, der sich gegenüber den Kollegen von der Altstadtwache sowie im Interconti als Michael Nolde, Geschäftsmann aus Hamburg, ausgegeben hatte.

»Kann sein, dass der mal bei Artur war«, sagte Gudrun Preiß.

»War der hellblaue Mercedes seiner?«

»Ja, kann sein.«

»Wann war das?«

»Vor einer Woche? Keine Ahnung, was Artur so getrieben hat. Echt nicht.«

»Wir reden vom einzigen Nachbarn weit und breit. Von Ihrem Freund.«

»Ich hatte ihn nicht ständig im Blick. Jeder ist seine eigenen Wege gegangen. Hab ich gestern schon Ihrer Kollegin erzählt.«

»Getrennt von Tisch und Bett?«

»Kann man so sagen. Er hat mir auf dem Hof geholfen, und ich habe für ihn mitgekocht, wenn er da war. Das war's auch schon. Seit mindestens einem Jahr war da kein Feuer mehr, wenn Sie wissen, was ich meine. Artur war ein guter Kumpel, mehr nicht.«

»Beruhte das auf Gegenseitigkeit?«

»Zum Glück. Sonst hätte er hier nicht bleiben können.«

»Kannten Sie Naomi Meyer-Krell?«

Sie atmete tief durch. Ihre Miene wurde härter.

»Artur hat niemanden umgebracht«, behauptete sie trotzig.

»Doch. Hat er. Nachweislich.«

Petrosjans Freundin rieb sich über die Stirn.

»Kannten Sie Naomi Meyer-Krell?«, wiederholte Vincent. »War sie mal hier?«

Sie schüttelte den Kopf.

»Oder bei Artur?«

»Ich hab den Namen der Frau gestern zum ersten Mal gehört.«

Er klopfte auf das Phantombild. »Erzählen Sie mir mehr über diesen Mann.«

»Ich weiß nichts. Das ist die Wahrheit. Bin mir nicht einmal sicher, den Typen gesehen zu haben.«

»Und der hellblaue Mercedes?«

»Wie gesagt. Stand ein paarmal vorm Haus. Artur hatte oft Besuch.«

»Namen, Frau Preiß.«

»Ich kenne die Leute nicht näher. Das waren Typen aus seinem Sportverein.«

»Sie meinen die Neonazis, die er früher trainiert hat.«

Gudrun Preiß kniff ihre Lippen zusammen.

Vincent musste an die Fotos in Petrosjans Keller denken. Er wurde wütend und versuchte, es sich nicht anmerken zu lassen.

»Westkreuz. Blood and Honour. Combat 18. Hammerskin Nation«, zählte er auf. »Dieselbe Truppe, die sich früher im alten Bauernhof bei Osterath getroffen hat. Was haben diese Leute in seinem Keller gemacht? Umsturzpläne für die nationale Revolution?«

Sie lehnte sich zurück und verschränkte die Arme.

»Was ist?«, fragte Vincent.

»Bei Politik halte ich mich raus.«

»Das naive Mädchen nehme ich Ihnen nicht ab, Frau Preiß.«

Sie schwieg. Vincent beschloss, das Thema zu wechseln.

»Hatte Artur aktuell jemanden? Eine Geliebte?«

Die Pferdehofchefin nickte. »Heike. Er hat sie mir vorgestellt. Nette Frau. Jetzt wollen Sie sicher den Nachnamen wissen.«

»Stimmt.«

»Kenne ich aber nicht.«

»Wo finden wir sie?«

»Keine Ahnung. Momentan ist sie in Südafrika, das hat Artur neulich erwähnt. Ihre Eltern leben dort. Einer von denen hat wohl einen runden Geburtstag.«

»Können Sie sich vorstellen, dass Artur am vorletzten Samstag mit seinem Oldtimer losgefahren ist, um sich für eine Nacht Ersatz zu verschaffen?«

»Ersatz für Heike?«

»Vielleicht war das Arturs Masche. Frauen zum Mitfahren einzuladen. In seinem Dodge Challenger oder im hellblauen Mercedes seines Kumpels. Früher nannte man ein schickes Auto einen Muschimagneten.«

Preiß lachte. »Wie alt sind Sie denn?«

»Der Staatsanwalt ist auf die Idee gekommen. Er meint, die junge Frau, die Artur ermordet hat, sei ein Zufallsopfer. Sie sei zu ihm eingestiegen, und er habe ihr die Kehle durchgeschnitten, weil sie dann doch nicht so wollte wie er.«

»Das ist nicht Artur.«

»Wirklich nicht?«

»Nein. Echt nicht.«

»Vielleicht war es doch so. Und aus Reue über die Tat hat er sich in die Luft gesprengt.«

Sie verzog das Gesicht. »Artur und Reue?«

Vincent tippte noch einmal auf die Zeichnung mit dem Gesicht des Komplizen.

»Oder hat ihn dieser Kerl getötet?«

Sie starrte auf das Bild.

»Gehört er zu Arturs Sportverein?«

Keine Antwort.

»Hat der Mann Ihnen gedroht?«

»Ich kenne ihn doch gar nicht!«

Vincent beugte sich vor und suchte Augenkontakt. »Frau Preiß, falls Sie uns Hinweise geben, kann ich Ihnen Schutz anbieten. Zeugenschutzprogramm – das Wort haben Sie sicher schon mal gehört.«

»Brauche ich nicht. Außerdem habe ich hier ein Geschäft, das gut läuft. Und ich muss jetzt wieder an die Arbeit.«

Vincent wusste nicht, woran er bei der Frau war. Mal stritt sie Tatsachen ab oder log, mal schien sie wirklich ahnungslos zu sein. Die Mordkommission würde sie weiter befragen. Der Staatsschutz sie überwachen. Vielleicht würde es eine juristische Finte geben, um einen Beschluss zur Durchsuchung ihres Hauses zu erwirken. Vincent fragte sich, ob er dabei auf Oberstaatsanwalt Kilian zählen konnte.

Gudrun Preiß und ihr Pferdehof hatten keinen erkennbaren Bezug zu Worldcard.

»Halten Sie sich zur Verfügung«, sagte Vincent und erhob sich ebenfalls von seinem Stuhl. Er packte das Aufnahmegerät ein. »Wir brauchen noch eine Unterschrift, sobald unsere Unterhaltung abgeschrieben ist. Und meine Mitarbeiter werden auf Sie zukommen, falls weitere Fragen auftauchen. Das werden sie. Sicher sogar. Bleiben Sie also erreichbar.«

Er wartete noch einen Moment, ob sie ihm nicht doch etwas verraten wollte.

Aber da kam nichts.

Als Vincent vor dem Haus in seinen Wagen stieg, fragte er sich, ob Gudrun Preiß gerade zum Telefon griff. Und wen sie anrief.

72

DÜSSELDORF

DIESES MAL TRAF MELIA IHREN ehemaligen Verfassungsschutzkollegen Reinhard Zacharias am Parkplatz des Strandbads Lörick auf der anderen Rheinseite. Sie entschieden sich für einen Spaziergang und wählten den asphaltierten Weg auf der Deichkrone. Zwei Frachter tuckerten den Rhein entlang, der momentan wenig Wasser führte. Sie schienen sich flussabwärts ein Wettrennen zu liefern.

Zacharias war gerade von einer Sitzung des Gemeinsamen Terrorabwehrzentrums in Berlin zurückgekehrt. Er vergrub die Hände in den Taschen seiner Windjacke. Seine Stirn lag in Falten.

»Was gibt's Neues?«, fragte sie ihn.

Er winkte verächtlich. »Ich zitiere meine frühere Chefin: Laberrunde.«

»Du wirkst bedrückt.«

»Du hast nach Worldcard gefragt.«

»Richtig.«

»Tatsächlich interessiert sich der Bundesnachrichtendienst schon lange für den Konzern. In den letzten Monaten hat sich das noch einmal kräftig intensiviert, sagt mein Gewährsmann.«

»Seit unser Freund Tristan Bovert im Kanzleramt sitzt.«

»Richtig. Er hat eine neue Taskforce eingerichtet. Das Akronym lautet SPoN. Strategische Planung und operative Nachhaltigkeit. BND und Bundesamt für Verfassungsschutz werden neu ausgerichtet. Das Personalkarussell dreht sich, und alle zittern um ihre Stühle. Aber keiner erfährt, was da im Gange ist.«

»Irgendwie typisch Geheimdienst.«

Zacharias ließ ein grimmiges Lachen hören, das in ein Husten überging.

»Welcher Art ist das Interesse an der Worldcard AG?«, fragte Melia.

»In aller Welt nutzen Firmen die Dienstleistungen des Konzerns. Neuerdings sogar in China, dem kommenden Hauptfeind, wenn es nach den Amerikanern geht. Die Zahlungsströme eines Landes verraten alles über dessen Wirtschaft. Über Wachstum oder Niedergang, Stärken und Schwächen.«

»Also klassische Spionage.«

»Aber auch im Mikrobereich. Wer kauft was bei wem und wie viel.«

»Das nennt man Industriespionage.«

»Staaten, Firmen, Privatpersonen – die Menge der Daten ist unfassbar groß. Aber moderne Rechnerleistung macht es möglich, sie in Echtzeit zu lesen.«

Melia versuchte sich das Machtpotenzial vorzustellen, das daraus entstand.

»Und Worldcard rückt die Daten so einfach heraus?«, fragte sie.

»Das habe ich meinen Gewährsmann auch gefragt. Offenbar gibt es eine enge Kooperation. Natürlich nicht ohne gegenseitiges Misstrauen.«

»Würde mich interessieren, über welches Druckmittel Bovert verfügt, um sich den Konzern gefügig zu machen.«

»Informationen im Graubereich. Frag mich nicht, welcher Art.«

»Und warum forciert Bovert die Zusammenarbeit mit Worldcard?«

»Der Reiz dieser Firma besteht auch darin, dass sie Daten nach außen anonymisiert. Geldströme also verschleiern kann. Das öffnet ein weites Feld an Möglichkeiten.«

»Der BND kann über Worldcard seine Operationen im Ausland finanzieren, ohne dass es jemand mitbekommt.«

»Zum Beispiel.«

»Oder Diktatoren schmieren.«

»Auch das.«

»Und nebenbei für künftige Operationen schwarze Kassen anlegen.«

»Der Fantasie sind keine Grenzen gesetzt.«

»Du meinst, Boverts Fantasie kennt keine Grenzen.«

Der Wind frischte auf. Melia schloss den Reißverschluss ihrer Jacke bis unter den Hals. Ihr fiel Boverts Nähe zu Westkreuz ein.

Womöglich hütete er das Vermögen der verbotenen Miliz. Wusch es und vermehrte es.

Sie sagte: »Und weil unser Freund herausgefunden hat, was der Konzern und seine Führungskräfte selbst so alles in diesem Graubereich treiben, hat er Worldcard in der Hand.«

»Die schmutzigen Geheimnisse anderer Leute sind sein größtes Steckenpferd.«

»Ist dir der Name Frank Meiring schon mal begegnet?«, fragte Melia. »Oder Franz Meiring?«

»Wer soll das sein?«

Ein Tarnname in einer Branche, die keine wahren

Namen kannte, vermutete Melia. Sie selbst hatte sich beim Verfassungsschutz Khalid genannt.

Sie erklärte: »Er gibt sich als Mitarbeiter des Kanzleramts aus, wo man ihn aber nicht kennt. Er hat meinen Vater angerufen, um Druck auf mich auszuüben. Und womöglich beeinflusst er die Düsseldorfer Staatsanwaltschaft.«

»Meiring – nein, nie gehört. Aber wir haben sechzehn Landesämter und mehrere Geheimdienste des Bundes.«

Melia fiel der Komplize von Artur Petrosjan ein. Der angebliche Geschäftsmann. Fake-Adresse, Fake-Telefonnummer. Und noch ein falscher Name.

»Sagt dir Michael Nolde etwas?«

»Ebenfalls ein Geheimdienstkollege?«

»Keine Ahnung. Warte, ich habe da Zeichnungen.«

Sie blieb stehen und zog einen Ausdruck der beiden Phantombilder hervor, die nach dem Überfall auf Oscar Ravani in der Altstadt erstellt worden waren.

Sie tippte auf Petrosjan. »Das ist unser Mörder. Übrigens ein Ex-Polizist, der im Nazitreff in Osterath als Ausbilder für Westkreuz und Konsorten gearbeitet hat.«

»Im alten Bauernhof, den unser Referat für Rechtsextremismus beobachtet hat?«

»Richtig. Leider hat man ihn in die Luft gesprengt.«

»Du machst Scherze.«

»Leider nein.«

Sie deutete auf die zweite Zeichnung. »Und das ist Michael Nolde, sein Komplize.«

»Der Kerl kommt mir bekannt vor. Gib mal her.«

Sie überließ Zacharias das Blatt. Er studierte das Bild genauer. Dann verzog er das Gesicht, als habe er auf etwas Bitteres gebissen.

»Was ist?«

Er gab ihr den Ausdruck zurück. »Du kennst ihn ebenfalls, Melia. Stell ihn dir mit kurzen dunklen Haaren und Kinnbart vor.«

Sie versuchte, sich zu erinnern. Je länger sie auf die Zeichnung starrte, desto mehr glaubte sie, dem Mann schon einmal begegnet zu sein.

»Hilf mir auf die Sprünge, Reinhard.«

»Michael Bösendorf.«

»*Der* Bösendorf? Er hat die Außenstelle Münster geleitet. Aber nur kurz.«

»Unter Bovert wurde er dann zum Referatsleiter Rechtsextremismus befördert. Aber auch da blieb er nicht lang. Er ging ebenfalls nach Berlin.«

Wegen solcher Leute hatte sie das Landesamt für Verfassungsschutz verlassen. Nach außen versprachen sie Aufklärung. In Wirklichkeit taten sie alles, damit diese nicht stattfand.

Melia war sich jetzt sicher. »Ja, das ist er.«

Zacharias schnipste gegen das Blatt. »Der eine hat im Nazitreff gearbeitet, der andere hat ihn beobachtet. Spätestens aus der Zeit kennen sie sich.«

Und standen sich ideologisch nahe, dachte Melia. Was vorkam, wie sie wusste.

»Und was macht Bösendorf alias Nolde in Berlin?«

»Bundesnachrichtendienst.«

»Ha!« Melia lachte auf. »Strategische Planung und operative Nachhaltigkeit.«

»Gut möglich, dass er in der ominösen Taskforce mitmischt.«

»Gibt es eine Chance, Bösendorfs Klarnamen zu erfahren?«

»Du weißt doch, wie das ist.«

Also nein, dachte Melia.

»Was könntest du ihm nachweisen?«, wollte Zacharias wissen.

»Es gibt Zeugen des Überfalls. Wir arrangieren eine Gegenüberstellung. So nageln wir ihn fest.«

»Vergiss es«, erklärte ihr Ex-Kollege. »Man wird ihn vor Strafverfolgung schützen. Schon aus Prinzip.«

Melia sah ein, dass sie machtlos war. Die Dienste nahmen selbst Mörder aus der Schusslinie. So war es im Fall NSU, so würde es auch in Zukunft sein.

Melia begann zu frieren.

»Lass uns umkehren«, schlug sie vor.

73

BAYERISCHE VORALPEN

BEI KÜHLEM WETTER WAR SEBASTIAN nach einem einfachen Frühstück über den Probstalmsattel und die Achselköpfe zur Benediktenwand gewandert. Vom Gipfelkreuz ging der Blick bis nach München hinunter. In der anderen Richtung ragte hinter dem Walchensee die Zugspitze auf. Doch der Augenblick währte nur kurz. Die Wolken verdichteten sich und trieben Sebastian zurück zu seiner Hütte, die er gerade noch erreichte, bevor erneut der Regen einsetzte.

Nach fünf Stunden Wandern und leichtem Klettern war er nassgeschwitzt und hungrig.

Und ein vernünftiger Plan war ihm noch immer nicht eingefallen.

Er wechselte Unterwäsche und Hemd und hängte die feuchten Sachen zum Trocknen über die Stühle. Während das Prasseln auf dem Hüttendach zunahm, leerte er eine Dose Ravioli. Ihm fiel das alte Nokia-Handy ein. Weil der Strom abgestellt war, konnte er es hier nicht laden. Wie lange würde der Akku halten?

Sebastian klappte das Telefon auf. Jemand hatte angerufen. Danielas Nummer auf dem Display. Jedoch keine Nachricht auf der Mailbox.

Er rief seine Cousine zurück.

»Ich wollte dir nur Bescheid geben, dass du Kundschaft hast«, erklärte sie.

Er konnte sich an niemanden erinnern. Also war das neu.

»War jemand bei euch?«

»Ja, er will mit dir eine Fototour zu den Steinböcken unternehmen. Er meinte, du seist der beste Guide dafür.«

»Was hast du ihm gesagt?«

»Dass du in München bist.«

»Sehr gut.«

»Warum versteckst du dich?«

»Hat er seinen Namen genannt?«, fragte Sebastian zurück.

»Warte, ich hab alles aufgeschrieben. Hier hab ich's: Michael Nolde.« Sie gab eine Handynummer durch. »Er meinte, er sei noch ein paar Tage im Ort. Du sollst dich melden, sobald du da bist.«

Der Name sagte Sebastian nichts. Aber er glaubte zu wissen, wer den Mann geschickt hatte.

»Warum rufst du ihn nicht an?«, fragte Daniela. »Ein bisschen Abwechslung täte dir ganz gut. Irgendwann solltest du sowieso wieder ans Arbeiten denken, oder?«

»Es bleibt dabei«, beschied Sebastian. »Keiner darf wissen, wo ich bin.«

Er klappte das Handy zu.

Ein Tag in den Bergen, und schon tauchen Boverts Leute auf.

Sebastian wusste, dass er sich nicht ewig verstecken konnte. Mit einem Nolde würde er fertigwerden. Aber er musste davon ausgehen, dass der angebliche Kunde nicht allein unterwegs war.

Je länger er darüber nachdachte, desto mehr sorgte er sich auch um Daniela und ihre Familie. Beim nächsten Besuch würde Nolde vermutlich andere Methoden wählen, um seinen Aufenthaltsort zu erfahren.

Ich muss etwas unternehmen.

Sebastian zog die Regenjacke an. Er packte seinen Laptop in den Rucksack, in dem sich bereits die Kamera und die Pistole befanden. Damit machte er sich auf den Weg.

Die Stie-Alm lag ihm zu nah an seinem Versteck. Deshalb ging er den Forstweg weiter bis zum Brauneckgipfelhaus. Im großen Gastraum setzte er sich an ein Fenster, von dem aus er die Bergstation im Blick hatte. Hier konnte er die Akkus von Handy und Laptop laden. Und endlich heißen Kaffee trinken.

Draußen hatte es aufgeklart. Die Fenster der Kabinenbahn blinkten in der Sonne. Niemand stieg aus – der Tag war bereits zu weit fortgeschritten, um noch eine Wanderung zu beginnen. Die wenigen Tagestouristen traten bereits den Rückweg an.

Sebastian fuhr den Rechner hoch und begann, seine Erkenntnisse zu Marek und seinen Libyen-Aktivitäten in einem Bericht zusammenzufassen. Umfassend und logisch aufgebaut – als langjähriger Polizeibeamter hatte er darin Routine. Er fügte die Belege an, die er in Mareks Wohnung fotografiert hatte. Alles in allem eine schlüssige Argumentationskette, wie er fand.

Sklaverei in Mareks Zementwerken.

Ein Arzt sollte mundtot gemacht werden.

Und die EU plante, Mareks Verbrechen zu unterstützen.

Als Mauer gegen Migration.

Lisa-Marie goss ihm Kaffee nach. Sebastian bat sie um das Kennwort, mit dem er das WLAN des Hauses nutzen konnte. Die Verbindung ins Internet war ausreichend. Über die Suchmaschine fand er die Telefonnummer der *Financial Times* in London heraus.

Inzwischen war es sechzehn Uhr. England lag eine Stunde zurück. Sebastian war zuversichtlich, den Redakteur noch zu erreichen, dem er sein Material schicken wollte. Er wurde mehrfach verbunden.

Dann sagte man ihm, dass Oscar Ravani unterwegs war.

Auf Dienstreise nach Singapur.

Ravanis Handynummer rückten die Zeitungsleute nicht raus. Das sei nicht üblich. Stattdessen wurde Sebastian an eine Mitarbeiterin namens Eve verwiesen.

Auch sie war nicht im Haus, hieß es schließlich. Man fragte ihn nach seiner Nummer und Mailadresse, damit sie sich bei ihm melden konnte.

Frustriert beendete Sebastian das Gespräch.

Wer zum Teufel war diese Eve?

War sie imstande, seine Informationen einzuschätzen? Hatte ihre Zeitung überhaupt den Mut, sie zu verwerten? Immerhin befand sich die *Financial Times* laut seiner Recherche unter Dauerbeschuss durch Worldcard und den deutschen Staat.

Womöglich hatte Ravani längst aufgegeben.

Ich könnte es ihm nicht verdenken, dachte Sebastian.

DIENSTAG

74

DÜSSELDORF

ALS VINCENT AN DIESEM TAG seinen Dienst antrat, beschloss er, die Arbeit der Kollegen im Mordfall Meyer-Krell zu ignorieren. Er kümmerte sich stattdessen um administrative Arbeit, die Melia angemahnt hatte. Kostenberechnungen, Personalpläne – Organisationskram und Behördenscheiß.

Er wunderte sich, dass seine Vorgesetzte nicht noch einmal deswegen nachgehakt hatte.

Gegen zehn klopfte Anna Winkler bei ihm an. »Kommst du?«

»Was gibt's?«

»Meeting der Mordkommission. Hast du meine Mail nicht gelesen?«

Vincent gab nach und folgte seiner Mitarbeiterin in den Besprechungsraum.

Als er vor der Tür fast mit Oberstaatsanwalt Kilian zusammenstieß, spürte Vincent, wie sich sein Magen verkrampfte. Dieser Mann fuhr die Ermittlungen in eine Sackgasse und verbuchte das als glänzenden Erfolg. Ein Alleintäter, der sich selbst gerichtet hatte – was gab es für die Justiz Bequemeres?

Hierzulande waren Staatsanwälte nicht unabhängig wie in manchen anderen Ländern, sondern unterstanden als Beamte der Regierung. Gut möglich, dass Melia recht hatte und Kilian unter Druck stand, dem Worldcard-Aspekt nicht länger nachzugehen.

Vielleicht folgte er auch nur der üblichen Rechnung, die im Zeitalter des Sparzwangs jede Behörde anstellte: rasche Resultate bei minimalem Aufwand. Selbst die Polizei handelte mehr und mehr nach diesem Motto, und die Justiz litt ebenfalls an Personalmangel. Auch Kilian schob sicher einen Berg an Überstunden vor sich her.

Trotzdem keine Entschuldigung, dachte Vincent.

Die Sitzung begann, ohne dass Melia sich blicken ließ. Er hatte sie am Sonntag zuletzt gesehen. Sie war mit Kilian aneinandergeraten. Ihr Fernbleiben – eine Trotzreaktion?

Eigentlich kannte Vincent das nicht von seiner Vorgesetzten.

Die Mitglieder des Teams trugen ihre Erkenntnisse zusammen. Sie standen im engen Austausch mit den Kollegen vom Staatsschutz. Der Ex-Polizist Artur Petrosjan war eine wichtige Figur in der Neonaziszene gewesen. Gemeinsam mit einem Veranstalter von Rechtsrockkonzerten hatte er in den letzten Monaten ein halbes Dorf in Sachsen-Anhalt aufgekauft. Womöglich entstand dort ein neuer Extremistentreff. Als Ersatz für das Schulungszentrum bei Osterath.

Unvorstellbar, dass die Pferdehofbesitzerin nichts von den Umtrieben ihres Nachbarn gewusst hatte, selbst wenn sie kein Paar mehr gewesen waren. Aber auch das interessierte Vincent nur am Rande. Er war davon überzeugt, dass die Nazimachenschaften nicht das Geringste mit Naomi Meyer-Krells Ermordung zu tun hatten.

Vincents Handy vibrierte. Eine Nachricht seiner Mutter.

Brauche deinen juristischen Beistand. 16 Uhr in Susannes Galerie?

Plötzlich ging die Tür auf. Melia trat ein und lenkte alle Blicke auf sich.

»Bitte entschuldigen Sie meine Verspätung«, sagte sie, baute sich vor Kilian auf und legte ihm einen dünnen Ordner aus grüner Büropappe auf den Tisch.

»Was ist das Schönes?«, fragte der Oberstaatsanwalt und griff nach seiner Krawatte.

»Eidesstattliche Erklärungen von vier Beamten des nordrhein-westfälischen Verfassungsschutzes. Ich habe ihnen unabhängig voneinander das Phantombild des Komplizen von Artur Petrosjan vorgelegt. Alle vier bestätigen, dass es sich bei dem Mann, der sich als Geschäftsreisender aus Hamburg ausgegeben hat, in Wirklichkeit um Michael Bösendorf handelt, der bis vor einem knappen Jahr das Referat 623 des hiesigen Verfassungsschutzes geleitet hat. Das Referat für Rechtsextremismus.«

Stille im Raum – alle wussten, dass das noch nicht alles war.

Kilian schlug den Deckel auf und rückte seine Lesebrille zurecht.

Melia warf Vincent einen Blick zu.

Dann sagte sie: »Artur Petrosjan war Bösendorfs Informant.«

75

BAYERISCHE VORALPEN

HIER OBEN ÄNDERST DU deinen Rhythmus, stellte Sebastian am zweiten Tag seines Hüttenlebens fest.

Mit den ersten Sonnenstrahlen war er aufgestanden. Sich im eiskalten Wasser des Bergbachs zu waschen kostete ihn noch immer Überwindung. Dann hatte er die nächsten Stunden damit verbracht, seine Erkenntnisse zur Wirecard-Hisbollah-Verbindung in einen Bericht zu packen.

Dossier Nummer zwei.

Für ihn der schmerzlichere Brocken. Die Affäre, an der er vor einem halben Jahr teilhatte, ohne sie abwenden zu können. Er nannte sämtliche Namen und Details, die er in Erfahrung gebracht hatte. Versicherte, dass er bereit war, die Geschichte vor Gericht zu beeiden.

Amiris Vergiftung. Die Spur, die zu Marek führte. Ein Staatssekretär als Mitwisser der Mordtat.

Als Schlüsselfigur und falscher Pizzabote stand Artjom auf der untersten Stufe. Wäre ich Staatsanwalt, überlegte Sebastian, böte ich dem Russen einen Deal an, damit er seine Auftraggeber verriet. Aber dafür müsste man Artjom erst mal aufspüren.

Und dazu bedarf es des Drucks der Medien.

Gegen elf Uhr packte Sebastian erneut den Laptop und das Nokia-Handy samt den Ladegeräten in den Rucksack und verließ sein Versteck. Der Himmel war bedeckt, Nebelfetzen wehten um die nahen Felsspitzen. Ab und zu hielt Sebastian inne, um sich zu vergewissern, dass niemand ihm folgte. Über Umwege wanderte er hinüber zum Brauneckgipfelhaus.

Das Mittagsgeschäft hatte noch nicht begonnen. Bei diesem Wetter würde es ohnehin sehr ruhig bleiben. Sebastian grüßte Lisa-Marie. Dann nahm er seinen Platz am Fenster ein und schloss das Ladegerät des Laptops an die nächste Steckdose an.

Er klappte den Rechner auf und öffnete das E-Mail-Programm.

Eve von der *Financial Times* hatte geantwortet.

Sie stand mit Ravani in Verbindung, der sich noch in Singapur aufhielt. Sie dankte ihm für das Material, das Sebastian gestern an die Zeitung geschickt hatte. Auch Ravani schien es ernst zu nehmen.

Das machte Sebastian Mut.

Er überarbeitete den zweiten Bericht und strich alles, was zu sehr nach Spekulation klang. Zum Glück hatte er sein Gespräch mit dem Staatssekretär im Englischen Garten aufgezeichnet und die Audiodatei auf den Laptop kopiert, bevor er sein Smartphone wegwarf.

Der Beweis für Boverts Verstrickung.

Sebastian mailte das zweite Dossier sowie den Mitschnitt ebenfalls nach London. Im Begleittext bedrängte er Eve, den Inhalt möglichst rasch zu publizieren. Er schrieb, dass er um sein Leben fürchte und sich vor Auftragskillern von Marek Weiß und vor dem deutschen Geheimdienst verstecke. Auch seine Verwandtschaft sei bedroht.

Sobald die *Financial Times* mein Wissen publik gemacht hat, lohnt es sich nicht mehr, mich zu ermorden, überlegte Sebastian.

Die Antwort von Eve kam prompt.

Und Sebastian fiel in ein Loch.

Die Journalistin bedankte sich überschwänglich. Er müsse jedoch Verständnis haben, dass die Redaktion vor einer Veröffentlichung alle Fakten checken müsse. Der Druck auf das Zeitungshaus sei groß. Jede Formulierung müsse abgewogen und juristisch geprüft werden.

Sebastian las: *We stay tuned. Don't worry!*

Er war tief enttäuscht.

Man speiste ihn mit Durchhalteparolen ab.

Er antwortete: *A man called Michael Nolde is after me. I need your help!*

Lisa-Marie kam und goss ihm Kaffee nach.

Sebastian beobachtete die Bergstation der Brauneckbahn.

Je länger er nachdachte, desto mehr schwand seine Zuversicht. Welche Zeitung der Welt hätte den Mut, den wichtigsten Finanzkonzern Deutschlands mit Hisbollah-Terroristen und Drogenkartellen in Verbindung zu bringen? Und nahezulegen, die Bundesregierung decke deren Verbrechen? Basierend allein auf Beobachtungen eines Ex-Polizisten, dem angelastet wurde, einen Schutzbefohlenen im Zeugenschutzprogramm verraten zu haben?

Niemand wird mir glauben.

Eve und Konsorten werden mich immer weiter vertrösten.

Bis mir jemand eine Kugel in den Kopf jagt.

76

DÜSSELDORF

IN DEM ALTSTADTLADEN, der Susanne Herrlichs Galerie beherbergte, hatte sich ein kleines Grüppchen vorwiegend schwarz gekleideter Menschen versammelt. Sie begutachteten eine Reihe von Fotoabzügen, die sich über die gesamte Längswand erstreckte.

Vincent begrüßte seine Mutter und ihre Galeristin. Brigitte stellte ihm drei Männer vor, zwei Indonesier mit lustigen Frisuren und einen Herrn Müller-Siebeck aus Kassel, die gekommen waren, um sich ihre neuesten Arbeiten anzusehen. Alle redeten durcheinander. Vincent brauchte einen Moment, bis er begriff, worum es ging.

Die Indonesier gehörten einer Künstlergruppe an, die berufen worden war, die Documenta 15 zu kuratieren.

»Du wirst nach Kassel zur Documenta eingeladen?«, fragte er seine Mutter ungläubig.

»Es gibt nur ein kleines juristisches Problem«, antwortete ihre Galeristin. »Die Aufnahmen zeigen die Gesichter von lebenden Personen. Nicht alle von ihnen werden einverstanden sein, wenn man sie öffentlich ausstellt.«

»We could print black bars over the eyes«, schlug Müller-Siebeck aus Kassel vor.

Brigitte lehnte das ab. Auch die Indonesier schüttelten die Köpfe. Sie hatten das Sagen.

»Ich bin kein Jurist«, erklärte Vincent.

»Aber Kriminalbeamter«, erwiderte seine Mutter.

Lustig, dachte Vincent. Zum ersten Mal wusste die alte Rebellin zu schätzen, dass er diesen Beruf ergriffen hatte.

Die Fotos zeigten uniformierte Kollegen und Protestierende. Eine Gerichtsvollzieherin. Eine Familie, die ihre Wohnung verlassen musste. Das größere Kind trat der Justizbeamtin gegen das Bein. Ein Polizist rangelte mit dem Vater, der eine Schramme auf der Stirn davontrug. Der Ablauf der Auseinandersetzung in allen Facetten. Die Vertreter des Staats kamen dabei nicht gerade sympathisch rüber.

Zuletzt lag ein Teddy auf den Dielen.

Und auf einer Fußmatte stand »Welcome« – wie zum Hohn.

Unverkennbar Brigitte Veih, dachte Vincent. Niemand sonst fing so intensive Blicke ein. Und keine andere brachte soziale Verhältnisse so klar auf den Punkt, indem sie einfach nur zeigte, was Sache war.

Vincent legte den Documenta-Vertretern dar, dass es sich bei den Aufnahmen um eine Reportage handle. Er streute die Begriffe »Personen der Zeitgeschichte«, »Freiheit der Berichterstattung« sowie »Recht auf Information« ein und kam zu dem Schluss, dass nach seiner Einschätzung keine justiziable Verletzung von Persönlichkeitsrechten vorliege.

»Die Familie würde ich allerdings schon um ihr Einverständnis bitten.«

»Deren Okay liegt vor«, antwortete seine Mutter.

Die Abgesandten aus Kassel nickten zufrieden.

Susanne öffnete eine Flasche Champagner. Die Gruppe

begann zu diskutieren, welches Restaurant für das Abendessen infrage kam. Man einigte sich auf vegane Küche.

Brigitte nahm Vincent zur Seite. »Ich habe vor ein paar Tagen eine Collage an Melias Onkel verkauft. Kannst du Melia fragen, ob er sie mir für die Dauer der Documenta zur Verfügung stellen kann?«

Vincents Handy vibrierte.

Ein Anruf – seine Inspektionsleiterin.

»Gerade fiel dein Name«, sagte Vincent ins Telefon.

»Wo steckst du?«

»Was ist los?«

»Nolde alias Bösendorf ist in Bayern gesichtet worden!«

77

BAYERISCHE VORALPEN

AM SPÄTEN NACHMITTAG suchte Sebastian abermals das Brauneckgipfelhaus auf. Hip-Hop tönte durch die Hütte. Lisa-Marie drehte die Musik leiser und grüßte ihn mit einem verlegenen Grinsen. Sebastian war der einzige Gast.

Er schüttelte den Regen aus der Jacke und wischte sich mit dem Taschentuch die Glatze trocken. Dann bestellte er ein alkoholfreies Weißbier und ging an seinen Platz. Zuerst lud er das Handy.

Er hatte lange mit Danielas Mann telefoniert und ihm zu erklären versucht, was es mit den Leuten auf sich hatte, die nach ihm fragten. Als Mitglied im Schützenverein bewahrte Alberto mehrere Waffen zu Hause auf. Sebastian fragte sich, ob das genügte, um Daniela und ihre Tochter zu schützen.

Nach dem Gespräch wurde ihm klar, dass er dem guten Mann eine Heidenangst eingejagt hatte.

Sebastian verband den Rechner mit dem WLAN der Hütte und checkte den Posteingang. Eve hatte ihm aus London geschrieben. Auch Ravani hatte sich zum ersten Mal selbst gemeldet. Aus Fernost – dort war es bereits später Abend.

Außerdem gab es Post von einer gewissen Melia Adan.

Ihre Mailadresse endete auf *polizei.nrw.de*.

Sie schrieb, dass sie eine Bekannte von Oscar Ravani sei und Inspektionsleiterin bei der Kripo in Düsseldorf. Ravani habe sie über alles in Kenntnis gesetzt. Und sie wisse, wer Michael Nolde sei. Sie suche den Mann als mutmaßlichen Mörder oder Mordkomplizen.

Sebastian öffnete die Mails der Zeitungsleute. Eve und Ravani behaupteten, Frau Adan könne ihn vor Nolde schützen.

Ihm kam das seltsam vor. Die Worldcard-Zentrale befand sich in Moosbruck bei München. Was zum Teufel hatte eine Kriminalrätin aus dem Rheinland damit zu tun?

Einen Moment lang zweifelte Sebastian an allem. Gab es überhaupt eine Eve bei der *Financial Times*, oder war der ganze Mailverkehr nur eine Inszenierung, um herauszufinden, was er wusste?

Melia Adan bat in ihrer Mail um Rückruf. Konnte er ihr vertrauen?

Lisa-Marie setzte sich zu ihm. Sie deutete auf seinen Rechner.

»Hast du Stress?«

Sebastian klappte ihn zu. »Ich bastle an einer Homepage. Braucht man als Bergführer. Aber die Software spinnt manchmal.«

Sie nickte. »Mir fällt gerade ein, dass jemand nach dir gefragt hat.«

»Wann war das?«

»Heute Mittag, gleich nachdem du weg warst. Ihr habt euch höchstens um fünf Minuten verpasst. Er hat mir einen Zettel für dich gegeben.«

Lisa-Marie kramte in der Tasche ihrer weißen Schürze.

Sie strich das Stück Papier auf dem Tisch glatt. Sebastian las den Namen Nolde. Daneben die Handynummer, die er bereits von Daniela hatte.

»Wie sah der Mann aus?«, fragte Sebastian.

»Schmale Statur. Vielleicht vierzig. Dunkle Haare, blaue Regenjacke mit Kapuze. Jeans und Sneakers. Auf jeden Fall kein Bergprofi wie du.«

Sebastian beschloss, dass es keinen Zweck hatte, die Begegnung mit dem angeblichen Kunden weiter hinauszuschieben.

Du sollst dein Treffen bekommen. Aber unter meinen Bedingungen.

Er nahm das Mobiltelefon zur Hand, das ihm Danielas Mann geliehen hatte.

»Mega!«, entfuhr es Lisa-Marie. »Eine echte Antiquität!«

»Bringst du mir noch ein Weißbier?«

»Alkoholfrei?«

Er nickte.

Während die Kellnerin zur Theke ging, wählte Sebastian die Nummer auf dem Zettel.

78

DÜSSELDORF

MELIA PARKTE IM HALTEVERBOT VOR der Galerie. Sie eilte in den Laden, grüßte in die Runde der Versammelten, dann packte sie Vincent am Arm und zog ihn hinaus auf die Straße.

»Gib mir dein Handy!«

Er holte es aus der Tasche. »Was hast du vor?«

Sie nahm es ihm ab, öffnete die Autotür und warf es auf den Sitz.

»Sie hören mit«, erklärte sie.

»Wer?«

»Ich weiß nicht, ob sie auch dir Spionagesoftware aufs Gerät geschickt haben. Aber möglich ist es. Schon mal was von Pegasus gehört?«

»Spinnst du jetzt?«

»Sprich nicht so mit deiner Vorgesetzten.«

»Im Ernst. Das nennt man Verfolgungswahn.«

»Im Ernst«, wiederholte sie. »Ich hab mir eigens ein neues Handy besorgt. Pegasus ist die Antwort auf die Frage, warum im Maryon Park auf Oscar geschossen wurde. Und warum Linus Fehrbellin in die Falle geriet. Sie hören mit. Sie lesen deine Textnachrichten. Sie nutzen

Mikro und Kamera deines Smartphones und manipulieren dich.«

»Du solltest mal hören, wie du klingst, Melia.«

Doch er sah ihr an, dass sie es ernst meinte.

»Was ist los?«, fragte er.

»Oscar hat sich aus Singapur gemeldet. Ein dortiger Whistleblower hat ihn mit allen Informationen versorgt, hinter denen er seit Jahren her ist. Er verarbeitet das zu einer ganzen Serie von Artikeln. Die *Financial Times* wird die Bombe bald hochgehen lassen. Solltest du Aktien besitzen, rate ich dir, sie rasch zu verkaufen.«

»Du sagst, du hast Nolde gefunden?«

»Ein Ex-Polizist aus München hat ebenfalls die *Financial Times* kontaktiert. Er behauptet, dass er von einem Michael Nolde verfolgt wird.«

»Der Typ ist in München?«

»Besser gesagt in Lenggries im Isarwinkel. Ich habe ein wenig recherchiert. Die dortige Wache gehört zur Inspektion Bad Tölz, und die untersteht dem Präsidium in Rosenheim.«

»Für die Festnahme brauchen wir ein SEK.«

»Die Spezialkräfte sind in München stationiert. Die zuständigen Leute sind informiert. Sie brauchen nur ein wenig Vorlauf.«

»Hast du schon Kontakt zu dem Informanten aufgenommen?«

»Ich habe ihm gemailt. Der Mann versteckt sich irgendwo in den Bergen. Wir müssen Nolde schnappen, bevor er ihn findet.«

»Und ich hatte die Hoffnung schon aufgegeben«, sagte Vincent. »Hoffen wir, dass es die Bayern nicht versauen.«

Melias Handy klingelte. Sie blickte auf das Display.

Unbekannte Nummer.

Sie nahm das Gespräch an. »Adan, Kripo Düsseldorf.«

»Pagel«, kam die Antwort. »Sebastian Pagel.«

Melia zeigte Vincent den erhobenen Daumen.

»Was wollen Sie von mir?«, fragte der Mann, der sich in den Bergen versteckte.

»Sie vor dem Kerl warnen, der hinter Ihnen her ist. Nolde ist nicht sein richtiger Name. Ich kenne ihn als Verfassungsschutzbeamten Michael Bösendorf. Der Mann ist gefährlich. Er hat bereits in Düsseldorf eine Informantin ermordet, die sich wie Sie in Sachen Worldcard an Ravani gewandt hat.«

»Ein Beamter des Verfassungsschutzes? Also hat ihn tatsächlich der Staatssekretär geschickt!«

»Bovert?«, fragte Melia. »Sie kennen ihn?«

»Leider. Ich habe ihm anvertraut, was ich weiß. Wie konnte ich ahnen, dass er die Worldcard-Schweinereien deckt?«

»Wir haben einen Haftbefehl gegen Bösendorf alias Nolde. Die zuständigen Kollegen sind informiert. Sobald die Spezialeinheiten bereitstehen, möchte ich Sie bitten, den Köder zu spielen und Kontakt mit ihm aufzunehmen. Keine Angst, man wird für Ihre Sicherheit sorgen.«

»Ich hab's schon getan.«

»Wie bitte?«

»Wir treffen uns morgen um zehn an der Bergstation der Brauneckkabinenbahn.«

»Morgen früh?«, rief Melia ins Handy. »Sind Sie wahnsinnig?«

Sie spürte, wie ihr der Schweiß ausbrach.

Bis dahin kriegen wir niemals ein Spezialeinsatzkommando in die Berge.

»Ich kenne die örtlichen Kollegen«, sagte Pagel. »Wir schnappen uns den Mann, sobald er die Kabine verlässt. Keine Sorge!«

Ein Zivilist und zwei Dorfbullen. Melia schüttelte den Kopf. Pagel hatte keine Ahnung, wovon er sprach. Wir sind hier nicht bei den Rosenheim-Cops.

»Wissen Sie überhaupt, wie Nolde aussieht?«, fragte sie.

»Die Kellnerin hier hat ihn beschrieben. Halbe Portion, vierzig Jahre, dunkelhaarig.«

»Dunkelhaarig?«

»Er wird sich zu erkennen geben, sobald ich ihn anspreche.«

So funktioniert das nicht, dachte Melia.

»Setzen Sie sich sofort mit den Kollegen in Bad Tölz in Verbindung«, bat sie ihn. »Und folgen Sie deren Anweisungen. Ab jetzt gibt es keine Alleingänge mehr. Ist das klar?«

Sie beendete das Gespräch und atmete lange aus.

»Schon morgen früh?«, fragte Vincent.

Melia blickte auf die Uhr.

»Kommst du mit?«, fragte sie.

»Wohin?«

»Wenn wir uns beeilen, schaffen wir den letzten Flieger.«

Vincent hob beide Hände. »In Bayern sind wir nicht zuständig. Das gibt nur Stress, und am Ende sind wir unsere Jobs los.«

»Das soll das Landeskriminalamt klären. Die bayerischen Kollegen brauchen mich. Nolde hat sein Aussehen verändert. Das Phantombild stimmt nicht mehr überein. Was ist, Vincent? Begleitest du mich?«

»Mit dir«, sagte er, »wollte ich schon immer mal verreisen.«

MITTWOCH

79

BAYERISCHE VORALPEN

ALS MELIA GEMEINSAM MIT Vincent in aller Frühe die Bergstation erreichte und aus der Kabine stieg, war sie froh, einen warmen Anorak zu tragen. Das Tal lag im Nebel. Hier oben war die Luft klar und der Himmel blau, aber das Gras nass vom Tau, und der Atem dampfte.

Ein Kollege der Polizeidienststelle Lenggries sowie drei Beamte aus Bad Tölz begleiteten sie auf das Brauneck. Sie trugen zivile Kleidung, denn sie mussten damit rechnen, dass Nolde bereits da war oder den Treffpunkt von Komplizen überwachen ließ.

Trotzdem fallen wir auf, dachte Melia, als sie sich begrüßten.

Ihr wäre wohler gewesen, die Festnahme des Mannes einem Spezialeinsatzkommando zu überlassen. Die in München stationierten Rambos waren dafür geschult und ausgerüstet. Kein Einsatz gegen gefährliche Gewalttäter ohne ein SEK – die Regel galt in Bayern ebenso wie in NRW, schätzte Melia.

Ein Kollege aus Bad Tölz hatte Erfahrungen bei den Spezialkräften gesammelt, wie er behauptete. Aber er ging bereits auf die sechzig zu und fuhr seit Langem nur noch als

Streifenbulle durchs Isartal. Er spielte den Typen, der das Sagen hatte.

Sie hatten noch zwei Stunden.

Melia wandte sich an den Kollegen aus Lenggries. »Kennen Sie Sebastian Pagel?«

»Der wilde Münchner«, antwortete der Mann lachend. »Ich hab ihn schon als Kind gekannt. In den Ferien war er immer hier bei seiner Cousine. Die letzten Monate hat er versucht, im Isarwinkel als Tourenguide Fuß zu fassen. Kennen Sie die G'schicht von dem Krach, den's bei der Münchner Kripo gegeben hat?«

»Nein.«

»Sebastian war Leiter einer Fahndungsgruppe. Sie sollten auf einen Kerl aufpassen, den sie geschnappt hatten und der als Kronzeuge auspacken wollte. Entweder wurden sie übertölpelt oder einer von ihnen hat sich schmieren lassen. Jedenfalls war der Kronzeuge plötzlich tot. Die Gruppe wurde aufgelöst, Sebastian hat hingeschmissen und viel Porzellan zerschlagen. Jetzt macht er auf Naturbursche, auf Lonely Wolf.«

Während die bayerischen Kollegen an der Station ihren Posten bezogen, stiefelten Melia und Vincent den Wanderweg bergab, bis sie an ein großes Schild mit der Wanderkarte gelangten, das Pagel ihr am Telefon beschrieben hatte. Auch den Suzuki-Geländewagen, der hier stand, hatte er beiläufig erwähnt. Dahinter gabelte sich der Weg. Sie wählten die Route, die tief unter der ratternden Kabinenbahn eine Wiese überquerte.

Weiter links schnitt eine Kuhle ins abschüssige Gelände. Ein Bach hatte sie gegraben, an dessen Bett einige Bäume wuchsen. Nur die Wipfel ragten hervor.

»Dort muss es sein«, sagte Melia.

Vincent brummte eine Antwort.

Sie gingen darauf zu. Das Gras stand hoch. Im Nu waren ihre Hosenbeine durchnässt. Sie kamen an den Rand des steinigen Abhangs. Ein Mann in den Vierzigern stand unten und reichte Melia die Hand herauf.

»Hey!«, grüßte er.

Der Mann trug eine Regenjacke über einem Wollpullover sowie einen schwarzen Beanie auf dem Kopf. Ein Rucksack stand zu Füßen eines Stativs, auf dem eine Kamera mit großem Teleobjektiv befestigt war. Sie war auf die Bergbahn gerichtet, die vor ihnen nach oben ratterte.

»Herr Pagel?«, fragte Melia.

»Du bist also Frau Adan«, antwortete er und reichte ihr die Hand. »Sebastian.«

»Freut mich sehr.«

»Vincent Veih«, stellte Vincent sich vor. »Wir führen die Ermittlungen gegen Nolde. Melia kennt ihn aus ihrer gemeinsamen Vergangenheit beim nordrhein-westfälischen Verfassungsschutz.«

Pagel musterte Vincent. Dann fragte er: »Seid ihr bewaffnet?«

»Nein. Wir sind mit dem Flieger gekommen.«

»Vincent und ich sind hier nur zu Gast«, erklärte Melia. »Für die Festnahme sind die hiesigen Kollegen zuständig.«

»Die hiesigen Kollegen«, wiederholte der Ex-Polizist und Bergführer, und jetzt klang es, als hielte er nicht viel von ihnen. Er bückte sich zu seinem Rucksack, holte eine Thermoskanne hervor und schraubte den Becher ab.

»Tee?«

»Gern.«

Er goss ein und reichte Melia den Becher. Der Tee dampfte und wärmte ihre Hand. Pagel deutete auf die Kamera.

»Wenn du Nolde kennst, ist das jetzt dein Platz. Der Countdown läuft. Noch etwa hundert Minuten. Aber wer sagt uns, dass er nicht schon früher eintrifft?«

Auf dem Display der Kamera schwebte eine Gondel der Bergbahn heran. Sie war leer.

Vincent drückte den Knopf des Funkgeräts, das die bayerischen Kollegen ihnen mitgegeben hatten. »Wir sind auf Position.«

Zuerst rauschte es nur, dann vernahmen sie die Antwort. »Wie lange dauert es von eurer Sichtung bis zum Ausstieg an der Station?«

»Zwei Minuten«, sagte Pagel.

Vincent gab die Auskunft über Funk weiter.

Die nächste Kabine schob sich ins Blickfeld der Kamera. Zwei Personen. Melia erkannte eine Frau und ihre Tochter.

Pagel hatte den perfekten Ort gewählt. Vom Berg aus konnte man sie in der Kuhle nur schwer entdecken. Wer mit der Bahn heraufkam, genoss die Aussicht über das Tal oder blickte nach oben der Bergstation entgegen.

Trotz des Anoraks und des heißen Tees begann Melia zu frösteln. Sie gab den Becher an Vincent weiter. Dann schlang sie ihren Schal enger um den Hals und schloss den Reißverschluss bis unters Kinn.

»Sebastian, warum hast du mit dem Anruf bei Nolde nicht gewartet?«, fragte Vincent.

»Mir ist das Versteckspiel zu dumm geworden. Lieber ein Treffen zu meinen Bedingungen, als dass er mich im Schlaf aufstöbert.«

Du hast die Geduld verloren, dachte Melia.

Pagel wandte sich an sie: »Du warst also beim Verfassungsschutz? Ich wusste gar nicht, dass sie dort auch Leute mit Migrationsgeschichte nehmen.«

»Im Rheinland sind wir weiter als ihr in Bayern«, warf Vincent ein.

»Ich bin Deutsche«, sagte Melia.

»Das wollte ich nicht in Abrede stellen«, sagte Pagel.

Die nächste besetzte Gondel – darin ein älteres Pärchen.

Pagel spähte durch ein kleines Fernglas. »Man sieht den Leuten an, wie sie zueinander stehen.«

»Wie meinst du das?«

»Du und dein Kollege zum Beispiel. Schon lange ein Team, stimmt's?«

»Ich leite seit zwei Jahren die Kriminalinspektion, zu der Vincents Dienststelle gehört.«

»Du bist seine Vorgesetzte?«

Melia warf Vincent einen Blick zu.

Ihr fiel die Festnahmetaktik ein, die Vincent vorgeschlagen hatte. Beim Frühstück in der Pension im Tal. Zu der frühen Stunde waren sie die einzigen Leute in der Gaststube gewesen.

»Lass ihn uns *in* der Kabine festnehmen«, hatte er gesagt. »Wir warten an der Talstation. Sobald er einsteigt, folgen wir ihm.«

»Er wird Verdacht schöpfen.«

»Wir tun so, als wären wir ein Liebespaar. Zwei Leute, die miteinander knutschen.«

Bevor sie etwas erwidern konnte, hatte er rasch einen Rückzieher gemacht. Den Vorschlag als Scherz abgetan und bekräftigt, dass Noldes Festnahme allein die Aufgabe der bayerischen Kollegen war.

»Stimmt ja. Kriminalrätin«, sagte Pagel jetzt. »Muss ich dich nun siezen, Frau Adan?«

»Ich heiße Melia.«

Ein Knacken im Funkgerät. »Wir hören gerade, dass wir

doch noch Unterstützung kriegen, Leute. Ein SEK soll aus München unterwegs sein.«

»Endlich«, sagte Vincent.

Im gleichen Moment erkannte Melia die Zielperson auf dem Display. Nolde alias Bösendorf hatte sich die auffälligen Koteletten abrasiert und tatsächlich die Haare gefärbt. Er saß breitbeinig auf seiner Bank, als würde ihm der gesamte Isarwinkel gehören.

Der frühere Leiter der Außenstelle Münster – ein- oder zweimal waren sie einander in Meetings begegnet.

»Ich sehe ihn!« Sie ließ sich von Vincent das Funkgerät geben.

»Bergstation für Ausguck.«

»Was gibt's?«

»Achtung, er kommt hoch. Dunkle kurze Haare. Sonnenbrille, grüner Strickpullover. Er hat einen schwarzen Rucksack bei sich. Keine sichtbaren Waffen.«

»Verstanden.«

»Noch knapp zwei Minuten. Das SEK wird nicht so schnell da sein.«

»Macht nichts. Das kriegen wir hin.«

»Dein Wunsch in Gottes Gehörgang«, kommentierte Pagel leise und richtete das Fernglas auf die nächste Gondel.

Zugleich starrte Melia auf das Display.

Erleichtert stellte sie fest, dass die Kabine leer war.

Auch in der übernächsten befand sich niemand.

Melia hob erneut das Funkgerät. »Die nächsten zwei Gondeln sind unbesetzt. Er ist ohne Begleitung. Noch dreißig Sekunden.«

»Fast zu schön, um wahr zu sein«, sagte Vincent.

Pagel begann, den Abhang hochzuklettern. Melia und

Vincent folgten. Sie überquerten die Wiese, erreichten den Weg und liefen keuchend zur Bergstation hinauf. Melia hatte Mühe, mit den Männern mitzuhalten.

Sie blickte nach oben.

Eine Kabine glitt in das Gebäude.

Plötzlich quoll Rauch aus dem Eingang, und ein doppelter Knall zerriss die Luft.

Gefolgt von einem vielfachen Echo, das die Felsgipfel zurückwarfen.

»Ein Two-Bang«, sagte Vincent und lief weiter.

80

SEBASTIAN WAR UNWILLKÜRLICH hinter dem Suzuki-Geländewagen in Deckung gegangen, den er von einem Bekannten geliehen hatte, der beim Forstamt arbeitete. Falls bei Noldes Verhaftung etwas schiefging und der Killer ihm auf den Leib rückte, würde ein Fluchtfahrzeug nützlich sein.

»Ein Two-Bang«, wiederholte der Lange, der mit der farbigen Kriminalrätin aus dem Rheinland angereist war. »Der Typ, der mal beim SEK war, hat es noch drauf.«

Sebastian erkannte, was der Kollege meinte. Der doppelte Knall stammte von einer Blendgranate, mit deren Hilfe man Gewalttäter überrumpelte.

Der Qualm verzog sich.

Kollegen in Zivil führten Nolde alias Bösendorf an die frische Luft. Er trug bereits Handschellen. Fußfesseln erlaubten ihm nur Trippelschritte. Sebastian zählte vier Beamte in Zivil, die ihn sicherten, darunter Dietmar Halenga von der Wache in Lenggries.

»Guter Job!«, rief Adan den Männern im Näherkommen zu.

Sie waren keine dreißig Meter mehr vom Eingang zur Bergstation entfernt, als Schüsse knallten.

Halenga fiel um.

Nolde sackte in sich zusammen.

»Runter!«, rief Sebastian den beiden Rheinländern zu.

Schreie, Flüche und weitere Schüsse, deren Echos über die Hänge peitschten.

Zwei Polizisten schafften es in die Station der Brauneckbahn. Ein Dritter warf sich hinter einen Stein. Halenga robbte auf ihn zu.

Auch Nolde lebte noch.

Er versuchte, sich kriechend in Sicherheit zu bringen, was mit gefesselten Händen nicht einfach war. Dann trafen zwei Schüsse seinen Kopf.

Sebastian sah, wie Noldes Schädel platzte.

Er spähte in die Richtung, aus der es geknallt hatte. Etwas blinkte auf dem Bergrücken links des Gipfelhauses. Die Linse eines Zielfernrohrs reflektierte Sonnenlicht.

Sebastian presste sich tief ins Gras und glaubte, das Sirren von Geschossen zu vernehmen.

Er konnte es nicht fassen. Ein Scharfschütze hatte den Killer liquidiert.

Damit er nicht reden kann, so wie Amiri reden wollte, vermutete Sebastian.

Er ließ sich ein Stück den grasbewachsenen Hang hinunterrollen, um aus der Schusslinie zu geraten. Sein Plan war, es hinter die Bergstation zu schaffen. In deren Deckung konnte er sich der Hütte auf dem Gipfel nähern.

Und von dort aus vielleicht …

Sebastian hörte die Hubschrauber, bevor er sie sah.

Es waren zwei. Sie tauchten mit Getöse hinter dem Brauneck auf und standen in der Luft. Die Rotorblätter schimmerten in der Sonne. Aus den offenen Türen nahmen schwarz vermummte Männer den Scharfschützen mit Maschinenpistolen unter Beschuss.

Das Spezialeinsatzkommando aus München.

Sebastian ballte unwillkürlich die Faust.

Doch der unsichtbare Gegner wehrte sich. Kugeln trafen die Hülle des vorderen Helikopters. Um keinen Abschuss zu riskieren, musste er abdrehen. Auch der zweite Hubschrauber versuchte an einer Stelle zu landen, die in Deckung lag.

Gleich darauf raste ein schwarzes Ungetüm den Berg herab.

Die unbekannten Scharfschützen traten den Rückzug an. Sebastian erkannte die Pistenraupe des Modells Prinoth Beast, die sie offenbar der Brauneckbergbahn geklaut hatten. Mit weit über fünfhundert PS schaffte sie bergab gut dreißig Stundenkilometer, wie er wusste. Das war nicht viel auf der Straße. Im Hang bei einem Gefälle von bis zu hundert Prozent hingegen die reine Raserei.

Das breite Fahrzeug kam näher. Es hielt auf den Garland-Speichersee zu, der im Winter die Schneekanonen speiste. Die Weltcupabfahrt, die dort begann, war der steilste und kürzeste Weg ins Tal.

Ich muss sie stoppen, dachte Sebastian.

Er rannte auf den Suzuki-Geländewagen zu.

Ein Schuss traf ihn und riss ihn von den Beinen. Er rappelte sich auf, zog seine Waffe und feuerte zurück. Die Rippen schmerzten. Die Weste hatte das Projektil gestoppt, doch die Prellung war gewaltig.

Er riss die Tür auf, startete den Motor und beschleunigte auf dem breiten Wanderweg, der in weiten Serpentinen aus Lenggries heraufführte. Es piepste, Sebastian griff nach dem Gurt und schnallte sich an. Der Raupe konnte er nicht folgen, aber er wusste, dass sein Weg die steile Abfahrt auf halber Höhe kreuzen würde.

Dreck und Schotter spritzten in den Kurven. Ein paarmal geriet das Fahrzeug auf das Gras. Querrillen rüttelten Sebastian durch. Beim Einatmen drückte der Schmerz auf seine Brust. Die Pistole hielt er beim Lenken in der rechten Hand.

Die breite Piste kam in Sicht. Von oben dröhnte das Biest heran. Tief unten lagen das Tal, die Isar, der Ort.

Zur Not ramme ich die Kerle, dachte Sebastian und gab Gas. Wieder kam er vom Weg ab. Er raste auf einen Felsen zu und riss das Steuer herum. Der Geländewagen überschlug sich mehrfach und blieb mitten auf der Weltcupabfahrt liegen.

Benommen löste Sebastian den Gurt und kroch aus dem Suzuki.

Die Raupe kam mit Getöse auf ihn zu. Es schien ihm fast, als fiele sie auf ihn herunter. Sieben Meter breit, zwölf Tonnen schwer. Zwei Männer saßen hinter der Scheibe.

Der Beifahrer hob eine Pistole und zielte.

Sebastian erkannte ihn. Die schiefe Nase und das Grübchen im breiten Kinn. Fotos aus Libyen, Mareks Palmyra-Video, ihre persönliche Begegnung am Safe House.

Artjom.

Im letzten Moment hechtete Sebastian zur Seite.

Das breite Fahrzeug röhrte ins Tal.

Gefolgt von zwei blau-weiß lackierten EC 135 der Polizeihubschrauberstaffel München, die über Sebastian hinwegdröhnten.

81

WEILHEIM

DA ES IM KREIS BAD TÖLZ keine Kripodienststelle gab, waren die Kollegen in Weilheim auf der anderen Seite des Starnberger Sees für Artjom Safanow und Sergej Muchin zuständig.

Die beiden Schwerbewaffneten waren im Tal mit großem Aufwand gestoppt worden und hatten sich schließlich ergeben. Sie gaben lediglich ihre Personalien an und bezeichneten sich als Staatsbürger der Republik Malta. Zur Sache aber schwiegen sie, erst recht nachdem ihr Anwalt sie besucht hatte.

Er war aus München angereist. Limousine mit Chauffeur, Kaschmirmantel über dem Arm, Aktenkoffer aus Reptilienleder. Er verlangte die Freilassung seiner Mandanten, da nicht nachzuweisen sei, wer von ihnen die Schüsse abgegeben hatte, die Nolde getötet und den Polizisten aus Lenggries verletzt hatten. Nach kurzem Aufenthalt verließ er das Gebäude der Weilheimer Inspektion wieder. Safanow und Muchin blieben in Gewahrsam.

Vincent sah von einem Fenster im ersten Stock aus zu, wie der Anzugträger wieder in die Limousine stieg. Der Fahrer hielt ihm die Tür auf und nahm ihm Köfferchen und Mantel ab. Vincent bemerkte das Aufblitzen der goldenen Uhr am Arm des Strafverteidigers.

»Würde mich interessieren, was so ein Mafiaanwalt am Tag verdient«, sagte Walter Schmiedinger.

Der Kollege hatte Vincent auf einen Kaffee in sein Büro eingeladen. Schmiedinger leitete die hiesige Dienststelle für Tötungsdelikte und schwere Gewaltverbrechen.

»Ich glaube, so ein Typ rechnet eher nach Minuten ab.«

»Dann tät ich mir an seiner Stelle aber mehr Zeit lassen.«

Vincent musste lachen. Schmiedinger war jemand, der alles grundsätzlich geruhsam anging, zumindest hatte Vincent ihn in der kurzen Zeit so kennengelernt.

Unten bog die Limousine mit Münchner Kennzeichen in die Römerstraße ab und verschwand.

Vincent leerte seine Tasse und bedankte sich. Schmiedinger benutzte wie er eine Kapselmaschine und hatte sogar Vincents Lieblingssorte im Angebot.

»Wie werdet ihr nun weiter vorgehen?«, fragte Vincent.

»Außer der Schießerei gibt es noch den Vorwurf, den der Ex-Kollege Pagel erhoben hat. Falls sich die Staatsanwaltschaft München II für zuständig erklärt, kann es sein, dass sie uns auch diese Sache aufdrückt. Schaun mer mal.«

»Zumindest Artjom Safanow scheint ja ein großer Fang zu sein. Ein international aktiver Söldner und Auftragskiller.«

»Wenn es stimmt, was Pagel behauptet.«

»Glaubst du ihm nicht?«

»Kennst du seine Vorgeschichte bei der Münchner Polizei?«

Vincent hatte in Umrissen davon gehört. Pagel und sein Team hatten sich offenbar nicht mit Ruhm bekleckert, als sie vor einem halben Jahr einen Kronzeugen bewacht hatten.

Suchte Pagel jetzt einen Sündenbock für den Mord an dem libanesischen Drogendealer? Oder war er tatsächlich einer schier unglaublichen Verschwörung auf die Spur gekommen?

Hinter der Worldcard steckte.

Als Geldwaschanlage für Hisbollah und Drogenkartelle.

Sowie Tristan Bovert, der Ex-Geheimdienstmann mit der erstaunlichen Karriere.

Auf der Fahrt von Lenggries nach Weilheim hatte Melia ihm aus dem Dossier vorgelesen, das Pagel an die *Financial Times* geschickt und das Oscar Ravani an Melia weitergeleitet hatte. Sie hatte ihm auf ihrem Tablet auch die Audiodatei seines Treffens mit Bovert vorgespielt. Melia war überzeugt davon, dass Pagels Schlussfolgerungen ins Schwarze trafen.

Vincent blieb skeptisch.

Und selbst wenn Worldcard für das organisierte Verbrechen arbeitete und der BND das deckte, standen Bovert als Staatssekretär im Kanzleramt alle Hebel zur Verfügung, um Pagel zu diskreditieren, Beweise zu beseitigen und alle Ermittlungen im Sand verlaufen zu lassen.

Schmiedingers Haltung zeigte Vincent, wie einfach das war.

Wer glaubt schon einem, der einen solchen Bock geschossen hat wie Pagel?

Es klopfte, Melia trat ein. Sie wirkte müde.

»Kaffee?«, fragte Schmiedinger.

Sie winkte ab.

»Seid ihr fertig?«, fragte Vincent.

Melia nickte. Die Weilheimer Kollegen hatten sie zu Nolde alias Bösendorf vernommen. Vincent fragte sich, ob sie in dem Zusammenhang auch Bovert erwähnt hatte. Einen Beweis dafür, dass der Geheimdienstbeauftragte der

Bundesregierung etwas mit dem Mordfall Naomi Meyer-Krell zu tun hatte, besaßen sie nicht.

Melia zeigte ihm ihre Uhr.

»Wir könnten den letzten Flieger noch schaffen.«

»Ihr wollt uns schon verlassen?«, fragte Schmiedinger und klang enttäuscht. »Ich hätte euch gern noch die Gegend gezeigt. Ihr verpasst die Highlights der oberbayerischen Gastronomie!«

Melias Handy piepste. Sie zog es hervor, wischte und tippte.

Ihre Miene klarte merklich auf.

»Worldcard«, sagte sie. »Die *Financial Times* hat gerade Oscars ersten Artikel online gestellt.« Melia hielt Vincent das Display hin.

Executive board involved?
Internal investigation reveals massive fraud.

Vincent überlegte, ob dies das Ende des Weltkonzerns bedeutete. Würde man Topmanager, die von Ministern und der neuen Kanzlerin hofiert und protegiert worden waren, einfach fallen lassen wie kleine Angestellte, die bei der Spesenabrechnung schummelten?

»Worldcard?«, fragte Schmiedinger. »Wieso, was ist da los?«

»Besitzt du Aktien?«

»Ein paar.«

»Sofort verkaufen«, riet Melia. »Diese Enthüllung ist erst der Anfang.«

82

BERLIN

TRISTAN BOVERT HATTE FÜR den Abend kurzfristig ein Meeting der Taskforce anberaumt.

Strategische Planung und operative Nachhaltigkeit – die Gruppe bestand ausschließlich aus Männern und Frauen, die er bereits aus seiner Zeit beim Bundesamt für Verfassungsschutz kannte. National gesinnt und verlässlich. Mit ihnen plante er die Neuausrichtung der Republik. In wenigen Jahren würden sie alle wichtigen Sicherheitsbehörden Deutschlands führen.

Seine Narbe juckte, was am Wetterumschwung lag. Oder an den Kapseln, die sein Selbstbewusstsein festigten und ihm auch in turbulenten Zeiten einen klaren Kopf garantierten. Und die letzten Tage waren äußerst turbulent gewesen. Kurzfristig hatte Bovert die Dosis erhöht. Er blickte in erwartungsvolle Gesichter.

»Wir kappen sämtliche Verbindungen zu Worldcard«, begann er. »Um es kurz zu machen: Die Verantwortlichen haben den Konzern gegen die Wand gefahren. Der Aufwand, sie weiterhin zu decken, wäre ab jetzt zu groß. Weitere Risiken sind nicht gerechtfertigt. Ich nehme an, Sie haben von den Enthüllungen der *Financial Times* gehört.«

Vereinzeltes Nicken. Der größte Teil der Taskforce schien überrascht zu sein.

Bovert fuhr fort: »Ich freue mich auf die krachende Blamage, welche die Worldcard-Pleite für einige Mitglieder der Bundesregierung bedeuten wird. Speziell für den Finanzminister, dessen Aufsichtsbehörde angesichts der Schmuddeleien von Moosbruck stets beide Augen zugedrückt hat.«

Großes Gelächter. Jeder wusste, woher Boverts Schadenfreude rührte. Der Finanzminister und dessen Parteigenossen hatten am lautesten gemault, als ihn die Kanzlerin zu ihrem Staatssekretär auserkoren hatte.

Künftig würde sich kein Widerstand mehr regen, dessen war sich Bovert sicher. Er war im Begriff, über jeden wichtigen Politiker der Republik ein Dossier wie das anzulegen, das er über Ute Frings-Fassbinder besaß. Die Kanzlerin fraß ihm aus der Hand – sie konnte nicht anders.

»Was unsere Zusammenarbeit mit Worldcard betrifft, so bitte ich Sie, sofort alle diesbezüglichen Akten zu vernichten. Geheimhaltungsvermerke bewahren uns nicht vor Whistleblowern. Die Medien des links-grünen Mainstreams warten nur auf eine Gelegenheit, die deutsche Volksmeinung gegen mich und Sie und die Dienste im Allgemeinen aufzuwiegeln.«

Bovert erinnerte sich an die bittere Zeit vor zehn Jahren, nachdem der NSU aufgeflogen war und die Öffentlichkeit die Verstrickung der Verfassungsschutzbehörden mit der radikalen Szene zu ahnen begann. Die Ämter hatten Unterlagen schreddern müssen, um ihre Informanten zu schützen. Dummerweise war die »Aktion Konfetti« aufgeflogen. Boverts Vorgesetzter hatte sogar seinen Hut nehmen müssen.

Er strich über seine Narbe. »Nota bene: Löschen Sie die Dateien selbst. Keine Mitwisser!«

Zustimmendes Gemurmel.

Bovert löste die Runde auf.

Während sich der abhörsichere Raum im Kellergeschoss der BND-Zentrale an der Chausseestraße leerte, winkte er Frank Meiring zu sich, seinen engsten Vertrauten in der Taskforce und im gesamten Haus.

»Ein Jammer«, sagte Meiring. »Worldcard war wie geschaffen für uns. Haben wir nicht sogar Geld der Kartelle abgezweigt? Warum konnte das nicht so weitergehen?«

»Zur Stunde läuft in Singapur eine Razzia. Und ich kann dir sagen, wie es weitergeht. Der Aufsichtsrat wird Graff & La Motte durch neue Prüfer ersetzen. Sie werden feststellen, dass Milliarden fehlen. Der Konzern wird binnen weniger Monate Insolvenz anmelden. Das Kappen aller Verbindungen ist alternativlos.«

»Wenigstens müssen wir nicht noch mehr Staub aufwirbeln. Ich sage nur: Artur, der Pferdepfleger aus Krefeld. Bösendorf ist da nicht gerade sensibel vorgegangen. Er hätte sich mal an Amiris Abgang ein Beispiel nehmen sollen.«

»Bösendorf hat seinen Einsatz übrigens auch nicht überlebt.«

»Tatsächlich?«

»Ich habe erfahren, dass er sich ein Flugticket in die USA besorgt hatte.«

»Warum das denn? Wollte er sich aus dem Staub machen?«

»So sieht es aus.«

»Ohne das mit dir zu besprechen?«

»Ich habe den Verdacht, dass er gar nicht vorhatte, diesen Ex-Polizisten in Lenggries auszuschalten. Im Nachhinein war es ein Fehler, ihn und diesen Artur nach Düsseldorf zu schicken. Sei's drum – das Kapitel ist beendet.«

»Wer hat ihn …« Meirings Hand beschrieb eine vage Geste.

Jemand, der sogar unter Folter schweigen würde, dachte Bovert. Jemand, der weiß, dass seine Familie in den wenigen Jahren, die er einsitzen muss, verdammt gut versorgt sein wird.

»Einer aus Dmitris Truppe, stimmt's?«, spekulierte Meiring.

Bovert konnte sich ein Lächeln nicht verkneifen.

»Und was machen wir mit Sebastian Pagel?«, fragte Meiring.

»Plan B.«

»Der da wäre?«

»Aussitzen.«

»Es heißt, Pagel verbreitet einen Mitschnitt eures Gesprächs über Amiri. Darin hättest du erwähnt, dass der Täter ein Russe ist. Stimmt das?«

»Mea culpa. Und wenn schon. Ich werde behaupten, Pagel hätte mir das zuvor am Telefon erzählt. Im schlimmsten Fall steht die Aussage eines Staatssekretärs, den die Kanzlerin niemals fallen lässt, gegen die eines verkrachten Ex-Beamten. Der Almöhi von Lenggries ist keinen weiteren Aufwand wert.«

»Finde ich gut. Wir halten uns zurück. Keine weiteren Verluste.«

Bovert verzog sein Gesicht.

»Oder doch?«, fragte Meiring.

»Kein Grund zur Sorge, Frank. Für den restlichen Aufwasch muss ich den BND nicht bemühen. Und es wird niemanden aus unseren Reihen treffen. Versprochen.«

Er drückte Meirings Schulter und zwinkerte ihm zu.

83

MÜNCHEN

ZU IHRER ÜBERRASCHUNG WAR der Lufthansaflug um 21:30 Uhr ausgebucht.

Melia und Vincent entschieden sich stattdessen für eine Maschine am frühen Vormittag des folgenden Tags. Sie besorgten sich die Bordkarten und checkten für eine Nacht im Hilton ein, das sich unmittelbar zwischen den beiden Terminals befand.

Melias Zimmer versprach einen guten Schlaf. Schalldichtes Fenster, ein großes Bett mit vier Kopfkissen, die Matratze nicht zu hart. Es war modern eingerichtet, helles Holz an der Wand, der Teppichboden wirkte sauber.

Sie traf Vincent im Restaurant. Er hatte sein Hemd gewechselt und Eau de Toilette aufgelegt – eine frische Note, die zu ihm passte. Aber er wirkte angespannt. Seine Kiefermuskulatur arbeitete.

Melia berührte seinen Arm. »Komm runter, Vincent. Es ist vorbei. Die beiden Russen aus Malta kriegen lebenslänglich, da bin ich mir sicher. Ich finde, das ist ein guter Abschluss.«

»Aber ihre Auftraggeber kommen davon. Und wir können nichts dagegen ausrichten.«

»Vielleicht redet einer der beiden Söldner. Oder es packt jemand bei Worldcard aus. Vielleicht kann auch Sebastians Dossier etwas bewirken.«

Vincent verzog keine Miene.

»Ich weiß. In deinen Augen sind das mal wieder zu viele Vielleichts.«

»Du hast keine Chance, also nutze sie«, lästerte Vincent.

»Sagt der hoffnungslose Optimist«, ergänzte Melia.

Endlich zeigte er ein Lächeln.

Sie bestellten beide das Gleiche. Wiener Schnitzel mit Gurken-Kartoffelsalat. Über den Wein diskutierten sie kurz. Dann einigten sie sich auf den Chianti, der auf der Karte stand. Vincent behauptete, er kenne das Weingut.

Beim Essen taute er auf. Sie sprachen über Gott und die Welt, nur nicht über die Arbeit. Vincent zeigte sich als humorvoller Unterhalter. Melia stellte erneut fest, wie sehr sie ihn mochte, und wunderte sich einmal mehr darüber, dass er unverheiratet war.

Anna Winkler hatte ihr gegenüber eine langjährige On-Off-Beziehung Vincents mit einer Kinderpsychologin erwähnt, die jedoch Vergangenheit zu sein schien. Mehr wusste Melia nicht. Sie hatte nicht nachgefragt, weil sie nicht allzu interessiert wirken wollte.

Ein paarmal waren sie und Vincent miteinander ausgegangen. Zu Vernissagen seiner Mutter. Einmal hatte Zeinab ihn und Melia bekocht. Sie erinnerte sich an einen langen Kuss, bevor sie an dem Abend auseinandergingen. Aber schon am nächsten Tag hatte Vincent wieder seine professionelle Distanziertheit an den Tag gelegt.

Die Initiative muss von mir ausgehen, überlegte Melia.

Ab und zu berührte sie beim Plaudern wie beiläufig Vincents Arm. Irgendwann ließ sie ihre Hand etwas länger liegen. Später am Abend lag plötzlich seine Hand auf ihrer, und sie blickten einander in die Augen.

Melia spürte, wie ihr Puls schneller ging.

»Kommst du mit auf mein Zimmer?«, fragte sie.

Eine Stunde später lag sie in Vincents Arm und war sicher, dass sich so das Glück anfühlte. Zwischen zwei Küssen hatte er ihr gestanden, dass er sich nach diesem Moment sehnte, seit sie sich kannten. Mir geht es nicht anders, dachte Melia.

Sie strich über seine Brust, spürte die Härchen und seine warme, schweißfeuchte Haut.

»Für den Anfang war's nicht schlecht«, sagte sie.

Er bedeckte ihr Gesicht mit Küssen. Dann hielt er inne.

»Wir werden in Teufels Küche kommen.«

Sie stemmte sich hoch, um sein Gesicht zu sehen.

»Ja, es war mehr als schön«, sagte er.

»Aber?«

»Ich bin fünfzehn Jahre älter als du.«

»Nobody is perfect.«

»Und du bist meine Chefin.«

»Vergiss das endlich mal. Wir sind in München.«

Sie schmiegte sich wieder an ihn.

Dieser Chefin-Scheiß war nur ein Vorwand, dachte Melia. Sie wusste um das Trauma, das seine Mutter ihm verpasst hatte, als sie ihn als Siebenjährigen weggegeben hatte. Armer Vincent, schwieriger Fall.

»Und morgen?«, fragte er.

»Lass es uns versuchen«, antwortete Melia, suchte seine Hand unter der Decke und drückte sie.

DONNERSTAG

84

VÖSLAU-KÖTTINGBRUNN – MINSK

MAREK BLICKTE AUS DEM FENSTER des startenden Privatjets, der ihn in sein neues Leben bringen würde. Leise brummend und vibrierend gewann die Maschine rasch an Höhe. Eigentlich war die zweistrahlige Gulfstream G200 viel zu groß für einen einzigen Passagier.

Tareq Al-Maryami hatte sie für ihn gebucht.

Die Außenbezirke von Wien tauchten unter Marek auf, kurz danach konnte er den Stephansdom und die Donau erkennen. Dann lag die Stadt, in der er zur Schule gegangen war und im Alter von neunzehn Jahren sein erstes Unternehmen gegründet hatte, hinter ihm. Sie flogen auf Tschechien zu, und Marek fragte sich, ob die Route nach Minsk auch die Slowakei streifen würde.

Er hatte seine Flucht seit Langem vorbereitet. Außer ihm wusste nur Tareq, wohin sie ihn letztlich führte. Über die Firmen seines libyschen Freundes war sein Geld auf sichere Konten geflossen. Tareq legte zur Stunde falsche Spuren – bald würden die unterschiedlichsten Gerüchte kursieren.

Marek Weiß habe am Flughafen von Manila eingecheckt.

Der gesuchte Manager befände sich in Dubai.

Er suche die fehlenden Milliarden auf asiatischen Konten.

Der Marek würde schon noch allen zeigen, wie grundlos die ganze Aufregung sei.

So verlief der letzte Akt des Stücks, das Worldcard hieß, und an dem er seit der Jahrtausendwende mitschrieb. Höchste Zeit, abzutauchen und anderswo etwas Neues zu beginnen.

Er hätte sich mit neuen Lügen herausreden können. Mit weiteren Tricks den Kollaps hinauszögern. Oder seine Beziehungen zu den Geheimdiensten einsetzen, um die Enthüllungen in Singapur zu stoppen. Aber irgendwann würde die Blase ohnehin mit lautem Knall platzen. Warum nicht jetzt?

»Champagner, Herr Weiß?«, fragte die Stewardess.

»Please, just call me Marek«, antwortete er und lachte. »Was haben Sie denn Leckeres im Angebot?«

»Bollinger.«

»Ist recht.«

Er malte sich seine nähere Zukunft aus. In Minsk würde er mit falschen Papieren einen Flug nach Moskau nehmen. Dort besaß er eine Villa am Rand der Stadt. Sein Vermögen betrug rund eine Milliarde, damit kam man auch im Untergrund recht weit. Er verdiente über Strohmänner weiter an seinen Investitionen, vor allem in Libyen. Er würde ein gesichertes Leben in Wohlstand führen, selbst wenn er zunächst nichts anderes tun würde, als seine Memoiren zu schreiben.

Sollte er in Not geraten, würde er seine Lebenserinnerungen verkaufen.

Sicher nicht an einen Verlag. Andere würden erheblich mehr bezahlen.

Marek dachte da an die deutsche Regierung.

An Tristan Bovert, den humorlosen Bürokraten, der

sich gern als internationaler Strippenzieher aufpudelte und nachts in seinen Träumen von nationaler Größe die Pyjamahose befleckte. Von allen Schmarotzern, die am Worldcard-Betrug mitverdient hatten, fand Marek den Staatssekretär aus Berlin am unsympathischsten.

Ein depperter Trottel.

Die Stewardess lächelte Marek zu.

Der Champagner schmeckte. Auf Bollinger war Verlass.

Nur im Abgang eine leicht bittere Note.

Marek lehnte ab, als die junge Frau anbot, ihm nachzuschenken. Er wandte den Blick wieder nach draußen.

Unten zog grüne Landschaft vorbei. Er sah nur wenige Straßen. Ab und zu ein kleines Dorf. Wie lebte es sich in solcher Abgeschiedenheit?

Es wurde gebirgiger und bewölkter. Ein Stausee. Weiter vorn ragten Bergspitzen auf. Das musste die Hohe Tatra sein, der westliche Teil der Karpaten. Jochen, sein Vorstandskollege, hatte dort einmal Skiurlaub gemacht und ihm von slowakischen Prostituierten vorgeschwärmt.

Dahinter begann Polen. Ein gutes Viertel des Flugs lag bereits hinter ihm, schätzte Marek.

Ihm fiel auf, dass sie sehr niedrig flogen. Es ging direkt auf die Gipfel zu.

War das normal?

Er wurde müde. Es kostete Mühe, die Augen offen zu halten.

Die Stewardess setzte sich neben ihn. »Marek?«

Er wollte antworten, aber es fiel ihm schwer.

Von einem Glas Champagner bekomme ich doch keinen Fetznschädel, dachte er.

Es sei denn …

Die Stewardess griff mit beiden Händen zu seinem

Schoß herüber. Er wollte sie wegschieben, doch mit Verwunderung erkannte er, dass er nicht mehr Herr seiner Gliedmaßen war. Sie öffnete seinen Sicherheitsgurt.

Im gleichen Moment begann Wind durch die Kabine zu rauschen.

Marek fror. Er spürte kräftige Hände und hörte die Stimmen fremder Männer. Der Wind riss an seinem Sakko. Vor ihm tat sich der Himmel auf.

Während der Gulfstream-Jet den felsigen Gipfel des Gerlach überflog, die höchste Erhebung der Westkarpaten, stürzte der Worldcard-Manager aus der geöffneten Tür. Sein Körper schlug gegen die Tragfläche, dann fiel er dem kahlen, steinigen Sattel nahe der Gerlachspitze entgegen.

Unten im Mengusovska-Tal löste sich der Nebel auf.

Das Sonnenlicht wärmte die Bergwiesen, auf denen Gämsen weideten, und die von Felswänden umschlossenen Seen lagen still und in tiefem Blau.

Danksagung

SCHRIFTSTELLER SIND LÜGNER. Mein Werkzeug ist die Fantasie. Und trotzdem kann Fiktion wahrhaftig sein, wenn sie vom Hier und Heute handelt und uns verborgene Seiten der Wirklichkeit nahebringt. Deshalb will ich wissen, worüber ich schreibe. Bis ins Detail, denn dort steckt der Teufel, und der macht es spannend.

Um zu erfahren, wie die Polizei auf eine Messerstecherei im Amüsierviertel reagiert oder ein Brandursachenermittler angesichts eines verkohlten Autowracks seine Rückschlüsse zieht, bin ich auf Experten angewiesen. Mein Dank gilt dieses Mal vor allem Holger Kettrup, Wolfgang Kral, Guido Schweers und Klaus Stickelbroeck, die mir geduldig Auskunft gegeben haben.

Das Schreiben ist ein einsamer Job. Doch erst Feedback gibt Orientierung. Deshalb danke ich meinen kritischsten Lesern, meiner Frau Kathie und meinem Bruder Klaus. Manche Figur oder Szene gewann im Austausch mit ihnen erst an Profil.

Ebenso bin ich meinen Agenten Lars Schultze-Kossack und Nadja Kossack dankbar. Und dem großartigen Team bei Heyne. Hervorheben möchte ich Oskar Rauch und Lars

Zwickies, die mir halfen, aus einem guten Text einen besseren zu machen.

Und nicht zuletzt verneige ich mich vor meinen Leserinnen und Lesern. Euer Zuspruch ist mir Freude und Antrieb.